Die Vandalin

Historischer Roman

HARALD KRAUS

Covergestaltung & Karten Digitalkanal.eu

ISBN: 9798373948173

Zur Erinnerung an ihren Opa

meinen Enkeln gewidmet

Inhaltsverzeichnis

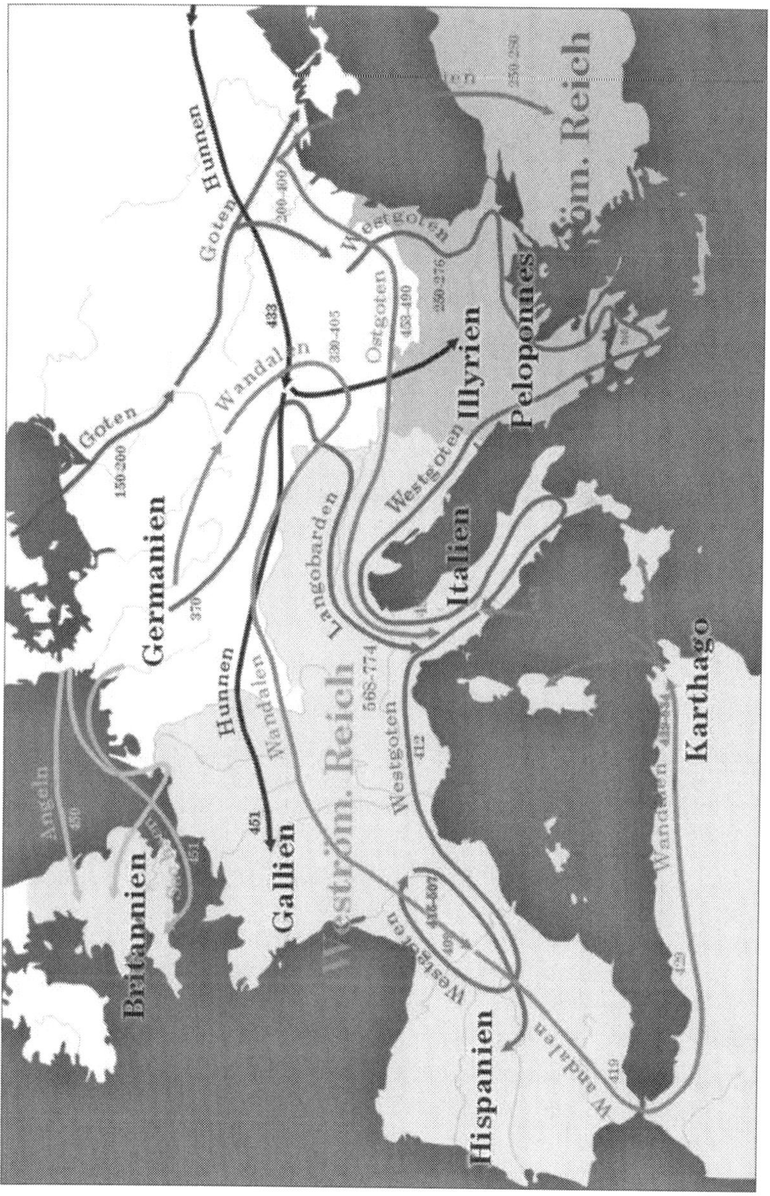
Britannien
Germanien
Gallien
Hispanien
Italien
Illyrien
Peloponnes
Karthago
Weström. Reich
Goten
Hunnen
Wandalen
Westgoten
Ostgoten
Langobarden
Angeln
150-200
370
451
433
568-774
412

Zeittafel

Jahr

325	Konzil von Nicäa, Festlegung des christlichen Glaubensbekenntnisses
374-376	Hunnen besiegen und unterwerfen Alanen, gotische Greutungen und Terwingen
378	Schlacht bei Adrianopel. Goten obsiegen über die Römer
380	Der christliche Glaube wird Staatsreligion im Römischen Imperium
394	Schlacht am Frigidus. Ostreich (Constantinopolis) besiegt Westreich (Rom)
395	Endgültige Teilung des Römischen Imperiums in ein Westliches und Östliches
402	Schlacht bei Pollentia. Westliches Imperium besiegt zusammen mit den Vandalen, Alanen und Sueben (Stämme der Allianz) die Westgoten
402	Schlacht bei Verona. Westliches Imperium und Stämme der Allianz obsiegen erneut über die Westgoten
406	Schlacht bei Faesulae. Westliches Imperium besiegt die Ostgoten
406/407	Vandalen, Alanen und Sueben fallen über den Rhein in die gallischen Provinzen des Westlichen Imperiums ein

409 Die Stämme der Allianz setzen sich auf der iberischen Halbinsel fest

410 Westgoten erobern und plündern Rom

428 Geiserich wird König der Vandalen und Alanen

429 Vandalen und Alanen setzen auf Schiffen von der iberischen Halbinsel nach Afrika über

439 Vandalen und Alanen erobern Karthago

445 König Geiserich schlägt eine Palastrevolte nieder

455 Vandalen und Alanen plündern Rom

468 Seeschlacht vor Kap Bon. Vandalen und Alanen vernichten die Flotte des Östlichen Imperiums

476 Das Westliche Imperium existiert nicht mehr

Namen

Abraham Isaak	Jüdischer Händler; Vater von Sara
Adalhard	Sohn von Lorenz und Merlinde; Vandale (Silingen); Mann von Aurelia; Vater von Farold, Marc, Marit und Stefan
Addac (Khan)	Sohn von Respendial; Alane
Alarich (Rex)	Westgote
Ali Baba	Herrscher der Aures (Berber)
Anna	Tochter von König Tharwold; Vandalin (Silingen); Schwester von Krimhild
Ansgar	Gote; Arianischer Bischof der Vandalen und Alanen
Augustinus	Kirchengelehrter; Katholischer Bischof von Hippo Regius
Aurelia	Frau von Adalhard; Provinzialrömerin; Mutter von Farold, Marc, Marit und Stefan; Schwester von Marcellus Aurelius
Carolina	Tochter von Ida und Farold; Schwester von Rogan und Stefania; Frau von Dominicus; Mutter von Helena und Aries
Dankrad	Arianischer Bischof; Vandale
Dominicus	Sohn von Friedrich und Gudrune; Neffe von Geiserich; Mann von Carolina; Vater von Helena und Aries
Eudocia	Tochter von Eudoxia; Frau von Hunerich

Eudoxia	Kaiserinwitwe; Mutter von Eudocia und Placidia
Farold	Sohn von Adalhard und Aurelia; Vandale (Silingen); Mann von Ida; Vater von Ziehsohn Rogan, Stefania und Carolina
Flavlus Aspar	Reichsverweser und Oberster Heermeister; Östliches Imperium; Halbalane
Flavius Stilicho	Reichsverweser und Oberster Heermeister; Westliches Imperium; Halbvandale
Fredbal (Rex)	Bruder von Tharwold; Vandale (Silingen)
Frieda	Frau von Robert; Alamannin; Base von Ida
Gaius der Ältere	Centurio; Schänder von Ida, Anna und Krimhild
Geiserich (Rex)	Sohn von König Godegisel; Vandale (Hasdingen); Halbbruder von Guntherich
Gento	Sohn von König Geiserich
Geri	Frau von Isfried; Alamannin; Mutter von Monia, Ida und Ansgard
Gisella Aurelius	Frau von Marcellus; Provinzialrömerin; Mutter von Ina und Susana
Godegisel (Rex)	Vater von Guntherich und Geiserich; Vandale (Hasdingen)
Gudrune	Schwester von Geiserich; Mutter von Christina und Dominicus
Gunna	Pruzzin

Guntherich (Rex)	Sohn von König Godegisel; Vandale (Hasdingen); Halbbruder von Geiserich
Habeeba	Aure (Berber); Kommandant der königlichen Leibwache
Hermerich (Rex)	Vater von Rechila; Suebe
Honorius	Kaiser (Westliches Imperium)
Hunerich	Sohn von König Geiserich
Ida	Tochter von Isfried und Geri; gebürtige Alamannin, nach Heirat Vandalin; Frau von Farold; Mutter von Ziehsohn Rogan, Stefania und Carolina
Isfried	Mann von Geri; Alamanne; Vater von Monia, Ida und Ansgard
Jetta	Blume; Schwester von Suga; Frau von Rogan; Bini (Afrikanerin)
Julius Silius	Verwalter von Sorgenlos; Provinzialrömer; Vater von Julius dem Jüngeren und Silva
Krimhild	Tochter von König Tharwold; Vandalin (Silingen); Schwester von Anna
Lorenz	Mann von Merlinde; Vandale (Silingen); Großvater von Farold
Marc	Bruder von Farold
Marcellus Aurelius	Mann von Gisella; Provinzialrömer; Vater von Ina und Susana; Oheim von Farold; Bruder von Aurelia
Marius Valerius	Mentor, Tribun und Spion

Marit	Schwester von Farold
Markian (Kaiser)	ehemaliger Centurio; Östliches Imperium
Meinrad (Rex)	Alamanne; Breisgauer
Mercedes	dunkelhäutige Afrikanerin
Merlinde	Frau von Lorenz; Alamannin; Großmutter von Farold
Monia	Schwester von Ida
Oba Buba (Rex)	König der Bini
Placidia	Tochter von Eudoxia; Frau von Olybrius (Kaiser)
Quintus Vespian	Heilkundler; Provinzialrömer
Randolf	Neffe König Meinrads; Alamanne; Breisgauer
Rechila (Rex)	Sohn von Hermerich; Suebe
Respendial (Khan)	Vater von Addac; Alane
Rogan	Angenommener Sohn von Ida und Farold; Mann von Jetta
Silva	Tochter von Julius Silius; Verwalterin; Provinzialrömerin
Stefan	Bruder von Farold
Stefania	Tochter von Ida und Farold; Schwester von Rogan und Carolina; Frau von Michele; Mutter von Leandro und Viviana

Suga	Sonne; Schwester von Jetta; Bini (Afrikanerin)
Tharwold (Rex)	Vater von Anna und Krimhild; Vandale (Silingen)
Theuderich	Sohn von König Geiserich
Valia (Rex)	König der Westgoten

Sämtliche im Buch *kursiv* geschriebenen Worte werden im Glossar (Wörterverzeichnis) am Ende des Romans erläutert.

Prolog

Vorrangig als Plünderer oder Zerstörer bezeichnet zu werden, haben die Vandalen wahrhaftig nicht verdient. Als Bischof Henri Baptiste Gregoire die sinnlose Vernichtung von Kulturschätzen während der französischen Revolution als „vandalisme" anprangerte und so einen Begriff prägte der in vielen Sprachen Verwendung fand, ignorierte er wesentliche historische Tatsachen. Es waren religiöse und politische Gründe, welche dieses Wort zu dem machten, was es heute noch bedeutet: Der Inbegriff sinnloser, ungehemmter Zerstörungswut!

Die Jakobiner haben ungezählte Kirchen sowie Kulturgüter während ihrer Schreckensherrschaft in Frankreich zerstört. Einer der größten Schandtaten war gewiss die Zerschlagung der Skulpturen von Notre Dame. Aus den Fragmenten errichteten sie tatsächlich Latrinen.

Geradezu tugendhaft hingegen die Vandalen, welche bei der Eroberung Roms im Jahre 455 keine Kulturschätze zerstörten. Sie bewunderten sie so sehr, dass man viele mitnahm und zu Hause aufstellte.

Die vandalischen Stämme der Silingen und Hasdingen flüchteten um vierhundert nach Christus vor den Hunnen aus ihrer Heimat. Die Silingen lebten in Schlesien und gaben dem Land seinen Namen.

In der Silvesternacht 406/407 drangen die Vandalen über den Rhein in die Provinzen des Westlichen Imperiums ein. Zusammen mit den Alanen und Sueben zogen sie durch Gallien über die Pyrenäen auf die iberische Halbinsel. Zwanzig Jahre später segelten achtzigtausend Vandalen und Alanen nach Afrika. Selbst aus heutiger Sicht eine eindrucksvolle Leistung. Dort eroberten sie wohlhabende, fruchtbare Landstriche und gründeten das Königreich der Vandalen und Alanen.

Sie waren arianische Christen und glaubten nicht an die Dreifaltigkeit von Gott Vater, Sohn und Heiligem Geist, sondern allein an Gott Vater. Die katholische Kirche sah sie deshalb als Ketzer an. Ihr Glaube trug gewiss dazu bei, dass die katholischen Geschichtsschreiber sie stets als Barbaren schilderten.

Im Jahre 439 eroberten die Vandalen und Alanen die Metropole Nordafrikas Karthago und machten sie zur Residenzstadt ihres Königreiches, welches sich über Gebiete Nordafrikas und Inseln im westlichen Mittelmeer erstreckte.

Sie nahmen kultivierte, römische Lebensformen an, bauten Paläste und Kirchen, prägten Münzen und sprachen neben ihrer Muttersprache Latein.

Als die Araber und Berber zu Beginn des achten Jahrhunderts die iberische Halbinsel eroberten, war die Erinnerung an das Königreich der Vandalen und Alanen noch allgegenwärtig. Sie nannten das Land al-Andalus was so viel wie Land der Vandalen bedeutet.

Kapitel 1 - *Sardinia*

Grelle Blitze erhellten eine stürmische Nacht und das unablässige Grollen des Donners ließ alles andere verstummen. Das Gewitter brachte sintflutartige Regenfälle mit und tobte sich in den Bergen der Insel Sardinia aus. In den frühen Morgenstunden bedeckte dichter Nebel das Eiland, der allmählich von Sonnenstrahlen durchbrochen wurde.

„Genserico! Lauf hinauf auf die Sommerweide und sieh nach, wie es unseren Ziegen geht", rief Liliana ihrem Sohn zu.

Der nahm einen Hirtenstock und machte sich auf den beschwerlichen Weg. Der Junge hatte seine Freude daran, pfeifend von einer Pfütze in die nächste zu springen. Auf der Weide angekommen, schaute er sich um. Doch nirgendwo konnte er eine Ziege entdecken.

„Die Herde hat vor dem Unwetter gewiss Schutz im Unterstand gesucht", mutmaßte er und sah nach.

Doch da war kein Tier. Jetzt lief der Sarde in einen nahegelegenen Wald. Außer Atem blieb er stehen und lauschte in die Stille hinein. Leise vernahm er vereinzeltes Meckern und ging darauf zu. Plötzlich stand er vor einem großen, dunklen Loch. Erschrocken trat Genserico einen Schritt zurück und schaute in die Tiefe hinab. Dort unten lagen die Ziegen. Auf der Stelle machte er kehrt und rannte so schnell er konnte nach Hause zurück.

Das ganze Dorf eilte zur Unglückstelle. Durch die starken Regenfälle in der vergangenen Nacht und unter dem Gewicht der Ziegenherde, war die Decke einer Höhle eingestürzt und die Tiere wurden mit hinabgerissen. Man seilte Genserico in die Höhle ab. Dort unten stellte der Hirte erschüttert fest, dass nur wenige Tiere den Sturz heil überlebt hatten. Nacheinander zog man die lebenden und danach die toten Ziegen am Seil hinauf. Als das geschehen war, sah sich der Sarde die kleine Höhle genauer an. In einer dunklen Ecke standen mehrere Holzkisten. Neugierig hob er den Deckel einer Kiste an. Darin befanden sich Tonkrüge. Genserico langte in einen Krug hinein und zog ein Wachstuch heraus, in dem etwas eingewickelt war. Vorsichtig schlug er es auf. Zum Vorschein kam ein Stapel beschriebener Pergamente. Die eigenartigen Schriftzeichen konnte er nicht entziffern. Nachdem der Junge wieder alles an seinen Platz gelegt und gestellt hatte, nahm er schwaches Tageslicht wahr. Kurz darauf stand er vor dem verborgenen Zugang der Höhle.

Das Herz von Prof. Dr. Franz Hofer pochte heftig. Soeben hatte der Inhaber des Lehrstuhls für germanische Linguistik an der Universität Bozen das letzte Pergament aus der Höhle in den Bergen Sardiniens gelesen und zur Seite gelegt. Nachdenklich streifte er sich die Gummihandschuhe ab und knipste die Leselampe aus. Entspannt lehnte sich Hofer zurück und betrachtete die vor ihm liegenden Fundstücke.

„Dergleichen hat sich seit der Entdeckung der Gletschermumie Ötzi in den Tiroler Alpen oder dem Schatz des Priamos in Troja nicht mehr zugetragen", stellte er zufrieden fest. „Die Historiografie der Spätantike wird man in wesentlichen Teilen neu schreiben müssen!"

Die Pergamente aus Schafsleder waren mit gotischen Schriftzeichen beschrieben. Der Experte stand gemächlich auf, ging zu einem Schrank, nahm ein Glas sowie eine Flasche Wein heraus und schenkte sich genüsslich ein.

„Mit dieser spektakulären Entdeckung werde ich in den Olymp der Wissenschaftler aufsteigen", reflektierte er selbstgefällig. Vor dem gealterten Wissenschaftler lag die verschollene Historie des germanischen Stammes der Vandalen, welcher vor eintausend sechshundert Jahren aus der Mitte Europas nach Nordafrika wanderte, um dort ein Königreich zu gründen.

Kapitel 2 – Hispania Anno Domini 428

„Was will er nur von mir?" fragte ich meinen Mann, als der königliche Kurier fort war.
Farold sah mich lächelnd an.

„Frag ihn doch selbst!", antwortete er und fügte hinzu: „Geiserich ist jetzt unser König, und wie du weißt, hält er große Stücke auf dich."

Am Abend gingen wir voll gespannter Erwartung zum Palast. Nach dem unerwarteten Tod von König Guntherich wurde dessen Halbbruder Geiserich neuer Herrscher der Vandalen und Alanen. Vor nunmehr einundzwanzig Jahren hatten Farold und ich einen Bund fürs Leben geschlossen. Nie habe ich es bereut, obwohl die nachfolgenden Jahre viele Entbehrungen und unsägliches Leid mit sich brachten.

Vor dem königlichen Palast standen einige Wachen, welche das Portal öffneten, als sie uns kommen sahen. König Geiserich war intelligent, gebildet, mutig, beschlagen und unerbittlich gegen seine Widersacher. Diese Wesenszüge waren bezeichnend für den Sohn von König Godegisel und einer Unfreien. Die Vandalen sowie Alanen schätzten den kleinwüchsigen Vierzigjährigen als abgefeimten Strategen, kühnen Kämpfer, begnadeten Heerführer und geschickten Diplomaten. Seit einem Sturz vom Pferd, zog er einen Fuß leicht nach. Er hatte strahlend blaue Augen und halblanges, schwarzes Haar. Für gewöhnlich trug Geiserich ein kariertes Beinkleid und einen wärmenden Schafsfellwams. Jetzt standen Farold und ich vor ihm. Als er mich ansah, nahm ich in seinen Augen ein eigenartiges Funkeln wahr.

„Schön, dass ihr da seid", erklärte er. „Kommen wir gleich zur Sache!"
Er deutete auf einen Priester, der etwas Abseits stand, und winkte ihn herbei. Der Mann Gottes war dickleibig und trug eine braune, verschlissene Kutte. Sein Haupt hatte man kahlgeschoren. Als er neben mir stand, sagte der König: „Das Priesterlein gehört euch, Ida!"
Verwundert und gleichermaßen überrascht, sah ich ihn mir

genauer an.

„Was bezweckt Geiserich mit dem Geschenk", fragte ich mich unterdessen. „Der König ist stets für eine Überraschung gut."

„Stell dich deiner neuen Herrin vor!", forderte der Herrscher der Vandalen und Alanen den Mann Gottes barsch auf, worauf jener sich vor mir verbeugte.

„Man ruft mich Ansgar, den Goten. Ich bin ein arianischer Priester und war bis soeben Sklave eures Königs."

Jene Worte sagte er auf Vandalisch, eine mit dem Gotischen verwandte Sprache. Sein Auftreten und die Wortwahl ließen darauf schließen, dass er belesen war.

„Was nur soll ich mit einem gottgeweihten Goten anfangen?", waren derweil meine Gedanken. Als ob Geiserich sie erraten hätte, fragte er: „Ihr überlegt jetzt bestimmt, wie er euch zu Diensten sein kann?"

Ich nickte bedächtig mit dem Kopf. Der König drehte sich um und ging, einen Fuß leicht nach sich ziehend, auf einen Armstuhl zu und nahm darauf Platz.

„Wir kennen uns nun schon sehr viele Jahre", stellte er zutreffend fest. „Ida, ihr seid Farold ein treues Weib, liebevolle Mutter eurer Kinder, aufrichtig und aufgeweckt. Ferner ist mir aufgefallen, dass ihr es vortrefflich versteht, euch mit gewählten Worten auszudrücken."

Er hielt einen Augenblick inne.

„Gern will ich Euch anvertrauen, wie der Priester euch von Nutzen sein wird", fuhr er fort. „Ansgar spricht und schreibt fließend Latein. Doch am wertvollsten an ihm ist, dass er Gotisch schreiben und lesen kann."

Geiserich stand auf und stellte sich vor mich hin.

„Ich wünsche, dass er euch in all dem unterrichtet!"

Vor Freude hätte ich dem König um den Hals fallen können. Schon immer hegte ich den Wunsch, Latein richtig sprechen und schreiben zu lernen. In dem Moment fiel mir ein, dass er niemals etwas verschenkte, wenn es ihm nicht von Nutzen war.

„Warum?", fragte ich deshalb argwöhnisch.

„Wir Vandalen haben keine eigenen Schriftzeichen", erklärte er. „Doch ähnelt unsere Mundart dem Gotischen. Ein Priester namens Wulfila hat vor Jahren aus griechischen und lateinischen Lettern sowie germanischen Runenzeichen eine gotische Schrift entwickelt und anschließend die Bibel vom Griechischen ins Gotische übersetzt."

Über seine Wangen huschte ein Lächeln.

„Wenn ihr all das von eurem Sklaven gelernt habt", er zeigte auf Ansgar, „werdet ihr die Geschichte von uns Vandalen in gotischer Schrift niederschreiben. So erfahren die nachfolgenden Generationen, woher wir kamen, was uns bewog die Heimat zu verlassen, wie wir lebten, wohin wir zogen und uns widerfuhr. Auf Pergament festgehalten, gehen wir für alle Zeiten in die Geschichte der Menschheit ein."

Ich ließ seine Worte auf mich wirken.

„Was für eine interessante Herausforderung!", war mein erster Gedanke.

„Ich bin mir gewiss", fügte der König noch hinzu, „dass ihr dieser historischen Aufgabe gewachsen seid."

„Eine wunderbare Eingebung!", entgegnete ich.

Farold nahm meine Hand, und wir schauten uns liebevoll in die Augen.

„Ihr habt eine gute Wahl getroffen, mein König!", erklärte er. „Das kann ich euch ehrlichen Herzens versichern."

Geiserich sah meinen Mann an.

„Ich weiß Farold, ich weiß!"

So geschah es, dass ich seit diesem denkwürdigen Tag, sowohl Latein als auch Gotisch sprechen, schreiben und lesen lernte. Ansgar war ein guter und geduldiger Mentor. Die Geschichte über den Ursprung und die Taten der Vandalen sowie meiner Sippschaft, wurde fortan von mir in gotischer Schrift niedergeschrieben.

Da ich beim Aufbruch der vandalischen Stämme aus ihrer Heimat nicht zugegen war, sondern im Breisgau lebte, befragte ich meinen Mann sowie Zeitzeugen, was sich wo, wann, warum und wie ereignete.

Über den Einfall der silingischen sowie hasdingischen Vandalen in das Westliche Imperium, den Zug durch Gallien, über die Pyrenäen, den Aufenthalt in Hispania, die Überfahrt nach Afrika sowie die Gründung des Königreichs der Vandalen und Alanen, berichte ich aus eigener Anschauung und aufgrund persönlicher Erlebnisse.

Kapitel 3 – Die Hirschberger

„Meine Sippe lebte friedlich und glücklich zusammen", begann Farold zu erzählen, und ich schrieb seine Worte in gotischen Buchstaben auf Pergament.

Er erblickte im Herbst 384 das Licht der Welt. Kindheit und Jugendzeit verbrachte Farold im Kreise seiner silingischen Sippschaft in einem kleinen Flecken, den man Hirschberg nannte. Jener bestand aus einigen Holzhäusern, Schuppen sowie Vorratshütten. Ganz in der Nähe floss die Oder vorbei. Aurelia, seine Mutter, war ein belesenes Weib und dessen Vater Adalhard ein erfahrener Recke. Zusammen mit dessen jüngeren Geschwistern Marc und Marit wuchs der junge Vandale in bescheidenen Verhältnissen völlig unbeschwert auf.

Es war ein ganz gewöhnlicher Tag, an dem Farold mit seinem Vater auf die Jagd ging. Sie hatten gerade einen Keiler erlegt, als Adalhard am Waldrand zwei Reiter wahrnahm. Einer von ihnen hielt einen Bogen in der Hand. Flugs nahm der Hirschberger sein Rundschild und hielt es schützend vor dessen Sohn und sich. Nahezu gleichzeitig hörte man ein seltsames Surren in der Luft und im nächsten Moment traf ein Pfeil das Schild. Vater und Sohn sprangen auf ihre Pferde und preschten im Galopp auf einen Wald zu. Beide hielten währenddessen ihre Schilder schützend hinter sich. Erneut vernahmen sie das unheilvolle Surren und sodann ein dumpfes Geräusch. Ein Pfeil hatte das Schild von Adalhard durchbohrt und die Schulter verletzt. Im Forst angekommen, stiegen die Vandalen rasch von den Pferden ab, nahmen ihre Speere und verbargen sich im dichten Unterholz. Vorsichtig kamen die Fremden auf kleinen, zotteligen Pferden näher. Plötzlich lief Adalhard aus seinem Versteck, worauf ein Tier sich erschrocken aufbäumte. Im gleichen Moment warf der Hirschberger einen Speer auf den Reiter. Der durchbohrte dessen Brust, worauf er aus dem Sattel fiel und leblos auf der Erde liegen blieb. Zugleich ritt dessen Gefährte mit gezogenem Schwert auf Adalhard zu. In diesem bedrohlichen Augenblick rannte Farold aus dem Unterholz, rief beschwörend den Namen Wodans und schleuderte seinen Speer auf den angreifenden Recken. Der fiel getroffen vom Pferd, überschlug sich mehrfach und blieb regungslos auf dem Waldboden liegen. Vater und Sohn atmeten erleichtert durch.

Farold riss sein Leinenhemd in Streifen und verband damit die blutende Wunde seines Vaters. Danach sah er sich die Fremden aus der Nähe an. Neugierig betrachtete der junge Vandale ihre Schlitzaugen und entstellten Fratzen. Die Wangenknochen ragten unter furchtbaren Narben deutlich hervor und neben den kahlgeschorenen Schädeln lagen ihre Pelzkappen. Ihre Kleidung hatte man aus Leder und Fellen angefertigt. Neben den Gefallenen standen die zotteligen Pferdchen. Farold schaute sich einen eigenartig geformten Sattel sowie die dazugehörigen Steigbügel, in dem der Recke stehend angegriffen hatte, genauer an. Anschließend nahm er einen ihrer Bögen in die Hand. Er war sonderbar geschwungen und aus hornartigem Material angefertigt. Mühelos spannte Farold die Sehne an und fragte seinen Vater, ob er so etwas schon einmal gesehen habe. Adalhard schüttelte kraftlos den Kopf und wollte so schnell wie möglich fort von diesem unheilvollen Ort. Die beiden Vandalen nahmen die Pferde und Waffen der Schlitzaugen mit und erreichten bald darauf Hirschberg.

Aurelia rief sofort nach Kunigunde, der Heilerin und Seherin der Sippschaft, als sie die in Blut getränkten Leinenstreifen an ihrem Mann wahrnahm. Jene löste kurz darauf den Verband und wusch die Verletzung mit Wodans Blut, einer Mischung aus Met und Kirschsaft, gründlich aus. Danach legte sie Heilkräuter darauf und verband die Wunde sorgfältig mit zuvor abgekochten Leinenstreifen. Unentwegt murmelte sie dabei heilbringende Worte. Als Kunigunde mit der Behandlung fertig war, teilte sie einer besorgten sowie blassen Aurelia mit, dass die Wunde bald schon heilen und ihr Mann wieder gesund werden würde.

Kapitel 4 – Wodans Prophezeiung

Ein reges Treiben bestimmte den Ablauf des nächsten Tages. Adalhard wollte nach diesem Ereignis seinen Ältesten in den Kreis der Hirschberger Recken aufnehmen. Farold war fünfzehn Winter alt, hatte schwarzes Kopfhaar, gefällige Gesichtszüge und dunkelbraune Augen. Er war von kräftiger Statur, aufgeweckt und aufrichtig. Seine Großeltern meinten, dass er vom Äußeren seiner provinzialrömischen Mutter gleiche und die Wesensart vom vandalischen Vater in die Wiege gelegt bekommen hatte.

Als die leuchtenden Sterne am Himmelszelt emporstiegen, saßen die Hirschberger am Herdfeuer zusammen. Holzbecher wurden mit Met gefüllt, und nachdem Adalhard lobende Worte über die Taten seines Sohnes gesprochen hatte, ließ ihn die Sippschaft mehrfach hochleben. Damit war der junge Mann in den Kreis der Hirschberger Recken aufgenommen. Nun erzählten die Alten abenteuerliche Geschichten aus ihrem zur Neige gehenden Leben. Der Großvater des jungen Vandalen, Lorenz, berichtete von einem Raubzug, bei dem er einst sein Weib Merlinde aus den Gauen der Alamannen nach Hirschberg verschleppte. Anschließend trug der Barde der Sippschaft die Weise von der Bernsteinstraße vor und entlockte seiner Zupfe klangvolle Töne. Er schilderte in Reimform die heldenhaften Taten der Vandalen auf ihren abenteuerlichen Streifzügen an die See der Balten. Es war zu jener Zeit üblich, dass Vandalen vom Stamme der Silingen Händler aus dem Römischen Imperium auf dem Weg zum Meer begleiteten, um sie vor Widrigkeiten zu beschützen. Jene unternahmen diese beschwerlichen sowie gefährlichen Reisen, um mit den dort lebenden baltischen Stämmen Handel zu treiben. Sie tauschten ihre mitgebrachten Waren, wie Waffen oder Glasperlen, vor allem gegen Bernsteine, das Gold des Nordens, ein. Jeder Silingen wollte wenigstens einmal in seinem Leben mit ihnen ans Meer reisen, zumal die römischen Kaufleute diese Dienste großzügig entlohnten.

Zur Stärkung hatten die Weiber der Sippe Hasenbraten mit Kohl aufgetischt. Die Hirschberger aßen mit Händen und

Löffeln aus einfachen Holzschüsseln. Nach der Abendkost nahm der Barde erneut seine Zupfe in die Hand und begann damit, die Mär über die Urahnen der Vandalen vorzutragen. Jedes Kind konnte sie auswendig dahersagen. Zunächst ließ er verlauten, dass alle Germanen vom Stammvater Mannus abstammen würden. Sodann schilderte er in Versen, dass die Vandalen aus einem Land kamen, welches von drei Meeren umspült ward. Schließlich beschrieb er den Aufbruch aus der Heimat und eine stürmische Fahrt über das Meer. Wieder an Land kam es zum Streit mit dem dort lebenden Stamm der Winniler. Ihre Weiber verehrten in ganz besonderem Maße Freia, die Angetraute Wodans. Aus diesem Grund rang Freia ihrem Göttergatten ein Versprechen ab. Der gab ihr nämlich sein Ehrenwort, dass er den Stamm im bevorstehenden Waffengang siegen lasse, dessen Recken er am nächsten Tag als Erste vor das Angesicht bekäme. Als die Sonne aufging, waren die Weiber der Winniler, mit gefälliger Hilfe von Freia, zur Stelle. Ihre Kopfhaare hatten sie über die Gesichter gekämmt. Als Wodan aufwachte, sah er sie und fragte sein Weib, wer die Langbärte seien, worauf die Winniler die Vandalen im anstehenden Waffengang schlugen. Fortan nannten sie sich Langobarden, im Gedenken an die vorgeblichen Bärte ihrer Weiber. Die unterlegenen Vandalen indes, zogen weiter.

Auf dem Weg nach Süden teilten sie sich in zwei Stämme auf. Die einen riefen sich fortan Silingen und die anderen Hasdingen. Erstere ließen sich zwischen den Flüssen Oder und Weichsel nieder, während Letztere über hohe Berge in ihre neue Heimat zogen. Zum Schluss erinnerte der Barde seine aufmerksamen Zuhörer stets daran, dass Göttervater Wodan den Vandalen in ihrer verlassenen Heimat zwischen den Meeren zwei Wanderungen in ferne Länder prophezeite. Erst die Zweite, noch bevorstehende, führt den Stamm ins Paradies auf Erden. Jeder Vandale glaubte vorbehaltlos daran.

Lorenz sprang plötzlich auf, rief nach Kunigunde der Seherin und forderte sie auf zu orakeln. Seine Schwiegertochter Aurelia sah ihn entrüstet an. Die Mutter von Farold stammte aus dem Römischen Imperium und war eine katholische

Christin. Sie glaubte nicht an die Götterwelt der Germanen. Mit ihren Kindern Marc und Marit verließ sie fluchtartig das gesellige Beisammensein.

Kunigunde hielt derweil einen Lederbeutel über den Tisch und rief Wodan lautstark um Beistand. Danach öffnete sie den Beutel. Weiße und schwarze Knochen mit eingeritzten Runenzeichen fielen heraus. Erwartungsvoll starrten alle auf das Orakel, welches sich vor ihnen ausbreitete. Lediglich das Knistern des Herdfeuers war noch zu hören. Nach einer Weile fing die Seherin an zu deuten. Kaum vernehmbar sagte sie voraus, dass die Sippe der Hirschberger und der Stamm der Silingen sehr bald schon die heimatlichen Gefilde verlassen würden, um sich auf die zweite von Wodan verheißene Wanderung in das irdische Paradies zu machen.

Farold fand in dieser Nacht lange Zeit keinen Schlaf. Zu sehr beschäftigte ihn all das, was er gestern und heute erlebt hatte. Immerzu fragte er sich, ob die Weissagungen von Göttervater Wodan und der Seherin eines Tages in Erfüllung gehen würden.

Kapitel 5 – Bei den Alamannen

Im ausgehenden Sommer des Jahres 388 kam ich als zweite Tochter von Isfried und dessen Weib Geri in Steinhain im Tal der Wiese auf die Welt. Dort wuchs ich mit meiner älteren Schwester Monia sowie der jüngeren Ansgard im Kreise der Sippschaft an den Ausläufern der Schwarzen Berge auf. Der Landstrich in dem wir lebten, wurde Breisgau gerufen. Unser Langhaus bestand aus drei großen Räumen. In dem nach Süden ausgerichteten, befand sich der Wohnbereich. Um die Feuerstelle spielte sich das Leben der Sippe ab. In der Mitte war die Scheuer. Wer das Haus betrat, musste hier eintreten. Dem schloss sich der Stall mit dem Vieh an. Wir hatten ein paar Kühe, Ziegen sowie Schafe und allerlei Federvieh. Das Dach war mit Holzschindeln gedeckt, und mitten in Steinhain stand das Gemeinschaftshaus!

Die Wiese floss unmittelbar am Ort vorbei. Im Winter fror sie gelegentlich zu, und im Sommer badeten wir im Fluss, wo es viele Fische gab. Vater war das Oberhaupt der Sippschaft und brachte, zusammen mit seinen Brüdern, den Burschen die Bewirtschaftung der Höfe, Reiten, Fischen und Jagen bei. Während wir Mädchen in Handarbeiten, wie Kochen, Stricken oder Stopfen von den Weibern angeleitet wurden. Als ich sechs Winter alt war, durfte ich auf unsere Kühe, Schafe sowie Ziegen achtgeben. Wir hatten immer genügend zum Essen, bauten Gerste an, backten das Brot selbst und waren weitestgehend Selbstversorger.

Ab und zu kamen Händler mit wunderbaren Waren nach Steinhain. Sie tauschten bunte Glasperlen oder brauchbare Gegenstände vor allem gegen Felle oder Schnitzereien ein. Ich weiß noch genau, wie mir ein Händler einmal eine besonders schöne Glasmurmel schenkte und ich vor lauter Freude vergaß, mich bei ihm zu bedanken.

Des Öfteren nahm mich Vater nach Burgberg auf den Wochenmarkt mit, wo wir vor allem unser Federvieh gegen nützliche Dinge eintauschten. An jenem Ort lebte und residierte der König der Breisgauer. Damals ritt ich zum ersten Mal bei *Mons Brisiacus* auf einer langen Holzbrücke über den Rhein ins Westliche Imperium. Vater und ich kamen in einen Ort mit gepflasterten Straßen und Häusern, welche man aus Stein erbaut hatte. Es hat mich sehr beeindruckt, und fortan, fragte ich ihn über alles Interessante und Wissenswerte gründlich aus.

Unsere gemeinsame Leidenschaft war die Jagd. In den Schwarzen Bergen wies er mich in Fährtensuchen, den Gebrauch von Pfeil und Bogen oder dem ausweiden des erlegten Wildes ein.

In unserer Sippschaft gab es eine Heilerin und eine Seherin. Beide horchten auf den Namen Gerlinde. Verletzte sich jemand, wusch Erstere die Wunde aus, verabreichte einen Heilkräutertrunk oder legte einen Verband an. Die alte Seherin war erblindet und lebte allein in einem kleinen, windschiefen Haus am Rande unseres Fleckens. Wir Kinder hatten vor dem schrulligen Weib großen Respekt. Jene war in Steinhain und weit darüber hinaus hoch angesehen. Viele Breisgauer suchten sie auf, um sich von ihr das Morgen deuten zu lassen.

Eines Tages nahm mich Mutter zur Seherin mit. In ihrer Wohnstatt loderte ein Herdfeuer. Daneben standen ein Tisch und ein paar Holzschemel. Die Greisin wies uns an, darauf Platz zu nehmen.

„Was führt euch zu mir?“, wollte sie von Mutter erfahren.

„Ich bitte dich, meiner Tochter die Zukunft zu deuten!“

Mir wurde auf einmal furchtbar heiß. Gleichzeitig übermannte mich die Neugierde. Die blinde Seherin ertastete meine Gesichtszüge, strich mir sanft über das Kopfhaar und legte meine Hände behutsam auf den Tisch zwischen weißen sowie schwarzen Knochen. Die sammelte sie ein, hielt sie hoch und murmelte beschwörende Worte. Auf einmal flog ein Rabe aus dem Dachfirst herab und setzte sich auf die Schulter des betagten Weibes. Mutter und ich erschraken gleichermaßen. Ein unheimliches Gefühl beschlich mich, als sie die Knochen über meine Hände fallen ließ. Einige blieben darauf liegen.

Die ertastete sie und fing an zu deuten.

„Ida wird ein schönes, ehrbares und gebildetes Weib werden", orakelte sie. „Ein fremder Recke eines Tages ins Tal der Wiese kommen und ihr Herz erobern."

Ich war in diesem Augenblick unglaublich aufgeregt.

„Mit ihm wird sie eine gefahrvolle, entbehrungsreiche und weite Reise unternehmen. Nur einmal noch in das Tal der Wiese zurückkehren, um danach mit ihren Liebsten an einem Ort zu leben und zu sterben, welcher von Wellen umspült wird."

Auf einmal fing die Greisin beängstigend an zu zittern.

„Einem mächtigen und weisen König wird sie zu Diensten sein, viele Abenteuer erleben und gesunde Kinder auf die Welt bringen!"

Einen Moment lang zögerte sie, dann fuhr sie fort.

„Ida ist eine Auserwählte! Freia, das Weib Wodans, hält schützend ihre Hände über sie."

Gerlinde die Seherin setzte sich erschöpft auf einen Schemel, und der Rabe flog wieder unter das Dach. Mutter legte ihr einen Laib Brot sowie ein paar Fische auf den Tisch, nahm mich bei der Hand und verließ, ohne ein Wort zu verlieren, den Ort der Weissagung. Auf dem Weg nach Hause blieb sie auf einmal stehen, nahm mich in die Arme und drückte mich fest an ihre Brüste.

Kapitel 6 – Marcellus Aurelius

Mitten in Hirschberg stand das Haus der Sippe von Adalhard. Es war aus Holz erbaut, mit Schilf eingedeckt und hatte eine geräumige Stube sowie Schlafstatt. Das Vieh war in einer abseitsstehenden Tenne untergebracht. Im Flecken lebten die drei Sippen der Söhne von Farolds Großvater Lorenz zusammen. Die Sippschaft zählte fünfzig Häupter und neben den Freien gab es Halbfreie sowie Unfreie. Die Halbfreien waren Knechte, Mägde oder ehemalige Unfreie. Letztere brachte man von Raubzügen mit oder tauschte sie auf einem Markt ein. Sie hatten keinerlei Rechte und mussten die niedrigsten Arbeiten verrichten. Jede Sippe betrieb Viehzucht sowie Ackerbau. Außerdem ging man der Jagd und dem Fischfang nach. Nach dem altersbedingten Verzicht von Lorenz wählten die Hirschberger Recken dessen Sohn Adalhard zu ihrem Ältesten. Im Rat wurde über alle Angelegenheiten gesprochen und entschieden. Dazu gehörte die Aufteilung von Feldern und Wiesen, die Verrichtung von Fronarbeiten oder die gelegentliche Schlichtung von Fehden.

Die alltäglichen Arbeitsabläufe und die vier Jahreszeiten bestimmten das Leben in Hirschberg, falls, ja falls sich nicht etwas Außergewöhnliches ereignete.

Adalhard hatte an jenem denkwürdigen Tag seinem Ältesten und dessen Vetter aufgetragen im Wald Holz zu schlagen. Sie gingen gemeinsam in die Tenne, spannten ein Pferd vor das Fuhrwerk an und luden Rüstzeug auf. Danach holte Farold Bogen und Pfeile eines gefallenen Schlitzauges, um die Waffe zu erproben.

Nachdem sie mit der Arbeit im Forst fertig waren, nahm er den Bogen, spannte die Sehne mit einem Pfeil an, zielte damit auf die Kerbe eines Baumstamms und ließ los. Das Geschoss flog surrend durch die Luft und bohrte sich über der Kerbe in den Stamm. Der nächste Pfeil traf das vorgegebene Ziel.

Als die beiden wieder aus dem Wald fuhren, sahen sie mehrere Reiter und zwei Reisewagen, die sich auf dem Weg hinauf nach Hirschberg befanden. Ein Weib rannte in dem

Moment den Hügel hinab auf den Tross zu. Es war Aurelia, die Mutter des jungen Vandalen. Im Laufen fing sie ein Mann auf. Im gleichen Augenblick war Farold klar, dass es sich um Marcellus Aurelius handelte, der seine Schwester besuchte.

Es dauerte hierauf nicht lange, und der junge Hirschberger befand sich mitten unter den Besuchern. Marcellus hielt Aurelia freudestrahlend in den Armen. Sie unterhielten sich auf Latein. Daneben standen einige Provinzialrömer, welche man an ihren kurz geschnittenen Haaren sowie der Art und Weise wie sie sich kleideten, zweifelsohne erkennen konnte. Des Weiteren waren Recken mit langen Beinkleidern und Wollumhängen zugegen. Jene hatten ihr langes Kopfhaar mit Knoten zusammengebunden. Eine Eigenart der Sueben.

Adalhard kam hinzu und begrüßte freundlich seinen Schwager. Marcellus stellte ihm sodann die Recken vom Stamme der Sueben vor. Dabei handelte es sich um einen Bruder ihres Königs Hermerich, den man Rechiar rief. Er war mit seinen Männern auf dem Weg nach Otterburg zu Tharwold, dem König der Silingen.

An diesem Abend wurde in reichlichem Maße getafelt und gezecht. Marcellus Aurelius wollte in den nächsten Tagen weiter an die See der Balten reisen, um an jenem Ort seine mitgebrachten Waren gegen Bernsteine zu tauschen. Der Bruder des Suebenkönigs deutete an, dass er König Tharwold aufsuche, um mit ihm Angelegenheiten von großer Tragweite zu besprechen. Um was es sich dabei handelte, war von Rechiar nicht zu erfahren.

Farold nahm sich vor, seinen Oheim an das Meer zu begleiten. Schließlich war er jetzt ein Hirschberger Recke und wollte sich dieses Abenteuer auf gar keinen Fall entgehen lassen.

Schlagartig hatte er die Landkarte vor Augen, welche Großvater Lorenz vor vielen Wintern von einem römischen Händler geschenkt bekam. Auf dem kostbaren Pergament war der genaue Verlauf der Bernsteinstraße aufgezeichnet. Immer und immer wieder hatte der junge Hirschberger sie eingehend studiert und eingeprägt. Ausgehend von der Hafenstadt *Aquileia* am *Mare Adriaticum* führte die Straße nach Norden durch die römischen Provinzen Venetia und

Pannonia bis an einen Fluss, der *Danuvius* genannt wurde. Der bildete die Grenze zwischen dem Römischen Imperium und den Gauen der Germanen. In der Nähe der Stadt *Carnuntum* fuhr man auf einer Fähre über den Strom. Von da an verlief die Bernsteinstraße zunächst durch die Landstriche der Sueben, danach durch die Berge der Vandalen. Von dort hinab nach Otterburg, wo der König der Silingen Hof hielt. Durch eine Furt gelangte man an jenem Ort durch die Oder an das gegenüberliegende Ufer und nach einigen Tagen an die Weichsel, einen gewaltigen Strom, welcher die Gaue der Vandalen von denen der Goten trennte. Man konnte ihn nur bei niedrigem Wasserstand überwinden. Die Bernsteinstraße endete schließlich hoch oben im Norden, am *Mare Balticum*, wo der Stamm der *Pruzzen* lebte.

Die Händler nahmen diese beschwerliche, gefahrvolle Reise vor allem deshalb auf sich, um den an der See reichlich vorkommenden Bernstein zu erwerben. Sie nannten ihn wegen seines honigfarbenen Aussehens *Glesum.* Er erzielte beim Verkauf im Imperium enorme Gewinne und wurde dort vor allem zu Schmuck verarbeitet. Jedes Jahr reiste Marcellus Aurelius zu den Pruzzen und besuchte auf dem Hin- und Rückweg seine Schwester in Hirschberg. Aurelia hatte ihren Mann auf einer Reise an die See der Balten kennengelernt. Aus Liebe zu Adalhard war sie aus der wohlhabenden Stadt Aquileia in den armseligen Flecken Hirschberg gezogen.

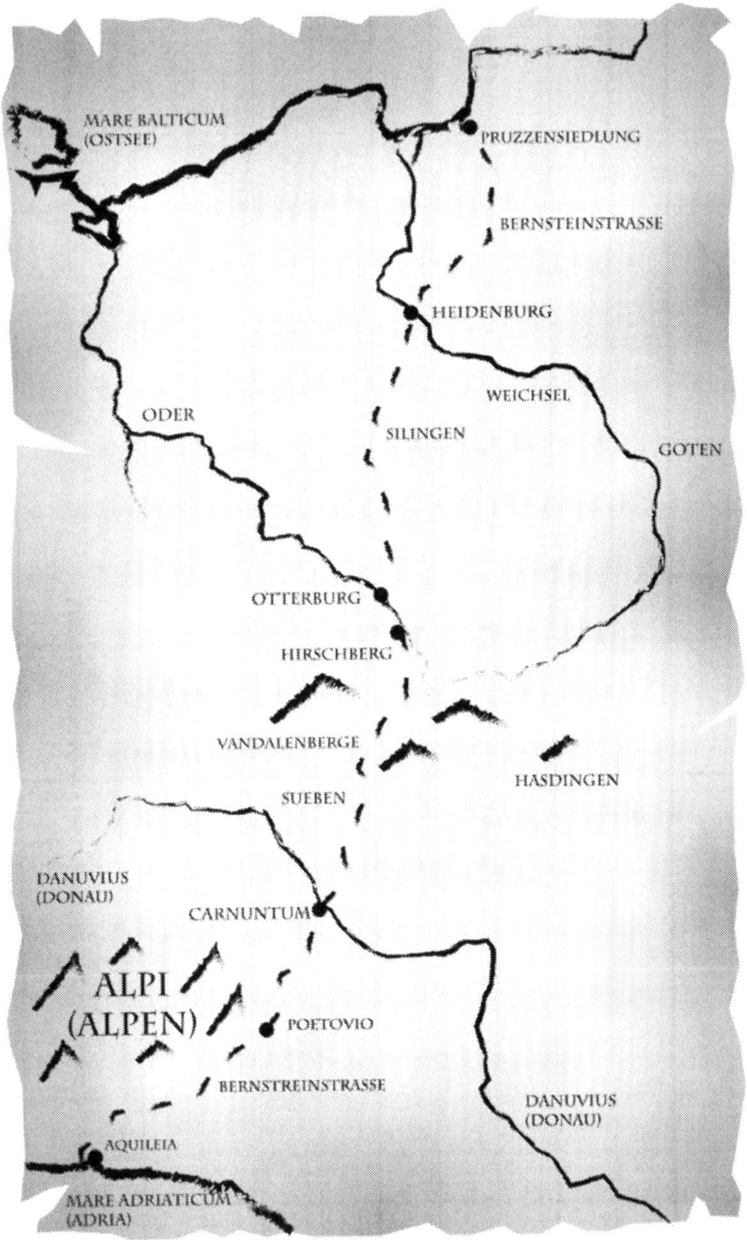
MARE BALTICUM
(OSTSEE)
PRUZZENSIEDLUNG
BERNSTEINSTRASSE
HEIDENBURG
WEICHSEL
ODER
SILINGEN
GOTEN
OTTERBURG
HIRSCHBERG
VANDALENBERGE
HASDINGEN
SUEBEN
DANUVIUS
(DONAU)
CARNUNTUM
ALPI
(ALPEN)
POETOVIO
BERNSTREINSTRASSE
DANUVIUS
(DONAU)
AQUILEIA
MARE ADRIATICUM
(ADRIA)

Kapitel 7 – Gunna die Pruzzin

Es war die erste und zugleich auch letzte Reise von Farold an die See der Balten. Zuerst erreichten sie Otterburg, wo gerade Markttag war. Viele Menschen, Pferde und Fuhrwerke unterschiedlichster Art und Größe drängten sich auf den staubigen Gassen. Überall boten Marktschreier Waren an, und farbenfroh gekleidete Gaukler präsentierten einer vergnügten Ansammlung von Vandalen ihre erstaunlichen Fertigkeiten. Vor dem königlichen Anwesen standen ein paar bewaffnete Recken und wollten von Adalhard erfahren, wer den König zu sprechen wünschte. Kurz danach stiegen der Älteste der Hirschberger, Rechiar der Suebe und Farold die Treppe zu dessen Wohnstatt empor. Man führte sie in einen Saal. Am Kopfende einer langen Tafel saß Tharwold, der König der Silingen, mit zwei Männern zusammen. Die trugen ihre Haare offen, was auf eine edle Abstammung schließen ließ. Die Besucher verbeugten sich vor dem König, worauf er sie mit fester Stimme willkommen hieß. Der Suebe stellte sich als Bruder von König Hermerich vor. Danach waren Adalhard und Farold an der Reihe.

Ohne Umschweife wollte Tharwold von Rechiar erfahren, was ihn nach Otterburg führt, worauf der Angesprochene von wilden Reiterhorden berichtete, welche in die Gaue der Sueben plündernd und mordend einfielen. Sie selbst nannten sich die Mutigen und im Imperium wurden sie Hunnen gerufen. Alles gute Reiter und vortreffliche Bogenschützen. Am Schluss seines überaus aufschlussreichen Berichts, bat er den König der Silingen um Beistand beim Kampf gegen die hunnischen Horden.

Tharwold hatte mit wachen Sinnen zugehört und wandte sich nun den Männern an seiner Seite zu, worauf einer von ihnen das Wort ergriff. Er schilderte mit eindrucksvollen Worten, dass die Hunnen auch die vandalischen Hasdingen heimgesucht und eine Spur der Verwüstung hinterlassen hätten. Deshalb schickte sein Vater ihn und seinen Bruder nach Otterburg, um mit den silingischen Brüdern zu beratschlagen, wie man gemeinsam dieser Bedrohung entgegentreten könnte.

Anschließend stellte Tharwold seine beiden Gäste vor. Es handelte sich um Guntherich, den ältesten Sohn des Königs der Hasdingen Godegisel, und dessen Halbbruder Geiserich. Ersterer war ein stattlicher, großer Mann, der sein langes, blondes Haar offen trug. Geiserich indes war um einiges kleiner und hatte halblanges, schwarzes Kopfhaar. An dieser denkwürdigen Zusammenkunft in Otterburg lernten Adalhard und Farold die Königssöhne der Hasdingen kennen.

Tharwold teilte den Anwesenden mit, dass man einen Späher der Hunnen überwältigen konnte. Unter Androhung der Folter hatte er preisgegeben, dass ihr Großkhan Vorkehrungen treffen würde, um im kommenden Frühjahr über die Hasdingen, Silingen und Sueben herzufallen.

Man besprach sich längere Zeit und vereinbarte schlussendlich, beim nächsten vollen Mond noch einmal zusammenzukommen. Zuvor jedoch sollte jeder Stamm einen *Thing* einberufen, auf denen die Ältesten über die drohende Gefahr unterrichtet wurden, um anschließend zu beratschlagen und zu entscheiden, was geschehen sollte.

Bereits am nächsten Tag zog Farold mit seinem Oheim und dessen Begleitern auf der Bernsteinstraße nach Norden, während Adalhard es vorzog, am Thing der Silingen teilzunehmen. Der Älteste der Hirschberger bat seinen Schwager auf Farold gut Acht zu geben.

Die Schar erreichte einen mit Holzpalisaden befestigten Flecken, welcher an einem breiten Strom lag. Sie waren in Heidenburg an der Weichsel angekommen. Die heimischen Vandalen warnten sie eindringlich davor, durch die verlassenen Gaue der Goten an die See der Balten zu ziehen. Sie berichteten von Rauchsäulen, welche tagelang auf der anderen Flussseite zu sehen waren.

Jedem Recken, der sich ihnen dennoch anschließen wollte, bot Marcellus fünfzig *Denarius* an. Ein mehr als üppiges Salär. Dennoch waren lediglich zwei Heidenburger dazu bereit. Nachdem man sich mit frischen Mundvorräten eingedeckt hatte, zog die Schar durch eine Furt der Weichsel in die verlassenen Gaue der Goten.

Am Nachmittag kam man durch einen abgefackelten Flecken, dem noch viele folgen sollten. Kein Lebewesen war zu sehen. Farold fragte sich derweil, ob es eine kluge Entscheidung war, die Reise zu unternehmen. Später trafen sie auf einige Hunnen, welche aus sicherer Entfernung ein paar Pfeile auf sie abschossen. Danach machten sie sich schleunigst davon. Marcellus trieb unermüdlich zur Eile an.

Schließlich erreichten sie die Gaue der Balten, welche man an den unwegsamen Sümpfen, zahlreichen Seen und dichten Wäldern erkennen konnte. Als sie auf Späher des Stammes der Pruzzen stießen, waren allesamt erleichtert.

Der junge Hirschberger atmete zum ersten Mal in seinem Leben salzhaltige Luft ein und wenig später erblickte er die See der Balten. Immer wieder schaute er gebannt auf das wogende Meer hinaus. Die Sonne stand schon tief, als man einen Fischerflecken erreichte. Dort wurden sie von den Pruzzen in einer kleinen, windschiefen Kate untergebracht und verköstigt. Es gab warme Stutenmilch, gebackenes Brot und gebratenen Fisch mit Meersalz. Marcellus fragte während des Schmauses den Sippenältesten des baltischen Stammes, ob sie noch nie von hunnischen Horden heimgesucht worden waren. Der Hüne vertrat die Ansicht, dass die Sümpfe, Seen und Wälder, welche den Gau der Pruzzen umgaben, sie davor bewahren. Er lud Farold und dessen Oheim ein, am nächsten Tag gemeinsam auf das Meer hinaus zu segeln um zu fischen. Dankbar und neugierig nahm der Hirschberger die Einladung an, während Marcellus es vorzog, den Handel abzuwickeln.

Als die Nacht hereinbrach, ging Farold alleine an den Strand. Dort saß eine Gruppe junger Pruzzen um ein loderndes Feuer und sangen fröhliche Weisen. Neugierig blieb der Vandale stehen und lauschte ihnen andächtig zu. Als man ihn bemerkte, forderten sie den Hirschberger auf, sich zu ihnen zu gesellen. Eine Pruzzin sprach etwas Latein und ihr hübsches Gesicht war übersät mit lustigen Sommersprossen. Sie hieß Gunna, hatte rotes, langes Haar, grüne Augen und war von schlanker Gestalt. Der Vandale und die Pruzzin fanden schnell Gefallen aneinander. Mitten in der Nacht sprang sie plötzlich auf, sah den Vandalen auffordernd an und lief in die Dunkelheit hinaus. Einen kurzen Augenblick zögerte der junge Mann, dann folgte er ihr nach. Es war eine klare Nacht, unzählige Sterne strahlten hoch oben am Himmelszelt und das Mondlicht glitzerte tausendfach auf der See der Balten, als die beiden sich zum ersten Mal küssten.

Am nächsten Morgen fuhr Farold mit Gunna und ihren Brüdern auf einem Fischerboot hinaus auf das Meer. Der Vandale segelte zum ersten Mal in seinem jungen Leben auf einer wogenden See. Es war ein schöner Tag und man fing viele Fische, Aale sowie Krustentiere.

Abends trafen sich die beiden wieder am Strand, wo ihm die Pruzzin einen schönen, walnussgroßen Bernstein schenkte. Farold holte eine kreisrunde, blaue Emailscheibe an einem Lederband aus seiner Tasche und band sie einer strahlenden Gunna um den hübschen Hals. Die jungen Leute hatten sich in dieser wunderbaren Nacht an der See noch Vieles zu sagen.

Bereits am nächsten Morgen trat man die Heimreise an. Marcellus hatte den Handel abgeschlossen und wollte so schnell wie möglich zurück ins sichere Imperium. Gunna und Farold verabschiedeten sich schweren Herzens voneinander.

Kapitel 8 – Addac der Alane

Auf dem Rückweg von der See der Balten in die Gaue der Silingen regnete es unablässig, weshalb Farold sich die Kapuze des Umhangs über den Kopf gezogen hatte. Man kam gerade durch eine verlassene Siedlung der Goten, als der junge Vandale den Schrei eines Habichts vernahm. Er schaute sich um, doch nirgendwo konnte er den Raubvogel ausmachen. Auf einmal sah er einen Hunnen, der hinter einer Mauer hervorschaute. Danach ging alles rasend schnell.

Der Vandale vernahm ein bekanntes Surren in der Luft und hielt unverzüglich sein Schild schützend vor sich. Gleich zwei Pfeile blieben darin stecken. Im selben Moment hörte man einen Schmerzensschrei. Rasch sprang Farold vom Pferd, nahm Bogen und Köcher mit den Pfeilen, und suchte hinter einem Wagen Schutz. Von dort konnte er gleich mehrere Schlitzaugen sehen. Geübt spannte der Hirschberger die Sehne des Bogens mit einem Pfeil an, zielte und ließ los. Das Geschoss blieb in der Brust eines Hunnen stecken. Kurz darauf erging es einem Zweiten nicht viel besser, worauf deren Gefährten sich nicht mehr blicken ließen. Als Farold sich umsah, stellte er fest, dass ein Sklave seines Oheims von einem Pfeil am Oberarm getroffen wurde. Marcellus und der Lädierte stiegen in aller Eile auf den Kutscherbock eines Wagens und rasten in wilder Fahrt davon, dicht gefolgt vom zweiten Gefährt. Zusammen mit den beiden Heidenburgern sicherte der Hirschberger ihre waghalsige Flucht.

Hinter einem abgefackelten Haus entdeckte Farold einen Reiter. In einer Hand hielt er ein Seil. An dessen Ende war ein Mann festgebunden. Ohne zu zögern schoss Farold einen Pfeil ab und verfehlte das Ziel erneut nicht. Kopfüber fiel der Hunne vom Pferd und blieb leblos auf der Erde liegen. Im gleichen Augenblick nahm der Schütze wahr, wie dessen Gefährten sich davonmachten. Worauf der junge Vandale zu dem Gefangenen ging. Auf Latein forderte der Farold auf, ihn loszubinden. Zögerlich kam der Hirschberger dem nach. Als das geschehen war, stellte sich der fremde Recke als Addac vom Stamme der Alanen vor.

Nachdem man die beiden Wagen wieder eingeholt hatte, wunderte sich Marcellus zunächst sehr, einen vermeintlichen Hunnen an der Seite seines Neffen zu sehen.

Ohne weitere Zwischenfälle kamen sie durch die Furt in der Weichsel in den Gau der Silingen. Dort verabschiedete man sich von den Heidenburgern, nachdem Marcellus die Männer für ihre Dienste reichlich entlohnt hatte.

In Otterburg traf Farold und sein Oheim wieder auf Adalhard. Nach einer überschwänglichen Begrüßung berichtete der Älteste der Hirschberger ausführlich, was sich seit ihrer Abreise an die See der Balten zugetragen hatte.

König Tharwold, Adalhard und Farold unterhielten sich am Abend mit dem Alanen Addac auf Latein. Es stellte sich heraus, dass er mit einigen Männern auf dem Weg zum König der Silingen war, als eine Horde Hunnen die Alanen überfielen, dessen Gefährten erschlugen und Addac zum Großkhan bringen wollten. Auf dem Weg dorthin entdeckten dessen Häscher die Reisewagen von Marcellus. Nur der Aussicht auf reichliche Beute hatte es der Alane zu verdanken, dass er nicht in die Hände des Khans viel. Addac trug eine reichlich verzierte Pelzjacke, ein langes Beinkleid und glänzende Stiefel. Sein Kopf hatte man kahl rasiert und die hakenförmige Nase war überaus beeindruckend.

Er berichtete den aufmerksam zuhörenden Vandalen, dass seine Ahnen zwischen dem Schwarzen und Kaspischen Meer ansässig waren, als hunnische Horden aus den Steppen des Ostens über sie herfielen, besiegten und unterjochten. Zusammen mit den Hunnen bezwangen die Alanen später die Stämme der Goten, worauf jene in das Römische Imperium flüchteten.

Sein Vater Respendial, der Khan aller Alanen, versuchte das Joch der Hunnen abzuwerfen. Durch heimtückischen Verrat scheiterte dessen Vorhaben und er wurde zur Strafe auf einem Auge geblendet. Addac und seine Schwester mussten als Geiseln in das Lager des hunnischen Großkahns ziehen. Als einer seiner Söhne die Alanin mit Gewalt nehmen wollte, schlitzte ihr Bruder den Hunnen vom Bauch bis zum

Hals hinauf auf. Noch zur gleichen Stunde flohen die Geschwister zu ihrem Stamm. Der brach in den unwirtlichen Norden auf, um der gefürchteten Rache des Großkhans zu entfliehen. Von dort sandte Respendial, der Khan der Alanen, seinen Sohn Addac als Unterhändler zu den Silingen, um ihnen ein Bündnis gegen die Hunnen vorzuschlagen.

Tharwold fragte hernach, warum die Alanen ausgerechnet mit den Vandalen einen Pakt schließen wollten. Addac entgegnete, dass sein Stamm an den Heilsbringer im Himmelszelt glaube und ihre Schamanen in Verbindung mit dem Allwissenden stehen würden. Jener hatte vorausgesagt, dass die Alanen durch wilde Horden unterjocht und später vor ihnen fliehen würden, was alles eingetroffen war. Der Schamane prophezeite des Weiteren, dass die Alanen mit anderen Stämmen in ein wohlhabendes sowie fruchtbares Land ziehen würden, um dort ein gemeinsames Königreich zu errichten. Attac hielt kurz inne, dann sagte er wortwörtlich: „Mein Vater Respendial ist davon überzeugt, dass einer dieser Stämme ihr Vandalen seid. Auch euch wurde von einem Allmächtigen die Wanderung ins Paradies auf Erden vorausgesagt."

Kapitel 9 – Die Entführung

Mittlerweile war ich zehn Sommer alt geworden und hatte meine Freude daran, mit den Buben aus Steinhain um die Wette zu laufen oder mit Vater auf die Jagd zu gehen. Mutter meinte, dass an mir ein Junge verloren gegangen sei. Begeistert nahm ich an den Übungen mit Pfeil und Bogen teil oder raufte mich gelegentlich mit Gleichaltrigen. Während Vater gewiss seine Freude daran hatte, wetterte Mutter mit mir, wenn ich wieder einmal völlig verschmutzt nach Hause kam.

Es war ein wunderschöner Sommertag, als ich unsere Kühe, Schafe und Ziegen auf eine Wiese trieb. Die Tiere kannten den Weg und fraßen sich den ganzen Tag über satt. Vom Himmelszelt schien die Sonne heiß herab. Deshalb suchte ich ein schattiges Plätzchen unter einer alten Eiche auf, legte mich ins Gras und blinzelte entspannt in den Blätterwald. Dabei fiel mir die traurige Geschichte meiner Base Merlinde ein, die vor vielen Jahren aus dem Tal der Wiese geraubt worden war. Ihre Schwester Frieda hatte sie mir einmal tränenreich erzählt.

Merlinde hütete die Schafe ihrer Sippe und kam am Abend nicht zurück, worauf man nach ihr suchte. Man fand Hufabdrücke von vielen Pferden. Die Steinhainer verfolgten die Spur bis an den östlichen *Limes*. Der schier endlose Palisadenwall markierte die Grenze zwischen den Gauen der Alamannen und der Provinz Raetia des Römischen Imperiums. Einheimische hatten eine Horde Vandalen gesichtet, die nach Osten ritten. Danach verlor sich die Fährte, und der Suchtrupp kehrte völlig niedergeschlagen zurück. Das Schicksal der jungen Alamannin bewegte und schmerzte mich zugleich. Meine Eltern ermahnten mich immer wieder, beim hüten unserer Nutztiere wachsam zu sein und Ausschau nach Fremden zu halten.

„Es ist allemal besser die Tiere zurückzulassen, und sich im Wald zu verbergen, bevor dir das Gleiche widerfährt wie deiner Base!“, höre ich heute noch die Worte von Mutter.

Jedenfalls schlief ich an jenem unglückseligen Tag ein. Das

wiehern von Pferden weckte mich auf. Erschrocken sah ich zur Herde hinüber und entdeckte dort ein paar Reiter. Einer war vom Pferd gestiegen und band gerade die Vorderläufe eines unserer Schafe mit einem Strick zusammen.

„Heute Abend gibt es einen herrlich mundenden Braten!", rief er seinen Gefährten zu, worauf sie zustimmend johlten.

Ein Dutzend Recken konnte ich zählen, sowie fünf junge Weiber und ein Mädchen. In diesem Moment fielen mir die Worte von Mutter wieder ein, dass ich mich im Wald verbergen sollte, bevor mir das gleiche Schicksal widerfährt wie Merlinde. Langsam ging ich rückwärts, um mich hinter der Eiche zu verbergen. Dabei trat ich auf einen trockenen Ast, der knackend auseinanderbrach. Die Fremden sahen zu mir herüber, worauf ich so schnell ich konnte auf den nahegelegenen Forst zulief. Hinter mir vernahm ich rasch näherkommende Hufschläge und Hundegebell. Im Wald angelangt verbarg ich mich im dichten Unterholz.

„Arno, such!", rief eine männliche Stimme, in einer germanischen Mundart, die ich noch nie zuvor vernommen hatte.

Völlig verängstigt machte ich mich so klein wie nur irgendwie möglich. Auf einmal stand ein großer, schwarzer Hund mit fletschenden Zähnen neben mir und bellte mich ununterbrochen an. Ich stand Todesängste aus. Dann zog mich jemand schreiend und tretend aus dem Versteck.

„Na, wen haben wir den hier eingefangen?", fragte mich der Kerl, bevor ich ihm mit den Fingernägeln das Gesicht zerkratzte.

Er schlug zu und ich erwachte erst wieder, als er mich benommen auf ein Pferd setzte. Ich hatte furchtbare Angst und weinte bitterlich, als wir aufbrachen.

Mit hereinbrechender Dämmerung richteten die Männer abseits vom Weg ein Nachtlager her. Dort entfachten sie ein Feuer und bereiteten die Abendkost zu. Die Recken waren allesamt zwischen zwanzig und dreißig Lenze alt. Vieles was sie sagten, konnte ich nicht verstehen. Ein Kerl warf mir lachend ein Stück Fleisch zu. Mir war speiübel und ich verspürte keinerlei Appetit, dachte ständig an meine Liebsten In Steinhain. Dann schleifte mich mein Häscher über den

Waldboden zu einem etwa gleichaltrigen Mädchen. Er band uns mit einem Strick aneinander und deckte uns mit einem verschmutzten Fell zu. Kurz darauf sah ich zu, wie die Männer mit den jungen Weibern in der Dunkelheit verschwanden.

„Wer bist du?", fragte ich meine Leidensgefährtin.

„Man ruft mich Lena!", antwortet sie. „Die Markomannen haben mich auf dem Weg zu meiner Sippe aufgegriffen und entführt."

„Was haben sie mit uns vor?"

„Nachdem wir den Limes hinter uns gelassen haben, werden sie uns auf einem Sklavenmarkt im Imperium verkaufen oder zu den ihrigen mitnehmen."

Zunächst dachte ich nicht richtig gehört zu haben, doch dann begriff ich, was mir bevorstand. Ich machte mir heftige Vorwürfe, dass ich unter der Eiche eingeschlafen war. Abermals fiel mir das schreckliche Schicksal von Base Merlinde ein, welche nie wieder in das Tal der Wiese zurückkehrte. In dieser entsetzlichen Nacht schwor ich mir, dass ich eine solche Fügung niemals hinnehmen werde.

Derweil hatte meine Sippe bemerkt, was vorgefallen war. Vater nahm sofort mit ein paar Recken die Verfolgung der frischen Fährte auf. Auf dem Weg nach Osten fragten sie immer wieder Reisende und Einheimische, ob sie eine Reiterschar mit einem Mädchen gesehen haben. Ein Greis und ein Händler hatten uns tatsächlich gesichtet und erteilten bereitwillig Auskunft. Von da an ritten die Steinhainer die Nacht hindurch und kamen vor den Markomannen an den Limes. Vater trug seinen Männern auf, an der mit Palisaden und Wachtürmen befestigten Grenzanlage Ausschau nach mir zu halten.

„Die blonden Mädchen mit den Zöpfen werden als Jungfern einen wesentlich höheren Erlös auf dem Sklavenmarkt von *Augusta Vindelicorum* erzielen, als die geschändeten Weiber der Breisgauer", rief mein Häscher seinen Gefährten überschwänglich zu.

Ständig sann ich darüber nach, wie ich fliehen könnte. Bei Einbruch der Dunkelheit wurden Lena und ich wieder aneinandergefesselt, während ein Markomanne am Feuer wache hielt. Schließlich erreichten wir den Limes. Die Legionäre, welche dort ihren Dienst verrichteten, fragten nicht nach, wer da ins Imperium einreisen wollte, nachdem ein prall gefüllter Münzbeutel seinen Besitzer gewechselt hatte. Kurz darauf entdeckte ich Vater, der etwas abseits von der Straße stand. Er legte einen Zeigefinger auf den Mund. Ich hatte verstanden und verhielt mich völlig ruhig, schöpfte wieder Hoffnung.

Auf einer Fernstraße des Imperiums ritten wir am nächsten Tag der Stadt Augusta Vindelicorum entgegen. Ab und zu sah ich mich unauffällig um, doch nirgendwo konnte ich die meinigen ausmachen. Als es anfing zu dämmern verließen die Markomannen mit ihrem menschlichen Raubgut die belebte Straße und richteten ein Nachtlager auf einer Wiese neben einem plätschernden Bach her. Einer der Kerle reichte mir eine Tonschüssel mit Grütze und einen schäbigen Holzlöffel. Hungrig aß ich den Fraß auf und trank aus einem Kübel Wasser. Danach ließ ich die Schüssel absichtlich auf einen Stein fallen. Sie zerbrach, worauf der Markomanne mit mir wetterte. Zu guter Letzt forderte er mich auf die Scherben beiseite zu räumen. Während ich das tat, steckte ich einen scharfen, größeren Splitter in die Tasche meines Beinkleids.

Als er Lena und mich aneinandergebunden hatte, fing ich damit an den Strick zu durchtrennen.

„Was hast du vor?", fragte sie.

„Wenn alle schlafen, machen wir uns davon."

Als der Mond hoch oben am Himmel stand, hatte ich den Strick durchtrennt und sah mich nach der Nachtwache um. Der Markomanne saß am Lagerfeuer, um sich aufzuwärmen. Leise fragte ich Lena: „Kommst du mit?"

„Ich habe schreckliche Angst!", antwortete sie mit weinerlicher Stimme. „Mach dich alleine davon!"

Kurz darauf kroch ich auf das hohe Gras zu, welche die Lagerstatt umgab. Niemand, außer Lena, bemerkte meine Flucht. Als ich weit genug entfernt war, stand ich auf und stieg in das Bachbett. Mir war vollkommen klar, dass die Markomannen ihren Hund auf meine Fährte ansetzen würden, sobald sie es bemerkten. Das Wasser war kühl aber nicht kalt, und von Vater hatte ich gelernt, dass man auf diese Art und Weise einen Hund an der Nase herumführte. Ich war schon eine ganze Weile gelaufen, als ich in der Ferne aufgebrachte Stimmen und Gebell hörte. So schnell ich nur konnte rannte ich nun im knietiefen Wasser in die Nacht hinein. Ab und zu fiel ich hin, tat mir dabei weh, gab aber keinen Laut von mir. Allmählich verstummte das Hundegebell wieder.

„Ob ich meine Verfolger abgeschüttelt hatte?", fragte ich mich besorgt und lief weiter.

Schließlich verließen mich meine Kräfte, und ich setzte mich völlig außer Atem neben dem Bachlauf auf einen umgefallenen Baumstamm. Nachdem ich mich etwas erholt hatte, setzte ich die Flucht querfeldein fort. Es begann bereits zu tagen, als ich mich in einen Schuppen schlich und todmüde in einem Heuhaufen einschlief.

Die Steinhainer waren den Markomannen in sicherem Abstand auf der Römerstraße nach Augusta Vindelicorum gefolgt. In der Nacht, als ich floh, entdeckten sie ihr Lager. Das Gebell des Hundes und das Geschrei der Männer waren nicht zu überhören. Vater schlich sich mit den Recken unbemerkt durch das hohe Gras an die Lagerstatt heran. Ein paar Markomannen hatten mit dem Hund meine Fährte aufgenommen. Alle anderen waren im Nachtlager geblieben.

Nachdem man die Wache am Feuer niedergestreckt hatte, schnitten die Steinhainer den schlafenden Markomannen die Hälse durch. Lena berichtete Vater, was sich kurz zuvor zutrug, und zeigte in die Richtung, in die ich geflohen war. Worauf er einen Großteil der Recken anwies, die befreiten Alamanninen in den Breisgau zurückzubringen. Danach machte er sich mit vier Männern auf die Suche nach seiner Tochter. Unterwegs kamen ihnen die Markomannen entgegen, welche mich verfolgt hatten. Kurz darauf trieben drei Leichen und der Kadaver eines Hundes den Bach hinab.

Als ich wieder aufwachte, stand die Sonne bereits hoch am Himmel. Ich hatte keine Ahnung, wo ich mich befand. Vorsichtig öffnete ich den Verschlag des Schuppens und schaute hinaus. Um mich herum grasten Kühe und in der Ferne entdeckte ich einen einsamen Bauernhof. Ich hatte schrecklichen Hunger und gewaltigen Durst. Also lief ich auf den Hof zu. Auf dem Weg dorthin sah ich mich ständig nach möglichen Verfolgern um. Als ich das Gehöft erreichte, hörte ich Stimmen. Hinter dem Wohnhaus stand ein altes Weib und unterhielt sich lautstark mit einem betagten Mann. Was sie sich zu sagen hatten, konnte ich nicht verstehen. Einen Moment überlegte ich noch, dann stand mein Entschluss fest und ich ging geradewegs auf die beiden zu. Als sie mich bemerkten, sahen sie sich verängstigt um. Doch außer mir war niemand da. Mit den Händen deutete ich an, dass ich hungrig und durstig war. Die Bäuerin nahm mich an der Hand und ging mit mir in die Wohnstatt hinein, gefolgt von dem Mannsbild. Dort gaben sie mir reichlich zu Essen und zu Trinken. Wir verständigten uns mit Gesten, den Augen und wenigen Worten auf Latein. Müde und erschöpft legte ich mich auf ausgebreitete Schafsfelle und schlief bald darauf ein.

Inzwischen suchten Vater und seine Recken die Gegend nach mir ab. Sie hatten sich aufgeteilt. Am nächsten Abend wollten sie sich wieder am Nachtlager der Markomannen treffen.

Es fing bereits an zu dämmern, als ich die Augen aufschlug. Die Bäuerin hatte offenbar die ganze Zeit neben mir gesessen. Sie sprach freundlich auf mich ein, doch konnte ich kein Wort verstehen. Auf einmal dachte ich an die meinigen in Steinhain und fing an zu weinen. Als sie es bemerkte, nahm die Alte mich liebevoll in ihre Arme. Das tat unglaublich gut, und ich war heilfroh, von diesen guten Menschen aufgenommen worden zu sein. Plötzlich kam ihr Mann aufgeregt in das Haus gerannt und wechselte hastig ein paar Worte mit ihr. Sein Weib deckte mich rasch mit Fellen zu und lief mit ihm aus dem Haus. Ich wusste in diesem Moment nicht, ob ich ihnen folgen oder liegen bleiben sollte. Stimmen waren zu hören. Unsicher kroch ich unter den Fellen hervor und schlich zur Tür. Durch eine Ritze sah ich die beiden - und Vater!

Die Holztür flog auf, und ich fiel ihm überglücklich um den Hals. Es war der schönste Augenblick in meinem bisherigen Leben. Das betagte Paar bot uns gestenreich an, die Nacht bei ihnen zu bleiben, was Vater und ich gerne annahmen. Es stellte sich heraus, dass sie dem Stamm der keltischen Vindeliker angehören.

Am nächsten Morgen verabschiedeten wir uns von den Kelten. Die herzensguten Menschen nahmen mich in ihre ausgebreiteten Arme und drückten mich. Vater wollte ihnen für die gewährte Gastfreundschaft ein paar Silbermünzen geben, doch die beiden winkten freundlich aber bestimmt ab.

Ein paar Tage später kamen wir im Tal der Wiese an. Die Freude der Sippschaft war natürlich groß, als ich gesund und wohlbehalten wieder unter ihnen weilte. Mutter wollte mich gar nicht mehr loslassen und ich musste gleich mehrfach erzählen, wie es mir ergangen ist. Als ich damit fertig war, kam meine Base Frieda auf mich zu und drückte mich an ihre üppigen Brüste.

„Dein Vater hat klug und vorausschauend gehandelt, sonst wärst du heute nicht hier, Ida", waren ihre Worte. „Das Schicksal meiner Schwester Merlinde ist dir erspart geblieben. Danke Isfried, unseren Recken und Wodan gleichermaßen dafür!"

Kapitel 10 – Anno Domini 400

Als Adalhard, Marcellus und Farold wieder gesund in Hirschberg ankamen, war die Sippe erleichtert. Marit und Marc überhäuften den Oheim mit Fragen, welche er geduldig beantwortete. Adalhard berichtete sodann, was sich am Thing der Silingen zutrug. Die meisten Ältesten wollten den Waffengang mit den Hasdingen und Sueben gegen die Hunnen wagen. Einige wenige sprachen sich offen dafür aus, das Imperium um Aufnahme des Stammes zu bitten. Manche meinten gar, mit den Hunnen eine Vereinbarung treffen zu können. Ein Ende der anhaltenden Beratungen war nicht absehbar. Schließlich ergriff der König das Wort, der bisher zugehört hatte. Sämtliche Augen waren erwartungsvoll auf Tharwold gerichtet. Er vertrat die Ansicht, dass es noch eine weitere Möglichkeit gäbe, wie man der Bedrohung durch die Hunnen begegnen könne. Er schlug allen Ernstes vor, mit dem gesamten Stamm aufzubrechen und dem Lauf der Sonne zu folgen. Jeder Vandale kannte natürlich die Prophezeiung von Göttervater Wodan, dass den Vandalen noch eine lange Wanderung in ein weit entferntes Land bevorstehen würde. Zuvor jedoch, wollte der König einen Weg auskundschaften, auf dem die Silingen flüchten könnten, falls die Hunnen tatsächlich im Lenz angriffen. Zugleich empfahl er mit ihnen zu verhandeln, um Zeit zu gewinnen. Die Ältesten schlugen, als Zeichen ihrer Zustimmung, mit den Fäusten gegen die Schilder.

Tags darauf brach eine Abordnung auf, um den Großkhan aller Hunnen aufzusuchen. Sie wurde von Fredbal, dem Bruder des Königs, angeführt, während Adalhard von ihm die Anweisung erhielt, einen Fluchtweg durch die Gaue der Alamannen an den Rhein auszukundschaften. Dem König war bekannt, dass die Mutter des Ältesten der Hirschberger eine Alamannin war, welche den Kindern und Enkeln ihre Muttersprache beigebracht hatte. Zusammen mit seinem Schwager Marcellus Aurelius sollte Adalhard ins Westliche Imperium aufbrechen, hinter dem Limes nach Westen bis zum Rhein ziehen, während sein Schwager nach Aquileia zurückkehrt.

Als Farold das vernahm, bat er Vater und Mutter inständig darum, ihn mit dem Oheim reisen zu lassen, um in dessen Heimat die Lebensweise der Provinzialrömer kennenzulernen. Die Schwester von Marcellus stimmte freudestrahlend zu, und Adalhard trug seinem Sohn vertraulich auf, jede sich bietende Gelegenheit wahrzunehmen, um das Imperium auszuspähen.

In jenen aufregenden Tagen brachte Aurelia einen gesunden Knaben auf die Welt, den man Stefan rief. Aurelia und Adalhard hatten miteinander vereinbart, dass ihre Kinder im germanischen Götterglauben erzogen werden. Immer wieder, kam es deshalb zwischen der strenggläubigen Katholikin und dem silingischen Vandalen zu Unstimmigkeiten.

Schlussendlich machte sich Marcellus, Adalhard und Farold mit einigen Gefährten auf den Weg ins Imperium. Der gemeinsame Weg führte sie zunächst in die Berge der Vandalen und danach durch die Gaue der Sueben. An der Danuvius angekommen, setzte man auf einer Fähre über den Strom. Ausgemergelte Männer saßen dort angekettet auf den Ruderbänken und verrichteten eine recht eintönige Arbeit. Gelegentlich bekamen sie dabei die Peitsche des Fährmanns zu spüren. Kaum hatte man auf der anderen Seite angelegt, sah Farold zum ersten Mal in seinem jungen Leben Legionäre. Sie trugen braun eingefärbte, lange Beinkleider aus Wolle, rote Umhänge, Lederschuhwerk, Helme und Kettenhemden. An Schultergurten hingen kurze Schwerter in messingbeschlagenen Scheiden. Marcellus hatte einen *Tribut* für die eingetauschten Bernsteine in Münzen zu entrichten. Zuvor aber wurden die wertvollen Steine mit einer Schalenwaage gewogen und deren Güte bestimmt.

Die Schar erreichte schließlich die Stadt Carnuntum. Auf einer imposanten Steinsäule stand die lebensgroße Skulptur eines stattlichen Römers. Marcellus klärte den staunenden Neffen auf, dass es sich hierbei um Kaiser Augustus handelte. Kurz darauf bewunderte der Vandale mehrstöckige

Häuser zu beiden Seiten der Straßen sowie gepflasterte Plätze vor beeindruckenden Tempelanlagen.

Tags darauf trennten sich ihre Wege. Adalhard ritt mit seinen Gefährten, dem Lauf der Sonne folgend nach Westen, um einen geeigneten Weg für die Silingen zum Rhein auszukundschaften, während Marcellus und Farold auf einer gut ausgebauten Fernstraße des Imperiums nach Aquileia weiterreisten.

Unterwegs lernte der junge Vandale die Vorzüge der zahlreichen *Mansiones* kennen. In regelmäßigen Abständen boten sie Reisenden ihre Dienste an. Man konnte dort übernachten, sich stärken oder in den angegliederten Thermen erholen, während in Werkstätten notwendige Reparaturen ausgeführt wurden. Marcellus erklärte einem wissbegierigen Neffen auf dem Weg in den Süden einige nützliche Dinge. Er lehrte ihn, dass ein zu Fuß reisender Mann an einem Tag zwanzig und ein Reiter bis zu sechzig Meilen auf einer ebenerdigen Fernstraße zurücklegen könnte. Eilige Nachrichten, so wusste er zu berichten, würden durch Meldereiter befördert und gelangen sehr schnell an ihren Bestimmungsort.

In der kleinen Stadt *Poetovio* suchte Marcellus einen Händler auf und verkaufte ihm einen Teil der Bernsteine. Man war sich rasch handelseinig. Die Steine wurden gewogen und ihre Qualität bestimmt. Für einen Leinensack, randvoll gefüllt mit dem Gold des Nordens, erhielt er fünf *Solidus.* Sichtlich zufrieden strich Marcellus die Goldmünzen ein.

Später tauchten in der Ferne schneebedeckte Berge auf. Der Vandale fragte den Oheim, wie das Gebirge heiße. *Alpi* bekam er von ihm zu hören. Schließlich erreichten sie einen Gebirgspass, auf dem sich ein imposanter Wehrturm befand. Auf einer Holztafel stand dort zu lesen: *Ad pirum*

Davor kontrollierten Legionäre sämtliche Reisende. Sie wollten von Marcellus wissen, woher er käme und wohin es ginge. Von ihnen erfuhr er, dass das Westliche Imperium einen Feldzug gegen aufsässige Goten im Osten vorbereitete.

Farold entdeckte am Horizont eine glitzernde Fläche. Er fragte den Oheim was das sei und bekam zur Antwort: „Das Mare Adriaticum!"

Seit dem Aufbruch aus Hirschberg waren zwölf Tage vergangen, als sie vor den gewaltigen Stadtmauern von Aquileia ankamen. Durch ein imposantes Steintor gelangten sie in die Stadt am Mare Adriaticum. Der Hirschberger ritt sprachlos an herrschaftlichen Palästen, spitz zulaufenden Türmen, weitläufigen Plätzen sowie mehrstöckigen Gebäuden vorbei. Sein Oheim nannte Worte, die der junge Mann noch nie zuvor gehört hatte: Obelisk, Forum oder Amphitheater.

Schließlich erreichten sie die prächtige Villa der Familie Aurelius. Daneben befanden sich mehrere Lagerhallen und eine Werkstatt. Wo man auch hinsah, überall herrschte geschäftiges Treiben. Kurz darauf fiel Gisella, die Frau von Marcellus, in dessen ausgebreiteten Arme und hieß den Neffen ihres Mannes willkommen. Nun lernte Farold seine Basen Ina sowie Susana kennen. Die musterten den Vetter argwöhnisch vom Kopf bis zu den Füßen. Gisella behauptete derweil, dass seine dunkelbraunen Augen und die schwarzen Haare zweifelsohne auf seine römische Herkunft schließen ließen, während die kräftige Statur, auf eine germanische Abstammung deuten würde.

Der Fußboden in der Villa bestand aus tausenden, bunten Mosaiksteinchen und alle Wände waren mit herrlichen Fresken bemalt. Durch zahlreiche Glasfenster fiel Licht in die Wohnräume. Kaum hatte Farold auf einer Liege Platz genommen, saßen die Basen auch schon neben ihm. Gisella läutete mit einem silbernen Glöckchen, worauf eine junge Frau erschien. Zum ersten Mal sah der Vandale einen dunkelhäutigen Menschen. Fasziniert betrachtete er das wunderbare Geschöpf. Sie wurde Mercedes gerufen und begleitete ihn in die Thermen. Während den wohltuenden heißen und kalten Bädern wusch die schwarze Venus dem Vandalen den Schmutz der Straße mit einem Schaber ab. Unterdessen erzählte Mercedes, dass ihr Vater aus Afrika stammte und ein Freund von Marcellus war. Der *Centurio* fiel vor wenigen Monaten in einer Schlacht gegen die Goten.

Seitdem lebte sie mit ihrer Mutter bei der Familie Aurelius. Anschließend führte die Afrikanerin den Vandalen vor einen Spiegel. Er nahm auf einem Schemel Platz, und sie begann damit ihm die Haare zu scheren. Als das vollbracht war, kleidete Mercedes den Germanen wie einen städtischen Provinzialrömer an. Der Hirschberger zog sich eine weiße *Tunica* über, legte einen silberbeschlagenen Ledergürtel an und schlüpfte in bereitstehende Sandalen.

Gisella, Ina und Susana sahen ihn freudestrahlend an und meinten übereinstimmend, dass er nun wie ein zivilisierter Mensch aussähe. Haussklaven tischten nun köstliche Speisen und Getränke auf. Farold war von der Reise hungrig und wollte zugreifen, als Gisella ihm zeigte, wie man liegend speiste. Die Hausherrin und ihre Töchter sahen ihm dabei amüsiert zu und tuschelten sich hin und wieder etwas zu. Nachdem der junge Mann Hunger und Durst gestillt hatte, kündigte eine aufmerksame Gastgeberin an, dass seine Lateinkenntnisse aufgefrischt werden müssten. Außerdem wollte sie den silingischen Neffen ihres Mannes in die Handhabung zivilisierter Umgangsformen einführen. Als Susana mit piepsender Stimme ihre Mutter fragte, ob Farold von Stathis dem Griechen unterrichtet würde, nickte sie energisch mit dem Kopf. Vom ersten Augenblick an, fühlte sich der junge Vandale im Kreise der versippten Familie Aurelius wohl.

Später wurde er dem griechischen Hauslehrer seiner Basen vorgestellt. Damals konnte Farold noch nicht ahnen, was er von diesem begnadeten Mentor alles lernen würde. Pünktlich zur achten *Hora* begann der Unterricht an den Wochentagen. Neben Latein unterwies ihn Stathis in Mathematik, erklärte, wie eine Sonnenuhr funktioniert, was ein Julianischer Kalender ist, wie man mit einem Griffel eine Wachstafel beschreibt oder aus einem *Rhyton* trinkt. Als der Grieche jedoch behauptete, dass wohlhabende Bürger aus dem Hochgebirge Eis heranschaffen ließen, um damit ihre Nahrungsmittel zu kühlen, schenkte der Schüler seinen Worten keinen Glauben. Erst als Farold im Keller der Villa vor Eisblöcken stand, war er davon überzeugt. Vor allem die Unterweisungen in Landeskunde begeisterten den Vandalen.

Er wusste fortan, dass Korn für gewöhnlich aus Afrika, Wild und Wolle aus Gallien, Gold aus Spanien, Weihrauch aus dem fernen Arabien und Marmor aus den Steinbrüchen der Provinz Tuscia stammte.

Bald schon lernte der Hirschberger Marius Valerius kennen, einen ehemaligen *Tribun.* Der brachte ihm den Umgang mit verschiedenartigen Waffen und strategisches Denken sowie Handeln bei. Marius lehrte Farold, dass eine Legion bis zu 5000 Mann zählte und von einem Tribun kommandiert würde. Anschaulich erklärte er dem wissbegierigen Silingen, wie man eine Schlachtordnung mit Hilfe von akustischen Signalen einhalte oder mit gewaltigen Katapulten befestigte Orte beschieße. Von ihm erfuhr der Hirschberger auch, dass Legionäre nicht nur zum Kämpfen ausgebildet, sondern auch Steuern und Zölle eintreiben würden. Erstaunt war er, als der Mentor ihm sagte, dass viele Barbaren in *Auxiliareinheiten* dem Imperium dienen und von erfahrenen Legionären ausgebildet würden. Danach legten sie ein *Sacramentum* auf den Kaiser ab und langgedienten Auxiliar wurde nach der Verabschiedung aus dem aktiven Dienst das Bürgerrecht verliehen.

Des Öfteren gingen die beiden in den Militärhafen von Aquileia. Dort sahen sie sich eine *Trireme* oder *Liburne* aus der Nähe an. Der einstige Tribun erläuterte dem Vandalen eingehend deren Verwendung.

Immer wieder schärfte Marius Valerius seinem gelehrigen Schüler ein: „Lerne, um zu gewinnen!"

Kapitel 11 - Zum Rhein

Während Farold nach Aquileia reiste, zogen Adalhard und dessen Gefährten mit dem Lauf der Sonne dem Rhein entgegen. Der Fluss bildete den Limes zwischen dem Westlichen Imperium und den alamannischen Gauen. Unterwegs fertigte der Hirschberger eine Landkarte über das Gebiet an, durch das sie kamen. Außerdem schrieb er alle nützlichen Informationen auf. Eine wichtige Voraussetzung, um eine Wanderung der Vandalen durch die Provinzen Noricum und Raetia sowie den sich anschließenden Gauen der Alamannen unternehmen zu können.

Die Kundschafter gaben sich als silingischen Vandalen aus, welche mit den Alamannen Handel trieben. Aus diesem Grund hatte Adalhard in Carnuntum einen Reisewagen und zahlreiche Tonkrüge erworben. So ausgestattet, erregten sie keinerlei Aufsehen. Abends suchten die Kundschafter stets eine Herberge auf und unterhielten sich dort mit zechenden Reisenden oder Einheimischen. Die plauderten in der Regel bereitwillig aus, was Adalhard alles wissen wollte. Einmal belauschte er das Gespräch von Offizieren des Imperiums. Jene erzählten sich, dass Rom entlang des Rheins verstärkt Truppen abzöge, um sie gegen die Goten ins Feld zu führen.

Die Römer hatten sich schon vor Jahrzehnten aus den Landstrichen zwischen den Schwarzen Bergen und dem Tal der Iller hinter den wesentlich besser zu verteidigenden Rhein zurückgezogen, worauf germanische Alamannen das verlassene Land in Besitz nahmen. Danach gab es zwischen dem Imperium und dem Stamm keinen länger anhaltenden Frieden mehr. Immer wieder setzten die streitbaren Alamannen über den Fluss, um in den gallischen sowie helvetischen Provinzen des Römischen Imperiums zu plündern.

Auf dem beschwerlichen Weg über die Schwarzen Berge an den Rhein trieben die Silingen mit den Einheimischen regen Handel. Das Gebirge war nicht annähernd so hoch wie die

Alpi, aber die dichten Wälder erschwerten eine Überquerung. Die Alamannen waren in der Regel misstrauisch, doch sobald sich Adalhard mit ihnen in ihrer Muttersprache unterhielt, änderte sich das schlagartig.

An einem kalten Wintertag erreichten die Kundschafter den zugefrorenen Rhein. Adalhard schaute mit gemischten Gefühlen hinüber ins Westliche Imperium. Eine geeignete Stelle, um in der kalten Jahreszeit über den Fluss zu gelangen, notierte er. Der Hirschberger war zur Auffassung gelangt, dass man durch die schwach geschützten römischen Provinzen Noricum und Raetia ziehen kann, ohne auf größeren Widerstand zu stoßen. Während die Alamannen einem solchen Vorhaben ganz gewiss nicht tatenlos zusehen würden. Er und seine Begleiter hatten den westlichsten Punkt ihrer Mission erreicht und traten den Rückweg an.

Zu Beginn des Lenzes erreichten sie wieder Otterburg. Dort berichtete Adalhard dem König, und übergab ihm die angefertigte Karte sowie Aufzeichnungen.

Von Tharwold erfuhr er, dass die Verhandlungen mit dem Großkhan der Hunnen erfolgreich verlaufen waren. Für ein paar Fässer voller Bernsteine, wollte er die Vandalen ein Jahr lang nicht heimsuchen. Fredbal, der Bruder des Königs, führte die erfolgreichen Verhandlungen im Jurtenlager des Khans. Ausführlich schilderte er den seinigen, wie die Hunnen lebten und welch sonderbare Gewohnheiten sie hatten. So schnitten die Mütter ihren männlichen Säuglingen Kerben in die Gesichter, damit den Knaben keine Barthaare wuchsen und sich ihre Feinde einmal vor ihnen fürchteten. Mit Hochgenuss verschlangen sie halbrohes Fleisch und waren es gewohnt, Durst sowie Hunger, tagelang zu ertragen. Furcht war ihnen gänzlich unbekannt und häufig stritten sie sich wegen Nichtigkeiten. Wenn es aber darum ging ihre Feinde zu besiegen, waren sie sich immer einig. Da die Hunnen vom ständigen Reiten nahezu alle O-Beine hatten, kamen sie zu Fuß wie trunkene Männer dahergelaufen. Für gewöhnlich griffen sie in mehreren Wellen auf ihren zotteligen Pferdchen an, täuschten eine Flucht vor, um hernach ihre ahnungslosen Verfolger erbarmungslos abzuschlachten. Der Bruder des

Königs beendete seinen aufschlussreichen Bericht mit der Feststellung, dass die Hunnen von der Jagd, Viehzucht, Raubzügen, Lösegeld und Tributzahlungen lebten.

Kapitel 12 – Markt in Burgberg

Die Sonne war bereits aufgegangen, als ich mich auf meiner Schlafstatt ausstreckte und ein Hahn lauthals den neuen Tag begrüßte. Das Herdfeuer war längst schon erloschen, und neben mir lagen meine schlafenden Schwestern Monia sowie Ansgard. Ich sah hinüber zu Vater und Mutter. Auch sie schliefen noch fest. Nur Bruno, unser treuer Schäferhund, schaute mich mit wachsamen Augen an. Wie jeden Morgen freute ich mich auf den vor mir liegenden Tag und all das, was ich tun und erleben würde. Mir fiel ein, dass Vater meiner älteren Schwester Monia und mir versprochen hatte, uns nach Burgberg mitzunehmen, wo übermorgen Markttag sei.

Vergnügt stand ich auf und kraulte Bruno das Fell. Danach ging ich mit dem Holzkübel und einem Leintuch hinaus an den Brunnen, schöpfte Wasser, zog mein Nachthemd aus und wusch mich gründlich. Als ich damit fertig war, füllte ich den Kübel erneut mit Wasser und kehrte damit in die Wohnstatt zurück. Mutter richtete gerade die Morgenkost her. Rasch lief ich in den Stall, um unsere Kuh zu melken. Danach setzte ich mich mit der Sippe um den gedeckten Tisch, und Vater sprach die Andacht. Zu jener Zeit glaubte ich noch an die Götter unserer Ahnen. Wir tranken frische Milch, und dazu gab es selbstgebackenes Brot, Käse, Honig, Grütze sowie gekochte Eier. Nachdem ich mich gestärkt hatte, wartete ich ungeduldig darauf, bis alle gesättigt waren. Mutter bemerkte es und meinte: „Ida, du kannst es wohl nicht abwarten nach Burgberg zu kommen!"

Ich nickte freudestrahlend, schaute zu Vater hinüber, der sich ein Lächeln nicht verkneifen konnte.

„Lauf hinüber zur Base", forderte er mich auf. „Frieda soll dir die Schafe mitgeben, welche wir auf dem Markt in Burgberg feilbieten sollen!"

Das musste er mir nicht zweimal sagen. Ich sprang auf und lief zum Haus von Oheim Robert und dessen Weib. Energisch klopfte ich gegen die Tür. Die wurde geöffnet, und der kleinwüchsige Hausherr sah mich freundlich an.

„Schön, dass du da bist!", sagte Robert und bat mich einzutreten.
Base Frieda saß am gedeckten Tisch und verzehrte ihre Morgenkost.

„Du wirst immer liebreizender, Ida!", behauptete sie, als ich mich zu ihr gesellte.
In jenen Tagen war ich dreizehn Sommer alt und hatte mir keine Gedanken darüber gemacht, wie ich auf andere Menschen oder gar Mannsbilder wirke. Derartiges war für mich belanglos. Viel lieber hütete ich unser Vieh, streifte im Tal umher oder ging mit Vater auf die Jagd.

Frieda war die Einzige in unserem Flecken, die Latein sprechen, lesen und schreiben konnte. In ihrer Jugendzeit war sie einige Jahre in der nicht allzu weit entfernten Stadt *Basilea* als Dienstmagd beschäftigt. Sie arbeitete dort im Haushalt eines Weinhändlers. Vater hatte sie schon vor geraumer Zeit gebeten, meine Geschwister und mich in Latein zu unterrichten. Ich fand großen Gefallen daran und mein Wissensdurst war unersättlich. Die Sippe bekam das jeden Tag zu spüren und je älter ich wurde, umso mehr nahm er zu. Die Base besaß einen Spiegel, welcher in ihrer Wohnstatt an der Wand hing. An diesem Morgen konnte ich es mir einmal mehr nicht verkneifen, hineinzuschauen. Mutter hatte meine gelockten, blonden Haare zu zwei langen Zöpfen geflochten. Gedankenverloren betrachtete ich die großen, dunkelbraunen Augen und stellte selbstgefällig fest, dass meine Gesichtszüge allerliebst anzusehen waren. Hinter den vollen, roten Lippen verbargen sich strahlend weiße Zähne.

„Ach!", ertönte in diesem Moment die Stimme von Frieda. „Unsere Ida ist tatsächlich auf dem Weg eine anmutige Schönheit zu werden!"
Meine Wangen fingen förmlich an zu glühen, als Robert hinzufügte: „Dein Künftiger wird einmal mit einem prächtigen Weib einen Bund fürs Leben schließen!"
Ich ertappte mich dabei, dass mir gefiel, was die beiden von sich gaben, und sah noch einmal in den Spiegel, um mich zu vergewissern.

„Nun schau dir das an!", bemerkte die Base.
Frieda stand auf, kam auf mich zu und strich mir zärtlich

über eine gerötete Wange.

„Komm mit, Ida!“, forderte sie mich auf. „Ich habe ein Geschenk für dich!“

In ihrer Kammer öffnete sie eine Holzkiste und reichte mir ein wunderschönes weißes Kleid.

„Darin wirst du am Festabend nach dem Markttag in Burgberg bezaubernd aussehen!“

Vater spannte unser Pferd vor das Fuhrwerk, während Monia und ich all die Waren herbeischafften, die wir auf dem Markt gegen nützliche Dinge eintauschen oder verkaufen wollten. Es waren vor allem Felle, Honig und Holzschnitzereien, welche wir in den kalten Wintertagen angefertigt hatten. Hinzu kamen die zwei Schafe von Oheim und Base sowie ein Dutzend unserer Gänse. Zu guter Letzt nahmen Monia und ich neben Vater auf dem Bock des Fuhrwerks Platz.

„Wir werden einige Tage fort sein“, rief er Mutter und meiner jüngeren Schwester Ansgard zum Abschied zu, schnalzte mit der Zunge, worauf die Stute sich in Bewegung setzte.

Der Weg führte über die südlichen Ausläufer der Schwarzen Berge hinaus ins Rheintal und von dort nach Norden. Am Abend erreichten wir den Weiler Eschenbach, wo der Bruder meines Vaters mit dessen Sippe lebte. Die Vettern und Basen freuten sich einmal mehr über unseren Besuch. Auf dem Weg von und nach Burgberg legten wir bei den Versippten stets eine Rast ein.

Tags darauf machten wir uns wieder auf den Weg und erreichten am späten Nachmittag Burgberg. Der Flecken lag auf einem Bergkegel über dem Rheintal und war von schützenden Holzpalisaden umgeben. Von hier aus herrschte König Meinrad über den Breisgau. Wir fanden Unterkunft in einer einfachen Herberge. Monia und ich legten uns am Abend in einer kleinen Kammer zum Schlafen, während Vater mit Gefährten in der Schankstube würfelte.

Früh am Morgen bauten wir unseren Stand auf der ausladenden Festwiese außerhalb von Burgberg auf. Der

Marktaufseher kam vorbei und verlangte eine Gans als Standgebühr. Das Federvieh wechselte seinen Besitzer, und bald darauf strömten die Breisgauer auf den Marktplatz. Dort boten wir unsere mitgebrachten Waren feil und schlossen manch einen Handel ab.

Es war um die Mitte des Tages, als vier junge Männer daherkamen. Vater stand etwas abseits und verkaufte gerade die Schafe von Robert und Frieda an einen Viehhändler. Die Schar blieb vor unserem Stand stehen und sahen sich die gefälligen Holzschnitzereien an. Auf einmal nahm einer von ihnen einen geschnitzten Stier in die Hand und fragte hämisch grinsend meine Schwester: „Hast du auch die passende Kuh dazu, welche er besteigen kann?"

Monia schoss das Blut in den Kopf, während die Kerle über den vermeintlichen Scherz lachten. Kurz entschlossen riss ich dem verblüfft dreinschauenden Burschen die Schnitzarbeit aus der Hand.

„Was erlaubst du dir?", rief er empört. „Du weißt wohl nicht, mit wem du es zu tun hast?"

„Kühe kann man auf dem Viehmarkt nebenan erstehen!", bekam er von mir zu hören.

Während dessen Gefährten mich daraufhin bedrängten, betatschte der unverschämte Kerl mein Hinterteil. Ohne zu zögern verpasste ich ihm eine schallende Ohrfeige, bevor der Marktaufseher dazwischenfuhr.

„Das wird euch noch leidtun!", schrie der Schamlose mich an. „Mein Oheim ist der König!"

„Dann sollten wir euren Oheim aufsuchen", erklang die Stimme Vaters, „damit er über euer ungehöriges Verhalten richten kann!"

Daraufhin machte sich die Schar davon. Der Marktaufseher berichtete uns anschließend, dass Randolf und dessen Gefährten ständig Ärger machten und er den Vorfall dem König melden würde.

Allmählich neigte sich der Markttag seinem Ende zu. Monia und ich freuten uns auf die abendliche Lustbarkeit mit Musik und Tanz. Zu diesem Anlass zog ich das weiße Kleid von Base Frieda an und strählte mein langes, blondes Haar. Neugierig und voll gespannter Erwartung ging ich mit Vater und meiner

Schwester auf die Festwiese. Viele Menschen hatten sich dort eingefunden, um gemeinsam zu tafeln, zu tanzen oder sich zu unterhalten. Mutter hatte uns das Tanzen beigebracht. Monia wurde ständig von jungen Burschen aufgefordert. Als einer beherzt vor mich trat und fragte, ob ich mit ihm tanzen möchte, fing mein kleines Herz heftig an zu pochen. Ich willigte gerne ein und es bereitete mir große Freude, mich mit ihm im Kreis zu drehen. Der Abend verging viel zu schnell.

Mitten in der Nacht machte sich Monia mit mir auf den Weg zur Herberge. Vater wollte uns begleiten, doch wir bestanden darauf, dass er bleiben sollte. Er unterhielt sich angeregt mit alten Gefährten und hatte ganz offensichtlich seine Freude daran. Wir brachen auf und gingen plaudernd los. Meine Schwester und ich achteten nicht darauf, ob uns jemand folgte. Als wir in die dunkle Gasse kamen, in der sich die Herberge befand, hörte ich Geräusche. Auf einmal waren wir von vermummten Gestalten umringt. Bevor ich um Hilfe rufen konnte, bekam ich einen Schlag auf den Hinterkopf und verlor für kurze Zeit die Besinnung. Als ich auf der Erde liegend wieder zu mir kam, sah ich, wie man Monia festhielt und ihr die Kleider vom Leib riss. Wie von Sinnen stürzte ich mich auf einen der Schurken, fing an zu schreien und zerkratzte ihm mit den Fingernägeln das Gesicht. Von überall waren auf einmal Stimmen zu hören, worauf die Kerle das Weite suchten.

Herbeigeeilte Männer brachten meine Schwester und mich in die Herberge auf unsere Kammer. Sie weinte die ganze Zeit über und ich war außerstande einen klaren Gedanken zu fassen. Vater eilte herbei und nahm uns tröstend in die Arme. Irgendwann schlief ich müde und erschöpft ein.

Bereits am nächsten Morgen suchten wir König Meinrad auf. Vater berichtete ihm, was sich am Markttag und in der vergangenen Nacht zutrug. Anschließend beschuldigte er unerschrocken den Neffen des Königs und dessen Gefährten der abscheulichen Tat. Meinrad schickte sofort einen Recken los, um den vermeintlichen Übeltäter zu holen. Kurz darauf kam er zurück und berichtete, dass Randolf mit Gefährten ins Imperium aufgebrochen sei und erst in ein paar Tagen zurückerwartet würde. Der König sagte daraufhin zu Vater: „Isfried, wenn mein ungeratener Neffe wieder da ist, werde ich nicht nur dessen, sondern auch die Gesichter seiner zwielichtigen Gefährten ansehen!"

Monia brauchte eine gewisse Zeit, um sich von diesem schrecklichen Erlebnis zu erholen. Wochen später erschien ein königlicher Bote in Steinhain und berichtete, dass König Meinrad über die Übeltäter zu Gericht saß. Ein Gefährte von Randolf hatte tatsächlich Kratzspuren im Gesicht. Er gestand, unter Androhung der Folter, zusammen mit den anderen die Alamanninen überfallen zu haben. Der Neffe des Königs und dessen Komplizen wurden zu zwei Jahren Kerkerhaft mit anschließender Verbannung aus dem Breisgau verurteilt.

Vater ließ König Meinrad seine Dankbarkeit sowie Hochachtung ausrichten.

Kapitel 13 – Die Hunnen

König Tharwold hatte zum Thing geladen, an dem über einhundert Älteste der Silingen entscheiden sollten, ob sie sich im kommenden Frühjahr von den Hunnen unterjochen ließen, gegen sie kämpfen oder vor ihnen flüchten würden. Neben dem König und dessen Bruder Fredbal stand Addac der Alane und sein Vater Respendial, der Khan des Stammes. Außerdem war der König der Hasdingen Godegisel, dessen Söhne Guntherich und Geiserich sowie Hermerich, der König der Sueben zugegen. Eine große Mehrheit der Silingen glaubte noch an die Götter der Ahnen. Nicht aber der König, dessen Sippe und seine engsten Berater. Sie waren gläubige, arianische Christen geworden, und immer mehr Vandalen ließen sich von Dankrad, dem Priester sowie Vertrauten von Tharwold, taufen.

Nachdem der König der Silingen beschwörend die Hände erhob, um Stillschweigen einzufordern, hätte man ein welkes Blatt fallen hören. Er unterrichtete die Anwesenden zunächst über den ausgehandelten Waffenstillstand mit den Hunnen. Danach bat er den Khan der Alanen und sodann die Könige der Hasdingen sowie Sueben zu den Männern zu sprechen.

Die Alanen, erklärte ihr Khan, hätten sich entschieden nach Westen zu ziehen, um dort eine neue Heimat zu finden, so wie es ihnen einst durch ihre Götter prophezeit wurde. König Godegisel tat daraufhin kund, dass die Hasdingen ein Thing abhielten und dort beschlossen wurde, dem Lauf der Sonne zu folgen. Als dann auch noch Hermerich, der König der Sueben, verkündete, dass der Stamm sich den Alanen und Hasdingen anschließen würde, war die Entscheidung eigentlich schon gefallen. Dennoch forderte Tharwold die anwesenden Silingen auf, ihre Ansichten vorzutragen. Kein Ältester meldete sich daraufhin zu Wort. Allen war der Ernst der Lage bewusst, dass sie ohne den Waffenbeistand der Alanen, Hasdingen und Sueben gegen die zahlenmäßig weit überlegenen Hunnen in einer Schlacht nicht obsiegen würden.

Nachdem Adalhard von seinen Erkundigungen berichtet hatte, ließ der König darüber abstimmen, ob die Silingen sich den drei anderen Stämmen anschließen. Eine überwältigende Mehrheit stimmte dem zu. An jenem Wintertag war es sehr kalt und es lag Schnee in der Luft. Tharwold wollte den Thing gerade für beendet erklären, als Addac um das Wort bat. Der Alane sprach mittlerweile ganz gut vandalisch. Er schlug vor, dass man umgehend alle Vorbereitungen zum Zug der Stämme nach Westen treffen und untereinander abstimmen sollte. Zuvor aber den Hunnen eine Lektion erteilen. Er schlug vor, das Jurtenlager des Großkhans zu überfallen, dem Erdboden gleichzumachen und möglichst viele Geiseln mitzunehmen, um so eine Verfolgung der fortziehenden Stämme durch hunnische Horden zu unterbinden. Worauf die Ältesten mit den Fäusten begeistert und langanhaltend gegen die Schilder klopften.

In der Dunkelheit robbten Kundschafter der Alanen einen Hügel empor, hinter dem das Lager des Großkhans der Hunnen lag. Als sie mitten in der Nacht dort oben ankamen, gruben sie eine Kuhle in den Schnee und legten sich hinein. Den ganzen Tag über spähten sie die Lagerstatt aus und mit der hereinbrechenden Dämmerung krochen sie zurück.

Die Recken der Silingen, Hasdingen, Sueben und Alanen wollten in der darauffolgenden Nacht das Jurtenlager angreifen. Zuvor jedoch die Pferde der Hunnen in alle Himmelsrichtungen davonjagen, so dass sie nicht wie gewohnt auf dem Rücken der Tiere, sondern zu Fuß kämpfen mussten. Nach dem Handstreich beabsichtigte die gebildete Allianz der vier Stämme die Weiber und Kinder der Hunnen als Geiseln mitzunehmen.

In der Nacht machte sich der gemeinsame Heerzug auf den Weg zum Jurtenlager. Es stürmte, war bitterkalt und schneite ununterbrochen. Kein Hunne bemerkte die tödliche Gefahr, welche sich ihnen näherte. Man teilte den Zug in zwei gleich starke Marschsäulen auf. Unter der gemeinsamen Führung von Respendial und Tharwold ritten die Alanen mit den Silingen in einem großen Bogen um das Lager nach Osten, um von dort aus anzugreifen. Die Hasdingen wurden von Godegisel und die Sueben von Hermerich angeführt. Sie wollten mit Anbruch des Tages von Westen in das Jurtenlager einfallen.

In der Morgendämmerung wurden die Wachen der Hunnen an den Pferdekoppeln übermannt. Als daraufhin hunderte Brandpfeile auf die Jurten herniederzischten, trieb man die verängstigten Tiere durch das Hunnenlager. Die aus den brennenden Wohnstätten Flüchtenden, wurden von einem zweiten Pfeilhagel empfangen. Der Tod hatte an diesem Tag begonnen, eine reiche Ernte einzufahren.

Während Vandalen und Sueben kämpfende hunnische Weiber verschonten, machten die Alanen alles nieder, was sich ihnen in den Weg stellte. Mitten im Kampfgetümmel entdeckte Addac den Großkhan. Um ihn herum standen schützend hunnische Recken und schossen unentwegt Pfeile auf die Angreifer ab. Der Alane erkannte die gefährliche Situation, blies in ein Horn, worauf die seinigen zu ihm schauten. In dem Moment schoss er einen Pfeil auf die Männer um den Khan ab. Kurz darauf deckten ungezählte Geschosse das vorgegebene Ziel ein. Die Wirkung war verheerend. Der Khan wurde von einem Pfeil am Oberarm getroffen und viele seiner Männer lagen leblos oder verletzt im Schnee. Addac ritt tollkühn auf den Großkhan zu und versetzte ihm mit dem Knauf seines Schwertes einen Schlag auf den Kopf, worauf er zusammenbrach und regungslos liegenblieb.

Der verzweifelte Widerstand der Hunnen hatte sich in eine heillose Flucht verwandelt. Doch nur wenigen gelang es aus der Einkreisung zu entkommen. Weiber sowie Kinder wurden weitestgehend verschont. Abgemagerte, zerlumpte Gestalten gaben sich als Goten oder Provinzialrömer, zu erkennen. Die Sklaven der Hunnen rächten sich nun an ihren vormaligen Peinigern. Einige hatten den Verstand verloren, starrten schweigend vor sich hin oder lallten sinnlose Worte. Andere warfen sich vor die Füße ihrer Erlöser und küssten sie voller Dankbarkeit. Ergreifende Szenen spielten sich im Lager der Hunnen ab.

Mit dem Sonnenaufgang trat man den beschwerlichen Heimweg an. Die Gefahr war groß, dass Händler das abgefackelte Lager entdeckten oder geflüchtete Hunnen dafür sorgten, dass der langsam dahinziehende Treck verfolgt und womöglich eingeholt wird.

Das Frühjahr hatte in den Gauen der Silingen Einzug gehalten. Nahezu alle Flecken, durch die man auf dem Weg nach Otterburg kam, waren bereits verlassen. Nur wenige Sippen hatten sich dazu entschlossen in der Heimat zu bleiben. Der König hatte angeordnet, sämtliche verlassenen Wohnstätten, Scheunen sowie Hütten niederzubrennen und die Brunnen zu vergiften. Der Großkhan und hunderte, hunnische Weiber sowie Kinder zogen mit den Vandalen, Sueben, den Alanen und der Sonne nach Westen.

Unterwegs riet Geiserich seinem Vater Godegisel, die Geiseln freizulassen, gegen das Versprechen ihres Großkhans, dass die Hunnen zurückgebliebene Vandalen verschonten und von einer Verfolgung der Stämme absehen würden. Der nahm das überraschende Angebot des Königs der Hasdingen sogleich an und zog mit den seinigen unbehelligt nach Osten zurück.

Kapitel 14 – Rom die Ewige Stadt

„Stathis der Grieche", schwärmte mir mein Mann einmal vor, „war in sakralen Angelegenheiten sehr kundig."
Er behauptete, dass die Provinzialrömer abergläubisch sind und an die Existenz von Zauberern sowie Hexen glaubten. Von ihm erfuhr Farold, dass im Jahre 391 Kaiser Theodosius die Ausübung des alten Götterglaubens im gesamten Imperium untersagte und sämtliche Tempel schließen ließ. Fortan war der christliche Glaube staatstragende Religion, was nicht jedem gefiel. Hatte man doch über Jahrhunderte hinweg die vormaligen Gottheiten angebetet, in denen das Römische Imperium zur Weltmacht aufstieg.

Der Grieche machte sich, in diesem Zusammenhang, einen Spaß daraus, auf den Altar der Familie Aurelius hinzuweisen, wo man den Schutzgöttern des Haushaltes und der Familie opferte, obwohl sie gläubige Christen waren. Er entrüstete sich darüber, dass die Römer sich die griechischen Götter angeeignet hätten. In diesem Zusammenhang verwies er auf den römischen Gott Jupiter, den seine Landsleute als Zeus verehrten oder auf Mars, den Gott des Krieges, welcher von den Griechen als Ares angebetet wurde. Richtiggehend zornig wurde der Mentor von Farold aber, wenn er auf die Kaiser Nero und Domitian zu sprechen kam. Der zuerst Genannte ließ sich tatsächlich als „Sonnengott" huldigen, und der andere musste mit „Herr und Gott" angesprochen werden. Der Grieche stellte schlussendlich fest, dass ein gekreuzigter Jude solchen Wahnvorstellungen ein unrühmliches Ende bereitete und Kaiser Konstantin die Ausübung des christlichen Glaubens im Imperium vor wenigen Jahrzehnten erlaubt hatte.

Mit dem Frühjahr erwachte in Aquileia das gesellschaftliche Leben. Der Vandale suchte mit seinen Basen und immer öfters mit Mercedes eines der vielen Theater in der Stadt auf. Meistens wurden alberne Komödien aufgeführt. Höhepunkte aber waren die grausamen Darbietungen im Amphitheater. Gezeigt wurden blutige Hetzjagden auf wilde Tiere oder aufregende Gladiatorenkämpfe. Anschließend traf sich die gehobene Gesellschaftsschicht der Stadt, zu der die Familie Aurelius ohne Zweifel gehörte, in einer der prachtvollen Villen. Dort wurde getafelt, musiziert und getanzt. Vor allem aber Neuigkeiten ausgetauscht oder Geschäfte eingefädelt. In jenen Tagen stellte Farold fest, dass Mercedes nicht nur schön anzusehen, sondern auch überaus begehrenswert war.

Als er an einem Abend alleine nach Hause ging, sah er in der Gasse neben der Villa seines Oheims ein Paar, das sich schamlos miteinander vergnügte. Es war die dunkelhäutige Mercedes mit einem an Jahren wesentlich älteren Mann. Die beiden waren so sehr miteinander beschäftigt, dass sie den Vandalen nicht bemerkten. Fortan betrachtete Farold die Afrikanerin mit anderen, kritischen Augen.

Man schrieb das Jahr 401, als ein Kurier Gisella eine versiegelte Pergamentrolle überreichte. Im Siegel war eine Eule abgebildet. Das Signum der Familie Aurelius. Sie brach es auf, las die Botschaft ihres Mannes und schickte einen Sklaven zu Marius Valerius. Als er erschien, sagte sie ihm, dass Marcellus in Rom weilt und ihr geschrieben hätte. Er befürchtet, dass weitere Kämpfe mit den Goten bevorstehen würden. Deshalb bat er seinen Freund Marius mit dem Gold der Familie Aurelius in die Ewige Stadt zu reisen, wo er ein Gut in Afrika erwerben wollte. An jenen Ort beabsichtigte er mit seiner Familie zu ziehen, bis die Gotengefahr gebannt war. Nebstdem forderte Marcellus den einstigen Tribun auf, seinen Neffen Farold mitzubringen. Als der junge Vandale das vernahm, freute er sich ungemein.

Schon am nächsten Tag stand ein Reisewagen zur Abfahrt bereit. Auf dem Bock hatten Marius Valerius und ein Sklave Platz genommen. Der Vandale hatte es vorgezogen, sie auf dem Rücken eines Pferdes zu begleiten. Gisella gab dem jungen Hirschberger den Ratschlag mit auf den Weg, sich vor den Römern ja in Acht zu nehmen. Sie seien allesamt skrupellos, verlogen und verdorben.

Der Weg in die Millionenmetropole des Westlichen Imperiums führte zunächst am Mare Adriaticum entlang und bog hernach ins Landesinnere ab. Zum ersten Mal ritt Farold in den Bergen durch einen Straßentunnel. An einem sonnigen Tag lag die Ewige Stadt vor ihnen. Der Sklave lenkte den Wagen auf eine Wiese und hielt an, worauf ein verwunderter Vandale Marcellus fragte, warum sie hier rasteten und nicht in die Stadt hineinfahren. Der erklärte ihm, dass kein Gefährt ohne Genehmigung vor Sonnenuntergang nach Rom hinein und nach Sonnenaufgang hinausfahren durfte, ansonsten der Verkehr in der Stadt zusammenbrechen würde.

Als es dämmerte, machten sie sich wieder auf den Weg. Durch ein imposantes Triumphtor gelangten sie in die Ewige Stadt. Die empfing sie mit viel Lärm und unerträglichem Gestank. Die Straßen und Gassen waren voller Menschen sowie Gespannen aller Art und Größe. Sie kamen an einem burgähnlichen, runden Bauwerk vorbei. Das Mausoleum von Kaiser Augustus, klärte Marius den staunenden Hirschberger auf. Hernach kam man auf einen weitläufigen Platz, in dessen Mitte ein gigantischer Obelisk stand, der tagsüber als Sonnenuhr diente. Als sie an eindrucksvollen Säulenhallen sowie prunkvollen Palästen vorbeikamen, erklärte der einstige Tribun ehrfurchtsvoll, dass dies einmal das Herz des Römischen Imperiums gewesen war, das *Forum Romanum*. Marius teilte einem ahnungslosen Vandalen mit, dass seit etlichen Jahren Kaiser und Senat des Westlichen Imperiums, zunächst in *Mediolanum* und nunmehr im sicheren Ravenna residierten, während *Constantinopolis*, nach der Reichsteilung im Jahre 395, die Hauptstadt des Östlichen Imperiums wurde.

Kurz darauf bewunderte Farold ein riesiges Amphitheater. Schließlich bogen sie in eine enge Straße ab. Wie in einer Schlucht ragten die Häuser zu beiden Seiten mit fünf, ja sechs Stockwerken schwindelerregend in die Höhe. In den Erdgeschossen befanden sich Geschäfte, Werkstätten oder Garküchen, und darüber wohnten die Römer.

Vor einem prächtig verzierten Tor hielt Marius den Wagen an, stieg vom Bock und bediente sich eines Türklopfers. Ein Mann kam durch eine kleine Pforte heraus, sprach ein paar Worte mit ihm und öffnete das Portal. In einem geräumigen Innenhof erwartete sie Marcellus Aurelius. Die Holzkisten mit dem Gold wurden abgeladen und in die Villa getragen, welche einem Geschäftspartner von Farolds Oheim gehörte. Dort wurden sie in eine fensterlose Kammer gebracht und die Eisentür mit zwei Schlössern gesichert. Die Schlüssel steckte Marcellus ein und wies zwei kräftige Haussklaven an, die Kisten mit dem wertvollen Inhalt zu bewachen.

In dieser Nacht schlief der Vandale schwerlich ein. Zu sehr beschäftigten ihn all die Eindrücke und Erlebnisse des Tages. Er freute sich ungemein darauf, die Ewige Stadt zu erkunden.

Am kommenden Vormittag schloss Marcellus Aurelius mit einem römischen Bürger einen Kaufvertrag über den Erwerb eines Gutes, welches Sorgenlos genannt wurde, in der Provinz Africa Proconsularis ab. Danach entrichtete er den Kaufpreis in Gold, worauf ihm ein Schreiber die vom Notar unterschriebene und gesiegelte Besitzurkunde aushändigte.

Als das vollbracht war, lud der frisch gebackene Grundherr von Sorgenlos Farold und Marius zu Speis und Trank in eine noble Herberge ein. Obst und mit Wasser verdünnter Wein wurden gereicht, bevor es Huhn mit frischgebackenem Fladenbrot gab. So gestärkt gingen sie zu den Märkten des Trajan, wo unzählige Händler alle möglichen Waren anboten. Als Marcellus den Eintritt zu den gleichnamigen Thermen beglichen hatte, führte man sie in einen geräumigen Raum. Dort legten sie ihre verschmutzten Kleider ab und betraten, lediglich mit Lendenschürzen bekleidet, die Baderäume, allesamt mit farbigen Fußbodenmosaiken, weißem oder rotem Marmor, wunderbaren Fresken sowie eindrucksvollen Skulpturen ausstaffiert. Der Hirschberger glaubte gar, in einem Palast zu verweilen. Nach den wohltuenden kalten sowie heißen Bädern und anschließenden Massagen, wurden die drei mit duftendem Rosenöl eingerieben. Inzwischen hatte man ihre verschmutzten Kleider gewaschen und getrocknet. Gut gelaunt und erholt machten sie sich auf den Heimweg.

Tags darauf stärkten sie sich in einer der unzähligen Garküchen, um anschließend das Flavische Amphitheater aufzusuchen. Vor den imposanten Torbögen standen die Römer in langen Warteschlangen an, um Eintrittsmarken zu erwerben. Die drei betraten schließlich das Bauwerk durch eine Arkade, auf der römische Ziffern in Stein gemeißelt waren. Über nicht enden wollende Gänge und steile Treppen gelangten sie nach oben und traten schließlich hinaus ins grelle Tageslicht. Eine Arena von gewaltigen Dimensionen breitete sich vor ihnen aus. Die Aussicht war überwältigend. Zehntausende Menschen standen oder saßen auf den Rängen und verursachten einen ohrenbetäubenden Lärm. Wie gelähmt stand Farold da und betrachtete das Spektakel. Nach einer Weile setzte er sich auf einen nummerierten Platz. Händler boten lautstark Getränke, Gebäck oder Süßigkeiten an.

Wie auf ein verabredetes Zeichen hin, ertönten von allen Seiten Blasinstrumente und Trommelwirbel setzte ein, worauf die fliegenden Händler ihr unablässiges Rufen einstellten. Unter frenetischem Beifall wurde in der Arena ein Tor aufgestoßen und Gladiatoren betraten den Schauplatz des Geschehens. Gleichzeitig erklangen schrille Töne. Marcellus erklärte einem völlig perplexen Vandalen, dass es sich hierbei um die Klänge einer Wasserorgel handelte. Die Gladiatoren hielten schwenkend Lanzen, Schwerter, Dreispitze, Netze oder Schilder in die Höhe. Einige trugen ein Kettenhemd, andere zeigten ungeschützt ihre athletischen Körper. Hinter Marcellus, Marius und Farold jubelten römische Weiber lautstark ihrem Favoriten zu. Die blieben in diesem Moment vor einer Loge stehen und streckten die rechte Hand zum Gruß empor.

„*Ave Marcus, morituri te salutant!*", riefen sie einem ganz in weiß gekleideten Würdenträger zu. Danach begannen die Gladiatorenkämpfe.

Die Akteure wurden von einer johlenden, buhenden und immer wieder Beifall spendenden Menschenmasse frenetisch angefeuert. Nachdem ein Afrikaner einen Gallier mit seinem Schild niedergeschlagen hatte, und der wehrlos im Sand der Arena lag, riefen die Zuschauer unablässig *iugulo.* Dabei hielten sie ihre Daumen an die Kehle, während der Dunkelhäutige zur Loge hinaufschaute. Der Würdenträger stand gemächlich auf und hob theatralisch eine Hand empor. Auf einmal hielt auch er seinen Daumen an die Kehle, worauf das entfesselte Publikum lautstark Beifall spendete. Im nächsten Augenblick rammte der Afrikaner die Klinke seines Schwertes in das Herz des Galliers. Er war auf der Stelle tot!

Die tobenden Massen hatten sich gerade beruhigt, als ein Rudel Wölfe in die Arena lief. Alle schauten gebannt auf das, was sich nun ereignen sollte. Plötzlich öffnete sich ein Stück des Bodens in der Arena, und mehrere Gladiatoren betraten durch einen unterirdischen Gang den Ort des Geschehens. Die Zuschauer applaudierten begeistert. In diesem Moment sprang ein Isegrim einen Gladiator rücklings an und biss ihm in die Schulter. Ein Aufschrei aus abertausenden Kehlen begleitete die heimtückische Attacke. Mit viel Mühe gelang es dem blutenden Lädierten das Raubtier abzuschütteln. Danach wurden die auffallend abgemagerten Tiere abgeschlachtet. Als auch der letzte Wolf in seinem Blut leblos daniederlag, verließen die Gladiatoren die Arena auf dem gleichen Weg wie sie gekommen waren. Marius, Marcellus und Farold indes, hatten genug gesehen und traten den Heimweg an.

Am nächsten Tag führte sie ihr Weg erneut in das Zentrum der Millionenmetropole. Nachdem sie das Forum Romanum besichtigt hatten, stiegen sie eine Anhöhe hinauf. Vom Kapitols Hügel bot sich ihnen ein großartiger Ausblick über die gesamte Stadt. Kurz danach standen die drei vor einer bronzenen Säule. Die Namen vieler bedeutender Orte sowie Entfernungen in Meilen waren darauf eingraviert.

„Wie du siehst, führen alle Wege nach Rom", erklärte Marius stolz.

Hinter einem Menschenauflauf blieben sie stehen und hörten den hitzig diskutierenden Römern zu. Von Kampfhandlungen, Stilicho, Goten und Alarich war die Rede. Ein Senator teilte den aufgebrachten Bürgern mit, dass barbarische Goten plündernd durch italienische Provinzen ziehen würden, Aquileia belagern und womöglich bis nach Rom gelangen könnten, weshalb der Oberste Heermeister, Flavius Stilicho, alles in die Wege leiten würde, um den wilden Horden Einhalt zu gebieten. Als Marcellus das hörte, wurde er kreidebleich. Besorgt dachte er an seine Familie in der eingeschlossenen Stadt. Marius sorgte sich derweil um Farold, denn nicht jeder Römer wusste zwischen einem Vandalen und einem Goten zu unterscheiden.

Sie kamen überein am nächsten Morgen die Ewige Stadt zu verlassen, um auf irgendeine Art und Weise nach Aquileia zu gelangen. Zuvor aber wollte man noch den *Circus Maximus* aufsuchen.

Nachdem sie Eintrittsmarken erstanden hatten, betraten sie den Circus und setzten sich auf ihre Plätze. Marius und Marcellus erklärten dem Vandalen, dass hier Wagenrennen stattfinden würden. Ein Gestell, an dem sieben Delphine hingen, zeigte die Anzahl der zurückgelegten Runden an. Der Sieger erhielt einen Lorbeerkranz und eine stattliche Prämie. Auf einmal erklangen Blasinstrumente, worauf die Zuschauer sich erhoben und zu einer prachtvollen Loge schauten. Dort erschienen einige Offiziere, gefolgt von einem Knaben, einem Mädchen und einem ganz in weiß gekleideten Würdenträger. Jene grüßten mit ausgestrecktem Arm die Bürger Roms, und die erwiderten den Gruß, bevor man wieder Platz nahm. Der Vandale wollte natürlich erfahren, wer die drei sind. Worauf Marius entgegnete, dass es sich bei dem Jungen um Kaiser Honorius handelte und dessen Begleiter der Reichsverweser und Oberster Heermeister Flavius Stilicho mit seiner Tochter seien.

Auf feurigen Rappen boten zunächst Reiter waghalsige Kunststücke dar. Danach ertönten aus allen Richtungen Blasinstrumente, worauf sieben zweirädrige Rennwagen, gezogen von je vier Pferden, in den Circus fuhren. Auf jedem Gefährt stand ein Wagenlenker. Nachdem jene Kaiser sowie Reichsverweser gegrüßt hatten, nahmen sie Startposition vor einer aufgespannten Kette ein. Auf ein Kommando hin, fiel sie rasselnd auf den Boden. Das Rennen hatte begonnen. Die Wagenlenker schlugen auf die Pferde und Kontrahenten gleichermaßen ein. Ein Gespann fuhr gegen die Längsachse der Rennbahn und überschlug sich gleich mehrfach, während die anderen davonrasten. Zuschauer waren aufgesprungen und Rufe der Begeisterung oder Enttäuschung hallten durch das Oval des Circus Maximus. Schlussendlich stand der Sieger des ersten Rennens fest, dem noch weitere folgen sollten.

Mit der Morgendämmerung verließen Marcellus, Marius und Farold auf einer Steinbrücke über den *Tiberis* die Ewige

Stadt. Ein monumentales, zylinderförmiges Bauwerk am Fluss erweckte einmal mehr die Neugierde des jungen Vandalen. Marius klärte ihn dahingehend auf, dass es sich hierbei um das Mausoleum Kaiser Hadrians handelte, welches der Oberste Heermeister Stilicho zu einer Festung ausbauen ließ, da es an einer strategisch bedeutsamen Stelle vor der Stadt liegen würde.

Kapitel 15 – Flavius Stilicho

Auf dem Weg entlang der Danuvius nach Westen, kamen die Könige und der Khan der gebildeten Allianz überein, in das Westliche Imperium einzufallen. Sie waren davon überzeugt, dass Westgoten und Hunnen den Truppen Ravennas derzeit so zusetzten, dass sie ohne auf größeren Widerstand zu stoßen, durch die Provinzen Noricum sowie Raetia bis zu den Gauen der Alamannen ziehen könnten. Mit ihnen wollte man eine Vereinbarung treffen, um friedlich durch deren Gebiete zum Rhein zu gelangen.

So geschah es, dass die Stämme der Allianz in der Nähe der Stadt *Lauriacum* in einer mondhellen Nacht in das Westliche Imperium eindrangen, und auf wenig Gegenwehr stießen. Könige und Kahn wägten gemeinsam ab, ob man sich nicht in den eroberten Teilen der fruchtbaren sowie wohlhabenden Provinzen niederlassen oder dem ausgekundschafteten Weg von Adalhard an den Rhein folgen sollte. Die Gebirgspässe der Alpi im Süden waren gut zu sichern, im Westen siedelten die wehrhaften Alamannen, im Norden die streitbaren Markomannen und im Osten bildeten Flussläufe natürliche Grenzen. Eine Abordnung wurde nach Mediolanum gesandt, wo sich der Oberste Heermeister Flavius Stilicho aufhielt, um mit ihm darüber zu verhandeln.

Die Stämme der Allianz blieben derweil im Westlichen Imperium. Weitgehend friedlich lebten sie mit heimischen keltischen Stämmen und Provinzialrömern zusammen. Der Oberste Heermeister und Reichsverweser Flavius Stilicho wollte in einem bevorstehenden Waffengang gegen die Westgoten Zeit gewinnen, um Truppen zusammenzuziehen. Er hielt die Vertreter der Allianz lange Zeit im ungewissen und schickte sie, ohne konkretes Verhandlungsergebnis, zurück. Das Jahr neigte sich dem Ende zu, und nach einem kalten Winter hielt der Lenz Einzug in den von Vandalen, Sueben und Alanen besetzten Landstrichen.

Marius, Marcellus und Farold reisten derweil von Rom zum Mare Adriaticum. Unterwegs erfuhren sie von Reisenden, dass der Oberste Heermeister Stilicho in und um Mediolanum Legionen sowie Auxiliar zusammenziehen würde. Sobald das geschehen war, mutmaßte Marius, wird er gegen die in die Provinz Venetia eingefallenen Westgoten vorgehen und das eingeschlossene Aquileia befreien. Marcellus machte sich derweil große Sorgen um seine Familie, die sich in der Stadt aufhielt. In einer Mansio trafen sie auf Flüchtlinge aus der Provinz Noricum, welche ihnen glaubhaft versicherten, dass ein vandalisch-suebisch-alanischer Stammesverband in das Imperium eingedrungen sei und die nördlichen Teile der Provinzen Noricum und Raetia besetzt hielte. Farold war auf der Stelle klar, dass die Vandalen die prophezeite Wanderung in das verheißene Land angetreten hatten. Doch diese Provinzen, erkannte er zugleich, lagen nicht weit entfernt von der angestammten Heimat. Schließlich teilte er dem Oheim und dem einstmaligen Tribun mit, dass er zu den seinigen aufbrechen wolle. Marius Valerius schlug daraufhin vor, in Mediolanum einen entfernten Verwandten von Farold aufzusuchen, um sich Gewissheit über die verworrene Lage zu verschaffen. Um wen es sich dabei handelte, war von ihm nicht zu erfahren.

Mediolanum lag in einer weiten Ebene vor ihnen. Die Straßen waren überfüllt mit Flüchtlingen, welche vor den Horden des Westgotenkönigs Alarich geflohen waren, um hinter den mächtigen Mauern Schutz zu finden. Sämtliche Wachtürme und Wehrgänge waren mit Legionären und Auxiliar besetzt. Am Stadttor wollte ein Offizier von ihnen wissen, woher sie kämen, wer sie seien und was sie hier wollten. Marius gab sich ihm als ehemaliger Tribun zu erkennen, welcher unter Flavius Stilicho diente. Farold konnte zunächst nicht glauben, was er da zu hören bekam. Es dauerte nicht lange und sie stiegen eine breite Steintreppe zu einem prachtvollen Palast empor. Oben angekommen wurden sie nach Waffen abgetastet. Hierauf in einen Saal geführt. Dort stand eine Gruppe hoher Offiziere vor einer Landkarte zusammen. Einer von ihnen hielt einen Stab in der Hand. Während er sprach, zeigte er damit auf verschiedene Punkte der Karte. Als er sich umdrehte und umsah, blieb sein Blick an Marius Valerius haften. Lächelnd reichte er den Stab einem Centurio und schritt geradewegs auf den einstigen Tribun zu. Der streckte die rechte Hand aus, um den Obersten Heermeister Flavius Stilicho zu grüßen. Hernach stellte er dem Reichsverweser seine Begleiter vor und bat um ein vertrauliches Gespräch. Stilicho willigte ein und führte sie in einen prunkvollen Nebenraum, wo sie sich ungestört unterhalten konnten. Dort klingelte er mit einem goldenen Glöckchen, worauf ein Domestik erschien und Fladenbrot, Käse, Oliven sowie verwässerten Wein kredenzte. Als er fort war, bat Marius seinen ehemaligen Kommandanten um eine Beschreibung der militärischen Lage. Ohne Umschweife teilte Stilicho den Besuchern mit, dass er um Mediolanum Truppen aus dem gesamten Westlichen Imperium zusammenzog, um sie gegen König Alarichs Westgoten ins Feld zu führen.

Hiernach musterte er Farold und fragte den Vandalen, ob er mit König Tharwold bekannt sei. Worauf der Hirschberger dem Reichsverweser sagte, dass sein Vater ein Heerführer der Silingen wäre und er schon des Öfteren mit dem König zu tun hatte. Zweifel hegend wandte sich Stilicho seinem einstigen Offizier zu und fragte Marius geradewegs, ob das zutreffe. Der nickte ihm zu. Einen Moment lang dachte der Oberste Heermeister nach. Danach erklärte er, dass das Imperium beabsichtigte mit den Silingen, Hasdingen, Sueben und Alanen einen Bündnisvertrag abzuschließen. Die Stämme sollten an der Seite des Imperiums gegen die Westgoten in den Kampf ziehen und hierfür in den Provinzen Noricum sowie Raetia dauerhaft siedeln dürfen. Zu guter Letzt forderte er einen fassungslosen jungen Vandalen auf, ihn zu den Königen und dem Khan der Allianz zu führen.

Kurz darauf verabschiedete sich Marcellus Aurelius von Farold und Marius Valerius. Der Reichsverweser hatte ihm zuvor angeboten, auf einer Liburne des Imperiums nach Aquileia zu gelangen. Die Westgoten verfügten über keine größeren Schiffe und verstanden nicht viel von Seefahrt, weshalb die belagerte Stadt vom Meer aus versorgt werden konnte. Stilicho musste einem besorgten Familienvater gleich mehrfach versichern, dass die Westgoten das stark befestigte Aquileia nicht einnehmen könnten.

Zur selben Stunde machten sich der Reichsverweser und Oberste Heermeister des Westlichen Imperiums Flavius Stilicho, sein ehemaliger Tribun Marius Valerius mit Farold und einigen Legionären auf den Weg in die Provinz Raetia. Auf einer wendigen, kleinen Liburne fuhren sie über den *Lacus Larius*. An Bord des Schiffes schlug Stilicho vor, dass Marius und Farold vorausreiten, um die Könige sowie den Khan von der Redlichkeit seiner Absichten zu überzeugen und ein gemeinsames Treffen vorzuschlagen.

Nachdem alles gesagt und geregelt war, wollte sich der Reichsverweser mit Farold alleine unterhalten. Der war völlig verblüfft, als Stilicho auf einmal mit ihm vandalisch sprach. An diesem Tag erfuhr der Hirschberger, dass der Vater Stilichos ein Vandale vom Stamme der Silingen war. Jener trat vor etlichen Jahren in eine Auxiliareinheit ein und brachte es bis zum Tribun. Sein Sohn Flavius absolvierte in Rom die Offizierslaufbahn, heiratete die Nichte von Kaiser Theodosius und wurde später Oberster Heermeister sowie Reichsverweser des Westlichen Imperiums.

Mit dem Sonnenaufgang verabschiedeten sich Marius und Farold von Stilicho. Auf dem Weg in die Provinz Raetia mussten sie des Öfteren den Geleitbrief des Reichsverwesers vorzeigen. Die hohen Berge der Alpi hinterließen bei Farold einmal mehr einen nachhaltigen Eindruck. Auf den Gipfeln lag Schnee und das Eis der Gletscher glitzerte tausendfach im Sonnenlicht. Die Straße führte an einem Gebirgsbach entlang. Marcellus behauptete, dass es sich dabei um den Oberlauf des Rheins handeln würde. Als sie vor einem großen See standen, wollte der Vandale erfahren wie er hieß.

„Lacus Venetus!", antwortete sein Begleiter.

Plötzlich versperrten Legionäre die Straße. Sie warnten die beiden eindringlich davor, weiterzureiten, weil Barbaren den nördlichen Teil der Provinz Raetia besetzt hielten. Von nun an ritt der junge Hirschberger voran und gab sich wenig später vandalischen Recken als einer der ihren zu erkennen.

Schließlich erreichten sie Augusta Vindelicorum. Dort wurden Marius Valerius und Farold unverzüglich zu den Königen der Vandalen und Sueben sowie dem Khan der Alanen geführt.

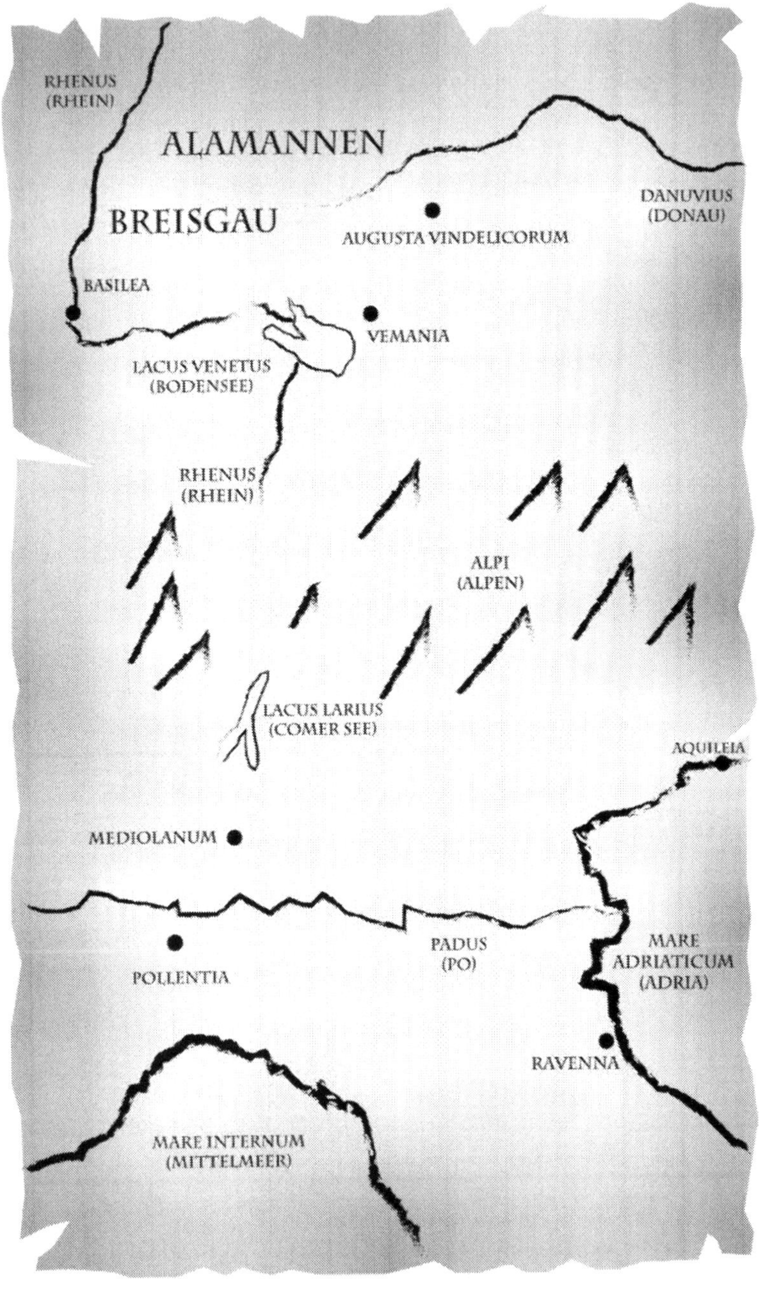
RHENUS
(RHEIN)
ALAMANNEN
BREISGAU
AUGUSTA VINDELICORUM
DANUVIUS
(DONAU)
BASILEA
VEMANIA
LACUS VENETUS
(BODENSEE)
RHENUS
(RHEIN)
ALPI
(ALPEN)
LACUS LARIUS
(COMER SEE)
AQUILEIA
MEDIOLANUM
POLLENTIA
PADUS
(PO)
MARE
ADRIATICUM
(ADRIA)
RAVENNA
MARE INTERNUM
(MITTELMEER)

Kapitel 16 – Gotenbischof Wulfila

Wenn ich Vandalen über frühere Begebenheiten befragte, um das Gesagte niederzuschreiben, war mein Sklave Ansgar fast immer zugegen. So auch an diesem unvergessenen Tag. Der arianische Priester hatte mir inzwischen beigebracht, wie man gotisch schreibt, liest und spricht. Während ich mir eifrig Notizen machte, saß er schweigend da. Nach einer Weile bemerkte ich, dass er teilnahmslos vor sich hinstarrte. Besorgt fragte ich den Mann Gottes, was ihn bedrückte. Worauf er stockend anfing zu erzählen.

„Als ich ein Junge war überfielen hunnische Horden aus den Steppen des Ostens meinen Stamm, die gotischen Greutungen. Die Schlitzaugen waren unglaublich grausam und auffallend habgierig. König Ermanerich nahm sich das Leben, als die meinigen von den Hunnen in einer Schlacht besiegt wurden. Wer sich ihnen nicht bedingungslos unterwarf, wurde fürchterlich gequält oder erbarmungslos abgeschlachtet. Meine Sippschaft floh zu unseren Brüdern und Schwestern, den gotischen Terwingen. Doch ihnen sollte es nicht viel besser ergehen. Schlussendlich erlaubte der Kaiser in Rom, dass wir Goten über die Danuvius in das Imperium ziehen durften. Dort wurden wir von korrupten Statthaltern ausgebeutet und schikaniert. Dagegen begehrten wir auf und schlugen die Legionen des Imperiums in einer Feldschlacht im Jahre 378 bei *Hadrianopolis*. Die kampferprobten Truppen des Imperiums hatten viele Tote zu beklagen, darunter auch Kaiser Valens."

Wulfila war merklich erregt, als es weitersprach.

„Einige Jahre später wurde ein Friedensvertrag zwischen dem Imperium und den gotischen Stämmen geschlossen. Die Terwingen bekamen von Kaiser Theodosius die Provinzen Thracia sowie Moesia zur Ansiedlung zugewiesen, und wir Greutungen fanden in Pannonia eine neue Heimat. Fortan nannten sich die Terwingen Visigothi, was so viel wie edle Goten bedeutet und wir Greutungen Ostrogothi, was für glanzvolle Goten steht. Daraus wurden im Laufe der Jahre West- und Ostgoten. Dafür mussten sich unsere Könige verpflichten, als Verbündete gegen die Feinde des Imperiums ins Feld zu ziehen."

Ansgar nahm einen Becher und schenkte sich zitternd Wasser ein.

„Ein gotischer Priester namens Wulfila übersetzte seinerzeit die Bibel vom Griechischen in meine Muttersprache, nachdem er zuvor eine gotische Schrift geschaffen hatte. Er bekehrte die Goten zum arianischen Christentum und nahm mich in jungen Jahren als Waise bei sich auf. Der Geistliche lehrte mich, dass Christus und Gottvater nicht wesensgleich sind, weil dessen Sohn am Kreuz verstarb."

Der Mann Gottes sah mich auf einmal mit traurigen Augen an.

„Das bestreiten die katholischen Christen und glauben unbeirrt, dass Gottvater, Christus und der Heilige Geist eine dreieinige Gottheit sind", fuhr er stockend fort. „Wulfila wurde Bischof und brachte mir schreiben, lesen und rechnen sowie viele andere nützliche Dinge bei. Nach dem Tod von Kaiser Theodosius Anno Domini 395 wurde das Römische Imperium unter seinen Söhnen aufgeteilt. Das Westreich mit der neuen Metropole Mediolanum erhielt Honorius und das Ostreich mit der Kapitale Constantinopolis sein älterer Bruder Arcadius. Wir Westgoten haben in jenen ereignisreichen Tagen einen gewissen Alarich als König auf das Schild gehoben. Raubend und mordend fielen wir in die Provinzen des Westlichen Imperiums ein."

Ansgar liefen Tränen die Wangen hinab. Er war nicht mehr in der Lage weiterzusprechen. Ohne noch etwas zu sagen, stand ich auf und ging.

Später schenkte ich meinem Sklaven die Freiheit. Fortan wirkte er unter den Vandalen als eifriger Seelsorger und stand mir beim Abfassen der Historie über die Vandalen sowie den Annalen meiner Sippe gelegentlich als Ratgeber zur Seite.

Kapitel 17 – Sorgenlos

Als Tharwold, Godegisel, Hermerich sowie Respendial den anwesenden Heerführern mitteilten, dass der Reichsverweser des Westlichen Imperiums der Allianz den Abschluss eines Bündnisvertrages angeboten hatte, war man zunächst skeptisch. Erst nachdem Farold ihnen von seiner Begegnung mit Flavius Stilicho berichtet hatte, änderte sich das. Könige und Khan waren bereit, sich mit dem Reichsverweser zu treffen. Im Castel von *Vemania* kam man zusammen. An jenem Ort und Tag wurde vereinbart, dass die Stämme der Allianz mit dem Westlichen Imperium einen Pakt eingingen. Der Reichsverweser sicherte ihnen zu, dass sie in den nördlichen Teilen der Provinzen Raetia sowie Noricum dauerhaft bleiben und sich selbst verwalten dürften. Dafür verpflichteten sie sich, an der Seite Stilichos gegen die Feinde des Westlichen Imperiums ins Feld zu ziehen. Der Bündnisvertrag wurde von Stilicho, Tharwold, Godegisel, Hermerich sowie Respendial unterschrieben und besiegelt. Unmittelbar danach trat der Reichsverweser und Oberste Heerführer in Begleitung von Marius Valerius den Rückweg nach Mediolanum an, während Farold zu seiner Sippe heimkehrte.

Ein Tribun kam etliche Monate später in Begleitung von Legionären nach Augusta Vindelicorum und brachte eine Botschaft des Obersten Heermeisters des Westlichen Imperiums mit. Darin forderte Stilicho die Verbündeten auf, an seiner Seite gegen die Westgoten in den Kampf zu ziehen. Das vereinigte Heer der Silingen, Hasdingen, Sueben und Alanen traf Tage später an einem vereinbarten Ort am Lacus Larius ein. Dort wurden sie von Marius Valerius begrüßt, der angesichts der Gotengefahr wieder als Tribun in den Militärdienst eingetreten war. Bereits am nächsten Tag drillten erfahrene Legionäre die neuen Konföderierten.

Im Frühjahr des Jahres 402 marschierten Auxiliartruppen, bestehend aus Vandalen, Sueben und Alanen, in die Nähe der Stadt *Pollentia*, wo sie auf die Legionen Stilichos trafen.

An Ostern griff man gemeinsam das Lager der Westgoten an und schlug sie und ihren König Alarich nach anhaltendem Kampf in die Flucht. Tharwold wollte sie verfolgen und gänzlich vernichten, was ihm Stilicho verwehrte. Nach der Schlacht hielten die Christen Dankgottesdienste ab und die Anhänger Wodans opferten ihrem Gott.

Der Reichsverweser hatte Zeit gewonnen, um seine Truppen neu zu ordnen und zu verstärken. Die gefangenen Goten wurden als Sklaven verkauft. Mit dem Erlös konnten neue Verbände aufgestellt werden. Im Sommer desselben Jahres kam es zur Entscheidungsschlacht. Die Truppen Stilichos besiegten die Westgoten Alarichs, worauf sie fluchtartig die italienischen Provinzen verließen und sich auf den Balkan zurückzogen. Die Recken der Allianz wiederum, machten sich auf den Rückweg über die Pässe der Alpi nach Raetia und Noricum.

Unterwegs teilte der König der Silingen seinem Heerführer Adalhard und dessen Sohn Farold mit, dass er dem Kaiser des Westlichen Imperiums nicht traute. Spitzel hätten ihm glaubwürdig zugetragen, dass Honorius den bestehenden Bündnisvertrag aufkündigen und die Stämme der Allianz aus dem Imperium hinauswerfen wolle. Die Hirschberger konnten zunächst nicht glauben, was sie von Tharwold zu hören bekamen. Zu guter Letzt forderte der König der Silingen einen verblüfften Farold auf, dessen Oheim in Aquileia aufzusuchen, um diskret herauszufinden, welche Provinzen des Westlichen Imperiums sich zur Ansiedlung der Stämme der Allianz am besten eignen.

Marcellus und seine Familie freuten sich sehr, als Farold in der Hafenstadt am Mare Adriaticum eintraf. Man hatte sich gar viel zu erzählen. Stathis der Grieche und Marius Valerius kamen wieder vorbei, um den Hirschberger zu unterrichten. Unauffällig zog der junge Vandale Erkundigungen ein, welche Provinzen des Imperiums zur dauerhaften Niederlassung der Vandalen, Alanen und Sueben in Frage kämen.

In jenen Tagen bat Marcellus seinen Vertrauten Marius nach

Afrika zu reisen, um das in Rom erworbene Landgut aufzusuchen. Dort sollte er nach dem Rechten sehen und alles vorbereiten, damit die Familie Aurelius alsbald nach Sorgenlos umsiedeln konnte. Der Oheim des jungen Vandalen war felsenfest davon überzeugt, dass die Goten zurückkommen würden und wollte die seinigen nicht noch einmal dieser tödlichen Gefahr aussetzen. Für die Reise hatte sich Marius vom Reichsverweser ein Pergament mit dem kaiserlichen Siegel ausstellen lassen, welches ihn als *Frumentarius* auswies. Damit konnte er im Westlichen Imperium überall ungehindert umherreisen, und jedwede Unterstützung musste ihm gewährt werden. Farold bedrängte Marius, ihn mitzunehmen. Zu guter Letzt gab er nach, und der Vandale freute sich ungemein auf das bevorstehende Abenteuer Afrika.

Dem wachhabenden Centurio im Hafen von Aquileia präsentierte Marius das von Stilicho ausgestellte Pergament, worauf man ihn und den jungen Hirschberger zu einem großen Frachtschiff führte. Kaum an Bord, legte die *Larum* auch schon ab. Während der Überfahrt nach Afrika nahm sich der *Nauarchus* viel Zeit, um einem wissensdurstigen Vandalen das Schiff zu zeigen. Der Laderaum war voller Waffen und auf den Ruderbänken verrichteten Sklaven ihre stumpfsinnige Arbeit.

Nach einigen Tagen sowie Nächten auf See, erreichte man die Hafenstadt *Syracusae* auf der Insel *Sicilia.* An jenem Ort wurden notwendige Reparaturen ausgeführt und frische Vorräte gebunkert. Marius und Farold nahmen die Gelegenheit wahr und erkundigten gemeinsam die Stadt. Der Tribun berichtete, dass Syracusae einst von Griechen gegründet wurde und Schauplatz zahlreicher Kämpfe sowie historischer Ereignisse war. Er kam auch auf die jüngere Geschichte des Eilandes zu sprechen und meinte, dass nach den drei Punischen Kriegen zwischen Karthago und Rom die wunderschöne Insel zu einer bedeutungslosen römischen Provinz herabsank.

Mit Tagesanbruch stach man wieder in See und nahm Kurs

auf Afrika. Ein freundlicher Nauarchus zeigte dem Vandalen unterwegs, wie man ein Schiff steuert. Farold fand großen Gefallen an der Seefahrt. Gegen Abend verfinsterte sich der Himmel und der Wind frischte auf. Blitze waren zu sehen und Donner zu hören. Mitten auf dem Meer holte die Larum ein Unwetter ein. Das *Mare Internum* verwandelte sich in ein fauchendes und brüllendes Ungeheuer. Farold stand auf der Brücke, als eine gewaltige Welle über das Schiff hereinbrach. Die Wucht der Wassermassen spülte den Hirschberger über Bord. Als er unsanft ins schäumende Meer fiel, glaubte er, dass seine letzte Stunde geschlagen hatte. Marius griff sich ein mit Kork gefülltes Netz und sprang ohne zu zögern hinterher. Farold hatte es gesehen und schwamm sogleich auf Marius zu. Schließlich erreichte er seinen Mentor und klammerte sich mit ihm an das rettende Netz. Die beiden mussten tatenlos zusehen, wie das Schiff in einer aufgewühlten See verschwand. Danach wurde es schnell dunkel und das Mare Internum tobte sich in dieser schrecklichen Nacht aus. Marius sprach andauernd mit dem jungen Mann, damit er nicht einschlief. Unter Aufbietung ihrer letzten Kräfte gelang es ihnen, dem Unwetter zu trotzen.

Als die Sonne aufging, hatte sich das Meer beruhigt und am frühen Nachmittag tauchte ein Segel am Horizont auf. Es war die Larum auf der Suche nach den Vermissten. Die waren heilfroh mit dem Leben davongekommen zu sein, als man sie an Bord des Schiffes zog. Erschöpft und durchnässt dankte Farold seinem Lebensretter, worauf Marius antwortete: „Das hättest du für mich gewiss auch getan!"

Im Hafen von *Hadrumetum* erwarteten Legionäre das Schiff, um die für sie bestimmten Waffen unter Deck in Empfang zu nehmen. Von ihrem Centurio erfuhr Marius, dass er Order hatte, eine Räuberbande im Süden der Provinz Byzacena zu bekämpfen. Zusammen mit den Legionären ritten Marius und Farold kurz darauf in eine hereinbrechende Nacht. Sie hatten sich dazu entschlossen, die Provinz zu erkunden, bevor sie Gut Sorgenlos aufsuchten.

Als der nächste Tag erwachte, stieg ein kreisrunder Feuerball hinter goldfarbenen Kornfeldern am Himmel empor. Palmen säumten zu beiden Seiten die gut ausgebaute Straße und spendeten wohltuenden Schatten. Die Gegend war sehr fruchtbar, und die Menschen auf den Feldern winkten ihnen freundlich zu. Gegen Nachmittag wurde es immer heißer und die Landschaft veränderte sich zusehends. Man kam in einen kargen, wasserarmen Landstrich. Die heimischen Berber trugen lange Gewänder und eine eigenartige Kopfbedeckung, den sie Turban nannten. Zum ersten Mal sah der junge Hirschberger ein Kamel, was ihn nachhaltig beeindruckte. Schlussendlich erreichte der Verband ein entlegenes Castel. Die dort stationierte Auxiliareinheit berichtete, dass die Wegelagerer sich in die unzugängliche *Terra Deserta* zurückgezogen hatten.

Marius besuchte mit Farold eine in der Nähe gelegene Karawanserei und erklärte ihm, dass von hier aus Karawanen mit Handelsgütern durch die Terra Deserta bis zum Süd Meer zogen, um dort mit einheimischen Stämmen Handel zu treiben. Man tauschte vor allem Sklaven, Tiere, Gold, Elfenbein, Edelsteine oder Palmöl gegen hochwertige Waffen, bunte Tonkrüge, Bernstein, Salz oder Glas ein.

Es kam der Tag an dem Marius und Farold sich auf den Weg nach Sorgenlos in die Provinz Africa Proconsularis machten. Sie ließen sich damit viel Zeit, genossen unterwegs die Annehmlichkeiten der zahlreichen Mansiones, in denen sie übernachteten. Immer öfter ritten die beiden nun durch Wälder, Weinberge und Olivenhaine. Schließlich erreichten sie das Landgut. Sorgenlos lag in einem lieblichen, grünen Tal, von hohen Bergen umgeben und strahlte eine friedliche Stimmung aus. Hirten hüteten auf saftigen Wiesen ihre Schafe und Ziegen. Marius fragte einen von ihnen nach dem Weg zur *Villa Rustica*. Kurze Zeit später stiegen sie die Steintreppe zu einer Veranda hinauf, wo sie der Verwalter des Gutes mit seiner Familie willkommen hieß. Julius Silius und dessen Frau hatten zusammen drei Söhne und zwei Töchter. Alle lebten und arbeiteten sie auf Sorgenlos.

Der redliche Mann und dessen jüngste Tochter Silva zeigte

ihnen das Landgut. Man pflanzte vor allem Dinkel, Hafer sowie Gerste an. Außerdem betrieb man eine gut gehende Waldwirtschaft und stellte Honig her. Das Korn wurde nach Rom verschifft und das Holz fand in den Werften von Karthago Abnehmer, während der Honig zum Süßen von Speisen verwendet wurde. Julius und Marius ritten in der Hitze der Mittagszeit zur Villa zurück, während die jungen Leute in einem Bergsee baden gingen. Nach der wohltuenden Erfrischung setzte sich Silva mit Farold unter einen Baum. Dort stärkten sie sich mit Käse, Oliven und Fladenbrot. Dazu tranken sie Wasser aus einem Ziegenschlauch. Die bildhübsche Tochter des Verwalters von Sorgenlos hatte schwarze, halblange Haare und wunderschöne, dunkelbraune Rehaugen. Farold fand sogleich Gefallen an ihr. Die beiden hatten sich sehr viel zu erzählen und als die Sonne hinter den Bergen verschwunden war, ritten sie miteinander scherzend zur Villa zurück.

Von einem Bergsattel deutete Silva auf ein grünes Tal und erklärte, dass das Gut dort unten Rosenthal heiße. Farold und seine kundige Wegbegleiterin ritten hinab und kamen an einen mächtigen Felsen. Sie behauptete, dass sich dort oben eine Bastei befinden würde, welche man von hier unten nicht erkennen könne. Beide stiegen von den Pferden, zwängten sich durch eine Felsspalte und gingen eine steile Treppe hinauf. Oben angekommen, sagte Silva, dass der Ort Schwalbennest genannt wurde. Die Aussicht, welche sich ihnen darbot, war fantastisch. Farold dachte in diesem Augenblick daran, was ihm König Tharwold aufgetragen hatte und stellte zugleich fest, dass es sich in der Gegend gut leben ließ, während sie den Vandalen liebevoll ansah. Als er es bemerkte, nahm er die bezaubernde Silva in die Arme und küsste sie zärtlich. Von diesem Tag an, waren die beiden ein unzertrennliches Liebespaar.

Auf dem Landgut gab es immer und überall etwas zu tun. Der Vandale lernte von Julius Silius, wie man einen Großgrundbesitz bewirtschaftet. Er war ein freundlicher, erfahrener und ehrlicher Administrator. Ganz besonders aber freute sich Farold auf die harmonischen Stunden zum

Ausklang des Tages mit Silva.

Das Leben auf Sorgenlos verlief völlig unbeschwert, bis nach einigen Wochen ein Kurier erschien und Marius eine Botschaft von Marcellus Aurelius überreichte. Darin forderte er seinen Vertrauten auf, nach Aquileia zurückzukehren. Der Abschied von den liebgewonnenen Menschen auf Sorgenlos viel nicht nur Farold schwer.

„Werden wir uns jemals im Leben wiedersehen?", wollte eine betrübte junge Frau wissen.

„Ganz gewiss, Silva!", antwortete er. „Uns Vandalen wurde einst prophezeit, dass wir in das Paradies auf Erden ziehen. Nach all dem was du mir gezeigt und ich mit dir erleben durfte, befindet sich der Garten Eden hier!"

In *Hippo Regius* schifften sich die Kundschafter ein und noch vor den Herbststürmen des Jahres 403 erreichten sie Aquileia, wo sie von Marcellus Aurelius und den seinigen neugierig und wissbegierig erwartet wurden.

Als der Winter dem Frühling wich, brach Farold zu seiner Sippschaft auf. Die Familie Aurelius, Mercedes und ihre Mutter bestiegen noch am selben Tag ein Schiff und fuhren in ihre neue Heimat Afrika.

Auf dem Weg in den Norden kam Farold nach Mediolanum. Dort suchte er eine Herberge auf und traf, zu seiner großen Freude, auf Silingen. Jene hatten König Tharwold in die Stadt begleitet. Er war gekommen, um mit dem Reichsverweser des Westlichen Imperiums, Flavius Stilicho, zu sprechen. Nachdem Farold das vernahm, verabschiedete er sich und ging zum kaiserlichen Palast. Davor stand eine Gruppe Vandalen und unterhielten sich miteinander. Als Farold näherkam, machte er unter ihnen seinen Vater aus. In diesem Augenblick kam König Tharwold aus dem Palast gelaufen. An seinen Gesichtszügen konnte man erkennen, dass die Besprechung mit dem Reichsverweser ganz offensichtlich nicht erfreulich verlaufen war. Noch zur selben Stunde brach man auf, um über die Alpi nach Raetia zurückzukehren. Unterwegs erfuhr der junge Hirschberger von einem empörten König, dass Kaiser Honorius den Reichsverweser angewiesen hatte, die Stämme der Allianz aus dem Imperium zu vertreiben. Nachdem sich Tharwold etwas beruhigt hatte, forderte er seinen Kundschafter auf zu berichten, wie es ihm im Westlichen Imperium ergangen ist. Als das geschehen war, musste er viele, sehr viele Fragen beantworten, bevor der König anerkennend sagte: „Farold! Du hast deinem Stamm unschätzbare Dienste geleistet!"

Kapitel 18 – Der Brandanschlag

Als der Bote des Königs uns verlassen hatte, um nach Burgberg zurückzukehren, saß die gesamte Sippschaft schweigend um das Herdfeuer zusammen. Vater sah meine Schwester Monia und mich wechselweise an. Nach einer Weile, die mir wie eine Ewigkeit vorkam, ergriff Base Frieda das Wort.

„Ihr müsst nicht gleich das Schlimmste befürchten!", meinte sie. „Falls dieser Randolf mit seinen üblen Gesellen wirklich hier auftauchen sollte, werden wir uns zu wehren wissen."

Robert stand auf, ging auf Vater zu und legte seine Hände auf dessen Schultern.

„Isfried! Du wirst dafür sorgen, dass dieses Gesindel der Sippschaft kein Leid antut", forderte er das Oberhaupt der Steinhainer auf, worauf Vater energisch mit dem Kopf nickte.

„Es war redlich und klug, dass der König uns den Boten gesandt hat", erklärte er. „Nun wissen wir wenigstens, dass sein Neffe und die Kerle, welche meine Töchter in Burgberg überfallen haben, aus dem Kerker entlassen und aus dem Breisgau verbannt wurden."

Einen Moment hielt er inne.

„Ich nehme die Warnung Meinrads sehr ernst, dass dieser Randolf und seine Bande uns möglicherweise einen Besuch abstatten, bevor sie für immer aus dem Gau verschwinden."

Von jenem Tage an, stellte Vater Nachtwachen auf und hielt die Steinhainer an, stets achtsam zu sein. Die Kunde, dass die Übeltäter ihre Strafe verbüßt hatten, eilte durch das Tal der Wiese. Randolf hatte während der Kerkerhaft gleich mehrfach angekündigt, dass er sich an meiner Sippe rächen werde, bevor er sich auf und davon machte.

Es war ein herrlicher Sommertag, als ich unsere Kühe, Schafe und Ziegen auf die Weide trieb. Am Nachmittag stand die Sonne hoch oben am Himmel und in der Wiese planschten ein paar Buben sowie Mädchen vergnügt im Wasser. Genüsslich aß ich frisch gebackenes Brot und ein gekochtes Ei. Dazu trank ich Wasser aus dem Trinkbeutel.

Nach der Mahlzeit setzte ich mich unter eine Eiche, welche am Weg ins Rheintal stand und fing damit an die Herde zu zählen. Seit meiner Verschleppung, vor nunmehr fünf Sommer, hatte ich es mir abgewöhnt tagsüber zu schlafen. Ab und zu kam jemand vorbei, um nach mir zu sehen und ein wenig zu plaudern. Schon von weitem sah ich Vater daherkommen. Er setzte sich neben mich ins Gras. An seinen Gesichtszügen konnte ich sogleich erkennen, dass ihn etwas beschäftigte.

„Was treibt dich um, Vater?"

Er sah mir in die Augen.

„Randolf ist in der Nähe gesehen worden."

Ich dachte nicht richtig gehört zu haben.

„Von wem und wo?"

„Von meinem Bruder auf der Straße von Burgberg nach Basilea!"

Mir lief es eiskalt den Rücken hinab.

„War er allein?"

„Nein! In Begleitung zweier Kerle."

„Was wirst du unternehmen?"

„Mir wäre es wesentlich wohler, wenn du und Monia uns für einige Zeit verlassen würdet."

„Wo sollen wir hin?"

„Ich habe darüber mit Base Frieda gesprochen. Sie arbeitete einmal bei einem Weinhändler in Basilea. Der wäre bereit, euch aufzunehmen."

„Du willst, dass ich mit Monia dort hinziehe?

„Sei doch vernünftig Ida", antwortete er. „In der Stadt am Rhein führt ihr ein friedliches Leben, lernt Latein und eignet euch römische Umgangsformen an. Deine Schwester freut sich jedenfalls darauf."

Mir gefiel auf einmal der Gedanke, für eine Weile in Basilea zu leben und zu arbeiten.

„Außerdem wird man euch dort nicht vermuten," fügte er hinzu, „was mich besser schlafen ließe."

„Einverstanden!"

Vater war sichtlich erleichtert über meine Antwort und machte sich alsbald auf den Weg nach Hause.

Nachdem er fort war, wollte ich den Umgang mit Pfeil und

Bogen üben. Als Ziel diente mir der Stamm der Eiche. Es bereitete mir Freude und Genugtuung, als die Pfeile dicht nebeneinander im Baumstamm stecken blieben. In einiger Entfernung sah ich drei Reiter. Rasch zog ich die Pfeile aus dem Stamm und verbarg mich dahinter, so dass die Fremden mich nicht sehen konnten. Als sie vorbeiritten, hörte ich wie einer sagte: „Wir rasten im Wald und warten ab bis es Nacht wird. Steinhain wird brennen wie trockenes Stroh!""

Die männliche Stimme war mir wohlbekannt. Mir wurde angst und bange. Randolf und seine üblen Gefährten verließen den Weg und verschwanden im Forst. So schnell mich meine Füße tragen konnten, rannte ich nach Hause und erzählte Vater aufgeregt, was ich soeben hörte. Der rief umgehend alle Sippen zusammen und berichtete was geschehen war. Worauf sämtliche Weiber und Kinder ins Gemeinschaftshaus zogen und die Männer sich in den umliegenden Häusern auf die Lauer legten. Zuvor wurden alle verfügbaren Eimer am Brunnen mit Wasser gefüllt und bereitgestellt. Das Oberhaupt der Steinhainer wies die Männer an wachsam zu sein und beim geringsten Anzeichen von Gefahr sofort Alarm zu schlagen. In dieser stockdunklen Nacht konnte ich kein Auge zumachen. Aufgeregt saß ich im Gemeinschaftshaus und spähte hinaus in die Dunkelheit. Niemand war zu sehen und nichts zu hören. Auf einmal entdeckte ich ganz in der Nähe lodernde Flammen. Danach ging alles rasend schnell. Jemand schrie: „Feuer, Feuer! Das Haus von Isfried brennt!"

Niemand konnte mich jetzt noch aufhalten. Mit einem Bogen und dem Köcher voller Pfeile rannte ich zu unserem Anwesen. Der Wohnbereich brannte bereits lichterloh. Davor lieferten sich Männer einen Schwertkampf. Im Schein des Feuers streckte Randolf gerade einen der unsrigen nieder. Danach lief er zu einem seiner Gefährten, der sich mit Vater einen Zweikampf auf Leben und Tod lieferte. Nunmehr schlugen beide Strolche auf das Oberhaupt der Sippschaft ein. Vater stolperte im rückwärtsgehen und fiel hin, worauf der Gefährte Randolfs zum tödlichen Hieb ausholte, als ihn mein Pfeil in die Brust traf. Der Neffe des Königs drehte sich blitzschnell zu mir um. Hasserfüllte Augen sahen mich einen Moment lang an. Immer mehr Steinhainer Recken eilten herbei, worauf die Brandschatzer flüchteten und in der Dunkelheit entkamen. Danach lief ich zu Vater, der erschöpft auf der Erde saß.

„Wie geht es dir?"

„Es ging mir schon einmal besser!"

Erleichtert über seine unverkennbare Art zu antworten, setzte ich mich einen Moment neben ihn und sah zu, wie man den Brand mit den bereitgestellten Wassereimern zu löschen versuchte. Der Wohnbereich war zwar nicht mehr zu retten, doch auf den anderen Teil unseres Langhauses war das Feuer noch nicht übergegriffen. Zu guter Letzt gelang es uns mit vereinten Kräften die Feuersbrunst zu löschen. Ein junger Mann aus der Nachbarschaft, der zu Besuch in Steinhain weilte, wurde von Randolf niedergestreckt und erlag seinen schweren Verletzungen.

Vater schickte noch zur selben Stunde einen Reiter zum König, um ihm über den hinterhältigen Brandanschlag seines Neffen zu berichten. Den nächsten Tag waren wir damit beschäftigt, unsere Habseligkeiten ins Gemeinschaftshaus zu bringen, wo sich meine Sippe vorübergehend einquartierte, bis unser Anwesen wieder aufgebaut war.

Randolf und dessen Gefährte indes blieben verschwunden. Ein Gerücht hielt sich lange Zeit, dass die beiden über den Rhein ins Westliche Imperium geflüchtet seien und sich in der Nähe der Stadt *Argentorate* aufhalten sollen. Gewiss war das allerdings nicht.

Deshalb zogen Monia und ich nach Basilea, um im Hause des provinzialrömischen Weinhändlers Marcus Filippo zu wohnen und zu arbeiten. Während meine Schwester im Haushalt mit Hand anlegte, galt mein Interesse dem Weinhandel. Wir blieben den Winter über dort und bald schon konnte ich Weinsorten unterscheiden und die Qualität des Rebensaftes bestimmen. Die anspruchsvolle Arbeit machte mir Freude und man führte mich beiläufig in die Grundzüge einer geordneten Buchführung ein. Außerdem verbesserte ich meine Lateinkenntnisse und lernte mich zu benehmen und zu kleiden wie eine Provinzialrömerin.

Mit der Zeit bemerkte ich, dass der älteste Sohn des Weinhändlers ein Auge auf meine Schwester, und der Jüngere auf mich geworfen hatte. Valentin war ein gefälliger, junger Mann. Er hatte zuerst das Handwerk eines Küfers erlernt und wurde nunmehr in die Handelsgeschäfte seines Vaters eingewiesen. Wir sahen uns jeden Tag und als ich am späten Abend in meiner Kammer auf der Schlafstatt lag, dachte ich des Öfteren an den gutaussehenden Sohn des Weinhändlers.

Eines Tages lud er mich ein, mit ihm auf den Markt zu gehen, um ein paar Besorgungen zu tätigen. Liebend gern willigte ich ein. Mit einer Fähre setzten wir aus der nördlichen Vorstadt von Basilea über den Rhein, stiegen die Treppe zum Gotteshaus hinauf und standen plötzlich auf dem Marktplatz. Gemeinsam schlenderten wir zwischen den Ständen umher und hatten Spaß dabei. Von einem fahrenden Händler erwarb Valentin einen fein gesponnenen Schal und schenkte ihn mir. Ich freute mich sehr darüber und gab dem schüchternen jungen Mann einen flüchtigen Kuss auf die Wange, worauf er errötete.

Als er mich Tage später zum Essen in ein Speisehaus einlud, nahm ich die Einladung mit Freuden an. Wir hatten uns gar viel zu erzählen und ich trank etwas verwässerten Weißwein. Auf dem Weg nach Hause nahm er mich an der Hand, und vor dem Haus seiner Eltern küssten wir uns zum Abschied. In dieser Nacht fand ich lange Zeit keinen Schlaf, so aufgewühlt war ich.

Als es tagte stand ich wie immer auf, wusch mich, kleidete mich an und nahm die Morgenkost zu mir. Danach ging ich hinab in das Weingeschäft, um die Ladentür aufzuschließen und Kunden zu bedienen. Als Valentin am Nachmittag sich zu mir gesellte, sah ich es seiner betretenen Miene an, dass ihn etwas bedrückte.

„Mutter hat uns gestern Abend gesehen und es Vater erzählt", vertraute er mir an. „Meine Eltern bestehen darauf, dass du uns in den nächsten Tagen verlassen musst."

Mir wurde auf einmal ganz heiß.

„Warum?"

„Sie wollen nicht, dass wir ein Paar werden, sondern wünschen sich, dass ich eine ansehnliche sowie freundliche Tochter eines wohlhabenden Kaufmanns aus dem Imperium heirate."

Für mich brach in diesem Moment eine kleine, heile Welt zusammen. Tränen befeuchteten meine Augen.

„Sei nicht traurig, Ida!", du kannst vorerst hierbleiben. „Ich werde morgen mit meinem Bruder in die gallischen Provinzen reisen, um Wein einzukaufen und erst in ein paar Wochen zurückkehren!"

Monia und ich blieben noch eine Zeit lang bei der Familie Filippo in Basilea, bis Vater sicher war, dass seinen Töchtern von Randolf keine Gefahr mehr drohte und uns nach Hause holte.

Kapitel 19 – Im Breisgau

Zu Beginn des Jahres 404 traf Farold wieder bei seiner Sippschaft in Raetia, in der Nähe der Stadt Augusta Vindelicorum ein. Dort erfuhr er zu seinem Leidwesen, dass Großvater Lorenz nicht mehr am Leben weilte. Er fiel vom Pferd und brach sich das Genick. Mit der trauernden Witwe besuchte der Enkel dessen Grabstätte auf einer Anhöhe. Gemeinsam sahen sie dabei zu, wie die Sonne im Westen allmählich unterging. Der Vandale fragte seine betagte Großmutter auf Alamannisch, ob dort ihr Geburtsort lag. Merlinde liefen Tränen über die Wangen, als sie erwiderte: „Ja! Ich bin im Breisgau in Steinhain im Tal der Wiese aufgewachsen!"

Von jenem Ort hatte Lorenz sie einst auf einem Raubzug nach Hirschberg verschleppt. Später verliebten sie sich ineinander, gingen einen Bund fürs Leben ein und bekamen drei Söhne. Merlinde nahm ihr grünes, kreisrundes Emailamulett, welches sie stets um den Hals trug ab und hängte es ihrem Enkel mit den Worten um: „Ich habe den Talisman vor sehr vielen Jahren von meiner Schwester Frieda geschenkt bekommen. Das Amulett wird dich auf deinen Reisen beschützen!"

Adalhard und sein Ältester wurden zu König Tharwold gerufen. Als sie in Augusta Vindelicorum ankamen, stellten sie sogleich fest, dass sie nicht alleine gekommen waren. Im Palast trafen sie auf König Godegisel und dessen Söhnen Guntherich sowie Geiserich. Zu ihnen gesellte sich der König der Sueben Hermerich. Später stießen auch der Khan der Alanen Respendial und sein Spross Addac hinzu.

Tharwold berichtete von der unerfreulichen Unterredung mit Stilicho. Anschließend wägte man gemeinsam ab, wie man damit umzugehen gedenkt. Hermerich erzählte hernach, dass er von Radagais einem Heerführer der Ostgoten aufgesucht wurde. Der beabsichtigte, mit seiner Streitmacht gegen das Westliche Imperium ins Feld zu ziehen, und forderte den Sueben auf, sich ihm anzuschließen. Dafür wollte er dem Stamm die Provinz Noricum überlassen. Als

Hermerich entgegnete, dass er sich darüber mit den verbündeten Vandalen und Alanen besprechen wolle, verlor Radagais die Beherrschung. Lautstark rief der Gote aus: „Eher lasse ich mir eine Hand abschlagen, bevor ich mit einem vandalischen Hund römisches Fleisch teile!"
Der Suebe war dennoch der Überzeugung, dass Radagais das Westliche Imperium angreifen werde. Dem schloss sich eine langanhaltende Aussprache an. Tharwold vertrat die Ansicht, dass die Stämme der Allianz von Kaiser Honorius nichts Gutes zu erwarten hätten. Dem pflichteten alle Anwesenden bei. Godegisel empfahl daraufhin mit den Alamannen ein Beistandsbündnis einzugehen und sich von den Goten fernzuhalten. Sein Vorschlag wurde gutgeheißen.

Schlussendlich forderte König Tharwold den Hirschberger Farold auf, von seiner Erkundungsreise nach Afrika zu berichten. Alle Augenpaare waren mit einem Mal auf den jungen Vandalen gerichtet. Zugleich wurde ihm bewusst, warum sein König so großen Wert daraufgelegt hatte, dass er an den Beratungen teilnahm. Eindrucksvoll beschrieb der Hirschberger die fruchtbaren sowie schönen Landstriche der afrikanischen Provinzen des Westlichen Imperiums. Kaum hatte er das letzte Wort ausgesprochen, erinnerte Tharwold seine Gäste an die Prophezeiung von Göttervater Wodan, der den Vandalen eine Wanderung in ein irdisches Paradies auf Erden vorhersagte. Schlussendlich behauptete er, dass Flavius Stilicho, der Sprössling eines Vandalen, davon wissen musste.

„Dem Reichsverweser ist bewusst", fasste der König der Silingen zusammen, „dass wir noch lange nicht am Ende unserer Wanderung angekommen sind. Deshalb geht er davon aus, dass wir weiterziehen werden."

„Wo aber liegt das Paradies auf Erden?", hinterfragte Godegisel.

„Einer von uns war schon dort!", erwiderte Tharwold.
Worauf man Farold in Augenschein nahm.
„Entweder lässt uns Kaiser Honorius durch das Westliche Imperium ziehen, oder wir kämpfen uns den Weg nach Afrika frei!", lauteten die anschließenden Worte von Geiserich.
Keiner widersprach ihm. Allen war klar, dass sie klug und mutig vorgehen mussten, damit die Stämme der Allianz nicht

zwischen die Mühlsteine der Imperien, den Goten oder Hunnen geraten und womöglich zermalmt würden. Der jüngste Sohn von Godegisel empfahl den Königen und dem Khan, Boten zu den Alamannen auszusenden, um von ihren Königen zu erfahren, ob sie eine friedliche Wanderung der Stämme durch ihre Gaue an den Rhein zuließen, was befürwortet wurde.

Als Adalhard und Farold mit König Tharwold vor einer Landkarte standen, schauten sie auf das Gebiet zwischen dem Main im Norden, den Alpi im Süden, dem Rheintal im Westen und Augusta Vindelicorum im Osten. Drei Pfeile markierten unterschiedliche Wege zum Rhein. Der König erläuterte den Hirschbergern seinen Plan, wonach noch zwei weitere Wege an den Rhein erkundet werden sollten. Mit einem Holzstab fuhr Tharwold am Main entlang, welcher um das Siedlungsgebiet der Alamannen herumführte. Danach deutete er auf eine weiter südlich gelegene Strecke über die Schwarzen Berge, durch die Gaue der Alamannen, den Adalhard bereits ausgespäht hatte. Schließlich zeigte der König mit dem Stab auf den Lacus Venetus, fuhr damit am Rhein entlang, bis zu einem Punkt neben dem Basilea stand. Dort bog der Flusslauf nach Norden ab. Zu guter Letzt beauftragte er Adalhard und seinen Ältesten damit, diesen dritten Weg zu erkunden und mit den dort lebenden Alamannen die Bedingungen auszuhandeln, unter denen die Allianz durch deren Gaue an den Rhein ziehen durfte.

Bald darauf brachen Vater und Sohn auf. Zuvor aber verbreiteten sie das Gerücht, dass sie in den Breisgau reiten würden, um der Sippschaft von Merlinde einen Besuch abzustatten.

Der Lacus Venetus lag bereits hinter den Vandalen, als sie auf einer einstigen Straße der Römer in den alamannischen Hegau gelangten. Der Landstrich war vormals eine Provinz Roms. Nach einem nächtlichen Trinkgelage mit dem Gaukönig war man sich einig. Der erklärte sich bereit, die Stämme der Allianz durchziehen zu lassen. Dafür verlangte er ein Holzfass randvoll gefüllt mit kostbaren Bernsteinen.

Von nun an begleitete ein Hegauer die beiden Vandalen auf ihrem weiteren Weg an den Rhein. Gisbert sprach eine alamannische Mundart, welche Adalhard und Farold nicht immer verstanden.

Einige Tage später vernahm die Schar ein recht eigenartiges Grollen und auf einmal standen sie vor einem prächtigen Naturschauspiel. Die Wassermassen des Rheins stürzten dröhnend und schäumend vor ihnen in die Tiefe. Auf der südlichen Seite des Flusses, der hier den Limes zwischen dem Westlichen Imperium und den Gauen der Alamannen bildete, standen in regelmäßigen Abständen Wachtürme. Der Hegauer behauptete, dass sie nur noch schwach bemannt wären. Viele Legionäre und Auxiliar seien abgezogen worden, um gegen die Goten ins Feld zu ziehen.

Schließlich gelangten die Kundschafter in den Breisgau. Bei Basilea machte der stets nach Westen fließende Rhein eine Schleife nach Norden. Farold erfuhr an jenem Tag und Ort von Gisbert, dass das Tal der Wiese und Steinhain sich ganz in der Nähe befindet. Zugleich verspürte er einen unbändigen Drang, den versippten Alamannen einen Besuch abzustatten. Adalhard wollte aber zuvor den Gaukönig aufsuchen, um mit ihm über den Zug der Stämme durch sein Herrschaftsgebiet zu verhandeln.

Auf einem Bergkegel über dem weitläufigen Tal des Rheins wurden sie von Meinrad, dem König der Breisgauer, in Burgberg empfangen. Nachdem die Vandalen ihm ihr Anliegen vorgetragen hatten, wurden sie zuvorkommend verköstigt. Während dem Gelage erfuhren Vater und Sohn, dass die Breisgauer des Öfteren im Winter über den zugefrorenen Rhein zogen, um in den gallischen Provinzen des Westlichen Imperiums zu plündern. Meinrad war ein kluger und gerechter Herrscher. Er achtete die seinigen und stand dem Imperium feindselig gegenüber.

Er unternahm mit den Vandalen einen Ausritt an den Rhein. Bei der rechtsrheinisch gelegenen römischen Stadt Mons Brisiacus führte eine Holzbrücke über den breiten Fluss. Der

Gaukönig ritt darauf zu, und die vandalischen Kundschafter folgten ihm nach. Einige Auxiliar standen vor dem Viadukt und wollten von ihnen wissen, wohin die Reise ging und ob sie Waren mitführten. Bereitwillig erteilte der Breisgauer Auskunft. Daraufhin ließen sie die Schar passieren. Meinrad behauptete, dass sie germanische Franken waren und für Sold dem Imperium dienten. Verächtlich spuckte er aus. In der Ferne sah man ein Gebirge, welches der Alamanne Vogesen rief. Nachdem sie sich in einer Taverne gestärkt hatten, traten sie den Rückweg an. Auf dem Weg nach Burgberg beschrieb der König seinen Besuchern die Größe des Breisgaus. Der erstreckte sich vom Rhein bis auf die höchsten Gipfel der Schwarzen Berge. Als ihn Adalhard fragte, was er für den Durchzug der Stämme der Allianz durch den Gau verlangte, antwortete er: „Ich werde mit euren Recken in die gallischen Provinzen einfallen und sämtliche Provinzialrömer, Legionäre und Auxiliar aus dem Rheintal vertreiben. Von euren Königen und dem Khan erwarte ich lediglich, dass allein der Stamm der Silingen friedlich durch den Breisgau zieht."

Hier enden die umfangreichen Berichte von Zeitzeugen und ich erzähle von nun an aus eigener Anschauung, was sich auf dem Weg der Vandalen und der Sippschaft der Hirschberger über den Rhein, durch die Provinzen des Westlichen Imperiums bis in das verheißene Paradies zutrug.

Kapitel 20 – Erntedankfest

„Ida", sprach Vater, „wir werden morgen zum Erntedankfest nach Burgberg fahren. Bereite alles hierfür Notwendige vor. Deine Schwestern sollen dir dabei helfen."

Auf dem Fuhrwerk fuhr meine Sippe aus dem Tal der Wiese ins Rheintal. Am kommenden Tag kamen wir in Burgberg an, nachdem wir in Eschenbach bei der Sippe des Oheims übernachtet hatten. Die Breisgauer dankten an diesem Tag ihrer Göttin Freia für eine gute Ernte. Auf der Wiese vor dem Flecken schlugen wir unsere Lagerstatt auf. Von dort hatte man einen großartigen Ausblick über das Tal des Rheins bis hinüber zu den Höhenzügen der Vogesen. Die Feierlichkeiten sollten morgen beginnen und zwei Tage andauern. Burschen waren damit beschäftigt, einen Holzturm aufzubauen. Viele Fässer, gefüllt mit Met oder Wein wurden herangeschafft, Feuerstellen hergerichtet, Tische und Bänke aufgestellt, die Festwiese mit Blumengebinden geschmückt.

„Wen wohl", fragte ich Mutter, „wird die hohe Priesterin zu ihren Festjungfern auserwählen?"

„Ida, du bist ein bezauberndes, junges Weib ", antwortete sie liebevoll. „Dein blondes, langes, lockiges Haar, die großen braunen Augen und die schlanke Gestalt, fallen ganz gewiss auch der Priesterin auf. Genauso wie deine gefällige Art mit Menschen umzugehen."

Es war eine große Ehre zu den Festjungfern zu gehören, welche der Dienerin der Götter an der feierlichen Eröffnung des Erntedankfestes zur Hand gingen. Ich war gerade damit beschäftigt, mir einen Kopfkranz aus Ähren und Kornblumen zu flechten, als sie auf mich zukam. Mein Herz fing heftig an zu pochen. Ganz in weiß war die hohe Priesterin gekleidet und das feuerrote Haar fiel ihr über die Schulterblätter.

„Willst du mir am Erntedankfest zu Diensten sein", fragte sie mich, freiheraus.

Ehrfürchtig nickte ich mit dem Kopf und konnte es vor lauter Aufregung nicht fassen, was ich soeben zu hören bekam. Nachdem sie mir ein paar Anweisungen erteilt hatte und wieder fortgegangen war, beglückwünschte mich die Sippe.

Die Breisgauer strömten in Scharen auf die Festwiese. Von einem wolkenlosen, blauen Himmel strahlte die Sonne herab. Ein Hornsignal ertönte, worauf die Gespräche verstummten. Spielleute gingen musizierend auf den Fruchtbarkeitsturm zu. Gefolgt von der hohen Priesterin und sechs Jungfern. Das blonde Haar hatte Mutter zu einem langen Zopf geflochten. Ein Kranz aus bunten Kornblumen schmückte mein Haupt und in den Händen hielt ich einen Strauß Ähren. Es war ein schönes, ja erhabenes Gefühl.

Als der Festzug neben dem Holzturm angekommen war, kam der König hinzu, worauf die Musikanten aufhörten zu spielen. Meinrad streckte die Hände gen Himmel und rief beschwörend: „Seid gegrüßt, ihr Töchter Freias!"
Danach schritt er neben der hohen Priesterin durch die Menge und wir Jungfern folgten ihnen mit den aufspielenden Musikanten nach. Der Weg führte hinab in ein Tal und danach wieder bergauf. Mit einsetzender Dämmerung war der Festzug auf einer Lichtung angekommen.

„Wir haben uns an dieser Heiligen Stätte eingefunden, um Freia für die Ernte zu danken!", ertönte die Stimme der hohen Priesterin.
Ein Mann reichte ihr einen Stab, an dem ein Federbusch befestigt war. Den steckte sie in einen mit Wasser gefüllten Kupferkessel.

„Das Leben spendende Nass möge euch allesamt segnen!", verkündete sie und spritzte mit dem Federbusch um sich.
Worauf allesamt eine Hand auf die Stelle der Brust legten, unter der das Herz schlägt. Daraufhin brachten Recken der Dienerin Freias einen an den Vorderläufen geknebelten Eber und reichten ihr einen Dolch.

„Wir opfern der Fruchtbarkeitsgöttin dieses Tier, um mit seinem Blut Mutter Erde zu tränken", schallte es über die Lichtung.
Ohne zu zaudern schnitt sie dem Eber den Hals durch, worauf Blut herauslief und im Erdreich versickerte. Zugleich reichte man dem König einen Bogen sowie einen brennenden Pfeil. Kurz darauf flog das Geschoss zischend in den nächtlichen Himmel und senkte sich in einem weiten Bogen hinab ins Tal. Alle schauten nun gebannt nach Burgberg zur Festwiese hinüber, wo man den Holzturm in Brand setzte.

Als wir wieder in Burgberg ankamen, loderten die Flammen in den Himmel. Becher wurden gefüllt, Speisen aufgetragen, und Musikanten spielten fröhliche Weisen. Ein junger Mann kam auf mich zu und blieb vor mir stehen.

„Willst du mit mir tanzen?", fragte er freundlich.

Ich fand Gefallen an ihm, weshalb ich einwilligte, aufstand und mit ihm zur Tanzfläche ging. Fröhlich drehten wir uns im Kreis um das Feuer herum.

„Man ruft mich Farold!", stellte er sich vor.

Seine Aussprache und die ungewöhnliche Kleidung ließen darauf schließen, dass er kein Alamanne war.

„Mein Name lautet Ida!", antwortete ich und wir sahen uns in die Augen.

Farold war größer als ich. Er hatte halblange schwarze Haare, dunkelbraune Augen, breite Schultern und trug ein grünes, kreisrundes Emailamulett um den Hals. Neugierig geworden fragte ich ihn: „Wo kommst du her?"

„Ich bin ein Vandale und zu Gast bei König Meinrad!"

Was mir der gutaussehende junge Mann an diesem ersten, gemeinsamen Abend zu sagen hatte, war überaus geistreich, unterhaltsam sowie erheiternd.

Es war schon weit nach Mitternacht, als Farold mich zur Lagerstatt begleitete. Auf dem Weg dorthin erzählte ich einem aufmerksam zuhörenden Vandalen, dass meine Sippe in Steinhain im Tal der Wiese lebt und wir morgen nach Hause fahren. Auf einmal blieb er stehen. Ein vielsagendes Lächeln huschte über sein Angesicht. Verwundert sah ich ihn an, als er sagte: „Wir werden uns bald schon wiedersehen, Ida!"

Ich wollte mich gerade umdrehen, als er mir unversehens einen zärtlichen Kuss auf die Wange gab. Danach lief ich rasch in unsere Lagerstatt. Es dauerte eine gewisse Zeit, bis ich einschlafen konnte.

Bereits am nächsten Morgen machten wir uns auf den Weg nach Hause. Zuvor aber wollte der König Vater sprechen. Meinrad tat ihm kund, dass die Steinhainer in den kommenden Tagen von zwei Vandalen Besuch erhalten würden. Er solle sie gastfreundlich empfangen und ihre außergewöhnliche Geschichte anhören. Vater war etwas irritiert über diese doch recht merkwürdige Ankündigung.

Jemand klopfte an unsere Haustür. Ich öffnete sie und vor mir stand Farold mit zwei Männern. Ein Lächeln huschte über seine Wangen. Ich freute mich gleichermaßen, den gefälligen und unterhaltsamen Vandalen wiederzusehen. Die Besucher wollten das Oberhaupt der Steinhainer sprechen. Vater bat die drei ins Haus und sie setzten sich zusammen an den Tisch. Während die Mannsbilder sich unterhielten nahm ich wahr, dass Farold mich immer wieder einmal ansah. Vor den anderen verborgen, trafen sich unsere Blicke. Vater wollte natürlich wissen, wer die Besucher sind und was sie in das Tal der Wiese führte. Es stellte sich heraus, dass einer der Männer Farolds Vater Adalhard war und der andere ein Hegauer, den man Gisbert rief.

„Wir sind nach Steinhain gekommen, um die Sippe meiner Mutter zu besuchen!" erklärte Adalhard. „Sie wurde hier geboren!"

Das Oberhaupt der Steinhainer schaute ihn erstaunt an.

„Wie heißt eure Mutter?"

„Merlinde!"

Vater wurde blass, erhob sich und forderte die Besucher auf, ihm nachzufolgen. Ich lief ihnen hinterher und sah zu, wie sie auf das Anwesen von Frieda und Robert zugingen. Energisch klopfte Vater mit der Faust gegen die Haustür, worauf seine stämmige Base öffnete und die Männer musterte.

„Wer ist da?", rief eine Stimme aus der Wohnstatt.

„Isfried und drei Fremde!"

„Was wollen sie?"

„Ich habe Besuch mitgebracht!", antwortete Vater.

Worauf Robert, auf einen Stock gestützt, sich an seinem beleibten Weib vorbeidrückte.

„Wer sind die Männer?", fragte der Hausherr.

„Es sind zwei Van .."

In diesem Augenblick stieß Frieda einen markerschütternden Schrei aus und deutete auf Farold. Die Sippe kam aus dem Haus gestürmt und fragte aufgeregt, was vorgefallen war. Meiner Base liefen Sturzbäche von Tränen die Wangen hinab. Alle schauten wechselweise Frieda und die Fremden an, während Vater sich schützend vor sie stellte.

„Sie haben nichts Böses getan!“, rief er. „Wodan ist mein Zeuge!“

„Wo hast du das grüne Amulett her, welches du um den Hals trägst?“, fragte Frieda stockend den jungen Vandalen.

„Es gehört meiner Großmutter!“

Worauf die stämmige Alamannin einen herzzerreißenden Seufzer ausstieß. Im nächsten Augenblick nahm sie ihren Großneffen in die ausgebreiteten Arme und drückte ihn kraftvoll an die üppigen Brüste, so dass er keine Atemluft mehr bekam.

„Bist du wirklich der Enkel meiner Schwester Merlinde?“

„Wenn ihr Base Frieda seid, dann bin ich es!“

Jetzt kullerten Tränen der Freude über ihre dicken, roten Backen. Sie nahm Farold an der Hand und ließ ihn nicht mehr los. Als nächstes wollte Frieda erfahren, wer die zwei anderen waren. Als sie von Adalhard hörte, dass er ihr Neffe sei, nahm sie ihn an der anderen Hand und zog die Versippten hinter sich in die Wohnstatt hinein.

„Wo ist meine Schwester und wie geht es ihr?“, lautete die nächste Frage.

Ich befürchtete derweil, dass Frieda vor lauter Glückseligkeit anfing zu schwächeln. Immer wieder rief sie aus: „Freia, dass ich das noch erleben darf!“

Schließlich wurde Speis und Trank aufgetischt. Während dem Schmaus hatte man sich viel zu erzählen. Farold schaute unterdessen immer wieder einmal zu mir herüber. Es war ein schönes, aufregendes Gefühl.

Die Vandalen und der Hegauer blieben in dieser Nacht bei Robert und seiner Sippe.

Vater und ich gingen zu unserem Anwesen zurück und dachten stillschweigend darüber nach, was wir miterlebt hatten. Vor der Haustür blieb er stehen und sah mich an.

„Der junge Vandale gefällt dir!“, stellte er fest. „Scheint ein aufrechter Recke zu sein!“

Der Herbst hatte Einzug in das Tal der Wiese gehalten. Von den Höhenzügen der Schwarzen Berge wehte ein kalter Wind herab. Adalhard drängte zum Aufbruch, doch sein ältester Sprössling wollte in Steinhain bleiben, und nicht nur seine alamannische Sippe im Tal der Wiese freute sich darüber. Schließlich brach Adalhard mit dem Hegauer Gisbert alleine auf. In einem Jahr, so hatten es Vater und Sohn miteinander vereinbart, würde der Älteste der Hirschberger zurückkehren.

Von jenem Tag an hütete Farold das Vieh seiner Sippe. Er trieb jeden Morgen die Tiere aus dem Stall auf die Weide. Des Öfteren begleitete ich ihn dabei. Wir hatten uns immer etwas zu sagen und verbrachten sehr viel Zeit miteinander. Es waren wunderschöne, unbeschwerte Tage, Wochen und Monate an den südlichen Ausläufern der Schwarzen Berge.

Zum ersten Mal saß Farold bei meiner Sippe zu Tisch. Vater hatte ihn eingeladen und aufgefordert, neben ihm Platz zu nehmen, während ich mit Mutter und den Geschwistern am Herdfeuer stand und das Essen zubereitete. Die beiden Mannsbilder verstanden sich sehr gut und unterhielten sich angeregt miteinander. Später aßen wir gemeinsam zu Abend. Es war um die Mitte der Nacht, als ich Farold vor die Haustür brachte. Über uns leuchteten die Sterne am Himmelszelt. Mein kleines Herz pochte heftig, als er mich in die Arme nahm und wir uns zum ersten Mal zärtlich küssten.

An einem wunderbaren Sommertag holte er mich zu einem Ausflug ab. Wir gingen flussaufwärts immer an der Wiese entlang. Ein Gebirgsbach versperrte uns den Weg. Worauf Farold und ich beschlossen, seinem Lauf in die Berge zu folgen. Die Sonne stand hoch oben am Himmel, als wir auf eine Lichtung kamen. Eine bunte Blumenwiese breitete sich einladend vor uns aus.

„Lass uns hier rasten!", sagte ich zu ihm.

Kurz darauf lagen wir dicht nebeneinander auf der Wiese und blinzelten in den bunten Blätterwald einer Linde. Über uns zwitscherten vergnügt Vögel. Tastend suchten und fanden sich unsere Hände. Nach einer Weile drehte ich mich zu ihm um. Farold sah mich mit seinen dunkelbraunen Augen verliebt an. Ohne etwas zu sagen, beugte er sich über mich und wollte mich küssen.

„Es ist höchste Zeit, dass wir uns stärken!", bekam er von

mir zu hören.
Währenddessen hatten wir uns vieles über unsere kleinen Sorgen und großen Sehnsüchte zu erzählen. Der friedliche Ort an dem sich Farold und ich befanden, strahlte eine wunderbare Stimmung aus. Entspannt legten wir uns wieder hin und ich schloss die Augen. Gefühlvoll ertastete er meine Hand und begann damit mich zärtlich zu liebkosen. Dieses Mal ließ ich ihn gewähren. Allein die Sonne sah zu, wie wir uns zum ersten Mal liebten.

Kapitel 21 – Der Jagdausflug

Vater behandelte mich wie einen Sohn. Gemeinsam fällten wir Bäume, gingen fischen oder besserten Zäune aus. Unsere größte Leidenschaft aber, war die Jagd. Als Farold wieder einmal bei uns zu Gast war, lud ihn Vater ein, mit uns auf die Pirsch zu gehen.

Einem Pfad folgend, ritten wir bergauf immer tiefer in die Schwarzen Berge hinein. Unterwegs kamen wir an einer Lichtung vorbei, auf der drei uralte Eichen standen. In einem großen Bogen umrundeten wir die Bäume.

„Das ist der Heilige Rain der Steinhainer!", klärte Vater respektvoll den Vandalen auf. „In den Bäumen leben die Geister des Waldes. Niemand darf ihnen zu nahetreten."

Es fing bereits an zu dämmern, als wir auf dem Gipfel eines Berges ankamen. Dort stiegen wir von den Pferden und sammelten Brennholz. Als es Nacht und kälter wurde, wärmte uns ein Lagerfeuer. Vater machte sich mit der Axt an einer dornigen Brombeerhecke zu schaffen. Während ich das Nachtlager herrichtete, legte er Äste des Strauchwerks um uns herum aus. Verwundert schaute ihm der Vandale dabei zu.

„Warum tut ihr das?"

„Kein Tier läuft gerne über Dornen!", lautete die Antwort.

Nach der Abendkost legten wir uns um das lodernde Feuer, deckten uns mit Fellen zu und schauten in einen klaren Sternenhimmel hinauf.

„Habt ihr meine Großmutter gekannt?", wollte Farold von Vater erfahren.

„Ich war noch klein, aber ich kann mich an sie erinnern!", antwortete er. „Merlinde war ein schönes, junges Weib, als die eurigen sie verschleppten."

„Wie hat sich das zugetragen?"

„Die Vandalen kamen wahrscheinlich von einem Raubzug aus dem Imperium zurück", fing Vater an zu erzählen. „Meine Base hütete die Schafe ihrer Sippe auf einer Weide in den Bergen. Als sie abends nicht nach Hause kam, machte man sich Sorgen und suchte nach Merlinde. Alles was man in der Nähe der verlassenen Herde fand, waren Hufabdrücke von Pferden. Unsere Männer nahmen die Fährte auf, welche nach Osten führte. Ein Hegauer hatten eine Horde Vandalen gesichtet, doch hinter dem Limes verlor sich deren Spur. Der Suchtrupp kehrte niedergeschlagen zurück, und Merlindes Mutter wurde vor Kummer krank. Sie starb noch im gleichen Jahr. Wahrlich, eine traurige Geschichte."

Entfernt hörte man Wölfe heulen.

„Sie beten den Mond an", sagte ich leise.

Nur das Knistern des brennenden Holzes war noch zu hören.

„Seit eurer Ankunft im Tal der Wiese habe ich viel nachgedacht", unterbrach Vater die wohltuende Stille. „Es war gewiss kein Zufall, dass ihr Meinrad aufgesucht habt."

„Nein!", antwortete mein Liebster. „Wir wurden von unserem König damit beauftragt!"

„Darf man erfahren, was ihr mit ihm zu besprechen hattet?"

Farold wollte gerade antworten, als ein Isegrim ganz in der Nähe anfing den Mond anzubeten. Ich stand auf und warf Holz in das ausgehende Feuer.

„Mein Stamm will durch den Breisgau über den Rhein in das Imperium ziehen", vertraute der Vandale uns derweil an.

Auf einmal wieherten die Pferde verängstigt. Beide Männer standen auf und versuchten die Tiere zu beruhigen. In dem Moment bemerkte ich, wie ein Wolf sich von hinten an Farold heranschlich. Blitzschnell zog ich mein Jagdmesser und warf es knapp an ihm vorbei. Zu Tode erschrocken schaute er mich an. Ohne etwas zu sagen, lief ich zu dem auf dem Waldboden liegenden, winselnden Isegrim und beendete das Waid Werk. Vater hielt eine Streitaxt in der Hand und spähte angespannt in die Nacht hinein, während Farold sein Schwert aus der Scheide zog. Im nächsten Augenblick, griff das Rudel die Pferde an. Mein Vater sprang entschlossen dazwischen. Mit der Axt hieb er auf die Wölfe ein. Ein Isegrim fiel ihn von hinten an an und biss ihm in die Schulter, bevor Farold mit dem Schwert seinen Schädel spaltete. Daraufhin machte sich das Rudel davon und wir führten die Pferde näher an das schützende Feuer. Das Leittier wollte uns folgen und trat dabei in die ausgelegten, dornigen Brombeeräste. Humpelnd versuchte es sich davonzustehlen. Farold warf ihm einen Speer hinterher, worauf ein langgezogenes Jaulen zu hören war. Angespannt spähten wir in die Dunkelheit. Doch nichts geschah!

Nach einer Weile schleuderte ich einen brennenden Ast ins Unterholz. Schemenhaft konnte man erkennen, wie sich gleich mehrere Wölfe über ihren aufgespießten Artgenossen hermachten. Flugs nahm Farold Bogen und Pfeil, spannte damit die Sehne an, zielte auf zwei gelblich leuchtende Augen und ließ los. Ein weiterer Isegrim hauchte sein Leben aus. Danach war auch er Beute seines Rudels. Weitere abgeschossene Pfeile vertrieben schließlich die Tiere.

„Leidest du große Pein?", fragte ich Vater besorgt.

„Nimm den Honigwein aus der Satteltasche und reinige damit die Bisswunde", wies er mich an.

Nachdem das geschehen war, verband ich die Blessur mit Leinenstreifen. Der Wolf hatte Vater in den Schulterriemen gebissen, so dass die Wunde nicht allzu tief war. Wir blieben die ganze Nacht über abwechselnd wach und hüteten das Feuer. Als der Tag erwachte, sahen wir uns um und zählten fünf tote Wölfe. Zwei hatten ihre Artgenossen zerfleischt, den anderen zog Farold das Fell über die Ohren. Das Rudel ließ sich nicht mehr blicken, und wir machten uns auf den Rückweg nach Steinhain.

Während dem Abendessen berichteten wir einer neugierigen Sippe, was sich auf der Jagd ereignete. Als alles gesagt war, ergriff Vater noch einmal das Wort: „Farold! Du hast mir heute das Leben gerettet. Das werde ich dir niemals vergessen!"

Ich war unglaublich stolz auf meinen Liebsten, als die gesamte Sippe sich bei einem merklich betretenen Vandalen bedankte.

Es wurde Lenz im Tal der Wiese und mit ihm erschien ein Bote des Königs. Sein Auftrag führte ihn in das Haus des Oberhauptes der Steinhainer. Vater schickte mich mit dem Recken zu Farold. Dem teilte der Bote mit, dass König Meinrad ihn in Burgberg erwartet. Als Farold nach dem Grund fragte, erwiderte der Kurier, dass die Vandalen auf dem Weg in den Breisgau seien.

Als es dämmerte gingen Farold und ich zur Wiese. Am Fluss

angelangt, setzten wir uns in ein Meer von Frühlingsblumen.

„Vater glaubt, dass es bald schon zu einem Feldzug gegen das Imperium kommt", vertraute ich ihm an.

„Schon möglich!"

„Will dein Stamm tatsächlich über den Rhein in die gallischen Provinzen des Imperiums ziehen, um dort eine neue Heimat zu suchen?"

„Wodan hat meinen Ahnen vor sehr vielen Wintern prophezeit, dass wir Vandalen eine Wanderung unternehmen würden, welche uns ins irdische Paradies führt!"

Für mich brach in diesem Moment eine kleine, heile Welt zusammen.

„Wir sollten nach Hause gehen", sagte ich trübselig. „Du hast morgen einen weiten Weg vor dir."

Farold verabschiedete sich am kommenden Tag von seiner alamannischen Sippe. Er musste Frieda versprechen, dass er mit ihrer Schwester Merlinde zurückkehren würde. Danach machte er sich auf den Weg zu mir. Schluchzend lag ich auf der Schlafstatt. Als ich ihn bemerkte, setzte ich mich aufrecht hin und wischte mir die Tränen ab.

„Ich bin gekommen, um mich von Dir zu verabschieden", sagte er behutsam.

„Werden wir uns jemals wiedersehen?"

Worauf er lächelte.

„Bestimmt!"

Danach band er mir sein grünes, kreisrundes Emailamulett um den Hals.

„Pass gut darauf auf, Ida!", ermahnte er mich. „Es gehört meiner Großmutter, und die will es wiederhaben."

Kapitel 22 – Aufbruch

Mit dem Einbruch des Winters erreichte Adalhard Augusta Vindelicorum, um dem König der Silingen Bericht zu erstatten. Tharwold wollte von seinem Kundschafter alles über den Verlauf der alten Römerstraße durch den Hegau, entlang des Rheins bis in den Breisgau erfahren. Danach fragte er den Ältesten der Hirschberger, wie es ihm bei den alamannischen Gaukönigen ergangen war und was sie für den Durchzug der Stämme der Allianz durch ihre Gebiete verlangten. Als alles gesagt war, meinte ein nachdenklich wirkender Tharwold: „Man wird einen nach Westen ziehenden Zug von tausenden Vandalen nicht verbergen können, und auf dem Weg zum Rhein gibt es keine Vorratslager. Außerdem wollen die Breisgauer nur uns Silingen durch ihren Gau ziehen lassen."

Im Sommer Anno Domini 405 war es soweit. Die Könige und der Khan der Allianz waren zu einer Lagebesprechung zusammengekommen. Der Reichsverweser und Oberste Heermeister des Westlichen Imperiums, Flavius Stilicho, zog derweil südlich der Alpi eine gewaltige Streitmacht zusammen. Ein letztes Mal forderte er die verbündeten Silingen, Hasdingen, Alanen und Sueben auf, gegen die Goten Radagais mit ihm in den Kampf zu ziehen. Mit dem Hinweis auf die unlauteren Absichten von Kaiser Honorius, welcher sie aus dem Imperium hinausjagen wollte, wurde das Ansinnen erneut abgelehnt.

König Godegisel hatte die Wegstrecke entlang des Mains zum Rhein auskundschaften lassen. Er war mit den dort lebenden Burgundern übereingekommen, dass die Hasdingen und Alanen durch deren Gebiete, gegen Entrichtung einer Maut, ziehen durften. Als auch Adalhard über seine Erkundigungen Bericht erstattet hatte, ließ man sich mit den Beratungen Zeit. Tharwold erwies sich einmal mehr als treibende Kraft. Der König der Silingen vertrat energisch die Ansicht, dass die Gelegenheit über den Rhein ins Imperium einzufallen, außerordentlich günstig wäre. Er wies darauf hin, dass die

Goten Radagais die italienischen Provinzen des Imperiums bedrohten, und deshalb der Limes entlang des Rheins nur von wenigen Truppen gesichert würde. Zum Schluss fasste er die Situation mit den Worten zusammen: „Wir brauchen die Tür in das Westliche Imperium nur noch aufzustoßen!"

Der Khan und die Könige kamen überein, dass die Hasdingen und Alanen am Main entlang zum Rhein gelangen, die Sueben auf der alten Römerstraße über die Schwarzen Berge ins Rheintal wandern und die Silingen durch die Gebiete der Hegauer sowie Breisgauer an den Fluss ziehen würden. Dort angekommen wollte man in drei Marschsäulen um die Jahreswende 406/407 über den Rhein in die gallischen Provinzen des Westlichen Imperiums einfallen.

Die einberufenen Zusammenkünfte und Beratungen der vier Stämme hießen ein solches Vorgehen für gut. Unmittelbar danach wurden Pässe in den Alpi besetzt und Flussübergänge im Osten gesichert. Kein Legionär oder Auxiliar sollte den im Aufbruch befindlichen Stämmen der Allianz in den Rücken fallen.

Im Sommer setzten sich drei Kolonnen nach Westen in Bewegung. Über sechzigtausend Hasdingen zogen durch eine Furt in der Danuvius dem Main entgegen. Ihnen folgten zwanzigtausend Alanen nach. Entlang der Wegstrecke hatte man zuvor einige Proviantlager angelegt. Die zusätzliche Verpflegung durch die heimischen Burgunder ließen keine Versorgungsengpässe aufkommen. Zeitgleich machten sich dreißigtausend Sueben auf den beschwerlichen Weg über die Schwarzen Berge. Sie wurden gegen Löhnung von den dort lebenden Alamannen versorgt. Jene standen staunend an der ehemaligen Römerstraße und sahen den Vorbeiziehenden zu. So etwas hatte sich noch nie zuvor ereignet. Als dritte und letzte Kolonne traten vierzigtausend Silingen den Weg in den Breisgau an. Als die kalte Jahreszeit mit aller Macht über das Land hereinbrach, bezogen die vier Stämme der Allianz ihre Winterlager.

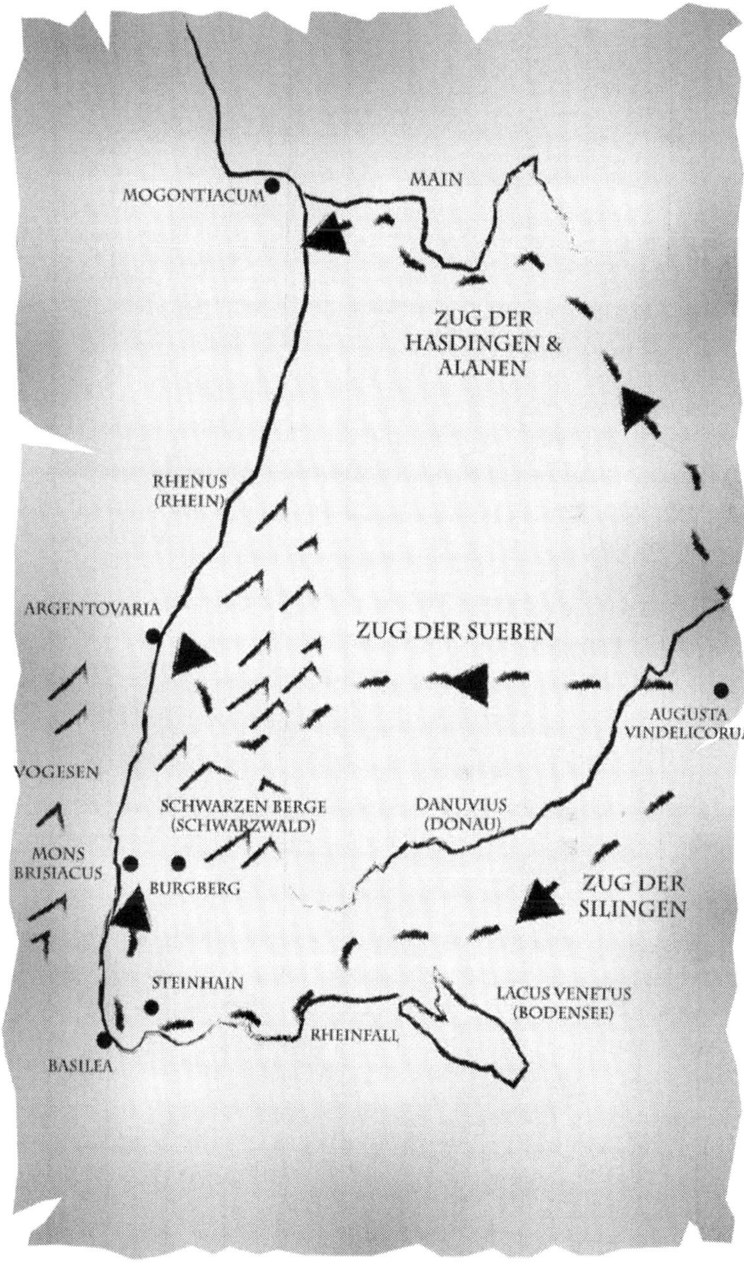
MAIN
MOGONTIACUM
ZUG DER
HASDINGEN &
ALANEN
RHENUS
(RHEIN)
ARGENTOVARIA
ZUG DER SUEBEN
AUGUSTA
VINDELICORUM
VOGESEN
SCHWARZEN BERGE
(SCHWARZWALD)
DANUVIUS
(DONAU)
MONS
BRISIACUS
BURGBERG
ZUG DER
SILINGEN
STEINHAIN
LACUS VENETUS
(BODENSEE)
RHEINFALL
BASILEA

Mit Beginn des Frühlings im Jahre 406 brachen sie wieder auf. Unaufhaltsam strömte eine Flut von Menschen dem Rhein entgegen. Mitten im Sommer wurde bekannt, dass Stilichos Truppen die Ostgoten des Radagais in einer Feldschlacht vernichtend geschlagen hatten.

Tharwold beauftragte Adalhard mit einer Hundertschaft dem Zug der Silingen vorauszueilen. Im Rheintal angelangt, machte er sich sofort auf den Weg nach Burgberg zu Meinrad, dem König der Breisgauer. Dort traf er mit seinem ältesten Spross Farold zusammen. Gemeinsam besprach man das weitere Vorgehen. Als erstes wollte man Verbindung mit den weiter nördlich ziehenden Stämmen der Allianz aufnehmen. Als zweites ordnete Meinrad an, dass jede alamannische Sippschaft im Breisgau eine Sippe Silingen vorübergehend aufzunehmen hatte. Mit dieser erfreulichen Kunde eilte ein junger Vandale den seinigen entgegen, während Adalhard mit der Hundertschaft an den nördlich gelegenen Main aufbrach, um mit den Hasdingen und Alanen Verbindung zu halten.

Im Hegau traf Farold unterdessen auf die Silingen und berichtete König Tharwold, was sich in Burgberg zutrug. Danach begab er sich auf die Suche nach seiner Sippe und fand sie an einem Brunnen rastend. Die Wiedersehensfreude war groß. Übermütig hob er seine Großmutter Merlinde hoch und drehte sich mit ihr im Kreis. Als er Grüße von ihrer Schwester Frieda ausrichtete, liefen der Alamannin Tränen der Freude über die Wangen. Ihr Enkel erzählte hernach, wie es ihm in Steinhain im Tal der Wiese ergangen war. Bereits am nächsten Tag zog man weiter, unaufhörlich dem Rhein entgegen. Die Hirschberger wollten in das Tal der Wiese gelangen, um in Steinhain alles weitere abzuwarten.

Die kühlen Herbstwinde hatten bereits Einzug im Breisgau gehalten, als sie dort ankamen. Farold war seiner Sippe vorausgeeilt.

An der Wiese hütete ich wie fast jeden Tag unser Vieh und sah schon von weitem einen Reiter näherkommen. Neugierig geworden, beobachtete ich ihn. Als er mich sah, fing er überschwänglich an zu winken. Mein Herz zersprang fast vor Freude. So schnell ich konnte, lief ich meinem Liebsten entgegen. Kurz darauf lagen wir uns in den Armen. Plaudernd gingen wir Hand in Hand nach Hause, wo er Vater mitteilte, dass die Hirschberger auf dem Weg in das Tal der Wiese waren. An jenem Tag gab ich ihm die Emailscheibe seiner Großmutter zurück.

Wir mussten ihm versprechen, Frieda nicht zu verraten, dass ihre Schwester Merlinde an den Ort ihrer Geburt zurückkehren würde. Es sollte eine Überraschung werden.

Am frühen Abend kam sie mit den Hirschbergern in Steinhain an. Erwartungsvoll und merklich aufgeregt saß Merlinde auf dem Bock eines Ochsenfuhrwerks. Farold half seiner betagten Großmutter herab. Als das geschehen war, hängte er ihr die grüne Emailscheibe um den Hals und führte sie zum Haus ihrer Schwester. Dort klopfte der Vandale an die Haustür. Frieda öffnete sie, trat heraus und musterte den unerwarteten Besuch. Ihr forschender Blick blieb an Merlinde und der grünen Emailscheibe hängen.

„Endlich habe ich dich wieder, Frieda!", lauteten in diesem Moment die rührenden Worte ihrer Schwester und jene rief: „Freia, dass ich das noch erleben darf!"
Nach einer herzhaften Umarmung hängten sich die Geschwister wie kleine Mädchen ein und gingen fröhlich plaudernd in die Wohnstatt.

Die Vandalen bekamen vom Oberhaupt der Sippschaft ihre Unterkünfte zugewiesen. Als man sich, so gut es eben ging, eingerichtet hatte, versammelte sich die Sippe von Adalhard und Robert um das Herdfeuer. Man hatte mich dazu eingeladen. Farolds kleiner Bruder Stefan nahm mich sofort in Beschlag und plapperte unaufhörlich auf mich ein. Da ich noch nicht allzu viel vandalisch verstand und sprach, gestaltete sich die Unterhaltung mit dem selbstbewussten jungen Mann recht einseitig. Schließlich stellten sich alle Anwesenden in ihrer Mundart vor. Das war lustig anzuhören, und wir hatten unseren Spaß daran. Später gab es reichlich Käse, Brot, Fleisch, warme Milch und kühlen Met. Nach der

Abendkost gesellten sich die Mutter und Großmutter meines Liebsten zu mir. Aurelia und Merlinde wussten bereits, dass wir ein Paar waren. An diesem denkwürdigen Abend und an jenem Ort, wurde ich in die vandalische Sippe von Farold mit offenen Armen aufgenommen.

Die Verrichtung der Hand- und Spanndienste wurde unter den Steinhainern sowie Hirschbergern aufgeteilt. Vater und Farold ertüchtigten die wehrfähigen Recken nahezu jeden Tag im Umgang mit Waffen und im Ringkampf. An solchen Übungen nahm ich so gut wie immer teil. Das gefiel zwar nicht jedem Mannsbild, doch das war mir einerlei.

Der Winter brach über Nacht mit eisiger Kälte und heftigem Schneefall in das Tal der Wiese ein. Ein strenger Nordostwind fegte über das Land, und der Fluss fror zu. Die Kinder freuten sich darüber und rutschten vergnügt über das Eis. In jenen Tagen kam Adalhard von seinem Erkundungsritt zu den Hasdingen und Alanen zurück.

Wir saßen gerade bei der Abendkost zusammen, als jemand an die Tür klopfte. Vater öffnete sie und ein Bote des Königs trat ein. Er wärmte sich zunächst am Herdfeuer auf und trank heiße Milch. Anschließend tat er kund, dass die Könige der Silingen und Breisgauer die Ältesten sowie Oberhäupter zu einem gemeinsamen Thing in Burgberg zusammenriefen.

Jene hatten sich auf der Wiese vor dem Flecken eingefunden. Nach der Begrüßung auf Alamannisch und Vandalisch, kamen Tharwold und Meinrad zur Sache.

Der Gaukönig teilte den Anwesenden mit, dass Hasdingen und Alanen mit den Burgundern bei der Stadt *Mogontiacum* um die Jahreswende über den zugefrorenen Rhein in das Imperium eindringen und zeitgleich die Sueben bei Argentorate über den Fluss setzen würden.

Danach sprach der Vandale. Er bedankte sich zunächst bei den Breisgauern, dass sie die Silingen bei sich aufgenommen hatten. Was von jenen mit einem beifälligen Klopfen auf die Schilder beantwortet wurde. Danach verkündete Tharwold lautstark, dass die Breisgauer und Silingen zum selben

Zeitpunkt bei Mons Brisiacus in das Imperium einfallen würden, um Legionäre, Auxiliar und Provinzialrömer aus dem Rheintal zu vertreiben. Ein zustimmendes, langanhaltendes Klopfen hallte daraufhin durch die Reihen.

Nach dem Thing schickte König Tharwold die Hirschberger Adalhard und Farold mit einigen Recken in den Norden, um mit den Sueben, Hasdingen sowie Alanen das weitere Vorgehen abzustimmen.

Die Sueben waren mittlerweile über die Höhenzüge der Schwarzen Berge in den Gau der Ortenauer gezogen. Auch sie wurden von den dort lebenden Alamannen freundlich aufgenommen und warteten ungeduldig darauf, über den Rhein ins Imperium zu gelangen.

Als Farold mit seinem Vater und einigen silingischen Recken an den Main gelangten, fing es heftig an zu schneien. Im dichten Schneetreiben stießen sie auf das Lager der Hasdingen. Dort teilte man ihnen mit, dass ein Stoßtrupp der Alanen unter Führung eines gewissen Goar vorausgeeilt war, um den Weg zum Rhein zu erkunden. Die Vandalen saßen in ihren Planwagen oder wärmenden Lagerfeuern und warteten auf die nachfolgenden Alanen.

König Godegisel empfing gerade die Hirschberger in einem Zelt, als Waffenlärm zu hören war. Alle liefen sofort hinaus, um nach dem Rechten zu sehen. Geiserich kam in diesem Moment auf einem Pferd daher und rief unüberhörbar, dass Franken das Lager angreifen würden. Was er dem noch hinzufügte, machte nicht nur Farold fassungslos: „Die Alanen Goars sind zu ihnen übergelaufen!"

Tausende Pfeile flogen im Schneetreiben auf die völlig überraschten Hasdingen hernieder. Godegisel rief noch ein paar Anweisungen in die hereinbrechende, stürmische Nacht, doch sie verhallten nahezu ungehört. Geiserich, Adalhard, Farold und einige Männer bildeten einen schützenden Wall um den König. Die Übermacht der angreifenden Mainfranken war gewaltig. Sie hatten das Lager der Vandalen vollständig umzingelt.

Geiserich wechselte ein paar Worte mit seinem Vater,

sprang auf ein Pferd und forderte Farold auf, es ihm gleich zu tun. Der schwang sich auf eine herrenlose Stute. Es gelang ihnen, die Einkreisung zu durchbrechen. Im Galopp ritten sie dem Zug der Alanen entgegen. Beide waren sich keineswegs sicher, ob sie von ihrem Khan Hilfe erhalten oder geradewegs in ihr Verderben reiten würden. Doch es war die einzige Möglichkeit, um dem Abschlachten des Stammes der Hasdingen Einhalt zu gebieten. Alsbald stießen sie auf die Alanen. Man brachte sie sofort zu Respendial. Der konnte es zunächst nicht glauben, dass Goar zu einer solch schändlichen Tat fähig war. Kurz darauf ritt Respendial mit seinen Recken und zwei Vandalen durch dichtes Schneetreiben dem Lager der Hasdingen entgegen.

Dort angekommen bot sich ihnen ein schrecklicher Anblick. Abertausende Hasdingen lagen tot im rot verfärbten Schnee. Die Franken brachten alles um, was sich bewegte, oder vergingen sich bereits siegessicher an den vandalischen Weibern. Die alanische Reiterei brach wie ein Orkan über die fränkischen Recken herein.

Nachdem Geiserich und Farold sich zum Zelt von Godegisel durchgekämpft hatten, stellten sie fest, dass der König gefallen war. Neben seiner Leiche saß Adalhard schwer verletzt im Schnee und davor stand blutverschmiert Guntherich mit wenigen Recken. Sie hatten bis zuletzt gekämpft und unter den Gegnern fürchterlich gewütet. Farold war vom Pferd gesprungen und kümmerte sich um seinen Vater, während die Alanen den flüchtenden Franken nachsetzten.

Als die Sonne aufging, zählte man zwanzigtausend gefallene Vandalen, darunter König Godegisel. Jeder dritte Hasdingen hatte an diesem unglückseligen Tag sein Leben ausgehaucht. Wäre Respendial mit den Alanen nicht rechtzeitig auf dem Schlachtfeld erschienen, wäre der Stamm untergegangen. Bereits am nächsten Tag wählten die Ältesten der Hasdingen Godegisels erstgeborenen Sohn Guntherich, zu ihrem neuen König.

Kapitel 23 – Hohe Zeit

Farold war nach Burgberg zurückgekehrt und überbrachte den Königen Tharwold sowie Meinrad die traurige Nachricht, dass Godegisel gefallen war, während Adalhard vorerst bei den Hasdingen blieb, um seine Verwundungen auszuheilen.

Guntherich und Respendial hatten Farold zuvor anvertraut, dass sie am letzten Tag des zur Neige gehenden Jahres in das Imperium einfallen und die Stadt Mogontiacum erobern wollten. Zur selben Zeit sollten die Sueben mit den Ortenauern Argentorate einnehmen und die Silingen mit den Breisgauern in das Imperium bei Mons Brisiacus eindringen.

Tharwold und Meinrad bereiteten alles dafür Notwendige vor. Überfallartig wollte man zuerst die Brücke über den Rhein erobern, damit die Heerzüge der Silingen und Breisgauer ungehindert über den Fluss gelangten. Danach das Rheintal bis zu den Höhenzügen der Vogesen in Besitz nehmen. Beide Könige gingen davon aus, dass nur wenige Legionäre oder Auxiliar sich ihnen in den Weg stellten, da größere Truppenverbände wegen der Gotengefahr zuvor in die oberitalienischen Provinzen des Westlichen Imperiums abgezogen wurden.

In jenen Tagen weilte ich in Burgberg und dachte über die Zukunft meines Liebsten und mir nach. Wenn die Vandalen nach Westen ins Imperium zögen, das war mir bewusst, würde Farold mit dabei sein. Ständig stellte ich mir deshalb die Frage: „Was wird aus uns werden?"

In der eiskalten und pechschwarzen Silvesternacht 406/407, ritt König Meinrad an der Spitze der Breisgauer auf der Brücke bei Mons Brisiacus über den Rhein. Gefolgt von Tharwold und den silingischen Vandalen. Nur wenige Auxiliar stellten sich ihnen Widerstand leistend in den Weg. Im Imperium angelangt, wiesen die Könige ihre Männer an, auszuschwärmen und alle Provinzialrömer aus dem Rheintal zu vertreiben. Viele flüchteten nach Süden in das stark befestigte Basilea oder nach Westen über die verschneiten Pässe der Hochvogesen.

Die Sueben und Ortenauer eroberten zeitgleich die Stadt Argentorate und die Alanen zusammen mit den Hasdingen sowie Burgundern, Mogontiacum. An jenem Ort kam es zu scheußlichen Gräueltaten. Bürger waren schutzsuchend in Kirchen geflüchtet, worauf man die Portale von außen verschloss und die Gotteshäuser anzündete. Geiserich wütete erbarmungslos unter den dort lebenden Franken, um den Tod seines Vaters Godegisel zu rächen.

In den verlassenen Legionslagern und verwaisten Flecken fanden die Eroberer genügend Vorräte um über den Winter zu kommen. In jenen Tagen kam es in Argentorate zu einem Treffen der Könige und des Khans der Allianz, um die weitere Vorgehensweise zu besprechen. Man einigte sich darauf, dass die Hasdingen, Alanen und Sueben entlang des Rheins bis nach *Colonia Agrippinensium* weiterzogen, um die Stadt zu erobern und zu plündern. Danach auf getrennten Wegen nach Westen wanderten, während die Silingen entlang der Rhone in den Süden der gallischen Provinzen vorstießen. Gemeinsames Ziel war im Herbst des kommenden Jahres die Stadt *Tolosa*. Von dort wollte man über die Pyrenäen ziehen und auf der iberischen Halbinsel einfallen.

Als Farold und ich nach dem Feldzug mit den unsrigen wieder in Steinhain eintrafen, wollten die zurückgebliebenen Alten, Weiber und Kinder natürlich erfahren, was sich im Rheintal zutrug. Nachdem auch die allerletzte Frage beantwortet war, nahm ich meinen Liebsten bei der Hand. Gemeinsam gingen wir in den Wald und suchten Vaters Jagdhütte auf. Dort entfachten wir ein wärmendes Feuer, legten uns unter weiche Felle und verbrachten zusammen eine wunderbare Nacht.

Am frühen Morgen stand ich auf und zog mich leise an, um meinen Liebsten nicht aufzuwecken.

Immerzu machte ich mir Gedanken darüber, was aus uns werden würde. Auf einmal schlug er die Augen auf und sah mich an.

„Denkst du gerade über unsere Zukunft nach, liebste Ida?" Ich nickte ihm schweigend zu.

„Wir werden einen Bund fürs Leben schließen und Kinder bekommen!", kündigte Farold freudestrahlend an, nahm mich in die Arme und küsste mich liebevoll.

Als wir die Wohnstatt meiner Sippe betraten, nahmen meine Eltern und Schwestern gerade die Morgenkost zu sich. Mutter forderte uns auf am Tisch Platz zu nehmen, worauf wir hungrig und durstig zulangten.

„Isfried!", sprach Farold Vater an. „Deine Tochter Ida und ich lieben uns. Wir wollen einen Bund fürs Leben schließen und möchten dich um deine Einwilligung hierfür bitten!"
Alle Augen waren erwartungsvoll auf Vater gerichtet.

„Farold!", erklang dessen Stimme. „Du bist ein aufrichtiger, kluger und tapferer junger Mann. Wenn meine Tochter Ida dich will, so willige ich gerne ein."

Als die Sonne hinter den Schwarzen Bergen aufstieg, fingen die Vögel in den Bäumen an zu zwitschern. Das Feuerfest zu Beginn der hellen Jahreszeit und unsere Hohe Zeit fanden zusammen an diesem herrlichen Frühjahrstag in Steinhain statt. Die Könige Tharwold und Meinrad waren aus Burgberg angereist. Unsere Sippschaften hatten alles gut vorbereitet. In einem weißen Kleid trat ich mit Farold vor den Traualtar. Dort gelobten wir der Göttin der Liebe, Freia, einen Bund fürs Leben zu schließen. Danach wurde ausgelassen gefeiert, gespeist, getrunken, gelacht und getanzt. Mein Mann und ich verließen nach Mitternacht die vergnügte Gesellschaft, um die Jagdhütte im Wald aufzusuchen.

„Bist du glücklich?", fragte er mich.

„Sehr!", antwortete ich. „Und du?"
Verliebt sah der meinige mich an.

„Überglücklich!"

Kapitel 24 – Gallien brennt

In Steinhain standen die Planwagen zur Abfahrt bereit. Der Abschied von meiner Sippschaft und dem Tal der Wiese fiel mir sehr schwer.

„Ob ich die meinigen jemals wiedersehen werde?", fragte ich mich, während mir ein paar Tränen über die Wangen kullerten.

Vater und Mutter nahmen mich in die Arme, bevor ich von meinen Schwestern Abschied nahm. Danach waren alle anderen Steinhainer an der Reihe. Die Großmutter meines Mannes schenkte mir zum Abschied ihre grüne Emailscheibe mit den Worten: „Sie wird dich ein Leben lang beschützen!"

Mit mir sagten auch die Hirschberger von ihren Gastgebern Lebewohl. Viele Freundschaften waren in den vergangenen Monden geschlossen worden. Großmutter Merlinde hatte sich entschieden, bei ihrer Schwester Frieda zu bleiben, und den Lebensabend im Breisgau zu verbringen. Meinem Mann und den Hirschbergern machte ihre Entscheidung merklich zu schaffen.

Als ein Horn ertönte, setzte sich der Treck ins Rheintal in Bewegung. Vor der Brücke bei Mons Brisiacus sammelten sich sämtliche Silingen, bevor man sich auf die Suche nach dem Paradies machte. König Tharwold hielt zuvor eine sehr eindrucksvolle Ansprache. Er stimmte die seinigen, und damit auch mich, auf viele Entbehrungen und manches Leid ein. Danach wies er die Sippschaften an, sich in Erinnerung an die verlassene Heimat nach dem Flecken zu benennen, in dem sie vormals zu Hause waren. Eine kluge Eingebung, wie sich herausstellen sollte. Von nun an, trugen die Silingen einen Vor- und einen Sippennamen, was Verwechslungen nahezu ausschloss.

Anschließend flehte ein Priester um Wodans Beistand, bevor Dankrad den Christengott um dessen Segen für das wagemutige Unterfangen bat.

Der König der Silingen schickte Farold von Hirschberg mit einer Hundertschaft als Vorhut über die Rheinbrücke ins

Westliche Imperium. Auf einer gut ausgebauten Fernstraße zogen wir nach Südwesten, dem Tal der Rhone entgegen. Unterwegs fielen wir wie hungrige Heuschrecken über Land und Leute her. Alles was man gebrauchen konnte, wurde ohne zu fragen mitgenommen. In zwei Jahren wollten sich die vier Stämme der Allianz vor den Toren der Stadt Tolosa vereinigen, um über die Pässe der Pyrenäen auf die iberische Halbinsel zu gelangen.

Zur selben Zeit brachen auch die Sueben auf. Sie zogen nach Mogontiacum, wo sie sich mit den Hasdingen und Alanen trafen. Auf unterschiedlichen Wegstrecken wanderten die Stämme weiter nach Colonia Agrippinensium. Nachdem sie die Stadt erobert und dem Erdboden gleichgemacht hatten, zogen sie dem Nord Meer entgegen, was ihnen fast zum Verhängnis geworden wäre. In der Provinz Britannia machte man sich nämlich große Sorgen, dass Vandalen, Alanen und Sueben womöglich auf die Insel übersetzen könnten, um dort ansässig zu werden. Es kam zu einer Rebellion der auf dem Eiland stationierten Truppen des Imperiums gegen Kaiser Honorius und dessen Obersten Heermeister Flavius Stilicho. Ein Tribun namens Konstantin wurde von aufständischen Legionären und Auxiliar als *Usurpator* ausgerufen. Danach setzte er mit einer Streitmacht aufs Festland über und marschierte den Hasdingen, Sueben und Alanen entgegen. Es kam zwar zu mehreren Waffengängen, doch eine entscheidende Schlacht fand nicht statt. Schließlich zog Konstantin mit den seinigen weiter ins Tal der Rhone. Von dort ließ er Pässe in den Alpi besetzen, um in einem günstigen Augenblick in die italienischen Provinzen des Westlichen Imperiums einfallen zu können.

Es war ein wunderbarer Anblick, als ich zum ersten Mal die glitzernde Rhone im Sonnenlicht vor mir liegen sah. Wie an jedem Morgen machten sich die Recken in mehreren Rotten auf, um die Gegend nach Proviant und Beute abzustreifen. Wir Vandalen waren von einem einst sesshaften zu einem vereiterten Stamm geworden. An keinem Ort hielt man sich länger auf, es sei denn, die Umstände verlangten es. An jenem unvergesslichen Tag nahm mich Farold auf einen Raubzug mit.

„Das waren keine Vandalen!", stellte er betroffen fest, als wir durch einen abgefackelten Weiler ritten.
Überall lagen Leichen und der Verwesungsgestank war unerträglich.
„Woher willst du das wissen?", fragte ich.
„Wir töten Gallier nur, wenn sie Widerstand leisten. Diese unglücklichen Menschen hier, halten nicht einmal eine

Mistgabel in ihren Händen!"
Den nächsten Flecken hatte man gleichfalls gebrandschatzt und dessen Bewohner auf schreckliche Art und Weise niedergemetzelt. Ich wollte mich gerade von diesem grauenvollen Anblick abwenden, als ich bemerkte, wie ein blutverschmiertes Weib auf mich zukroch. Sie streckte mir flehentlich ein Bündel entgegen. Auf der Stelle zügelte ich das Pferd, stieg ab und beugte mich über sie. Man hatte die Gallierin furchtbar zugerichtet. An ihren Beinen klebte geronnenes Blut. Kaum vernehmbar sagte sie auf Latein: „Rettet meinem Sohn das Leben - und Gott wird es euch ewig danken!"
Mit diesen Worten legte sie das Bündel mit einer letzten Kraftanstrengung in meine ausgestreckten Hände. Erst jetzt bemerkte ich, dass darin ein Säugling lag. Behutsam drückte ich das Wickelkind an mich, während seine Mutter ihr Leben aushauchte. Schockiert sah ich mich nach meinem Mann um. Er stand hinter mir und schaute mich betrübt an.

Ich wollte die Gallierin würdig bestatten. Nachdem das geschehen war, machten wir uns mit einem schlafenden Säugling auf den Rückweg. Unterwegs sahen wir eine schwarze Rauchsäule aufsteigen.

„Wir werden nachsehen, was da los ist!", ertönte die Stimme Farolds und die Pferde bekamen unsere Fersen zu spüren.
Als wir näher kamen sah ich, wie Männer die Bewohner eines in Brand gesetzten Bauernhofs peinigten. Entschlossen zogen wir die Schwerter und hoben damit auf sie ein. An ihrer Ausrüstung sowie Bewaffnung konnte man erkennen, dass es sich offenbar um Auxiliar handelte, welche raubend und mordend durch das Land zogen. Während die meinigen sich mit den Brandschatzern schlugen, stieg ich mit einem vom Hunger geplagten, schreienden Wickelkind vom Pferd und schnitt die Stricke von zwei an den Händen geknebelten Gallierinnen durch. Mit dem kleinen Schreihals auf dem Arm, sah ich mich nach einer Amme um.

„Braucht ihr eine Nährmutter?", sprach mich eine der Weiber auf Latein an.

„Seine Mutter ist tot und hat mir ihren Sohn zuvor anvertraut", entgegnete ich. „Der Kleine braucht Milch!"

Worauf sie davonrannte. Kurz darauf kam das Weib mit einer beleibten Amme zurück. Die entblößte ihre Brüste, nahm mir den Rotschopf behutsam aus den Händen und ließ ihn gierig an den Warzen saugen.

Farold und seine Gefährten hatten zwei Brandschatzer gefangen genommen. Ihre Gefährten waren geflohen oder tot. Es waren tatsächlich ehemalige Auxiliar vom Stamme der *Helvetier*, welche weiter östlich in den Alpi ansässig waren. Auf einem Planwagen hatten sie ihr Raubgut verstaut. Goldene Armringe, silbernes Besteck, kostbare Gewänder und Truhen sowie Schatullen, randvoll gefüllt mit Münzen.

„Mit diesen Schätzen werden wir gut über den Winter kommen", stellte mein Mann zufrieden fest.

Die Nährmutter reichte mir den Säugling. Sie tat mir leid.

„Was hast du mit den Helvetiern und der Beute vor?", fragte ich Farold.

„Ich werde sie und das Raubgut gegen Proviant und Futter eintauschen."

„Die Amme hat für ihre Gefälligkeit ein auskömmliches Salär verdient", schlug ich meinem Mann vor, „und die beiden Gefangenen sollen den Menschen helfen ihr Gehöft wieder aufzubauen."

Farold zauderte einen Moment.

„Die Chronisten des Imperiums werden der Nachwelt über den Zug der Vandalen durch Gallien berichten und daran kein gutes Haar lassen", übte ich mich im weissagen. „Doch keineswegs alles was sie uns andichten, haben wir auch verbrochen. Diese Leute hier, sind unsere Zeugen!"

Ich sah es dem meinigen an, dass es ihm nicht leicht fiel meine Wünsche zu erfüllen. Doch ich war mir völlig sicher, dass er es tun wird. So war es dann auch. Wir ließen die Helvetier bei den Galliern zurück und die Amme erhielt einen mit Silbermünzen gefüllten Lederbeutel.

Ohne weitere Zwischenfälle erreichten wir unser Lager mit einer Wagenladung voller Schätze und einem schlafenden Säugling. Der Rotschopf war bald schon der Liebling der Sippschaft. Farold und ich beschlossen ihn zu behalten und fortan Rogan zu rufen. Das gälische Wort für Rothaariger.

Kapitel 25 – Verschleppt und geschändet

„Ich werde mit einer Hundertschaft aufbrechen, um Futter für die Tiere aufzutreiben", teilte mir mein Mann an diesem unglückseligen Tag mit. „Morgen kehre ich zurück!"

Die wichtigste Aufgabe unserer Recken während der Wanderung durch Gallien bestand darin, dass sie Essbares für die Menschen und Nahrung für die Tiere herbeischafften. Täglich schwärmten sie deshalb in alle Himmelsrichtungen aus. Gehöfte, Weiler oder Flecken wurden ausgespäht, überfallen und geplündert, während wir befestigte Städte in der Regel mieden oder mit einer List sowie Verrat eroberten. Unter der einheimischen, gallischen Bevölkerung sowie den Provinzialrömern breitete sich eine apokalyptische Stimmung aus. Immer mehr Menschen glaubten, angesichts der schrecklichen Zerstörungen und dem unendlichen Leid das die Stämme der Allianz verursachten, an eine von Gott gewollte Offenbarung.

„Mach dir um mich keine Sorgen", teilte ich Farold mit. „Ich werde heute mit den Töchtern des Königs auf die Jagd gehen, um die Mundvorräte aufzufrischen. Wahrscheinlich schließt sich Tharwold uns an."
Der hatte mit seinem Weib zwei Kinder gezeugt. Anna und Krimhild waren an Jahren etwas jünger als ich.

Als ich das Zelt des Königs betrat, um sie zur Pirsch abzuholen, begegnete ich seinem Bruder Fredbal. Immer wenn er mich ansah, hatte ich das beklemmende Gefühl, dass er nichts Gutes im Schilde führte. So auch an jenem Tag. Ich beachtete ihn nicht weiter und ritt wenig später mit dem König und seinen Töchtern auf eine Bergkuppe hinauf. Dahinter lag ein Laubwald, wo wir uns an äsende Rehe heranpirschten. Auf einmal vernahm ich ein vielfaches Surren in der Luft und nahezu gleichzeitig einen Aufschrei. Mehrere Pfeile hatten den König getroffen. Von allen Seiten liefen auf einmal bewaffnete Legionäre auf uns zu. Ohne zu zögern zog ich mein Schwert und stellte mich schützend vor Anna und Krimhild, während Tharwold in den Armen seiner Töchter verschied.

„Wo kommen auf einmal die vielen Legionäre her?", dachte ich noch, bevor ich einen Schlag auf den Hinterkopf verspürte.

Als ich wieder aufwachte, lag ich an Armen und Beinen gefesselt neben Anna und Krimhild auf einem Fuhrwerk. Auf dem Kutscherbock saßen ein fettleibiger Centurio und ein kleinwüchsiger Legionär. Sie unterhielten sich auf Latein miteinander. Ich tat so, als ob ich noch besinnungslos wäre und lauschte ihnen zu.

„War ungleich einfacher, als ich es mir vorgestellt habe", behauptete der Legionär.

„Einen König befördert man nicht jeden Tag ins Jenseits", erklärte der Centurio. „Der Wink war vortrefflich und das Gold, welches ich dafür erhielt, ein wahrer Segen. Außerdem gab es drei junge, vandalische Weiber gratis dazu. Sie werden ein ansehnliches Salär einbringen."

Ihr höhnisches Gelächter ließ mich erschauern.

„Wer nur hat diesen Meuchelmördern verraten, wo wir zur Jagd gehen?", überlegte ich fieberhaft und fand keine schlüssige Antwort.

Am Abend erreichten wir ein befestigtes Militärlager. Die Töchter des Königs und ich wurden in ein prunkvolles Zelt geführt. Die ganz Zeit über tat ich so, als würde ich kein Latein verstehen. Man brachte uns zu einem Würdenträger, den der Centurio respektvoll mit Kaiser Konstantin ansprach. Jener interessierte sich ausschließlich für Krimhild und Anna.

„Die Töchter des gefallenen Königs der Silingen werden entweder ein gutes Lösegeld erzielen oder die Vandalen zu unseren Verbündeten machen", behauptete er und fügte beiläufig hinzu: „Mit der anderen könnt ihr machen was ihr wollt, Centurio!"

Was ich in dieser unglückseligen Nacht über mich ergehen lassen musste, war so abstoßend und scheußlich, dass mir heute noch die Tränen in die Augen schießen, wenn ich nur daran denke. Der fette Offizier namens Gaius der Ältere, verging sich gleich mehrfach und gewaltsam an mir.

Als es tagte warf er mir eine verschmutzte Tunica vor die Füße. Danach wurde ich von diesem Widerling mit quälenden Schmerzen im Unterleib auf einen Sklavenmarkt gekarrt. An jenem Ort standen dutzende Kinder, Weiber und Mannsbilder auf einem hölzernen Podest. Ein Händler öffnete gerade einem Mädchen den Mund, um dem interessierten Kunden ihre Zähne zu zeigen. Der gemästete Gaius riss mir die Tunica herunter, so dass man meine Brüste sehen konnte und stieß mich auf das Podest hinauf. Dort oben bot mich ein Sklavenhändler als menschliche Ware an. Mit verschränkten Armen ließ ich es über mich ergehen. Um mich herum nahm ich alles nur noch schemenhaft wahr. Sein Gehilfe schlug mit einem Stock auf meine Arme. Es tat fürchterlich weh. Das wiederholte er so lange, bis ich die Hände fallen ließ und meine Brüste zu sehen waren. Ein hundertfaches Johlen begleitete dieses widerliche Treiben. Ich dachte immerzu an Farold und was er mir in dieser hoffnungslosen Lage raten würde.

„Du wirst das überleben", hörte ich ihn sagen und wiederholte seine Worte ständig in Gedanken.

Auf einmal kniff der Händler eine meiner Brustwarzen. Ich stöhnte vor Schmerzen und sprang ihn wie eine Wildkatze an. Mit den Fingernägeln zerkratzte ich dem Kerl sein Gesicht. Die zahlreichen Gaffer kreischten vor Vergnügen. Danach traf mich ein Faustschlag so hart, dass ich besinnungslos auf den Holzboden des Podestes fiel. Als ich wieder zu mir kam, lag ich in einer Wasserlache. Neben mir stand ein leerer Holzeimer und der Sklavenhändler mit einer Peitsche in der Hand. In diesem Moment rief jemand: „Haltet ein, sonst ist eure Sklavin nichts mehr wert!"

Ich schaute in die Richtung aus der die Stimme erklang. Ein in die Jahre gekommener Mann bahnte sich einen Weg durch die Menschenmenge. Als er am Podest angekommen war, fing er mit dem Händler und dem Centurio an zu feilschen. Für zwei goldene Solidus wechselte ich meinen Besitzer. Um mich herum drehte sich alles. Der Fremde legte mich behutsam in einen Reisewagen auf weiche Felle und flößte mir eine abscheulich riechende Tinktur ein. Ich ließ alles willenlos über mich ergehen. Völlig erschöpft schlief ich irgendwann ein.

Als Farold zurückkam und hörte, dass man mich mit den beiden Töchtern Tharwolds verschleppt hatte und der König ermordet wurde, machte er sich umgehend auf den Weg zum Ort des Geschehens. Die aufgenommene Fährte verlor sich auf einer Fernstraße. Gleichwohl ritten mein Mann und einige Gefährten auf der Suche nach mir weiter und fragten unterwegs Reisende, ob sie Legionäre in Begleitung von drei jungen Weibern gesehen hätten. Gelegentlich gab es Hinweise, doch alle entpuppten sich über kurz oder lang als falsche Spur. Nach einer Woche gaben die Gefährten auf, und kehrten um.

Von nun an zog Farold alleine weiter, immer auf der Suche nach mir. Als er einmal eine Mansio betrat und den Schankwirt fragte, ob eine Gruppe Legionäre mit drei Vandalinnen eingekehrt wären, kam es zu einer wüsten Rauferei. Mit einem Sprung durch ein offenstehendes Fenster brachte er sich in Sicherheit. Nach mehreren Wochen stellte mein Liebster verzweifelt fest, dass die Suche aussichtslos geworden war. Schweren Herzens beschloss er die Nachforschungen nach mir aufzugeben und zu den Silingen zurückzukehren. Von da an hörte man Farold nicht mehr lachen und sein offenes, freundliches Wesen war gänzlich verschwunden.

In der Zwischenzeit hatte man Tharwold bestattet und ein neuer König sollte von den Ältesten der Silingen gewählt werden. Mein Schwiegervater Adalhard wurde mehrfach aufgefordert, zu kandidieren. Aufgrund der Verletzungen, welche er sich beim Waffengang mit den Franken am Main zugezogen hatte, stellte er sich jedoch nicht zur Wahl. Schlussendlich erhielt Fredbal wenige Stimmen mehr als ein Mitbewerber. Der Bruder von Tharwold nahm die Wahl an und war fortan König der Silingen. Einige Tage später erschien ein fettleibiger Centurio und wollte mit ihm unter vier Augen sprechen. Warum es dabei ging, hat man nie erfahren.

Im Jahre 408 wurden Flavius Stilicho, dessen Familie sowie viele seiner germanischen Anhänger, auf Weisung von Kaiser Honorius gemeuchelt. Man sprach davon, dass der Imperator sich des einflussreichen Ratgebers und Heermeisters auf diese Art und Weise entledigen wollte.

Fredbal führte in jenen Tagen die Silingen aus dem Tal der Rhone, um den Legionen Konstantins aus dem Weg zu gehen. Farold und Adalhard hielten ihn für hasenfüßig und nicht fähig den Stamm zu führen. Es kam zu heftigen Auseinandersetzungen, worauf die Silingen sich in zwei Marschkolonnen aufteilten. Die einen zogen mit König Fredbal weiter und die anderen schlossen sich Adalhard von Hirschberg an.

In jenen Tagen suchte mein Mann vermehrt Trost und Fürsprache bei Dankrad, dem Mann Gottes. Farold dachte jeden Tag an mich, machte sich heftige Vorwürfe und litt sehr darunter. Der Diener des Christengottes hatte einen guten Einfluss auf ihn. Schließlich ließ er sich und Rogan von ihm taufen. Beide waren von nun an treue Anhänger der christlichen Glaubenslehre, so wie sie Bischof Arius gelehrt und verkündet hatte. Demzufolge war Christus, der Sohn Gottes, mit seinem Vater nicht wesensgleich, da er als Mensch am Kreuz gestorben war. Für die katholische Mutter meines Mannes, war das nichts anderes als Gotteslästerung. Aurelia glaubte unbeirrt an die Dreieinigkeit von Gott Vater, dessen Sohn Jesus Christus und dem Heiligen Geist. So wie es im Jahre 325 auf einem Konzil in Nicäa von den dort versammelten Kirchenfürsten festgelegt und sodann von Kaiser Konstantin verkündet wurde. Fortan gingen sich Mutter und Sohn in Glaubensangelegenheiten weitestgehend aus dem Weg.

Mein neuer Besitzer hieß Quintus Vespian. Er war ein gläubiger, katholischer Christ, wohlhabender Heilkundler und lebte mit seiner Familie in der Hafenstadt *Massilia.* Er und die seinigen behandelten mich anständig. Mehrere Wochen hinweg musste ich auf sein Geheiß hin, jeden Tag eine entsetzlich riechende Tinktur zu mir nehmen. Als ich ihn einmal fragte für was sie gut sei, deutete er wortlos auf meinen Unterleib.

Der gebildete und ehrenhafte Provinzialrömer brachte mir

ein gediegenes Latein bei. In seinem Kräuterladen stellte er Arzneimittel her und verkaufte sie an Mediziner, Heiler sowie kranke Menschen. Da mir nicht bekannt war, wo die Silingen sich gerade aufhielten, beschloss ich vorerst nicht zu fliehen. Meinen Kummer ertränkte ich mit viel, sehr viel Arbeit. Quintus fand Gefallen daran und wir kamen immer besser miteinander aus.

Gleich mehrfach wollte man mich ihm abkaufen. Doch er lehnte stets mit dem Hinweis ab, dass ich unbezahlbar sei. Darüber freute ich mich ungemein und gab mir noch mehr Mühe, ihm von Nutzen zu sein. Er brachte mir bei, wie man aus Pflanzen, Kräutern, Ölen, Wein oder Gewürzen heilende Medikamente herstellt und woran man tödliche Epidemien, wie Pocken, Röteln oder die Pest erkennt. Bald schon wusste ich, dass man lästigen Husten mit Eiern und Honig heilen kann, gegen Migräne eine Mixtur aus Nieswurz wirkte oder aus Baldrian einen kräftigen Schlaftrunk herstellte.

Starrköpfigen Fällen empfahl er zuweilen, den Gott der Heilkunst Äskulap oder den Christengott um Beistand zu bitten. Es war eine überaus lehrreiche sowie kurzweilige Zeit, die ich in Massilia verbrachte. Immer wieder sprachen mich gutaussehende Männer an und wollten mit mir ausgehen. Doch mein Herz gehörte Farold, und jeden Abend vor dem Schlafengehen, dachte ich an meinen Liebsten.

Im Laufe des Jahres 409 regnete es sehr viel und es kam zu einer folgenschweren Missernte. In jenen Tagen hatte König Fredbal mehrfach versucht die Stadt Tolosa einzunehmen, was ihm aber nicht gelang. Vor ihren Mauern vereinigten sich, wie zwei Jahre zuvor besprochen, die vier Stämme der Allianz. Ein Hungerwinter stand vor der Tür, weshalb sich die Könige und der Kahn zu einer Unterredung trafen. König Guntherich wollte deshalb noch vor dem Einbruch der kalten Jahreszeit über die Pyrenäen in die wohlhabende Provinz Tarraconensis ziehen. Letztlich beschloss man, einige Pässe zu erobern, um auf die iberische Halbinsel einfallen zu können. Die Hasdingen, Sueben und Alanen wollten es im Westen wagen, während die Silingen es im Osten der Pyrenäen angingen.

Kapitel 26 – In den Pyrenäen

Der Sommer ging allmählich zur Neige und ich war noch immer in Massilia. Jeden Tag wurde ich etwas verzweifelter und hielt es vor Sehnsucht nach Farold schier nicht mehr aus. Des Öfteren ging ich auf den Markt, um Neuigkeiten zu erfahren. Man erzählte sich, dass Vandalen die römischen Provinzen Galliens in brennende Scheiterhaufen verwandelt hätten. Quintus Vespian war der Ansicht, dass man solchen Klatschgeschichten nicht allzu viel Glauben schenken sollte. Sie seien in der Regel übertrieben. Jedenfalls wurde mir in jenen Tagen von einem Gewürzwarenhändler glaubhaft versichert, dass vandalische Barbaren auf der *Via Domitia* in die Pyrenäen ziehen würden.

Im Westlichen Imperium tobte nach wie zuvor ein Bürgerkrieg zwischen den Anhängern von Kaiser Honorius und den Getreuen des Usurpators Konstantin, weshalb es für mich so gut wie unmöglich war, auch nur in die Nähe meines Mannes zu gelangen. Das stimmte mich traurig, und ich wurde von Tag zu Tag verzagter. Quintus Vespian musste es bemerkt haben. Er schlug mir überraschend vor, mit ihm auf einem Schiff über das Mare Internum nach *Barcino* in die Provinz Tarraconensis zu reisen. Dort wollte er bei einem befreundeten Heilkundler seltene Kräuter und Pflanzen erwerben. Ohne einen Augenblick zu zögern, willigte ich ein. Die Stadt lag im Nordosten der iberischen Halbinsel. Ich hatte das Empfinden, dass mein liebenswerter Besitzer mir eine Gelegenheit verschaffen wollte, in die Nähe meines Mannes zu gelangen.

Die Schiffsreise dauerte zwei Tage und zwei Nächte. Nachdem wir im Hafen von Barcino angelegt und von Bord gegangen waren, wurde er vom Hafenmeister gefragt, wer wir waren und was uns hierherführte. Bereitwillig erteilte der gutmütige Heilkundler Auskunft. Zuvor hatte Quintus mich ermahnt, mich nicht als Germanin oder gar als Vandalin erkennen zu geben. Zu groß war die Gefahr, dass man mir sodann Gewalt antat. Deshalb schlüpfte ich in die Rolle seiner

Tochter. So konnte ich mich frei bewegen und erfahren, was sich auf der iberischen Halbinsel ereignete. Die Menschen in der Stadt hatten panische Furcht davor, dass vandalische, suebische oder alanische Barbaren über die schützenden Bergpässe der Pyrenäen gelangen könnten und über sie herfallen würden.

Adalhard hatte seinen ältesten Spross damit beauftragt den Pass, über den die Via Domitia führte, auszukundschaften. Farold kleidete sich wie ein Provinzialrömer und nahm einen kundigen Bergführer in Sold. Mit ihm stieg er auf einem verborgenen Pfad auf den Gebirgspass hinauf. Dort befand sich ein Castel, das mit einer Hundertschaft Auxiliar besetzt war. Der Kundschafter sah sich alles genau an und gelangte schließlich zur Ansicht, dass Pass und Castel nur schwerlich eingenommen werden könnten. Danach suchten die beiden eine nahegelegene Schänke auf, um sich zu stärken und weitere Informationen von Durchreisenden und Auxiliar zu erhalten.

Als Quintus Vespian die Einkäufe in Barcino getätigt hatte und die erworbenen Pflanzen in Kisten verpackt auf ein Schiff verladen ließ, musste ich mich entscheiden. Im Nachhinein bin ich davon überzeugt, dass er ahnte, was ich vorhatte.

Als es anfing zu dämmern, machte ich mich zu Fuß auf der Via Domitia nach Norden davon. Mir war durchaus bewusst, dass man mit einer entlaufenen Sklavin nicht zimperlich verfahren würde. Tags über ruhte ich mich deshalb an einem verborgenen Ort aus.

In einer mondhellen Nacht stand ich vor den Mauern der Stadt *Empuries* und am frühen Morgen gelangte ich mit Viehtreibern hinein, schlich mich in einen Stall und legte mich schläfrig in einen Heuhaufen.

Es war bereits Nachmittag, als ich aufwachte. Zwei Centurionen sattelten ihre Pferde und unterhielten sich. Sie wollten mit ihrer Truppe auf einen Gebirgspass in die nahegelegenen Pyrenäen reiten, um eine dort stationierte Auxiliareinheit zu verstärken. Man erwartete in den nächsten Tagen den Angriff von vandalischen Barbaren. Mir blieb fast das Herz stehen, als ich das hörte.

Als es Nacht wurde, brach ich wieder auf und folgte ihnen nach.

In der Nähe einer Herberge verbarg ich mich tagsüber hinter einer Steinmauer und döste vor mich hin. Auf einmal hörte ich weibliche Stimmen. Ein paar Reisewagen hatten angehalten und eine Schar Weiber waren ausgestiegen. Miteinander plaudernd gingen sie in die Schänke. Es waren Freudenmädchen, was man an ihren bunten Kleidern erkennen konnte. In diesem Moment kam mir der verwegene Gedanke mich ihnen anzuschließen, um nicht weiter aufzufallen. Ihre Zuführer unterhielten sich vor der Schänke. Beherzt ging ich auf die Männer zu und sprach sie an. Die dienstbare Gesellschaft war auf dem Weg zu einer Auxiliartruppe, welche in einem Castel in den Pyrenäen ihren Dienst verrichtete. Man fragte mich nicht wer ich war oder woher ich kam. Wir waren uns schnell handelseinig. Für jeden Freier den ich beglückte, hatte ich ein Drittel meines Hurenlohns gegen Schutz und Kost an sie abzugeben. Noch am gleichen Tag gelangte ich ohne Widrigkeiten in ihrer Gesellschaft auf einen Pass.

Neben dem Castel richtete die lebhafte Schar ein Lager her und ich zog mir ein farbenprächtiges Hurengewand über. Ab und zu kam ein Auxiliar daher und suchte sich ein Freudenmädchen aus. Von möglichen Freiern angesprochen, verlangte ich ein ungewöhnlich hohes Salär, so dass zunächst niemand meine Dienste in Anspruch nehmen wollte. Mir war bewusst, dass die Zuführer bald schon mein durchtriebenes Spiel durchschauen würden. Deshalb suchte ich mit der hereinbrechenden Nacht eine Schänke in der Nähe auf, um mich zu stärken und nachdenken zu können.

Öllampen erhellten etwas den Gastraum. In einer spärlich beleuchteten Ecke nahm ich an einem freien Tisch Platz. Nebenan saßen die beiden Centurionen, welche ich im Pferdestall belauscht hatte. Der Ältere schaute immer wieder zu mir herüber. Plötzlich stand er auf und ging geradewegs auf mich zu. Worauf ich, nichts Gutes ahnend, zur Seite schaute.

Ich glaubte meinen Augen nicht trauen zu können. Dort saß Farold und unterhielt sich mit einem Mann. In dem Moment setzte sich der Offizier unaufgefordert neben mich.

Er wollte von mir wissen, was ich für eine Stunde Beischlaf verlangte. Worauf ich ihm einen völlig überhöhten Hurenlohn nannte. Dennoch willigte er zu meiner Überraschung ein. Wir vereinbarten, dass er mich um Mitternacht am Tor des Castels abholen sollte.

Nachdem er sich höflich verabschiedet hatte, ging ich mit klopfenden Herzen auf meinen Mann zu. Niemals werde ich vergessen, wie Farold mich ungläubig ansah. Mein Liebster konnte es nicht fassen, wer da auf ihn zukam. Ich wollte ihm um den Hals fallen, doch irgendetwas hielt mich davon ab. Farold stand auf und sagte im Flüsterton zu mir: „Wir dürfen nicht auffallen, liebste Ida!"

Hernach schickte er seinen Gefährten fort, und wir taten so, als ob er mich freihielte. In der gebotenen Kürze erzählte ich ihm, wie es mir im vergangenen Jahr ergangen war und wie ich hierherkam. Als ich meinem Mann anvertraute, dass ein Centurio mich heute Nacht im Castel erwarten würde, blitzten seine Augen verdächtig auf. Danach legte er augenfällig einige Münzen auf den Tisch. Ich strich sie ein und wir verließen gemeinsam die Schänke.

Es war schon spät am Abend, als ich auf das Castel zuging. Dunkle Wolken zogen am Himmelszelt vorüber und der Mond verbarg sich dahinter. Vor dem Tor standen zwei Wachen. Nachdem ich ihnen gesagt hatte, dass mich ein Centurio erwartete, übten sie sich in obszönen Sprüchen. Plötzlich tauchte der Offizier aus dem Schutz der Dunkelheit auf, worauf sie augenblicklich verstummten. Er befahl ihnen das Tor zu schließen, nahm mich bei der Hand und führte mich in eine Klause. Dort bot er mir mit Wasser verdünnten Wein an. In einem unbeobachteten Augenblick schüttete ich die Baldriantinktur in seinen Becher, welche ich stets bei mir trug. Es dauerte danach nicht lange und er schlief friedlich ein.

Vorsichtig öffnete ich die Tür der Klause und sah nach, ob sich jemand auf dem Flur aufhielt. Niemand war zu sehen. Leise schlich ich auf das Tor des Castels zu. Auf dem Wehrgang unterhielten sich einige Auxiliar. Plötzlich vernahm ich drei gedämpfte Klopfzeichen. Das verabredete Zeichen. Worauf ich einen Balken leise zur Seite schob und das Tor einen Spalt breit öffnete. Farold schlüpfte hindurch und seine Männer folgten ihm nach. Auf einmal ertönte ein Hornsignal und danach ging alles rasend schnell. Neben mir brach ein Vandale von einem Pfeil getroffen zusammen und Auxiliar rannten mit gezogenen Schwertern auf uns zu. Doch es war zu spät. Der verzweifelte Ansturm wurde von den silingischen Recken abgewehrt. Immer mehr Vandalen strömten in das Castel und streckten die tapfer kämpfenden Verteidiger nieder. Sie hatten nicht den Hauch einer Chance.

Als der Tag erwachte, befand sich Pass und Castel in unseren Händen. Auf meine eindringliche Bitte hin, verschonte mein Mann das Leben eines Centurio, welcher von all dem nichts mitbekommen hatte. Das geschah in der Nacht vom zwölften auf den dreizehnten Oktober des Jahres 409. Am nächsten Morgen standen König Fredbal und Adalhard von Hirschberg auf dem Gebirgspass neben dem Castel und sahen den vorbeiziehenden Silingen zu.

Bereits ein paar Tage zuvor war es den Hasdingen, Sueben sowie Alanen im Westen der Pyrenäen gelungen, einen Bergpass zu erobern und in die Provinz Tarraconensis einzudringen. Ohne auf größere Gegenwehr zu stoßen, richteten sie sich in den dortigen Städten, Flecken, Weiler sowie Gehöften ein, um zu überwintern.

Kapitel 27 – Iberische Halbinsel

Auf der Via Domitia zogen wir in einer schier endlosen Kolonne nach Süden. König Fredbal war mit der Reiterei vorausgeeilt, und Adalhard folgte ihnen mit den Fußtruppen, Greisen, Weibern und Kindern nach.

Mein Mann und ich saßen zusammen mit dem kleinen Rogan auf dem Kutscherbock eines Planwagens. Wir hatten uns unendlich viel zu erzählen. Farold wusste hernach, dass ich nicht nur meine Gesundheit, sondern auch mein Leben, Quintus Vespian zu verdanken hatte.

„Du musst das was passiert ist, aus dem Gedächtnis löschen", riet er mir und drückte mich sanft an seine Brust. „Die Zeit wird alles heilen!"

Ich fühlte mich bei ihm geborgen. Seine Ratschläge waren nicht nur weise, sondern taten auch gut. Gemeinsam grübelten wir darüber nach, wer für den Tod von König Tharwold, der Verschleppung seiner Töchter und mir schuld sein könnte. Farold berichtete, dass einige Tage danach ein fettleibiger Centurio König Fredbal aufsuchte.

„Seltsam", dachte ich noch, und ließ es dabei bewenden.

Als wir in Empuries ankamen, bot sich uns ein grauenvolles Bild. Fredbal und seine Männer hatten unter den Bewohnern fürchterlich gewütet. Wer nicht rechtzeitig fliehen konnte, wurde erschlagen, geschändet oder versklavt. In den Straßen und Gassen lagen viele Leichen. Adalhard und Farold stellten den König empört zur Rede. Einzig und allein dem beherzten Eingreifen von Dankrad war es zu verdanken, dass die gereizte Stimmung nicht völlig eskalierte. Von nun an gingen die Hirschberger ihrem König aus dem Weg. Man hatte sich nichts mehr zu sagen. Wir waren der Auffassung, dass das Morden und Plündern aufhören mussten, ansonsten es keinen Frieden gebe.

Die Silingen waren von der mittlerweile zwei Jahre andauernden Wanderung erschöpft und am Ende ihrer Kräfte angelangt. Den ganzen Winter verbrachte meine Sippschaft im Osten der Provinz Tarraconensis. Wir hatten uns einen besonders schön gelegenen Flecken in den Ausläufern der Pyrenäen ausgesucht. An jenem Ort wurden wir argwöhnisch von den einheimischen Iberern empfangen. Doch hatten sie keine Möglichkeit sich dagegen zu wehren. Adalhard suchte ihren Ältesten auf und besprach mit dem besonnenen Mann, wie man die kalte Jahreszeit einträchtig miteinander verbringen könnte. Die beiden einigten sich schließlich darauf, dass die Hirschberger ein Drittel der Wohngebäude, der Stallungen, des vorhandenen Viehs und der Vorräte für ihre Zwecke erhalten würden.

Mit dessen temperamentvollen Tochter Amanda freundete ich mich an. Sie hütete ab und zu den kleinen Rogan und sprach etwas Latein. Die Ibererin erzählte mir, dass die ertragreiche Provinz Tarraconensis von einem Heermeister namens Gerontius verwaltet würde.

Nachdem ich meinem Mann hierüber informiert hatte, lag er die ganze Nacht über ruhelos auf der Schlafstatt. Am nächsten Morgen suchte er mit mir seinen Vater auf, und ich erzählte auch ihm, was Amanda mir anvertraute.

In jenen Tagen und Nächten reifte eine Vision heran, wie man auf der iberischen Halbinsel eine friedliche Zukunft gestalten könnte. Vater und Sohn waren mit mir darin einig, dass Fredbal für deren Verwirklichung nicht fähig war. Wir beschlossen daher im kommenden Frühjahr die Hasdingen aufzusuchen, um hierüber mit Geiserich zu sprechen. Ihm trauten wir zu, dass er ein solches Vorhaben in seiner Gänze erfasste und die mannigfaltigen Vorteile, welche sich für die Stämme der Allianz daraus ergeben, zu nutzen wusste.

Als das Frühjahr den Winter ablöste, wollte sich Adalhard mit seinem Ältesten zu Geiserich nach *Pompaelo* aufmachen. Mein Mann wollte mich auf keinen Fall zurücklassen, zu sehr hatte sich die Verschleppung in Gallien in sein Gedächtnis eingebrannt. So kam es, dass ich mich mit den beiden auf den Weg zu den Hasdingen machte und den kleinen Rogan in der Obhut unserer Sippschaft zurückließ.

In Pompaelo angekommen, karrte man gerade Tote aus der Stadt. Einen sah ich mir aus der Nähe an und erkannte an den schwarzen Beulen, das ihn die Pest dahingerafft hatte. Quintus Vespian hatte mir von dieser fürchterlichen Seuche einmal berichtet und deren Symptome geschildert. Ich klärte meine Begleiter darüber auf und bestand darauf, dass wir die Stadt nach der Unterredung mit Geiserich umgehend wieder verließen.

Man zeigte uns den Weg zu einem herrschaftlichen Palast, in dem König Guntherich residierte. Dort angelangt, führte man uns sogleich zu seinem Halbbruder Geiserich. Seit dem Waffengang gegen die Franken an der Mündung des Mains in den Rhein, an dem König Godegisel sein Leben ließ, hatten sich die Männer nicht mehr gesehen. Entsprechend herzlich fiel die gegenseitige Begrüßung aus.

„Wer ist das Weib an deiner Seite?", wollte Geiserich von Farold erfahren. „Sie schaut nicht wie eine Vandalin aus!"

„Ida ist eine gebürtige Alamannin!"

Er kam, einen Fuß leicht nach sich ziehend, auf mich zu. Als der Hasdingen vor mir stand, sah ich in strahlend blaue Augen.

„Warum hast du deinen Stamm verlassen?"

Einen Augenblick lang zögerte ich.

„Weshalb soll ich euch das anvertrauen?"

Seine Augen fingen auf einmal an zu glänzen und ein Lächeln huschte über dessen Angesicht.

„Farold! Ist die Alamannin womöglich dein Weib?"

„Gewiss Herr, und damit eine Vandalin!"

„Du warst schon immer ein furchtloser Recke!"

Worauf auch ich herzhaft lachen musste. Hierauf schlugen wir einem mit wachen Sinnen zuhörenden Geiserich vor, dass man mit den Vertretern des Westlichen Imperiums eine Vereinbarung treffen sollte, die den Stämmen der Allianz gestattete in bestimmten Gebieten auf der iberischen Halbinsel sesshaft zu werden. Als Gegenleistung würde man von Gewalt absehen und einträchtig zusammenleben.

„Ihr wisst", gab der Hasdingen zu bedenken, „dass uns von Göttervater Wodan einst prophezeit wurde, dass wir in ein Paradies auf Erden ziehen werden. Nach all dem was Farold mit seinen Augen sah und darüber berichtete, liegt das verheißene Land in Afrika und nicht in Hispania!"

„Fürwahr!", entgegnete Adalhard. „Aber wir brauchen eine

länger anhaltende Periode des Friedens um uns zu erholen und auf die Reise in den Garten Eden vorzubereiten."
Geiserich dachte nach und kraulte sich währenddessen den Bart.

„Warum sollte das Imperium eine solche Übereinkunft mit uns treffen?", wollte er wissen.

„Weil es vom Bürgerkrieg geschwächt ist und mit sich genug zu tun hat!", lautete die plausible Antwort von Farold.

„Sie werden eine solche Vereinbarung mit uns erst abschließen", meinte ein nachdenklich wirkender Geiserich, „wenn wir ihnen keine andere Wahl lassen. Außerdem benötigen wir eine Flotte und gut ausgebildete Seeleute um eine Schiffsreise über das Mare Internum nach Afrika wagen zu können."
Grübelnd lief er im Kreis herum.

„Gedanke und Absicht sind genial!", verkündete er auf einmal, blieb stehen und fügte hinzu: „Könnte von mir stammen!"
Danach legte er die Hände auf Adalhards Schulter und sah ihm in die Augen.

„Was meint euer König dazu?"
Der Hirschberger schwieg betreten.

„König Fredbal ist nicht in der Lage, ein solches Vorhaben mit den daraus resultierenden Möglichkeiten zu erfassen und in die Realität umzusetzen", bekam er stattdessen von mir zu hören.
Worauf Geiserich mich eingehend musterte.

„Soll das heißen, dass ihr es mir zutraut?"

„Nach alldem, was ich über euch gehört habe, bin ich davon überzeugt, dass ihr dazu in der Lage seid. Ansonsten würde ich heute nicht vor euch stehen!"
Seine blauen Augen blitzten auf.

„Farold von Hirschberg!", ertönte die Stimme Geiserichs. „Dein Weib ist nicht nur klug, sondern auch sehr mutig!"
Seit dieser ersten Begegnung in Pompaelo, entwickelte sich zwischen Geiserich und mir ein vertrauensvolles Miteinander, welches sich noch oft bewähren sollte. Noch zur selben Stunde wollte er seinen Bruder König Guntherich aufsuchen und von einer solchen Übereinkunft mit dem Imperium überzeugen. Als wir uns verabschiedeten, warnte ich den

Hasdingen mit den Worten: „Ihr solltet unverzüglich die Stadt verlassen. Hier wütet eine tödliche Seuche, welche man Pest nennt."
Geiserich lächelte, tätschelte seinen Bart und hinkte davon.

Immer wieder kam es in den folgenden Wochen und Monaten zu Waffengängen zwischen Recken der Allianz und den Truppen des Westlichen Imperiums. Es war ein regnerischer Tag, als Amanda mich unerwartet aufsuchte.

„Die Westgoten haben Rom erobert", behauptete sie aufgeregt. „Ihr König Alarich hat drei Tage und Nächte lang die Ewige Stadt ausplündern lassen. Das letzte Mal geschah das vor achthundert Jahren."
Ich konnte es zunächst nicht glauben.

„Seid ihr sicher?"

„Mein Vater hat es auf dem Markt von einem Priester erfahren. Angeblich hat man den Goten ein Stadttor geöffnet, worauf die Barbaren in Rom eingefallen sind. Allein die Gotteshäuser sowie die Menschen, welche darin Schutz gesucht haben, wurden vor größerem Leid verschont."
Allmählich schenkte ich ihren Worten Glauben.

„Danach sind die Westgoten nach Süden abgezogen und wollten auf erbeuteten Schiffen über das Mare Internum in die Provinzen Afrikas übersetzen", fuhr sie fort. „Die Passage scheiterte jedoch kläglich, weil die Goten über keine seefahrerischen Fähigkeiten verfügten. Gegenwärtig befinden sich die Barbaren wieder auf dem Weg nach Norden und nehmen unterwegs alles mit, dessen sie habhaft werden können."
Als ich das Wort Afrika hörte, kam mir unwillkürlich die Weissagung Wodans in den Sinn. Mir wurde an diesem unvergesslichen Tag klar, dass wir Vandalen über das Mare Internum nur gelangen würden, wenn der Stamm über genügend Schiffe verfügte und sie auch manövrieren könnte. Diese wichtige Erkenntnis prägte sich tief in mein Gedächtnis ein.

Mitten im Herbst erschien ein Bote von König Fredbal. Der forderte Adalhard und Farold auf, ihn umgehend in der Stadt *Caesar-augusta* aufzusuchen. Seit meiner Verschleppung bestand mein Mann darauf, dass ich ihn auf seinen Reisen begleite. So war es auch dieses Mal.

Als wir in der Stadt ankamen, führte man uns in einen prunkvollen Palast, in dem der König der Silingen residierte. Man ließ uns längere Zeit warten. Schließlich wurden wir in einen Saal geführt. Dort hatten sich bereits König Guntherich und sein Halbbruder Geiserich sowie der Suebenkönig Hermerich und dessen Sohn Rechila eingefunden. Später stießen der Khan der Alanen Respendial mit seinem Ältesten Addac hinzu. Es stellte sich heraus, dass Guntherich von König Fredbal verlangt hatte, uns Hirschberger hierzu einzuladen.

„Wir erwarten morgen den Obersten Heermeister in den Provinzen des Imperiums auf der iberischen Halbinsel, Gerontius", teilte Guntherich den Anwesenden mit. „Ravenna befindet sich, nach wie zuvor, im Bürgerkrieg. Ein gewisser Konstantin wurde vor wenigen Jahren auf der Insel Britannia zum Gegenkaiser ausgerufen und bekämpft seitdem Kaiser Honorius. Gerontius war ein Mitstreiter von Konstantin und zog gegen dessen Gegner in Hispania ins Feld. Unlängst hat er sich von ihm abgewendet und seinen Sohn Maximus zu einem weiteren Kaiser des Imperiums ausrufen lassen. Nunmehr beabsichtigt dieser Gerontius mit den Stämmen der Allianz einen Waffenstillstand abzuschließen. Wohl deshalb, weil mein Halbbruder dessen Truppen mehrfach angegriffen und geschwächt hat."

Mir fiel in diesem Moment wieder ein, dass der listenreiche Geiserich eine solche Situation bei unserer Begegnung in Pompaelo vorausgesagt hatte. Ohne eine Miene zu verziehen, stand er neben dem König.

„Ein gerissener Schauspieler", dachte ich noch, bevor er das Wort ergriff.

„Legionäre und Auxiliar des Gerontius sind angeschlagen, weshalb er mit uns eine Übereinkunft treffen wird!", erklärte Geiserich selbstbewusst. „Den Stämmen der Allianz geht es nicht viel besser. Wir brauchen Ruhe und Erholung, damit wir all die Vorbereitungen treffen können, um eines Tages nach Afrika zu gelangen. Es darf uns nicht wie den Westgoten ergehen, die keine Seefahrer waren und deshalb scheitern

mussten."
Er hielt kurz inne und ließ seine Worte auf die Anwesenden wirken.

„Deshalb schlage ich vor, dass wir von diesem wankelmütigen Gerontius Niederlassungsrechte für unsere Stämme einfordern, um erträgliche Lebensumstände zu schaffen. Überall wo wir in Hispania ansässig werden, hat man uns ein Drittel des Besitzstandes zu überlassen. Als Gegenleistung bieten wir dauerhaften Frieden."

„Geiserich setzt die Vision von Pompaelo in die Realität um!", stellte ich, voller Hochachtung, für mich fest.

Die sich anschließende Unterredung mit Gerontius verlief genauso ab, wie der Hasdingen es angekündigt hatte. Ein gleichlautender Vertrag wurde aufgesetzt, unterschrieben und besiegelt. Man vereinbarte, dass den Hasdingen im östlichen Teil der Provinz Gallaecia ein Aufenthaltsrecht und den Sueben im westlichen Teil zugestanden wird. Den Silingen wurde die Provinz Baetica und den Alanen Gebiete in den Provinzen Lusitania sowie Carthaginiensis zur Ansiedlung zugewiesen. Überall wo die Stämme der Allianz sesshaft wurden, hatten die dort lebenden Iberer und Provinzialrömer ein Drittel ihres Besitzstandes den Neuankömmlingen zu überlassen. Fortan herrschte Frieden auf der iberischen Halbinsel. Eine Eingebung war Wirklichkeit geworden!

Wir Silingen zogen in den Süden der Halbinsel, um sich in der begüterten sowie fruchtbaren Provinz Baetica niederzulassen. Nach anfänglichen Schwierigkeiten kam es allmählich zu einem geordneten Zusammenleben zwischen der heimischen Bevölkerung und den meinigen auf den Grundlagen von Pragmatismus sowie Koexistenz. Wir Hirschberger ließen uns in der Hafenstadt *Malaca* nieder, während König Fredbal fortan in der Stadt *Hispalis* Hof hielt.

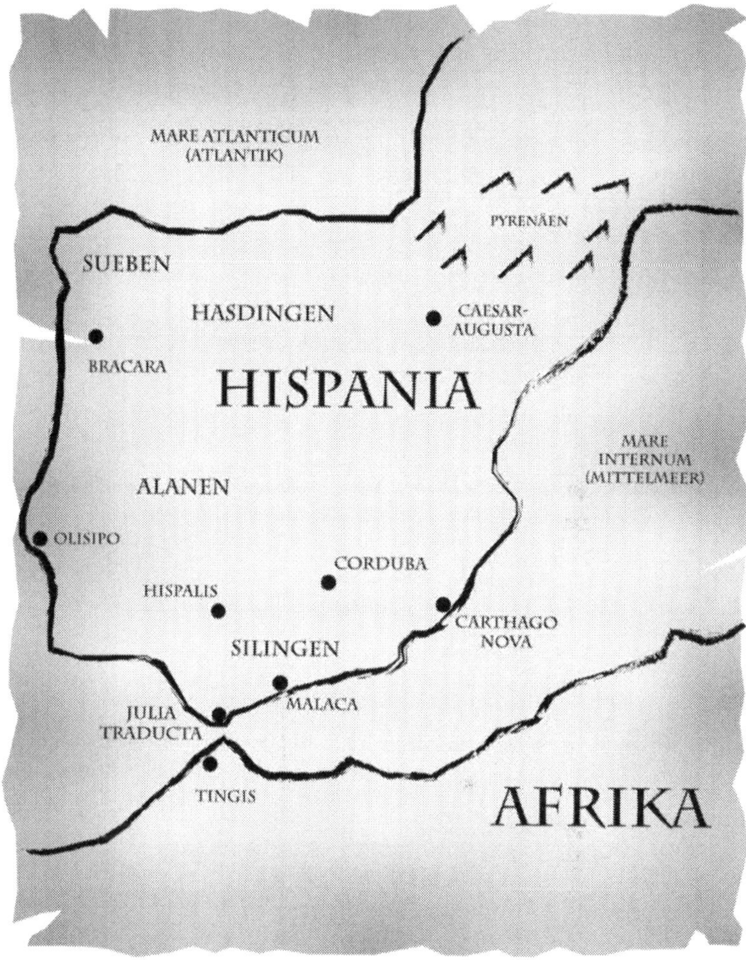

Gerontius fand während eines Feldzugs gegen den Usurpator Konstantin den Tod. Im Jahr darauf erhoben sich die eigenen Truppen gegen dessen Sohn Kaiser Maximus, worauf er zu den Hasdingen flüchtete, was mir merkwürdig vorkam. Zugleich hatte ich Geiserich im Verdacht, etwas damit zu tun zu haben.

Die Stämme der Allianz erlebten eine anhaltende Periode des Friedens. Die wurde vor allem genutzt, um sich mit der Seefahrt vertraut zu machen.

Kapitel 28 – Bischof Augustinus

Von einem ehemaligen Nauarchus ließen sich Farold und sein Bruder Marc zu Seemännern ausbilden. Als das vollbracht war, erwarb mein Mann einen Frachtensegler und nannte ihn nach dessen Großmutter Merlinde. Schließlich unternahmen die Brüder erste Fahrten entlang der Küste Afrikas. Wenn sie zurückkamen, stand ich mit dem kleinen Rogan im Hafen von Malaca. Abends berichteten die beiden ihrer Sippschaft, was sie alles erlebt und gesehen hatten.

In jenen friedvollen Tagen habe ich mir mein Wissen über die heilende Wirkung von Tinkturen zu Nutze gemacht. Ich mietete einen Laden an und stellte dort Heilmittel her. Das Geschäft lief gut und die Kundschaft bestand aus Medizinern, Heilern sowie kranken Menschen, die von meinen Essenzen eine Linderung ihrer Beschwerden erwarteten.

Oft ritt ich mit Farold in die nahe gelegenen Berge über Malaca. Wir suchten dort eine behagliche Taverne auf und sahen auf das im Sonnenlicht glitzernde Mare Internum hinab. Mein Mann und ich verbrachten eine herrliche Zeit zusammen, sieht man von seinen häufigen Seefahrten einmal ab.

Immer wenn ich meine Tage bekam, war ich trübselig. Oft fragte ich mich, ob ich überhaupt schwanger werden könne. Ich befürchtete, dass die Schändung, welche ich über mich ergehen lassen musste, damit zusammenhing. Außerdem schloss ich keineswegs aus, dass die Tinktur, welche mir Quintus Vespian danach verabreichte, mich womöglich unfruchtbar gemacht hatte. Farold war an solchen Tagen noch sehr viel zärtlicher und aufmerksamer zu mir, als es eh schon der Fall war.

Rogan wuchs derweil zu einem aufgeweckten Jungen heran und die Sippschaft der Hirschberger hatte seine Freude an dem Rotschopf. Er war wissbegierig und ständig unterwegs.

Nichts war vor unserem angenommenen Sohn sicher, und vor allem Hunde aller Größen und Rassen hatten es ihm angetan. Da wir nicht wussten, wann Rogan geboren wurde, hatten mein Mann und ich den Tag seiner Geburt auf den Weihnachtstag, dem 25. Dezember 406, festgelegt. Darüber freute sich in ganz besonderem Maße Dankrad. Als ich ihn einmal fragte, warum dem so war, erklärte der Mann Gottes: „Die Heiden feierten am 25. Dezember zu Ehren ihres Sonnengottes den Mithrastag. Um diesem gottlosen Treiben ein Ende zu bereiten, hatte der Bischof von Hippo Regius Augustinus vorgeschlagen, dieses Datum zum Tag der Geburt von Jesus Christus zu erklären. Ein einberufenes Konzil, unter Vorsitz des Kaisers, legte daraufhin einmütig fest, das dem so sei.‟

Dankrad strahlte förmlich vor Glück, als er hinzufügte: „Seither feiern wir Christen am 25. Dezember eines jeden Jahres die Geburt unseres Heilands und nun auch noch den Geburtstag eures angenommenen Sohnes.‟

Farold und ich hatten uns wieder einmal in der Taverne in den Bergen einquartiert. Von dort machten wir uns am frühen Morgen zu Fuß auf, um Rotwild zu jagen. Als wir auf eine Lichtung traten, sahen wir eine Schafherde, die von einigen Hunden bewacht wurde. An einen Baum angelehnt, stand der Schäfer und achtete auf seine Herde. Er winkte uns freundlich zu, worauf wir zu ihm gingen. Nach der Begrüßung erzählte uns ein in die Jahre gekommene Iberer, dass er von Kindesbeinen an die Schafe seines Ortes hüten würde. Auf einmal pfiff er durch die Finger, worauf die Hunde angerannt kamen. Alles stattliche Tiere mit wolfsgrauen, dicken Fellen und herabhängenden Ohren. Er langte in einen Leinensack, der neben ihm stand und warf den prächtigen Tieren ein paar Fleischstücke zu. Währenddessen kam eine Hündin mit sechs Welpen dahergelaufen, um ihren Anteil einzufordern.

„Was sind das für Hunde?‟, fragte ich den Iberer.

„Hispanische Hirtenhunde!‟, bekam ich zu hören. „Gute, gesellige Wachhunde!‟

Farold hielt einen der Welpen hoch. Um seinen Hals war das ansonsten wolfsgraue Fell gänzlich weiß. Der Kleine sah zum Verlieben aus, und als er mich treuherzig ansah, war es auch schon um mich geschehen.

„Ich rufe ihn Pablo!", sagte der Hirte.

Behutsam nahm ich ihn meinem Mann ab und streichelte sein schönes, glattes Fell. Pablo schleckte unterdessen mit seiner rauen Zunge meine Hände ab.

„Die Rasse ist kräftig, ausdauernd und lernwillig!", fuhr der Iberer fort.

Als ich Farold flehentlich ansah, fragte er den Hirten: „Was wollt ihr für ihn haben?"

„Zehn Denarius!"

„So soll es sein!"

Das trug sich unmittelbar vor Weihnachten zu. Wir schenkten den Welpen Rogan zu seinem sechsten Geburtstag. Von diesem Tage an, waren die beiden unzertrennliche Freunde.

Farold lud mich im Frühjahr zu meiner großen Freude ein, mit ihm nach Afrika zu segeln, um dort Handel zu treiben. In Malaca wurden Tonkrüge in unterschiedlichen Größen und Farben hergestellt, welche in den Hafenstädten um das Mare Internum begehrt waren. Der Laderaum der Merlinde wurde mit der zerbrechlichen Ware gefüllt. Nachdem das vollbracht war, erteilte Farold den Seeleuten ein paar Anweisungen, worauf ein Segel gesetzt wurde, und der Wind es aufblähte. Das Schiff fuhr aus dem Hafen auf das offene Meer hinaus und machte ordentlich Fahrt. Ich war hellauf begeistert und beobachtete alles, was sich auf Deck zutrug. Mein Mann forderte mich auf, das Steuerruder zu halten, und erklärte mir, wie man damit einen Kurs hält. Die Zeit verging wie im Fluge, und eh ich mich versah, tauchte aus dem Meer die Küste Afrikas auf. Gebannt schaute ich immer wieder aufs Festland hinüber. Vor mir lag eine dunkelblaue See, dahinter grüne Landstriche und darüber ein strahlend blauer Himmel, an dem weiße Wolken majestätisch vorüberzogen. Mein Liebster musste meine Gemütslage bemerkt haben. Auf einmal stand er hinter mir, hielt mich fest und flüsterte mir zärtlich ins Ohr: „Fast so schön wie du!"

Die ganze Nacht über segelten wir nach Osten, immer an der Küste entlang. Ich konnte keinen Schlaf finden und stieg an Deck. Mein Mann stand am Ruder und freute sich sehr, als ich mich zu ihm gesellte. Gemeinsam betrachteten wir den unendlichen Sternenhimmel. Farold kannte viele Gestirne beim Namen und benutzte sie als Orientierung. Als die Sonne aus dem Mare Internum emporstieg, wurde er abgelöst, und wir suchten die Kajüte auf. Das Ächzen und Stöhnen der guten, alten Merlinde übertönte unser Liebesspiel.

Gegen Abend liefen wir in den Hafen von *Caesarea* ein. Farold steuerte das Schiff geschickt an eine Anlegestelle. Kaum war es vertäut, kam ein Mann an Bord und stellte sich als Hafenmeister vor. Für dreißig Denarius durften wir drei Tage und Nächte bleiben. Er wies uns den Weg zu einem Händler, welcher womöglich am Erwerb unserer Tonkrüge interessiert sei, nachdem wir ihn danach gefragt hatten.

Am nächsten Tag gingen Farold und ich mit zwei besonders schönen Krügen in die Stadt. Wir sahen uns die Auslagen der Geschäfte an und waren beeindruckt von den dort lebenden Menschen. Das Sprachgewirr war unbeschreiblich. Neben ansehnlich gekleideten Frauen waren zerlumpte Bettler, ungezählte Lastenträger oder Müßiggänger unterwegs. Zu guter Letzt standen wir vor dem Geschäft des Händlers. Als Farold die Tür aufstieß, erklang ein Glöckchen. Aus dem hinteren Teil des geräumigen Ladens kam ein Mann im mittleren Alter gemächlich auf uns zu. Er trug eine kreisförmige, schwarze Kopfbedeckung, und mir war sofort klar, dass es sich um einen Israeliten handelte. Seit dem unfreiwilligen Aufenthalt in Massilia wusste ich, dass er eine Kippa trug. Quintus Vespian hatte mir erzählt, dass die Juden untereinander gut vernetzt wären und regen Handel um das Mare Internum trieben.

„Wie kann ich euch zu Diensten sein?", fragte er freundlich, worauf wir ihm die Krüge zeigten.

„Wir haben noch mehr davon", erklärte Farold. „Habt ihr Interesse daran?"

Der Händler sah sich die gefällige, zerbrechliche Ware an.

„Eine schöne Handarbeit!", stellte er fest. „Wie viele nennt ihr euer Eigentum und was verlangt ihr dafür?"

„Unser Schiff ist voll beladen mit Tonkrügen in allen Größen und Farben. Ihr könnt sie euch gerne ansehen.

Hernach sollten wir über den Preis sprechen."
Der Jude stimmte zu und stellte sich als Abraham Isaak vor, worauf wir ihm unsere Namen nannten und sagten, dass wir Vandalen aus Malaca wären. Seine Tochter hatte sich zu uns gesellt. Sie hieß Sara und war eine dunkelhaarige Schönheit. Mit ihr gingen wir zum Schiff zurück. Die gesprächige junge Jüdin erzählte unterwegs, dass ihr Vater aus Hippo Regius stammte, Witwer war und Handel mit allen möglichen Waren trieb. Nachdem sie die Krüge im Laderaum der Merlinde begutachtet hatte, waren wir uns schnell handelseinig. Sara wollte die Hälfte der Tonkrüge erwerben und bot dafür einen akzeptablen Preis, mit dem wir uns einverstanden erklärten.

„Die verbliebene Hälfte solltet ihr in Hippo Regius an den Bruder meines Vaters veräußern", empfahl sie uns. „Ich könnte mir vorstellen, dass mein Onkel euch ein noch besseres Angebot unterbreitet."

Anschließend lud die junge Frau uns zum Abendessen in das Haus ihres Vaters ein. Gerne kamen wir ihrer freundlichen Einladung nach. Es gab Hühnchen in einer wohlschmeckenden Soße, frisches Gemüse, gebackenes Brot, fruchtige Melonen und mit Wasser verdünnten, roten Wein aus der im Östlichen Imperium gelegenen Provinz Palaestina. Vater und Tochter wollten alles über die Wanderung der Vandalen durch Gallien, über die Pyrenäen nach Hispania erfahren und zu guter Letzt wissen, ob wir vorhätten dort zu bleiben. Mein Mann und ich sahen uns unschlüssig an. Schließlich nickte er mir zu, und ich erzählte den Isaaks, was den Vandalen vor vielen Jahren prophezeit wurde. Die hörten aufmerksam zu und stellten gelegentlich Fragen. Am meisten aber interessierte sie, wo die Wanderung der Vandalen enden würde.

„Wir werden eines Tages nach Afrika segeln und dort ein Königreich errichten", lautete die Antwort meines Mannes, worauf die Isaaks sich recht merkwürdig ansahen. Ich wusste in dem Moment nicht, ob es klug gewesen war, ihnen die Wahrheit gesagt zu haben.

„Ihr werdet hier willkommen sein!", behauptete auf einmal ein gütig lächelnder jüdischer Händler. „Ravenna erhebt immer höhere Tribute, um damit den Bürgerkrieg finanzieren zu können. Ferner unterdrückt das Imperium ansässige

Berberstämme und verfügt in Afrika nur noch über wenige Truppen, welche einer feindlichen Invasion entgegentreten könnten. Vor allem aber, warten abertausende Sklaven darauf, von ihrem Joch befreit zu werden."
So unverblümt hatte uns noch nie jemand die Situation in den afrikanischen Provinzen des Westlichen Imperiums geschildert. Ich war neugierig geworden und wollte von den beiden erfahren, wie Juden und Christen miteinander auskommen.

„Es geht uns gut, weil wir sämtliche Tribute entrichten, welche man den Israeliten auferlegt und uns nicht um politische Angelegenheiten kümmern", erklärte die junge Frau. „Gelegentlich beschimpfen uns katholische Priester und ihre Anhängerschaft als Mörder ihres Gottes Jesus Christus!"

„Christus war kein Gott, sonst wäre er nicht am Kreuz gestorben!", widersprach Farold, worauf Vater und Tochter erfahren wollten, warum er das glaube.
Daraufhin entwickelte sich ein intensiver Meinungsaustausch über Glaubensfragen. Es war schon spät, als ich mich mit meinem Mann aufmachte, um unsere enge Kajüte auf der Merlinde aufzusuchen. Dort lagen wir eine geraume Zeit nebeneinander auf der Schlafstatt und ließen uns das geistreiche sowie aufschlussreiche Gespräch mit den Isaaks noch einmal durch die Köpfe gehen. Farold und ich waren übereinstimmend der Auffassung, dass sie gutherzige sowie gebildete Menschen sind, welche über ausgezeichnete Handelsbeziehungen verfügen und die gegenwärtige Lage in den afrikanischen Provinzen Ravennas richtig einzuschätzen vermochten.

Mit der aufgehenden Sonne fuhren wir wieder auf das Mare Internum hinaus und nahmen Kurs auf Hippo Regius, um in jener Stadt die verbliebenen Krüge zu veräußern. Das Meer war ruhig und es wehte ein mäßiger aber beständiger Wind. Wir fuhren dicht an der Küste entlang, als plötzlich zwei Segelboote auftauchten. Sie hielten direkt auf uns zu.

„Seeräuber an Steuerbord!", hallte die Stimme meines Mannes über Deck.
Er drehte die Merlinde stärker in den Wind, worauf sie zwar Fahrt aufnahm, doch die Verfolger kamen auf ihren schnellen

Schiffen immer näher. Farold überließ mir das Steuerruder und stellte sich mit einem hunnischen Bogen und einen Köcher voller Brandpfeile ans Heck. Ein Seemann zündete in einem Fass eine Mischung aus Öl und Teer an, worauf mein Mann eine Pfeilspitze nach der anderen hineinsteckte und die brennenden Geschosse auf die Segel der Seeräuber zielsicher abschoss. Es dauerte nicht lange und sie brannten lichterloh. Wir hörten die Wegelagerer zur See aufgeregt wettern und sahen belustigt zu, wie sie mit Eimern hastig Wasser schöpften und vergeblich versuchten, die brennenden Segel über ihren Köpfen zu löschen.

„Niemand wird dich mir jemals wieder wegnehmen!", erklärte Farold, küsste mich zärtlich auf eine Wange und übernahm wieder das Steuerruder.

Nach dem Anlegemanöver kam auch in Hippo Regius der Hafenmeister an Bord, verlangte Tribut und erklärte uns wo der Bruder von Abraham Isaak wohnt. Der schickte einen Gehilfen auf die Merlinde, um die Krüge in Augenschein zu nehmen und den Wert der Ware zu bestimmen. Schnell waren wir uns handelseinig. Danach unternahm ich mit meinem Mann einen Spaziergang durch die weitläufige sowie bewundernswert schöne Stadt. Überall wurden Waren in verschwenderischer Fülle angeboten. Wohlhabende und bettelarme Leute unterschiedlichster Hautfarben sowie Sprachen lebten hier scheinbar friedlich zusammen. Wir kamen auf ein weitläufiges Forum vor einem prachtvollen Gotteshaus. Dort saß eine große Anzahl von Menschen auf Steinblöcken um einen Priester herum, der stehend zu ihnen sprach. Neugierig geworden, gingen mein Mann und ich auf die seltsam anmutende Versammlung zu.

„Wer ist das?", fragte ich einen Zuhörer.

„Bischof Augustinus hält seinen täglichen Vortrag mit anschließendem Disput!"

Ich hatte von diesem bedeuteten katholischen Kirchenfürsten schon gehört. Er machte auf mich den Eindruck eines Gelehrten, der gerade seine Anhängerschaft in christlicher Glaubenslehre unterrichtete. Andächtig lauschten sie seinen weisen Worten und schlüssigen Argumenten, gelegentlich unterbrochen von beifälligen Kommentaren, Fragen oder zustimmenden Händeklatschen. Wir setzten uns wissbegierig dazu. Bischof Augustinus sprach ein belesenes, deutliches Latein.

„Glaube, damit du erkennst", erklärte er und fuhr fort: „Der katholische Glaube ist die Grundlage aller Erkenntnis!" Farold verzog daraufhin sein Gesicht, worauf ich ihm einen leichten Stoß versetzte. Nie zuvor hatte ich so etwas schon einmal erlebt und lauschte andächtig den Ausführungen des Bischofs von Hippo Regius. Neben ihm saßen zwei Schreiber und hielten dessen sakrale Worte auf Wachstafeln mit zugespitzten Griffeln fest. Ich schätzte den Weisen auf sechzig Lebensjahre. Sein Haupt hatte man kahlgeschoren und der ergraute Bart reichte bis zum Bauchansatz. Augustinus trug ein überaus prachtvolles Priestergewandt.

„Wer nicht an die Dreifaltigkeit von Gott Vater, dessen Sohn Jesus Christus und den Heiligen Geist glaubt, begeht ein Sakrilegium und wird nach dem Tod endlose Höllenqualen erleiden", verkündete er mit fester Stimme, worauf ein Mann aufstand und Augustinus ihm zunickte.

„Ist eine endlose Strafe für Verfehlungen im Leben nicht unverhältnismäßig, Bischof?"

„Ein Häretiker", fing der Kirchenfürst an zu dozieren, „hat ewige Verdammnis verdient. Es ist nicht wie vor einem weltlichen Gericht, welches lediglich abstraft, sondern das Gottesgericht hat reinigenden, heiligen Charakter!"

Ein Raunen ging durch die Menschenmenge. Der Fragesteller nahm wieder Platz und Augustinus wurde ein Glas Wasser zur Erfrischung gereicht.

„Über das Verhältnis der Christen zu den Israeliten!", kündigte er an, sprechen zu wollen. „Die Juden glauben bekanntermaßen nicht daran, dass Jesus Christus Gottes Sohn ist. Sie tragen alle ein unsichtbares Kainsmal auf der Stirn. Gleichwohl darf man sie nicht töten, sind sie doch lebende Zeugen dafür, dass ihre Ahnen Jesus Christus ans Kreuz ausgeliefert haben."

Keiner der Anwesenden wagte es die These zu hinterfragen. Als Augustinus aber postulierte, dass Juden für gewöhnlich perfide seien, konnte ich nicht länger an mir halten. Entschlossen stand ich auf und unterbrach ihn mit den Worten: „Ihr verbreitet Antipathien, Bischof! Das reicht Jesus

Christus, dem Gott der Liebe, gewiss nicht zur Ehre. Ein Sakrileg, für das man endlose Höllenqualen, um eure Worte zu benutzen, erleiden wird."

Der Kirchenfürst stand fassungslos da und seine Schäfchen sahen mich entsetzt an. Bevor sie sich wieder fassen konnten, nahm mich mein Mann an der Hand und wir verließen die Versammlung.

Farold und ich blieben noch ein paar Tage in der beschaulichen Stadt, hielten uns aber vom Forum des Bischofs von Hippo Regius fern.

Entspannt saßen mein Mann und ich vor einer Taverne bei einem kühlen Glas Wein zusammen und schauten hinab zum Hafen, wo die Merlinde lag. Es war der letzte Abend in Hippo Regius. Am nächsten Morgen wollten wir die Heimreise nach Malaca antreten. Farold und ich waren ineinander verliebt und hatten uns immer etwas zu sagen. Der Mond schien hell vom Himmel herab und unzählige Sterne standen hoch oben am Firmament. Von der See wehte eine leichte, warme Brise. Ewig hätte ich mit meinem Liebsten an diesem wunderbaren Ort verweilen können. Zu später Stunde standen wir schweren Herzens auf und gingen Hände haltend an Bord der Merlinde. Die Deckwache grüßte freundlich und in der Kajüte angelangt, zogen wir uns gegenseitig aus. Farold war nicht nur ein zärtlicher, sondern auch ein sehr leidenschaftlicher Liebhaber.

Mittlerweile waren wir vier Wochen unterwegs. Ich hatte große Sehnsucht danach, den kleinen Rogan in die Arme zu nehmen und zu herzen. Vor allem deshalb freute ich mich darauf, nach Malaca heimzukehren. Gleich mehrfach musste ich mich auf See übergeben, obwohl der Wellengang mäßig war und der Wind verhalten wehte.

„Du bist seekrank!", behauptete mein Mann.

Als wir in Malaca ankamen, war die Wiedersehensfreude groß. Farold und ich hatten unserer Sippschaft viel zu erzählen und während wir das taten, stellte ich fest, dass mir wieder übel wurde. Mittlerweile machte ich mir ernsthafte Sorgen um meine Gesundheit. Ich wollte niemandem damit behelligen und verabschiedete mich von einer vergnügten Gesellschaft.

Tags darauf suchte ich einen Arzt auf und schilderte ihm die Beschwerden, worauf er mich untersuchte.

„Ihr erwartet ein Kind!", sagte er zu meiner Überraschung.

„Seid ihr dessen sicher?"

„Ganz gewiss!"

Überglücklich lief ich nach Hause zurück. Wir lebten damals mit der Sippschaft der Hirschberger in einem herrschaftlichen Anwesen zusammen. Dort nahm ich Farold bei der Hand und ging mit ihm in unser Schlafgemach, zog die Tür zu und strahlte den künftigen Vater vielversprechend an.

„Du bist schwanger," stellte er ohne zu zögern fest. „Wir bekommen ein Kind!"

Ich nickte freudestrahlend. Worauf er mich hochhob, küsste und sich mit mir übermütig im Kreis drehte.

Später gingen wir in den Speisesaal, wo die unsrigen gerade die Mittagskost einnahmen und teilten ihnen die freudige Neuigkeit mit. Alle gratulierten mir und dem künftigen Vater gleichermaßen.

Von nun an schonte ich mich und mein Mann kümmerte sich noch mehr um mein Wohlergehen, nahm mir alles ab, was er als zu beschwerlich empfand. Die Schwangerschaft verlief genauso problemlos wie die Geburt. Man schrieb das Jahr 415, als ich ein gesundes Mädchen auf die Welt brachte. Eine Woche später, wurde zuerst die Mutter und danach die kleine Stefania von Dankrad, dem Mann Gottes, getauft.

Es war eine glückliche, erfüllte Zeit, die sehr bald schon ein jähes Ende finden sollte.

Kapitel 29 – Flucht oder Untergang

Die Stämme der Allianz lebten auf der iberischen Halbinsel weit voneinander entfernt. Selten noch trafen sich die Könige und der Khan zu gemeinsamen Besprechungen. Im Jahre 415 hatte Kaiser Honorius seine Macht im Westlichen Imperium wieder gefestigt. Der Gegenkaiser Konstantin war tot und der zweite Usurpator Maximus in Hispania untergetaucht. Die Advokaten im fernen Ravenna vertraten die Ansicht, dass die Ansiedlungsverträge mit den vier Stämmen der Allianz unwirksam waren, weil sie nicht vom rechtmäßigen Kaiser unterzeichnet und gesiegelt wurden. Honorius schickte daraufhin den König der Westgoten, Valia, nach Hispania. Die Verbündeten des Westlichen Imperiums hatten Weisung, die sich dort widerrechtlich aufhaltenden Silingen, Hasdingen, Sueben und Alanen zu vernichten oder zu unterwerfen.

Zweihunderttausend Goten zogen durch das südliche Gallien über die Pyrenäen auf die iberische Halbinsel. Doch König Valia hatte keineswegs vor die Allianz zu bekämpfen, sondern wollte wie sein Vorgänger Alarich, in die wohlhabenden Provinzen Afrikas gelangen. Die Goten wanderten, gleich einem Heuschreckenschwarm, bis in die Provinz Baetica. In Hispalis kam es zu einer folgenschweren Begegnung der Könige Fredbal und Valia. Für viel Gold versprach der Silingen dem Goten, dass er die erforderlichen Schiffe zur Passage nach Afrika zur Verfügung stellen würde. Außerdem versicherte er einem arglosen Gotenkönig, dass sie dort willkommen seien. Die ersten tausend Westgoten gingen an Bord bereitstehender Schiffe und silingischen Seeleute fuhren sie hinüber nach Afrika. Kaum angekommen, wurden sie von Legionären ergriffen. Als Valia davon erfuhr, ließ er eine schwere Liburne kapern und befahl seiner Leibwache, nach Afrika zu segeln, um die seinigen zu befreien. Die mit der Seefahrt gänzlich unerfahrenen Westgoten fuhren in einen aufziehenden Sturm hinein, kenterten und ertranken allesamt. Ein zweites Mal hatten es die Westgoten nicht geschafft, nach Afrika zu gelangen. Ihr König war außer sich über das niederträchtige Verhalten von Fredbal. Als mein Mann davon erfuhr, sagte er mit sorgenvoller Miene zu mir: „Diese Torheit unseres Königs wird vielen von uns noch das Leben kosten!"

Die Westgoten befanden sich in einer verzweifelten Lage. Ihre Mundvorräte neigten sich dem Ende zu und der Traum von Afrika war ausgeträumt. In dieser prekären Situation ging König Valia auf das Angebot von Kaiser Honorius ein, für Nahrungsmittel und Sold gegen die Silingen in den Kampf zu ziehen. Seine Recken fielen erbarmungslos über uns her, um grausame Rache zu nehmen. König Fredbal verschanzte sich im stark befestigten Hispalis. Über viele Monate hinweg belagerten die Westgoten die Stadt. Allmählich gingen den Eingeschlossenen die Vorräte aus und sie fingen an Hunger zu leiden. Fredbal wollte Weiber, Kinder und Greise vor die Tore der Stadt schicken, um wenigstens die kämpfenden Männer versorgen zu können. Es kam zwar zu einem Aufstand, doch der König behielt die Oberhand. Die Goten fielen über die Ausgestoßenen her und verschonten kein einziges Leben.

Am nächsten Tag türmten sich vor den Toren von Hispalis Leichenberge. Die Belagerer indes waren verschwunden. Da die Silingen ihre Pferde aufgegessen hatten, gingen sie zu Fuß hinaus, um die Umgebung nach ihnen abzusuchen. Unterdessen fingen sich die Leichenberge an zu bewegen. Goten krochen darunter hervor und stürmten durch die offenstehenden Tore in die Stadt. Wer nicht im Kampf fiel, wurde versklavt. König Fredbal widerstandslos in seinem Palast ergriffen. Man blendete ihn, verschonte aber sein Leben. Später wurde er an Bord eines Kriegsschiffes nach Ravenna gebracht. Dort schmachtete er etliche Jahre in einem Verlies dahin, bis er anlässlich des dreißigjährigen Kaiserjubiläums von Honorius öffentlich zur Schau gestellt und danach erdrosselt wurde.

Man schrieb das Jahr 417, als sich die Westgoten auf den Weg nach Malaca machten. Hinter die schützenden Bollwerke der Hafenstadt hatten sich tausende Silingen geflüchtet. Es war der letzte verbliebene Zufluchtsort. Die Zustände in der überfüllten Stadt waren katastrophal und die Menschen fürchteten sich vor der Belagerung durch die heranrückenden Goten. Adalhard und seine Hundertschaftsführer bildeten alle wehrfähigen Männer aus. Man orientierte sich dabei an dem bewährten Drill römischer Legionäre und Auxiliar. Das Exerzieren bildete eine wichtige Voraussetzung, um im Kampf überlegt und geordnet vorgehen zu können. Mein Mann zitierte in jenen Tagen des Öfteren seinen ehemaligen Mentor in Aquileia, den Tribun Marius Valerius: „Lerne, um zu gewinnen!"

Auf Adalhards Geheiß hin, wurden die Recken in Hundertschaften aufgeteilt. Ihre Schilder mit gut sichtbaren Symbolen gekennzeichnet, so dass man die Truppenteile selbst auf große Entfernung erkennen und auseinanderhalten konnte. Mit Hornsignalen verständigte man sich und führte so übertragene Befehle präzise aus. Mein Schwiegervater legte großen Wert auf schlagkräftige Formationen und ließ sie immer wieder einüben. In wenigen Augenblicken waren die Fußtruppen in der Lage, einen schützenden Kreis mit Schildern zu bilden oder in Pfeilformation gegnerische Linien zu durchbrechen.

Die Reiterei war die zweite Säule unserer Truppen zu Land. Geschickt konnten die Männer auf Pferden einen Speer gegen Feinde schleudern oder mit Pfeil und Bogen auf Verfolger schießen.

Farold hatte einst im Hafen von Aquileia die wirkungsvollen Geschütze auf den Kriegsschiffen des Imperiums bewundert. Er sorgte nun dafür, dass sich auf jedem Schiff und in jeder Hundertschaft mindestens zwei Ballisten befanden, größere Armbrüste, auf einem Dreifuß stehend, welche Eisenpfeile über weite Distanzen treffsicher abschießen konnten.

Doch die Übermacht der Goten nach dem Fall von Hispalis war zu groß, um sie mit diesem letzten Aufgebot aufhalten oder gar besiegen zu können. Das war unseren Heerführern schmerzlich bewusst.

In jenen hoffnungslosen Tagen hatte ich zahlreiche Frauen um mich geschart, um ihnen zu zeigen wie man heilende Essenzen herstellte oder eine Wunde desinfizierte und verband. Wir nahmen uns aufopferungsvoll der verwundeten und kranken Menschen in Malaca an. Es wurden täglich mehr und das unsägliche Leid, welches viele von ihnen erlebt und durchgemacht hatten, zerriss mir schier das Herz.

Adalhard, Farold und Marc waren mit Truppen in die Berge aufgebrochen und bereiteten dort Hinterhalte für die heranziehenden Goten vor.

„Damit werden wir sie nicht lange aufhalten können", erklärte Adalhard seinen Söhnen als sie damit fertig waren. „Aber etwas Zeit gewinnen, um unsere Flucht über das Meer vorbereiten zu können. Doch dazu benötigen wir noch mehr Schiffe."

„Wo sollen wir hinsegeln, Vater?", fragte Marc.

„Zu unseren Brüdern den Hasdingen", lautete die Antwort. „Sie leben im Norden von Hispania, in der Provinz Gallaecia."

„Keiner von uns hat jemals ein Schiff durch das stürmische *Mare Atlanticum* gesteuert", gab Farold zu bedenken.

„Alles geschieht irgendwann zum ersten Mal!", stellte Adalhard fest und fuhr fort: „Ständig muss ich an die Worte von Geiserich denken, als wir ihn in Pompaelo aufsuchten. Er hat dort schon gewusst, dass wir eine Flotte mit erfahrenen Seefahrern brauchen würden."

Es war still geworden in den Bergen über Malaca. In der Ferne glitzerte friedlich das Mare Internum im Sonnenlicht.

„Farold, du wirst jedes Schiff an der Küste sicherstellen, damit die unsrigen über das Meer fliehen können", wies Adalhard schließlich seinen ältesten Spross an. „Die Goten sind keine Seefahrer und verfügen nur über wenige Schiffe. Sie werden uns nicht verfolgen können."

Farold schwang sich auf ein Pferd und ritt nach Malaca zurück, um die Anweisungen seines Vaters auszuführen.

In der Hafenstadt angekommen hielt er eine Hundertschaft an, entlang der Küste auszuschwärmen und sämtliche Schiffe sowie größere Boote, denen man habhaft werden konnten, zu beschlagnahmen.

Adalhard und dessen Recken machten zugleich den vorrückenden Goten das Leben so schwer wie nur irgendwie möglich. Steinlawinen prasselten auf sie hernieder und Feuersbrünste fegten ihnen entgegen. Überfallartig tauchten die Vandalen beiderseits der Straße auf, welche die Goten auf dem Weg zum Meer nutzen musste. Langsam zwar, aber unaufhörlich kamen sie dennoch voran.

Mein Mann traf alle erdenklichen Vorbereitungen, um die in der überfüllten Stadt lebenden Silingen über das Meer in Sicherheit zu bringen. Ihm war bewusst, dass es keinen Sinn machte, sich hinter den mächtigen Bollwerken längere Zeit zu verschanzen, zumal Nahrungsmittel jetzt schon knapp waren. Sobald Adalhard mit den Männern aus den Bergen zurückkam und sich an Bord des letzten bereitstehenden Schiffes befand, so war es zwischen Farold und seinem Vater vereinbart, würden sie in See stechen und Kurs auf das Mare Atlanticum nehmen.

Die Silingen begaben sich an Bord einer seltsam anmutenden Flotte.

„Viertausend Vandalen haben sich eingeschifft", teilte ich meinem Mann mit.

Neben ihm stand Rogan und hielt seine kleine, verängstigte Schwester Stefania an der Hand.

„Was aus ihnen wohl werden wird?", fragte ich mich besorgt.

„Wenn unsere Leute aus den Bergen zurückkommen, muss alles sehr schnell gehen", wies Farold die versammelten Schiffsführer an. „Wir nehmen sie an Bord, legen sofort ab und formieren uns draußen auf See. Niemand wird zurückgelassen und mit Gottes Hilfe werden wir zu unseren Brüdern den Hasdingen gelangen."

Adalhard und Marc beobachteten aus ihrem Versteck eine Horde Westgoten. Sie trieben vandalische Weiber mit ihren Kindern als menschliche Schutzschilder auf der Straße vor sich her. Vater und Sohn wussten, dass nach der nächsten Kehre ein letzter Hinterhalt vorbereitet war. Man hatte über der Straße Baumstämme aufgestapelt und wollte sie in Bewegung setzen, sobald die Goten sich darunter befanden.

„Die Stämme werden die Kinder und Mütter erschlagen", stellte Adalhard besorgt fest. „Wir können das nicht zulassen."

Er verließ mit Marc den sicheren Schlupfwinkel und ließ ein paar Männer an den Baumstämmen zurück. Alle anderen waren gefallen oder bereits nach Malaca aufgebrochen.

Adalhard stieg mit Marc zur Straße hinab, um die lebenden Schutzschilder der Goten zu befreien. Hinter einem Strauch am Straßenrand verbargen sie sich. Nachdem die Weiber und Kinder an ihnen vorübergegangen waren, sprangen sie hervor und schossen Pfeile auf die nachfolgenden Goten ab, während die Kleinen und deren Mütter davonliefen. Kurz darauf rannten Vater und Sohn hinterher. Im Laufen traf Adalhard ein Pfeil am Bein, worauf er stürzte, und Marc ihm half aufzustehen. Plötzlich war ein krachen und poltern zu hören. Im letzten Moment konnten die beiden sich in Sicherheit bringen, während Baumstämme ihre Verfolger zermalmten.

Die befreiten Geiseln und ihre Erretter ritten zu zweit oder zu dritt auf Pferden nach Malaca. Bald schon waren ihnen die Goten dicht auf den Fersen. Am Stadttor angelangt, zügelte Adalhard sein Pferd und rief Marc zu, weiterzureiten und an Bord der Schiffe zu gehen, während er versuchte die Verfolger aufzuhalten. Danach verriegelte der Älteste der Hirschberger, das lädierte Bein nach sich ziehend, das Tor und stieg den Wehrgang hinauf. Unterdessen war sein Sohn mit den Flüchtenden im Hafen angekommen. Rasch liefen sie über eine Planke auf das letzte zur Abfahrt bereitstehende Schiff, die Merlinde. Danach ertönte ein Hornsignal und Farold erteilte den Befehl abzulegen.

„Vater ist noch in der Stadt!", rief ihm Marc zu. „Er deckt unseren Rückzug!"

In diesem Augenblick konnte ich zusehen, wie er humpelnd in den Hafen lief, von einer Schar Goten verfolgt. Adalhard blieb auf einmal stehen, drehte sich um und stellte sich zum Kampf mit dem Schwert in der Hand. Lautstark rief er den seinigen auf der Merlinde zu: „Grüßt Geiserich von mir!"

Danach hieben die Goten auf den Ältesten der Hirschberger erbarmungslos ein.

Als wir zwischen den Säulen des Herakles vom Mare Internum in das stürmischere Mare Atlanticum fuhren, frischte der Wind merklich auf und gewaltige Wellenberge kamen auf uns zu. Farold war ein erfahrener und umsichtiger Schiffsführer. Sicher steuerte er die Merlinde an der Küste entlang nach Norden. Alle anderen Schiffe der recht eigentümlichen Flotte, folgten ihm nach. Wir erreichten die Stadt *Olisipo* und legten im Hafen an. Wohlbehalten waren wir in der Provinz Lusitania angekommen, welche dem Stamm der Alanen einst als Siedlungsgebiet zugewiesen worden war. Dort kam es zu einer Begegnung und Aussprache mit Respendial und dessen Sohn Addac. Farold warnte sie eindringlich vor den Westgoten und berichtete ausführlich, wie es den Silingen in der Baetica ergangen war.

„Die Verbündeten Ravennas werden nicht eher Ruhe geben, bis alle Vandalen tot oder versklavt sind!", fasste mein Mann seine Sichtweise der Ereignisse zusammen. „Ich bin mir sicher, dass die Westgoten auch euch Alanen angreifen und womöglich vernichten werden!"

Am frühen Morgen des nächsten Tages legten wir wieder ab. Man hatte uns genügend Essbares mit auf den Weg gegeben. Als wir am Abend an einem Strand anlandeten, standen dort König Guntherich und sein Halbbruder Geiserich, um uns in Empfang zu nehmen. Zur gleichen Stunde fielen die Westgoten in die von den Alanen bewohnte Provinz Lusitania raubend und mordend ein.

Kapitel 30 – Bei den Hasdingen

Ein alanischer Kurier hatte König Guntherich und dessen Halbbruder darüber unterrichtet, dass lediglich viertausend Silingen die Gräueltaten der Westgoten überlebt und auf Schiffen unterwegs zu ihren Brüdern und Schwestern, den Hasdingen, waren.

Als mein Mann, Stefania, Rogan und ich am Strand auf die beiden zugingen, wurde es mir sehr schwer ums Herz. Geiserich bemerkte meine Gemütslage. Er stieg vom Pferd und nahm mich in die Arme. Ohne etwas zu sagen, standen wir eine Weile da und der Wind spielte mit meinen langen, blonden Haaren.

Guntherich hielt derweil die seinigen an, die entkräfteten Flüchtlinge in vorbereitete Unterkünfte zu führen und mit dem Notwendigsten zu versorgen.

Als meine Sippschaft um ein wärmendes Herdfeuer in einer windschiefen Kate saß, erzählten wir dem König und Geiserich, was sich zugetragen hatte. Als alles gesagt war, herrschte betretenes Schweigen.

„Ihr habt tapfer gekämpft", stellte Geiserich nach einer Weile, die mir wie eine Ewigkeit vorkam, fest. „Fredbal war nicht fähig, den Stamm vor einer solchen Tragödie zu bewahren!"

„Er hat, wie immer, recht!", pflichtete ich ihm in Gedanken bei.

„Wir werden euch bei uns aufnehmen", fuhr der König fort. „Viele Silingen sind schon hier, und täglich kommen welche hinzu. Jede Sippschaft bekommt eine feste Wohnstatt in meinem Reich zugewiesen. Dort wird es zwar beengt zugehen, doch niemand wird an Hunger leiden oder um sein Leben fürchten müssen."

Während Guntherich das sagte, schöpfte ich wieder Kraft und Zuversicht.

„Meine Sippschaft hat bis auf Adalhard überlebt", stellte ich wortlos fest. „Stefania und Rogan brauchen ihren Vater und ihre Mutter!"

Wir wurden in einem kleinen Fischerdorf, ganz im Norden des Königreichs der Hasdingen einquartiert. Dort bezog meine Sippschaft ein kleines Steinhaus. Man ließ uns in Ruhe und wir erholten uns von den Strapazen der Flucht. Meine Schwiegermutter Aurelia kam über den Verlust ihres Mannes nicht hinweg. Sie saß den ganzen Tag über schweigend da und starrte aufs Meer hinaus. Immer wieder versuchten wir sie aufzumuntern, doch das gelang nur der kleinen Stefania. Die lief ständig um ihre Großmutter herum und plapperte ununterbrochen auf sie ein. Worauf sie das Mädchen liebevoll auf den Arm nahm und ihr das Kopfhaar streichelte.

Niemand wollte etwas von uns, bis mitten im Winter jemand an die Haustür klopfte. Es war Geiserich in Begleitung zweier Recken. Als sie eintraten, wusste ich sofort, dass es mit der friedlichen Zeit nunmehr vorbei war. Er kam wie immer, gleich zur Sache.

„Die Westgoten sind über die Alanen hergefallen. Viele sind tot oder zu uns geflohen. Respendial ist gefallen und sein Sohn Addac ist nunmehr Khan des Stammes. Wir Hasdingen haben zusammen mit den Alanen gegen eine gewaltige Übermacht gekämpft und große Verluste zu beklagen."

Er stockte einen Moment und kraulte sich derweil den Bart.

„Zu guter Letzt haben wir uns in die unwegsamen Gebirge, welche unser Königreich umgeben, zurückgezogen, damit den meinigen nicht das Gleiche widerfährt, wie euch Silingen und nun auch den Alanen."

Geiserich wirkte auf mich niedergeschlagen, aber keineswegs gebrochen.

„Damit nicht genug", fuhr er fort. „Die Sueben haben sich den Goten angeschlossen und König Hermerichs Sohn, Rechila, ist mit einer Schwester des Gotenkönigs Valia einen Bund fürs Leben eingegangen."

Als ich das hörte, sprang ich entrüstet auf.

„Wir lassen uns weder von einem Imperium, noch von den Westgoten und schon gar nicht von wortbrüchigen Sueben unterkriegen!", erklärte ich lautstark.

Alle schauten mich erstaunt an.

„Das sehe ich genauso!", pflichtete Geiserich mir bei und schlug mit der Faust auf den Tisch. „Unseren Vorfahren wurde von Gottvater Wodan einst prophezeit, dass wir Vandalen nach einer entbehrungsreichen Wanderung in das Paradies auf Erden gelangen. Das liegt in Afrika und nicht in der unwirtlichen Provinz Gallaecia auf der iberischen Halbinsel."

Er hielt inne und ließ seine Worte wirken.

„Ich bin gekommen, um den Westgoten Einhalt zu gebieten. Dazu benötige ich die Waffenhilfe der Silingen!"

Kapitel 31 – Unheimliche Begegnung

Guntherich, Geiserich, Addac und Farold hatten alles wohlbedacht. Die Recken der Vandalen und Alanen wurden in kleinere Kampfverbände aufgeteilt. Aus dem Hinterhalt überfielen sie fortan die Westgoten und Sueben, um sodann wieder in den unzugänglichen Bergen der Provinz Gallaecia zu verschwinden. Die Verluste der gegnerischen Seite waren beträchtlich, aber auch wir hatten welche zu beklagen. Darunter den Khan der Alanen, Addac. Als uns die traurige Nachricht erreichte, war mein Mann tagelang völlig niedergeschlagen, so sehr schmerzte ihn der Verlust seines langjährigen Weggefährten.

Wir Silingen und die Alanen fassten den Entschluss, keinen neuen König oder Khan mehr zu wählen, da wir nicht mehr viele an der Zahl waren. Die Stämme schlossen sich den Hasdingen an und fortan war Guntherich der gemeinsame König und dessen Reich, das der Vandalen und Alanen.

Es kam der Lenz des Jahres 418 und mit ihm die Wende. Die Westgoten zogen völlig unerwartet über die Pässe der Pyrenäen nach Gallien ab, wo Ravenna ihnen ein neues Siedlungsgebiet zugewiesen hatte. Wir glaubten zunächst, dass sich dahinter eine Finte verbarg. Doch als unsere Kundschafter berichteten, dass sie tatsächlich verschwunden waren, war die Freude unbeschreiblich groß. Die wunderbare Nachricht wurde mit Honigwein im Feldlager meines Mannes, der eine Hundertschaft Vandalen befehligte, gebührend gefeiert.

Einige Tage später erschien überraschend Geiserich zu einer Inspektion. Bei warmer Milch, frisch gebackenen Brot und süßem Bienenhonig, sprach er mit Farold und mir.

„Die Goten wurden von Kaiser Honorius in bedeutungslose Provinzen Galliens abgeschoben, damit sie sich nicht noch einmal auf den Weg nach Afrika machen", behauptete er. „König Valia ist auf eine List Ravennas hereingefallen!"
Hernach ließ er sich über die verräterischen Sueben aus und

kam sodann auf Goldminen im Osten der Provinz Gallaecia zu sprechen.

„Was nur, führt er dieses Mal im Schilde?", fragte ich mich, als er uns verlassen hatte.

Am Abend kam Geiserich zurück und ließ sich von mir bewirten, während er mit meinem Mann einen Plan ausheckte, wie man das Heer der Sueben einschließen könnte.

„Sie können sich aus der Einkreisung nicht alleine befreien", behauptete der Hasdingen triumphierend, als sie damit fertig waren. „Legionäre des Westlichen Imperiums werden ihren Verbündeten zu Hilfe eilen, während ein Teil von uns sich auf den Weg macht, die ertragreichen Goldminen bei *Las Medulas* auszuplündern. Wenn das geschehen ist, ziehen wir unverzüglich nach Malaca, um in der Stadt am Mare Internum mit dem erbeuteten Gold eine schlagkräftige Flotte aufzubauen."

Mein Mann und ich sahen ihn zweifelnd an.

„Schaut nicht so skeptisch!", forderte Geiserich uns auf, als er es bemerkte. „Farold wird Flottenführer!"

Jetzt hegte ich keinen Zweifel mehr. Der Halbbruder des Königs war ein genialer Stratege und begnadeter Feldherr. Nachdem er sich verabschiedet hatte, unterhielt ich mich noch geraume Zeit mit meinem Liebsten.

„Glaubst du", fragte er mich immer noch zweifelnd, „dass Geiserich in Malaca tatsächlich eine Flotte aufbaut?"

„Ganz gewiss!", antwortete ich. „Er weiß nur zu genau, dass wir eine solche brauchen, um über das Mare Internum nach Afrika zu gelangen. Sobald das geschehen ist, wird der Schiffsverband unsere von Westen nach Osten wandernden Stämme versorgen."

„Wieso sollen die unsrigen in Afrika nach Osten ziehen?"

„Die Provinzen im westlichen Teil Afrikas sind wasserarme, trostlose Landstriche und können viele Menschen nicht ernähren. Du weißt aus eigener Anschauung, dass die weiter westlich liegenden Provinzen Proconsularis und Byzacena fruchtbar und wohlhabend sind. Da liegt das den Vandalen und Alanen verheißene Paradies. Dorthin wird uns Geiserich führen!"

Im Sommer befanden sich unsere Truppen im Norden der Provinz Gallacina und belagerten dort die auf einen Bergkegel geflüchteten Sueben. Währenddessen kam es zu einer unheimlichen Begegnung.

Farold, einige Recken und ich verfolgten Sueben, denen es gelungen war den Einkreisungsring zu durchbrechen. Wir hefteten uns an ihre Spuren um zu verhindern, dass sie Verbindung mit dem Westlichen Imperium aufnahmen. Einige Tage später entdeckten wir sie zu Fuß auf dem Weg nach Osten. Worauf unsere Pferde die Fersen zu spüren bekamen. Am Nachmittag holten wir die Sueben ein. Sie hatten sich in ein schwer zugängliches Felsennest, über einem Flusstal, verkrochen.

„Es wird ganz gewiss nicht einfach werden, sie von dort oben herunterzuholen", stellte Farold fest. „Ich befürchte gar, dass einige der unsrigen dabei ihr Leben lassen könnten."

In Gedanken pflichtete ich ihm bei. Schließlich entschied sich mein Mann dafür, die Sueben zur Aufgabe zu bewegen. Ein Mittelsmann stieg unbewaffnet in das Felsennest hinauf und hielt ihnen ihre ausweglose Situation vor Augen. Er bot den Männern an, sie am Leben zu lassen, wenn sie sich ergeben würden. Ihr Wortführer wollte darüber mit meinem Mann sprechen. Als der Mittler zurückkam, erwartete nicht nur mich eine faustdicke Überraschung.

„Die vermeintlichen Sueben sind keine Sueben, sondern Alamannen und wollen mit Farold sprechen", behauptete er. „Sie haben mir erzählt, dass sie sich schon vor Jahren den Sueben angeschlossen haben. Gemeinsam seien sie mit ihnen durch Gallien, über die Pyrenäen auf die iberische Halbinsel gezogen."

Zunächst konnte ich nicht glauben was ich da zu hören bekam. Doch gänzlich unmöglich erschien es mir auch nicht zu sein. Daraufhin machte sich der meinige auf den Weg zu ihnen. Ich hatte ein ungutes Gefühl und folgte ihm heimlich nach.

„Halt!", ertönte eine tiefe Stimme, als Farold unter dem Felsennest ankam. „Wir sind Alamannen und wollen in unsere Heimat zurückkehren. Wenn ihr uns ziehen lasst, soll es nicht zu eurem Schaden sein!"

„Dann sprecht in eurer Muttersprache mit mir, damit ich euren Worten Glauben schenken kann," forderte Farold ihn auf.
In fließendem Alamannisch bat der fremde Mann ungehindert weiterziehen zu dürfen, und bot dem meinigen hierfür einen Beutel voller Silbermünzen an. Je länger der Mann sprach, desto mehr kam mir seine Stimme bekannt vor.

„Wo nur, habe ich sie schon einmal gehört?", fragte ich mich fortlaufend.
Währenddessen sah ich zu, wie der Alamanne hinter einem Felsen hervortrat und auf Farold zuging. Ich konnte es zunächst nicht fassen. Es war Randolf, der Breisgauer. Hinter seinem Rücken hielt er eine Stichwaffe in der Hand.

„Pass auf!", rief ich meinem Mann auf Vandalisch zu. „Er hat einen Dolch!"
Randolf blieb abrupt stehen und sah zu mir herüber. Ungläubig musterte er mich einen Moment, bevor er sich abrupt umdrehte und wieder hinter dem Felsen verschwand. Farold kam zu mir gelaufen und hielt mich mit beiden Armen fest. Ich zitterte am ganzen Körper. Mit wenigen Worten klärte ich meinen Liebsten auf, wer ihn da soeben ans Leben wollte. Er kannte die abscheulichen Geschichten über Randolf von meinen Erzählungen her.

Es wurde Nacht und wir entfachten ein Lagerfeuer. Zuvor hatte Farold Wachen um das Felsennest aufgestellt und die Männer ermahnt Acht zu geben. Als wir am nächsten Morgen aufwachten, waren die Alamannen im Schutze der Dunkelheit verschwunden. Einen der unsrigen fanden wir mit durchtrennter Kehle im Unterholz. Sofort schwärmten die Männer aus, doch Randolf und dessen Gefährten blieben unauffindbar.

König Hermerich und die Sueben harrten derweil auf dem Bergkegel aus. Immer enger zogen wir den Einkreisungsring. Ein finaler Kampf jedoch, fand auf Anweisung von Geiserich nicht statt. Die Sueben hatten inzwischen ihre Verbündeten alarmiert. Der neue *Comes Hispaniarum* Asterius ließ nicht lange auf sich warten. Er eilte mit einer Legion heran. Als Kundschafter Guntherich und Geiserich darüber informierten, zogen sie vom Gegner unbemerkt, das Gros der Verbände aus dem Belagerungsring ab. Nur der König blieb mit wenigen Hundertschaften zurück, um den Schein der Einkreisung zu wahren, während sein Halbbruder Geiserich mit der Hauptstreitmacht aufbrach, um die Goldminen von Las Medulas zu plündern. Als die Legion des Asterius bei den Sueben eintraf, waren die Belagerer gänzlich verschwunden. Im entfernten Las Medulas ließ Geiserich zur gleichen Zeit alles Gold zusammentragen, dessen man habhaft werden konnte. Anschließend machte er sich auf dem Landweg in die Provinz Baetica auf, während Farold und ich mit den Greisen, Weibern und Kindern auf unseren Schiffen nach Malaca segelten.

Asterius holte in Kräfte raubenden Gewaltmärschen unsere wiedervereinte Streitmacht in der Nähe der Stadt *Bracara* ein und stellte sie zum Kampf. In der Feldschlacht konnte keine Seite die Oberhand gewinnen. Hernach zogen unsere Recken ungehindert in den Süden der iberischen Halbinsel. Der geniale Plan von Heerführer Geiserich war in allen Belangen aufgegangen.

Man schrieb das Jahr 419 als die Schiffe in Malaca ankamen. Dort wurden sie von Farold und mir bereits erwartet. Wir waren ihnen auf der Merlinde vorausgeeilt. Die Westgoten hatten die Stadt nach der Eroberung zwar geplündert, das Leben der heimischen Iberer und Provinzialrömer jedoch, verschont. Nach der Rückkehr bezog meine Sippschaft wieder unser vormaliges Anwesen in der beschaulichen Stadt am Mare Internum.

Jeden Tag ging Aurelia mit Blumen zur Begräbnisstätte ihres Mannes. Die Einheimischen hatten den Leichnam von Adalhard geborgen und bestattet. Seine Söhne ließen über dem Grab einen Gedenkstein aufstellen. Danach ging es ihrer Mutter allmählich besser.

Als Marc und sein Vater die Vandalinnen, welche die Goten mit ihren Kindern als Schutzschilder in den Bergen über Malaca vor sich hertrieben, befreiten, war darunter auch ein Weib namens Petra. Sie war Witwe und hatte einen kleinen Sohn. Mir fiel in jenen Tagen auf, dass mein Schwager Marc sich des Öfteren in ihrer Nähe aufhielt. Petra hatte unter den Goten Schreckliches erlebt und es brauchte eine geraume Zeit, bis sie wieder Menschen vertraute. Als Marc und sie einen Bund fürs Leben schlossen, erlebte ganz Malaca eine wunderbare Hochzeitsfeier. Dankrad traute das Paar und ich freute mich sehr, als meine Schwägerin mit ihrem Sohn Peter in das Anwesen unserer Sippschaft einzog.

Farold wurde von Geiserich aufgetragen, vandalische und alanische Recken zu Seemännern auszubilden. Mein Mann richtete im Hafen eine Seemannschule ein. Mit dem Gold aus Las Medulas konnte er einen erfahrenen Nauarchus und Segelmeister einstellen. Der praktische Teil der Ausbildung fand in der Regel auf See statt. Geiserich und der meinige hatten damit begonnen, eine schlagkräftige Flotte aufzubauen. In den Werften der Stadt wurden vor allem Triremen, Liburnen und Transportschiffe, unter Aufsicht von Marc, gebaut. In unregelmäßigen Abständen erschien Geiserich, um sich ein Bild vom Fortschritt der Ausbildung und dem Schiffsbau zu machen.

König Guntherich und sein Halbbruder brachten es in jenen Tagen fertig, den einstmaligen Usurpator Maximus erneut durch meuternde Legionäre zum Gegenkaiser ausrufen zu lassen. Fortan wirkte er als williges Werkzeug des Königs der Vandalen und Alanen, bis er von Asterius ergriffen, nach Ravenna ausgeliefert und im Jahre 422 hingerichtet wurde.

Als Farold von einer längeren Seefahrt zurückkam, suchte ich mit ihm das beste Speisehaus in der Stadt auf. Verwundert über die unverhoffte Einladung hielt er mit sich Rat. Wir bestellten eine mehrgängige Speisefolge und er trank dazu einen bekömmlichen weißen Wein, während ich mich mit Wasser begnügte. Meinem Mann war natürlich bekannt, dass ich ein gutes Glas Rebensaft zu schätzen wusste. Plötzlich fiel es ihm wie Schuppen von den Augen.

„Du bist schwanger!", stellte er freudestrahlend fest, nahm mich in die Arme, hob mich hoch und drehte sich mit mir vergnügt im Kreis.

Tags darauf freute sich die Sippschaft der Hirschberger mit uns. Vor allem Rogan und Stefania konnten es nicht mehr abwarten, bis ihre Schwester Carolina im Herbst des Jahres 421 lautstark auf die Welt kam. Die Geburt verlief nicht ganz so mühelos wie bei ihrer Schwester, dafür war sie wesentlich kürzer.

Geiserich und Marc waren Paten, als sie von Dankrad in der Kirche von Malaca getauft wurde.

„Carolina wird bestimmt einmal eine gute Flottenführerin!", behauptete Geiserich vergnügt, als sie triefend nass und lauthals schreiend aus dem Taufbecken wieder auftauchte.

Kapitel 32 – Mit der Bibel in die Schlacht

Zu Beginn des Jahres 422 erreichten uns beunruhigende Nachrichten. Angeblich, so war allerorts zu hören, bereitete das Westliche Imperium einen Vernichtungsfeldzug gegen Vandalen und Alanen vor. Die Anzeichen verdichteten sich, und als König Guntherich mit seinem Halbbruder nach Malaca kam, um die Flotte zu inspizieren, waren sie zur Gewissheit geworden.

Am Abend lud der König die Honoratioren der Stadt zu einem Empfang in sein herrschaftliches Anwesen ein. Es wurde musiziert, gespeist, getanzt und gelacht. Farold und ich fanden stets Gefallen an solch seltenen Vergnügungen. Es war schon nach Mitternacht, als die Musikanten aufhörten zu spielen, und die Gäste sich verabschiedeten. Als mein Mann und ich aufbrechen wollten, hielt uns Geiserich zurück und geleitete uns in einen kleinen Saal, wo sich der König aufhielt. Guntherich schickte alle Domestiken hinaus. Dessen Miene verfinsterte sich zusehends, als er seinen Halbbruder und Heerführer bat, zu berichten. Geiserich trug daraufhin vor, dass das Westliche Imperium Truppen zusammenzog, um sie gegen die Streitmacht des Königreiches ins Feld zu führen.

„Kaiser Honorius hat seinem Obersten Heerführer Castinus befohlen, über uns herzufallen und ins Meer zu werfen. Von einem zuverlässigen Spion wissen wir, dass es beim nächsten vollen Mond geschehen wird. Ein feindliches Heer lagert bei *Carthago Nova* und wird derzeit durch Auxiliartruppen verstärkt. Man beabsichtigt unsere Streitmacht in die Zange zu nehmen."

Während Geiserich sprach, kraulte er sich, wie gewohnt den Bart.

„Der *Comes Africae* Bonifatius hatte Weisung, mit einem zweiten Heer von Afrika aus auf die iberische Halbinsel überzusetzen. Das sollte in der Hafenstadt *Julia Traducta* an Land gehen. Von dort entlang der Küste und sodann ins Landesinnere nach *Corduba* marschieren, wo sie König Guntherich und unsere Streitmacht vermuteten. Die Truppen des Castinus würden ihnen zugleich von Carthago Nova aus entgegenziehen. Die beiden Heere dürften sich auf gar keinen Fall vereinen, andernfalls die Übermacht zu gewaltig wäre."

Geiserich hielt einen Augenblick mit sich Rat, während die Augen verdächtig funkelten.

„Wir werden in einer offenen Feldschlacht den Legionären und Auxiliar des Castinus entgegentreten."

Während er das sagte, schaute er meinen Mann und mich abwechselnd an.

„Wo das geschieht, werden wir bestimmen!"

Ich war mir sicher, dass der begnadete Taktiker bereits einen gut durchdachten Schlachtplan ausgeheckt hatte.

„Farold, du wirst mit unserer Flotte und einigen Fußtruppen in See stechen und westlich des herbeieilenden Heeres des Bonifatius unsere Recken, unter dem Befehl deines Bruders Marc, anlanden. Sobald das geschehen ist, greifen jene die Nachhut des feindlichen Heeres an, um dessen Vormarsch zu verzögern, während du nach Julia Traducta weitersegelst. Dort entert ihr die im Hafen liegenden Schiffe des Comes Africae, kehrt mit ihnen zurück und nehmt unterwegs Marc und seine Männer wieder an Bord. Mein Halbbruder Guntherich marschiert derweil mit unserer Hauptstreitmacht den Legionen und Auxiliar des Castinus entgegen. Nördlich der Sierra Nevada wird sich der König an einem für uns vorteilhaften Ort den feindlichen Truppen zur Schlacht stellen, bevor das Heer des Bonifatius eintrifft. Sollten wir geschlagen werden, ziehen wir uns nach Malaca zurück, um von dort über das Meer auf die Balearen zu fliehen."

Geiserich hielt kurz inne.

„Dazu wird es aber nicht kommen, weil Gott mit uns sein wird!"

Als der Mond immer voller wurde, verabschiedete sich Farold von mir und den Kindern. Immer wenn er sich aufmachte, um in einen Waffengang zu ziehen, wurde es mir schwer ums Herz. Sobald er fort war, widmete ich mich noch mehr unseren Kindern, dem Haushalt oder der Herstellung von Heilmitteln. Hatte ich doch in Massilia gelernt, wie man Kummer durch Arbeit etwas unterdrücken konnte.

Unsere Flotte hatte mittlerweile eine beachtliche Größe erreicht und der Ausbildungsstand der Seemänner war weit fortgeschritten. Kundschafter meldeten, dass die Legion des Bonifatius entlang der Küste heranmarschiert. Kurz bevor sie ins Landesinnere nach Corduba einschwenkte, wurden unsere Truppen in deren Rücken angelandet und Marc griff unverzüglich die Nachhut an, während die Flotte Kurs auf Julia Traducta nahm. Farold ließ die im Hafen liegenden Kriegsschiffe des Comes Africae entern oder steckte sie in Brand. Währenddessen lieferten sich die kampferprobten Recken meines Schwagers heftige Gefechte mit den Legionären der Nachhut. Bonifatius machte daraufhin mit der Hauptstreitmacht kehrt und wollte gerade in die Kämpfe eingreifen, als unsere Flotte wieder erschien. Marc und seine Recken setzten sich geschickt ab und gelangten nahezu ungehindert an Bord der Schiffe, welche Kurs auf Malaca nahmen.

Zur selben Zeit bezog die Hauptstreitmacht mit König Guntherich gut vorbereitete Stellungen in den nördlichen Ausläufern der Sierra Nevada. Als die Vorhut des Castinus die unsrigen dort entdeckten, formierten sich die Legionäre und Auxiliar zur Schlacht. Das Heer des Bonifatius war noch weit entfernt. Der Ort an dem der Waffengang stattfinden sollte, hatte Geiserich mit Bedacht gewählt. Die unsrigen waren das Kämpfen gewohnt und mit allen Formen von Kriegstaktik vertraut. Der König hielt vor der Schlacht eine aufrüttelnde Ansprache. Danach hob Dankrad, der Mann Gottes, eine Bibel in die Höhe, so dass sie jedermann sehen konnte. Plötzlich rannte er damit auf die Reihen des Feindes zu und rief ohne Unterlass: „*Nobiscum deus*!"

Das blieb den Einheiten des Castinus nicht verborgen und löste in ihren Reihen Verwirrung aus, während die Vandalen und Alanen begeistert, ja geradezu beflügelt über den göttlichen Beistand, in den Kampf ziehen wollten. Wie sich herausstellen sollte, eine geniale Finte, ausgedacht von keinem anderen als Geiserich.

Dem Mann Gottes schickte der König eine Tausendschaft hinterher, worauf Castinus glaubte, seine Truppen werden von einem verrückten Priester und außer Kontrolle geratenen

Barbaren attackiert. Er ließ zum Angriff blasen. Dankrad blieb sogleich stehen und die Tausendschaft lief an ihm vorbei auf die Truppen Ravennas zu. Es kam zu einem kurzen Gefecht, bevor die unsrigen kehrtmachten. Castinus befahl sie zu verfolgen und zu vernichten.

Der Oberste Heermeister des Westlichen Imperiums war auf eine nicht alltägliche Kriegslist Geiserichs hereingefallen. Hinter vorbereiteten Erdwällen und Palisaden machte die Tausendschaft wieder halt und stellte sich mit der gesamten Streitmacht den angreifenden Legionären und Auxiliar. Unablässig rannten jene gegen die Bollwerke an und fielen gleich reihenweise. Schließlich sprengte die alanische Reiterei heran und hieb auf den völlig verwirrten Gegner ein. Die arg dezimierten Truppen des Imperiums ergriffen Hals über Kopf die Flucht, worauf auch ihr Heermeister das Weite suchte. Unbeschreiblicher Jubel aus abertausenden vandalischen sowie alanischen Kehlen hallte über das blutdurchtränkte Schlachtfeld unweit der Sierra Nevada.

Als am Abend eine blutrote Sonne hinter den hohen Gipfeln des Gebirges verschwand, hatten König Guntherich, sein Heermeister Geiserich und die vandalischen sowie alanischen Recken einen überwältigenden Sieg errungen.

Einige Tage später stellten die unsrigen die verbliebenen Truppen des Westlichen Imperiums am Fluss Tarraco und rieben sie restlos auf. Der geschlagene Castinus zog sich mit dem Torso einer einst gewaltigen Streitmacht hinter die schützenden Mauern der gleichnamigen Stadt zurück, während Bonifatius mit seinen Truppen einen schmählichen Rückzug über die Pässe der Pyrenäen antreten musste.

Viele glaubten, dass der Triumph vom Christengott gewollt war. Dankrad wurde fortan geradezu euphorisch verehrt und die letzten Heiden unter den Vandalen sowie Alanen ließen sich in jenen Tagen zu arianischen Christen bekehren und taufen.

Nach der Schlacht an der Sierra Nevada sprach ich beim König vor. Ich bat Guntherich mich damit zu betrauen, eine Hilfstruppe aufzubauen, die im Kampf verletzte Recken behandelt, pflegt und versorgt. Er willigte sofort ein und gewährte mir jedwede Unterstützung. Vor allem Mediziner und Heilkundler sowie hunderte von vandalischen und alanischen Frauen traten der Truppe bei, welche von nun an bei jedem Waffengang eingesetzt wurde, was die Kampfmoral enorm steigerte. Wusste man doch, dass bei einer Verwundung eine Heilbehandlung, aufopferungsvolle Pflege sowie ausreichende Versorgung gewährleistet ist. Der Aufbau dieser Organisation nahm viel Zeit in Anspruch, doch ich empfand große Freude daran und die Lädierten dankten es den engagierten Angehörigen der Heiltruppe auf vielfältige Art und Weise.

König Guntherich erweiterte nach der siegreichen Schlacht sein Herrschaftsgebiet, während Geiserich sich vor allem dem Ausbau der Flotte widmete. Er richtete eine zweite Seemannschule in Julia Traducta ein. Farold und weitere Schiffsführer unternahmen immer öfters wagemutige Kaperfahrten an weit entfernte Küsten. Die Vandalen und Alanen waren zum Schrecken im westlichen Mare Internum geworden. Solchen waghalsigen Unternehmungen ging stets eine umsichtige Erkundung voraus. Geiserich hatte mit aus diesem Grund, ein ausgesprochen gut funktionierendes Spitzelsystem aufgebaut.

Des Öfteren verweilte er im Kreise der Hirschberger in Malaca und unterhielt sich mit den meinigen. Der Halbbruder des Königs legte großen Wert auf geistreiche Diskurse, und wir waren begierig darauf zu erfahren, wie er die Dinge sah. Mehrfach sprachen wir über die Zukunft der Vandalen und Alanen oder die Vor- und Nachteile divergierender Herrschaftsformen. Der Königssohn machte kein Geheimnis daraus, dass er ein Erbkönigtum favorisierte. Als tragende Säulen des Königreiches der Vandalen und Alanen nannte er, neben Sprache sowie Brauchtum, eine gemeinsame Geschichte und die Glaubenslehre des Arius. Er verachtete die katholische Kirche und deren Klerus. Niemals werde ich in diesem Zusammenhang vergessen, als er einmal zu mir sagte: „Ihre Kirchenfürsten sind allesamt Rom hörig!"

Breiten Raum unserer Unterhaltungen nahm die Eroberung

der afrikanischen Provinzen des Westlichen Imperiums in Anspruch. Er war davon überzeugt, dass das Königreich der Vandalen und Alanen auf der iberischen Halbinsel keine Zukunft hat.

„Mit verräterischen Sueben, hasserfüllten Westgoten und einem infamen Imperium", behauptete er, „wird es keinen dauerhaften Frieden geben. Sie alle trachten danach, uns zu vernichten."

Deshalb vertrat er vehement die Auffassung, dass wir die fruchtbaren Provinzen um Karthago erobern sollten, wo es so gut wie keine feindlichen Anrainer gab, um dort sesshaft zu werden. Er fügte dem stets hinzu, dass man von diesen Gebieten aus, die Versorgung der Ewigen Stadt mit Getreide aus Afrika kontrollieren könnte.

„Um diesen kühnen Plan in die Realität umzusetzen, bedarf es eines Schiffsverbandes", argumentierte er folgerichtig, „der in der Lage ist, zehntausende Menschen von Hispania nach Afrika zu befördern und die Herrschaft über das Mare Internum auszuüben."

Kapitel 33 – Sippe und Kinder

Nach den Schlachten in der Nähe der Sierra Nevada und am Tarraco herrschte einige Jahre Waffenruhe. Farold widmete sich nahezu jeden Tag der Seefahrt, war des Öfteren auf Kaperfahrt und ich hatte genügend Zeit mich der Erziehung unserer Kinder Rogan, Stefania und Carolina zu widmen. Sie wuchsen mit ihren zahlreichen Basen in Malaca wohlbehütet auf.

Es war ein heißer Sommertag, als ich den Kindern der Sippschaft beim Spielen im Garten unseres herrschaftlichen Anwesens zuschaute. Unter einem Granatapfelbaum hatte ich mich auf eine Sitzbank gesetzt. Rogan und Peter, der Sohn meiner Schwägerin Petra, waren unzertrennliche Freunde. Während ihre an Jahren jüngeren Basen Verstecken oder Fangen spielten, saßen die Sechzehnjährigen nicht weit von mir entfernt und hatten sich einiges über ihre täglichen Streifzüge zu erzählen. Rogans Hund Pablo lag neben den beiden und döste in der Hitze vor sich hin. Ab und an hörte ich ihrer lebhaften Unterhaltung zu. Schließlich nickte ich ein und erwachte erst wieder, als sie sich stritten und Pablo anfing zu bellen. Entschlossen stand ich auf und gesellte mich zu den Streithähnen.

„Warum hadert ihr miteinander?"

Sie sahen mich betreten an und schwiegen.

„Ich habe euch etwas gefragt!"

Worauf Rogan kleinlaut antwortete: „Peter hat sich über meine roten Haare lustig gemacht und behauptet, dass ich nicht der Sohn von Vater und dir bin."

„Das weißt du doch, Rogan!"

„Ja gewiss, aber Peters Vater hat ihn vor einem Notar an Kindesstatt angenommen!"

Ich war einen Moment sprachlos.

„Das stimmt!", dachte ich. „Wir haben Rogan nie offiziell als unseren Sohn anerkennen lassen. Ständig waren wir irgendwo unterwegs und mit allen möglichen Dingen beschäftigt."

Erwartungsvoll sah mich der Junge an.

„Da hat Peter aber recht. Wir werden das in Ordnung bringen!"

Farold, Marc, Stefan, Rogan und ich besuchten bald darauf einen Notar in der Stadt. Der setzte eine Adoptionsurkunde auf. Als sie von meinem Mann und dessen Brüdern als Zeugen unterschrieben und gesiegelt war, nahm ich meinen Sohn Rogan in die Arme und gab dem jungen Mann einen liebevollen Kuss auf die Wange.

Der meinige lud uns anschließend zu einem guten Mahl in seine Lieblingstaverne am Hafen ein. Vater, Sohn und Oheime prosteten sich dort vergnügt zu, während ich mich in Zurückhaltung übte. Es war schon spät am Abend, als ich die angeheiterte Schar zum Aufbruch drängte. Doch die machten keinerlei Anstalten meiner Aufforderung nachzukommen. Also ging ich alleine nach Hause.

Gegen Mittag kam mein Mann mit Rogan und Pablo zu mir in die Küche. Die Männer verlangten nach einem Heiltrank gegen Kopf Pein.

„Wir müssen dir noch etwas sagen", kündigte mein Liebster verkatert an, während sein Sohn auf einmal hellwach war.

„Was habt ihr angestellt?"

„Eigentlich nichts!"

„Eigentlich, was soll das heißen?"

„Rogan sag es deiner Mutter!"

Der saß da und lächelte selig vor sich hin.

„Nun sag schon!", forderte ich ihn auf.

„Vater will mich zum Seemann ausbilden lassen!"

Beide sahen mich erwartungsvoll an.

„Ein guter Einfall", lautete meine unerwartete Antwort.

Während Farold mit Rogan auf dem Mare Internum unterwegs war, suchte ich mit Stefania und Carolina oft unser kleines Strandhaus, nicht unweit von Malaca gelegen, auf. An diesem herrlichen in den Dünen gelegenen Ort, verbrachten wir unvergessliche Tage und hatten viel Spaß zusammen. Am Strand bauten wir Sandburgen oder ließen Drachen steigen. Nach dem Mittagessen ruhten wir uns im Haus aus, da es draußen sehr heiß wurde. Am späten

Nachmittag gingen wir wieder an den Strand zum Baden und Fischen, und am Abend wurde der Fang zubereitet.

Nachdem ich die Kinder zum Schlafen in ihre Betten gelegt hatte, setzte ich mich für gewöhnlich vor das Strandhaus auf die Veranda und sah dabei zu, wie die Sonne vom Meer verschluckt wurde. Dazu trank ich gelegentlich einen kühlen Wein und sann über mein Leben nach. Die geborgene Kindheit im Breisgau, die Hohe Zeit mit Farold, Aufbruch und Zug über den Rhein, den Raubzug durch Gallien, meine Verschleppung und Schändung, den Einfall auf die iberische Halbinsel, die waghalsige Flucht zu den Hasdingen sowie die glückliche Rückkehr nach Malaca. Mir wurde schmerzhaft bewusst, dass etliche Menschen die mich dabei begleitet hatten, nicht mehr unter den Lebenden weilten.

Immer wieder einmal verglich ich an solchen Abenden die vormaligen Lebensumstände mit den heutigen und stellte fest, dass uns ein Wohlstand umgab, von dem ich noch vor wenigen Jahren nicht einmal zu träumen gewagt hätte. Sehr oft dachte ich auch an meine Liebsten im Tal der Wiese und was aus ihnen geworden war. In aller Regel endeten derart tiefsinnige Gedankengänge mit der Frage: „Was wirst du in deinem Leben noch alles erleben?"

Stefania und Carolina wurden mit ihren Basen von Mentoren nahezu täglich unterrichtet. Sie lernten schnell, waren aber nicht immer mit der notwendigen Begeisterung bei der Sache. Viel lieber gingen sie in die Stadt auf einen der Märkte und sahen dort dem Treiben zu. Ab und zu vergaßen sie sich und kamen zu spät zur Abendkost, was bei Stefania an sich schon bemerkenswert war, während Carolina ständig etwas anstellte. Rogan fuhr zur See und hielt sich nur noch gelegentlich bei uns auf. Die Sippschaft freute sich ungemein, wenn er von einer seiner Kaperfahrten zurückkam und preisgab was er erlebt und gesehen hatte.

So wuchsen unsere Kinder in der Sippschaft der Hirschberger heran und die Jahre in der Baetica flogen nur so dahin. Wir lebten friedlich mit Iberern und Provinzialrömern zusammen, genossen den zunehmenden Wohlstand und das große Lebensglück bei guter Gesundheit all das erleben zu dürfen.

Kapitel 34 – Rex Geiserich

Immer öfter kam es vor, dass unsere Recken sich mit den Sueben kleinere und größere Gefechte lieferten. Im Jahre 428 eroberte das Heer der Vandalen sowie Alanen die Stadt Hispalis vom Imperium zurück. König Guntherich begab sich in ein Gotteshaus, kniete vor dem Altar nieder um zu beten und fiel tot um. Die Katholiken waren davon überzeugt, dass es ein Gottesurteil war und ein herbeigerufener Mediziner diagnostizierte Herztod.

Ein Kurier kam nach Malaca und überreichte Farold eine versiegelte Nachricht. Dankrad, der Mann Gottes, forderte Farold, Marc und mich auf nach Hispalis zu kommen, um einen neuen König zu wählen.

„Wieso ruft der Priester nicht die Ältesten zu einem Thing zusammen, so wie es guter, alter Brauch bei den Vandalen ist?", fragte mich mein Mann.

„Er wird gewiss seine Gründe haben!"

In Hispalis angekommen, suchten wir umgehend den Mann Gottes auf. Er freute sich sehr darüber und bot uns an, in den nächsten Tagen bei ihm zu wohnen, was wir dankbar annahmen.

Am Abend vor der Königswahl saßen wir mit Dankrad zusammen und kamen darauf zu sprechen.

„Es wird nur einen Anwärter auf den Thron geben", erklärte er. „Geiserich!"

„Wer wird den neuen König wählen?", erkundigte sich Farold.

Der Priester zögerte einen Moment.

„Von einer Wahl würde ich nicht unbedingt sprechen", sagte er schließlich. „Der Halbbruder des verstorbenen Königs wird morgen eine ganze Reihe von neuen Prinzipien verkünden und einführen."

„Welche?", fragte Marc nach.

„Geiserich vertritt die Auffassung, dass die Königswahl

durch alle Ältesten der Hasdingen nicht mehr zeitgemäß ist, zumal die Silingen sowie Alanen in gleicher Weise daran zu beteiligen wären. Er will, dass eine Ritterschaft aus verdienstvollen Männern sowie Frauen gebildet wird, welche den König wählt und ihm in wichtigen Angelegenheiten beratend zur Seite steht. Die Entscheidungsgewalt aber allein beim König liegt, welcher seine gottgewollte Stellung künftig an den erstgeborenen Sohn vererbt. Außerdem wird ein gewählter Geiserich darauf bestehen, dass alle Ritter seines Königreiches arianische Christen sind."
Während er die letzten Worte aussprach, erhellten sich die Gesichtszüge des Priesters merklich.

Tags darauf standen Farold, Marc, drei Dutzend Männer mit mir vor Geiserich. Alles Personen, welche sich um das Königreich der Vandalen und Alanen in irgendeiner Art und Weise verdient gemacht hatten. Durchaus überzeugend begründete er seine Absicht von einem Ritterstand zum König gewählt zu werden mit der Erklärung, dass ein Thing aller Ältesten nur schwerlich einberufen werden kann. Zu weit würden die Siedlungsgebiete der Hasdingen, Silingen sowie Alanen auseinanderliegen und in unsicheren Zeiten seien rasche Entschlüsse von Nöten.

Er kündigte des Weiteren an, dass die Angehörigen des königlichen Rates künftig die Ehrenbezeichnung Ritter tragen und auch so angesprochen werden. Sie sollen dem König in wichtigen Angelegenheiten beratend zur Seite stehen, bevor dieser alleine eine Entscheidung trifft.

Neben Geiserich saß sein Weib Kunigunde und hielt ihre gemeinsame Tochter Heilrun auf dem Arm. Daneben standen die Söhne Hunerich, Theuderich und Gento.

„Jetzt geschieht das", waren meine Gedanken hierzu, „was der Sohn Godegisels schon seit geraumer Zeit im Sinn hat."

Keiner der Anwesenden hatte auch nur den geringsten Zweifel daran, dass Geiserich zum König der Vandalen und Alanen gewählt werden würde, war er doch ein kluger Mann und erfolgreicher Heerführer. In einer Zeremonie ernannte er zuvor neununddreißig anwesende Persönlichkeiten zu Rittern des Königreiches der Vandalen und Alanen. Als ich mich vor ihm niederkniete, um zum Ritter geschlagen zu werden, musste ich daran denken wie ich dem Hasdingen zum ersten Mal in Pompaelo begegnete. Als ich auf einer Schulter die Schwertklinge verspürte, sah ich ihn an. Die blauen Augen strahlten, als er zu mir sagte: „Erhebt euch, Ritter Ida von Hirschberg!"

All seine Vorschläge und Neuerungen wurden danach von den ernannten Rittern durch Handzeichen gutgeheißen und auf Pergament festgehalten. So auch die Erbregelung, dass künftig der älteste Sohn des Königs ihm als Herrscher nachfolgt. Danach wählte der Ritterstand, auf Vorschlag meines Mannes, zum ersten und zugleich letzten Mal einen König der Vandalen und Alanen. Den vierzigjährigen Geiserich!

Danach beauftragte er mich damit, die Geschichte der Vandalen niederzuschreiben. Als Adlatus schenkte er mir den gotischen Sklaven und Mann Gottes, Ansgar. Gemeinsam befragten wir Augenzeugen oder hielten die Ereignisse aus eigener Anschauung auf Pergament fest. So entstand allmählich die Historie über die Vandalen und Annalen der Hirschberger.

Kapitel 35 – Abschied aus Hispania

Seit dem Herbst weilte der König ständig in Malaca.

„Was treibt ihn nur um?", fragte mich Rogan.

„Geiserich will nach Afrika!"

„Alleine?"

„Nein!", erwiderte ich. „Mit sämtlichen Vandalen und Alanen sowie all den Glücksrittern, welche sich uns anschließen werden."

„Woher weißt du das?"

„Er bereitet das schon seit geraumer Zeit vor. Der König ist davon überzeugt, dass wir Vandalen und Alanen in ein Land ziehen werden, in dem paradiesische Verhältnisse herrschen. Ich habe ihn einmal gefragt, ob wir nicht schon da sind, worauf er entgegnete, dass wir in Hispania niemals in Frieden leben können, weil Sueben, Goten und das Westliche Imperium es nicht zulassen werden."

Das neue Jahr war nur wenige Wochen alt, als König Geiserich meinen Mann und mich sprechen wollte. Wir fanden ihn über eine Landkarte gebeugt im Palast vor. Darauf waren die Küstenlinien von Hispania und Afrika zu erkennen. Als er uns bemerkte, bat er Farold und mich, neben ihm Platz zu nehmen.

„In den nächsten Tagen werde ich Kuriere in jeden Flecken aussenden, in dem Vandalen und Alanen leben", kündigte er an. „Sämtliche Vorbereitungen zur Überfahrt nach Afrika sind abgeschlossen. Wir werden uns im Frühjahr einschiffen."
Einen Moment hielt er inne. Dann schaute er meinen Mann an.

„Farold, du wirst mit einem Teil unserer Flotte von Malaca aus in See stechen und Kurs auf *Septem* nehmen, während ich mit den verbliebenen Schiffen von Julia Traducta nach *Tingis* fahre. Alle Sippen werden zuvor in Tausendschaften zusammengefasst und ziehen wohlgeordnet in eine der beiden Hafenstädte. Dort gehen sie an Bord, während ihre Habseligkeiten verladen werden. Sobald das geschehen ist bringen unsere Seeleute sie auf Schiffen nach Afrika, kehren

umgehend zurück und holen die nächste Tausendschaft, solange bis alle Vandalen und Alanen dort angelangt sind."
Der König kraulte unterdessen seinen Bart.

„Dafür brauchen wir bei guten Bedingungen zwei Monate. Spitzel berichteten mir glaubhaft, dass sich in der Gegend keine Truppen des Imperiums aufhielten. Der Contes Africae Bonifatius befindet sich im weit entfernten Karthago. Er hat nur wenige Schiffe zur Verfügung und wird deshalb nicht eingreifen können."
Geiserich betrachtete die vor ihm liegende Landkarte.

„In zwei Marschsäulen, mit je vierzigtausend Menschen, werden wir in den afrikanischen Provinzen des Imperiums nach Osten ziehen und unterwegs alles mitnehmen, was wir gebrauchen können. Mir wurde zugetragen, dass die Vorratsspeicher in den Städten, durch die wir gelangen, mit Korn gefüllt sind. Kein Vandale oder Alane wird unterwegs an Hunger leiden. Die ertragreichen Provinzen um die Metropole Karthago sind das von Wodan prophezeite Paradies auf Erden. Dorthin werden wir Vandalen und Alanen ziehen und sesshaft werden."
Er hielt inne und dachte kurz nach.

„Rom ist abhängig von Getreidelieferungen aus diesen Provinzen. Ein gewichtiger Umstand, den wir uns zu Nutzen machen werden."
Geiserich nahm einen Stock und zeigte damit auf die Küstenlinie Afrikas.

„Farold, du wirst mit unserer Flotte entlang der Gestade fahren, die auf dem Festland wandernden Tausendschaften unterstützen und Widerstand leistende Hafenstädte erobern. Wenn wir in Karthago angelangt sind, werden wir von dort aus den Handel auf dem Mare Internum kontrollieren."
Seine angespannte Miene hellte sich zusehends auf.

„Ansässige Berberstämme stoßen auf dem Weg nach Osten zu uns. Sie werden die Tausendschaften verpflegen und uns Waffenhilfe leisten. Das habe ich mit ihren Ältesten bereits vereinbart. Ferner gehe ich davon aus, dass abertausende Sklaven sich gegen ihre Besitzer auflehnen und sich uns anschließen. Die Entrechteten haben nichts zu verlieren!"
Wie immer hatte er alles umsichtig vorbereitet.

„Wann wird die erste Tausendschaft in Malaca eintreffen?",

wollte mein Mann wissen.

„Beim nächsten vollen Mond!"

Geiserich war nicht nur ein genialer Heerführer, sondern auch ein hervorragender Logistiker.

Der Lenz des Jahres 429 hatte im Land Einzug gehalten und immer mehr Menschen strömten in Malaca zusammen. Alles lief wohlgeordnet ab. Neben prächtigen Triremen oder wendigen Liburnen hatten im Hafen größere Lastensegler und kleinere Fischerboote angelegt oder ankerten davor. Planwagen, Ochsen, Pferde, Futter, Nahrungsmittel, Waffen oder Hausrat wurden auf den Schiffen verstaut, während die Menschen über ausgelegte Planken an Bord gingen. Farold stand auf der Brücke der Merlinde. Gelegentlich rief er den Seeleuten Anweisungen zu. Nachdem alles an Bord war, ertönte ein Hornsignal, worauf die Schiffe ablegten und aus dem Hafen fuhren. Auf See bildeten die Kriegsschiffe ein großräumiges Viereck, in dem sämtliche Transportschiffe geschützt nach Afrika segelten oder gerudert wurden.

Geiserich befand sich in Julia Traducta um mit dem zweiten Schiffsverband die herbeieilenden Tausendschaften nach Tingis überzusetzen. Insgesamt mussten achtzigtausend Menschen und die dazugehörige Fracht nach Afrika gebracht werden. Eine Überfahrt dauerte, je nach Wind und Wetter, ein bis zwei Tage. Danach fuhr man zurück, um die Nachrückenden zu holen. Die Hirschberger, so hatte es mein Mann angeordnet, sollten als Letzte übersetzen.

Ein herrlicher Sonnenaufgang kündigte einen neuen Tag an. Ich war gerade mit Stefania und Carolina auf dem Weg zum Markt, um ein paar Einkäufe zu tätigen. Die Kinder hatten ihre Freude daran sich gegenseitig abzuklatschen. Plötzlich kamen ein paar Recken auf Pferden dahergaloppiert. Sogleich hielt ich Stefania und Carolina fest. In dem Moment beschlich mich das unbehagliche Gefühl, das etwas Außergewöhnliches geschehen war. Die Reiter zügelten ihre Pferde vor dem Sitz des Stadtkommandanten, sprangen ab und liefen hinein. Kurz darauf kam mein Schwager Marc mit ihnen wieder heraus. Hornsignale riefen sämtliche Bewohner von Malaca auf dem Marktplatz zusammen. Marc hatte sich auf den Stand eines Fischhändlers gestellt und teilte lautstark mit, dass an die Küste ziehende Vandalen und Alanen von suebischen Recken verfolgt und angegriffen wurden. Alle kampffähigen Männer hatten sich unverzüglich auf den Weg nach Cordoba zu machen. Von dort wolle König Geiserich mit dem zusammengerufenen Heer der Vandalen und Alanen den hinterhältigen Sueben entgegenziehen.

Als ich mit den Kindern nach Hause kam, wartete ein Bote des Königs auf mich. Er überreichte mir eine versiegelte Pergamentrolle. Im Wachssiegel war eine Speerspitze zu erkennen. Das Zeichen der königlichen Sippe. Ich brach das Signum auf und fing an zu lesen. Geiserich forderte mich auf, ihn umgehend in Cordoba aufzusuchen, in einer persönlichen Angelegenheit von großer Bedeutung. In aller Eile ließ ich eine Stute satteln und verabschiedete mich von der gesamten Sippschaft, während mein Mann sich auf See befand.

Jeder wehrfähige Mann, der über ein Pferd verfügte, ritt noch zur selben Stunde mit mir aus Malaca hinaus. Marc führte den Reiterverband an. Wir gönnten uns unterwegs keine längere Rast. Als wir in Cordoba ankamen, wies der König meinen Schwager und seine Recken an, die Nachhut des abrückenden Heeres der Vandalen und Alanen zu bilden. Sodann stellte er mir seinen Schwager Friedrich, dessen Schwester Gudrune, ihre Kinder Christina und Dominicus sowie seinen jüngsten Spross Gento vor.

„Der größte Teil meiner Sippe befindet sich bereits in Julia Traducta, um sich nach Afrika einzuschiffen", erläuterte er mir. „Mein Sohn Gento wollte bei Gudrune in Hispalis bleiben. Ich bitte euch, die Sippe meiner Schwester und meinen jüngsten Sprössling sicher nach Malaca zu geleiten. Der Weg nach Julia Traducta wird von Sueben bestreift und ist nicht sicher. Euer Mann soll sie mit nach Afrika nehmen!"

Bevor ich noch etwas sagen konnte, lief der König auch schon davon und machte sich mit dem Heer auf den Weg nach Norden, wo er die Streitmacht der Sueben vermutete.

Nachdem die königliche Sippe gepackt hatte, brachen wir unverzüglich nach Malaca auf. Mit Einbruch der Dunkelheit erreichten wir eine Herberge. Ich fragte den Wirt, ob er für sechs hungrige Reisende etwas zu essen und Schlafkammern hätte. In einer Ecke der Spelunke saßen einige Mannsbilder beim Würfelspiel zusammen. Der Schankwirt stieg mit mir eine schmale Stiege hinauf und zeigte mir zwei schäbige Kammern unterm Dach. Dafür verlangte er einen geradezu unverschämten Preis. Dennoch willigte ich ein, wollte ich doch kein Aufsehen erregen und so schnell wie möglich nach Malaca gelangen. Als ich wieder in die Schänke kam, waren die Männer verschwunden.

Vor der Herberge wies ich einen Sklaven an, unsere Pferde zu versorgen. Danach brachte ich Friedrich, dessen Sippe und den kleinen Gento in die Herberge. Die Kinder waren von der beschwerlichen Reise erschöpft und schliefen nach einer kärglichen Kost auf armseligen Nachtlagern sogleich ein. Der Schwager des Königs belegte mit den seinigen die etwas größere Kammer, während Gento bei mir nächtigte.

In dieser Nacht fand ich lange Zeit keinen Schlaf. Ich stieg hinab in die Spelunke, um einen Krug Wasser zu holen. Der volle Mond schien durch ein Fenster und erhellte den Schankraum. Auf einmal hörte ich Stimmen und schaute nach draußen. Was ich dort zu sehen bekam, ließ mir das Blut in den Adern gefrieren. Ein Mann hielt eine brennende Fackel in der Hand. Es war Randolf, der Breisgauer!

In Windeseile rannte ich die Stiege wieder hinauf, weckte Friedrich unsanft und teilte ihm mit wenigen Worten mit, dass wir ungebetenen Besuch bekommen hätten. Aus der Schänke drangen Stimmen nach oben. So schnell mich meine Füße tragen konnten, lief ich in die Kammer nebenan, nahm den schlafenden Gento in die Arme, öffnete ein Fenster in der Diele und sprang mit ihm auf einen Misthaufen. Im nächsten Augenblick hörte ich wie jemand um Hilfe schrie. Zugleich sah ich etliche Recken, die vor der Herberge standen. Im Schutze der Dunkelheit konnten sie mich nicht ausmachen. Einen Moment überlegte ich noch, ob ich Gento hinlegen sollte, um zu seinem Oheim zu eilen, als Friedrich rüde aus der Schänke gestoßen wurde. Er fiel hin und rappelte sich wieder auf. Randolf trat mit einem Dolch in der Hand auf ihn zu und stieß Friedrich die Klinge mitten ins Herz. Der Schwager des Königs schaute noch an sich herab und fiel hernach tot um. In diesem Augenblick kam die Schwester des Königs mit den beiden Kindern hinzu. Herzzerreißende Schreie hallten durch die mondhelle Nacht. Gewaltsam wurden Gudrune, Christina und Dominicus auf ein Fuhrwerk gestoßen. Danach machten sich Randolf und seine üblen Gesellen mit ihnen auf und davon.

Niemand war uns zu Hilfe geeilt. Hierauf ging ich in den Stall, legte Gento behutsam ins Stroh, sattelte meine Stute und ritt mit dem Sprössling des Königs davon.

Unversehrt erreichten wir Malaca, wo ich den Kleinen völlig erschöpft in die ausgebreiteten Arme meiner Schwägerin Petra legte. Noch zur selben Stunde wurde ein Bote zum König gesandt, um ihn über die Ereignisse zu unterrichten.

Marc erzählte mir später einmal, dass er Geiserich noch nie so erzürnt erlebt hätte, als er von der schändlichen Tat erfuhr.

In diesen Tagen traf unsere Streitmacht auf jene der Sueben. Aus einstigen Verbündeten waren Todfeinde geworden. Die unsrigen trieben die suebischen Recken in den *Guadiana,* in dem viele ertranken. Wenige wurden gefangen genommen oder gelang die Flucht, darunter auch dem Sohn des Königs Rechila.

Randolf brachte unterdessen seine drei Gefangenen zum König der Sueben Hermerich, in dessen Sold er und seine alamannischen Helfershelfer standen. Der Breisgauer hatte königliche Order die Gebiete der Vandalen und Alanen zu durchstreifen, um dort Angst und Schrecken zu verbreiten. Dass sie dabei auf Angehörige der königlichen Sippe stießen, war eine tragische Fügung des Schicksals.

König Geiserich versuchte mehrfach seine Schwester, Nichte und Neffen gegen Gold oder gefangene Sueben auszulösen. Hermerich und dessen Spross Rechila indes, gingen darauf nicht ein.

Währenddessen machte ich mir heftige Vorwürfe, ob ich die

Mordtat und die Verschleppung nicht hätte verhindern können. Mit meinem Schwager Stefan, Rogan und ein paar bewaffneten Männern machte ich mich auf, um dem Schankwirt der Herberge einen Besuch abzustatten. Der wusste nicht wie ihm geschah, als wir in die Schänke eintraten. Geradewegs ging ich auf ihn zu und hielt die Spitze meines Dolches an seinen Adamsapfel. Aus freien Stücken gab er daraufhin preis, dass er Randolf für eine Hand voll Silbermünzen verraten hatte, dass wohlhabende Vandalen bei ihm abgestiegen wären. Wir nahmen den gierigen, verschlagenen Kerl mit und verkauften ihn später an einen Berber in Afrika.

Als ich wieder in Malaca eintraf, schrieb ich die Geschehnisse auf und beauftragte einen Boten damit, das Pergament König Geiserich zu überbringen.

Sein jüngster Sprössling Gento fühlte sich indes bei den meinigen sehr wohl. Vor allem von Stefania und Carolina war der kleine Mann hellauf begeistert. Es dauerte ein paar Tage, als die Antwort von Geiserich eintraf.

„Wird er mein Verhalten verurteilen?“, fragte ich mich bange, als ich das königliche Siegel öffnete.

Der Vater von Gento bedankte sich mit freundlichen Worten bei mir, dass ich seinen jüngsten Sohn vor dem Schicksal seiner Schwester und ihrer Kinder gerettet hatte. Mir fiel ein großer Stein vom Herzen!

Kapitel 36 – Afrika

„Ida, hast du alles zusammengepackt?", wollte mein Mann von mir erfahren. „Ich lasse den Hausrat auf die Merlinde bringen. Unsere Ochsen sind schon allesamt an Bord und die Mundvorräte werden gerade verladen."

Es war Sommer geworden, als meine Sippschaft sich anschickte, die liebgewonnene und vertraute Baetica zu verlassen. Unser herrschaftliches Anwesen in Malaca hatten wir an begüterte Provinzialrömer verkauft. Von einem Teil des Erlöses hatte mein Mann mehrere robuste Planwagen anfertigen lassen.

„Was erwartet uns in Afrika?", fragte ich mich ständig. Stefania, Carolina und der kleine Gento freuten sich darauf, auf einem Schiff über das Mare Internum fahren zu dürfen. Während der König an der Spitze der ersten Marschsäule den Weg von Tingis durch die unwirtliche Provinz Tingitania in Afrika bereits angetreten hatte, bestieg ich mit den meinigen die gute, alte Merlinde. Ich stand neben Farold auf der Brücke, als das Schiff ablegte und auf die See hinausfuhr. Schweren Herzens sah ich dabei zu, wie Malaca allmählich am Horizont verschwand.

In den vergangenen Wochen und Monaten hatte nicht jeder die Überfahrt nach Afrika überlebt. Es gab schwere Stürme und es gab Seeräuber. Der König hatte all das bedacht und letztlich entschieden. Insgesamt traten 85.411 Menschen die gefahrvolle Reise an. In Afrika angekommen, ließ Geiserich sie erneut zählen. Es waren 82.334 an der Zahl. Der Verlust an Menschenleben war nicht ganz so hoch, wie er es zuvor mit fünf Prozent veranschlagt hatte. Erst jetzt begriff ich, was für eine außergewöhnliche Leistung vollbracht wurde. Etwas Vergleichbares hatte sich noch nie zuvor ereignet.

Das Wetter und das Mare Internum meinten es gut mit uns. Wir machten ordentlich Fahrt und bald schon konnte ich die Küstenlinie Afrikas ausmachen. Am nächsten Morgen legten wir im Hafen von Septem an, wo die Ladung gelöscht wurde und die Sippschaft von Bord ging. An diesem Tag schloss eine überglückliche Königin ihren jüngsten Sprössling Gento erleichtert in die Arme. Danach fuhren die beschlagnahmten Fischerboote der Iberer ein letztes Mal nach Hispania zurück, während unsere Schiffe fortan von Afrika aus in See stachen.

Farold kommandierte die an der Küste entlangfahrende Flotte und hielt ständig Kontakt zu den beiden Marschsäulen auf dem Festland. Marc war unser Tausendschaftsführer. Er sprach mit allen Menschen die er nicht kannte, um sich ein persönliches Bild über sie zu machen.

„Was sind das für Leute?", fragte ich ihn.

„Größtenteils Vandalen, ein paar Alanen, wenige Goten, eine Hand voll Provinzialrömer, entlaufene Sklaven und verarmte Iberer. Wir werden bald schon herausfinden, zu was sie zu gebrauchen sind."

Vor uns hatten sich schon neununddreißig Tausendschaften auf gut instandgehaltenen Straßen auf den Weg nach Osten gemacht. Fortwährend ritten Kuriere zwischen ihnen hin und her. Unsere Männer suchten die nähere Umgebung nach Wasser, Nahrungsmitteln und Futter ab. Alles, was man gebrauchen konnte, wurde ohne zu fragen mitgenommen. Dabei kam es zu handgreiflichen Auseinandersetzungen mit der heimischen Bevölkerung. Nicht jeder überlebte schadlos seine erste Begegnung mit einem Vandalen oder Alanen. Die verarmte Landbevölkerung und die Sklaven hießen uns als Befreier willkommen und schlossen sich scharenweise den Tausendschaften an. An einem Tag legten wir bis zu zehn römischen Meilen zurück. Das Tempo bestimmten allein die von Ochsen gezogenen Planwagen.

Bald schon, kamen uns einige Reiter entgegen. Es stellte sich heraus, dass es Berber waren. Sie wollten uns ihre Schafe und Ziegen verkaufen. Marc, ein paar Männer und ich ritten mit ihnen in die Berge um die Tiere zu holen. Wir kamen in eine hochgelegene Siedlung, die von einer hohen Mauer geschützt wurde. Ihr Ältester bat uns nach der Begrüßung in ein Steinhaus. Dort wurden wir überaus gastfreundlich bewirtet. Einer seiner erwachsenen Söhne sprach und verstand etwas Latein, so dass wir uns leidig verständigen konnten. Man rief den jungen Mann Habeeba, was so viel wie Liebling bedeutet.

„Wie ist es euch unter der Herrschaft des Imperiums ergangen?", wollte Marc nach dem gemeinsamen Schmaus vom Ältesten des Stammes erfahren.

Habeeba übersetzte dem betagten Vater die Frage. Zunächst antwortete der Alte ganz bedächtig. Je mehr er aber redete, umso schneller und lauter wurde er. Schließlich unterbrach ihn sein Sohn.

„Vater ist der Ansicht, dass die Großgrundbesitzer aus dem Imperium allesamt Blutsauger sind, welche uns Berber aus den fruchtbaren Tälern in die kargen Berge vertrieben haben. Seitdem ziehen wir mit unseren Viehherden auf der Suche nach Futter und Wasser umher. Sobald wir die Tiere auf den Wiesen von imperialen Grundherren weiden oder aus ihren Brunnen trinken lassen, werden wir verscheucht, manchmal sogar ergriffen und hart bestraft."

Jetzt legte der Greis erst richtig los, wurde zunehmend zorniger, hob drohend seine Fäuste in die Höhe und hörte nicht mehr auf, über die Großgrundbesitzer zu wettern.

Schließlich erwarben wir für eine Hand voll Münzen etliche Schafe und Ziegen. Danach brachte uns Habeeba unversehrt zurück und bat Marc, sich seiner Tausendschaft anschließen zu dürfen. Mein Schwager brauchte einen des Weges kundigen Führer und willigte ein.

Mir war indes nicht verborgen geblieben, dass der groß gewachsene, hagere Berber mich immer wieder einmal freundlich ansah. Offensichtlich fand er Gefallen an einer blonden, an Jahren wesentlich älteren Germanin. Ich fühlte mich geschmeichelt, zumal Habeeba zuvorkommend war und sich zu benehmen wusste.

Es war ein heißer Spätsommertag an dem Marc verärgert von einem Erkundungsritt zurückkam.

„Was ist geschehen?", fragte ich ihn.

Er deutete auf zwei an den Händen gefesselten Männer.

„Die beiden sind mir schon des Öfteren aufgefallen. Immer wieder einmal sind sie spurlos verschwunden. Doch dieses Mal habe ich sie beobachten lassen. Sie haben ohne meine Einwilligung Provinzialrömer ausgeraubt und die Beute für sich behalten."

„Was hast du mit ihnen vor?"

„Ich werde sie vor den Augen aller abstrafen, damit so etwas nicht noch einmal vorkommt!"

Die Übeltäter mussten sich nackt ausziehen und bekamen je dreißig Schläge mit dem Stock auf den Rücken und das Gesäß. Eine gängige Bestrafung bei den Vandalen. Marc ließ sie blutend in einem Straßengraben liegen, und wir zogen weiter.

Der eingeschlagene Weg führte aus den Bergen hinaus und wurde immer abschüssiger. In der Ferne konnte ich das Meer sehen und kurz darauf eine Stadt. Wir waren in *Ad Fratres* angekommen. Dort glaubte ich, meinen Augen nicht trauen zu können. Im Hafen lagen viele Schiffe, unter anderem die Merlinde. Kurz darauf fiel ich meinem Mann in die Arme. Farold hatte die befestigte Stadt vor wenigen Tagen im Handstreich eingenommen. Größerer Widerstand wurde nicht geleistet. Lediglich ein paar Milizionäre mussten unschädlich gemacht werden.

In den einladenden Thermen von Ad Fratres erholten wir uns von den Strapazen der beschwerlichen Reise. Mir fiel zum ersten Mal auf, dass die städtischen Provinzialrömer uns abweisend behandelten. Vor allem die katholischen Priester machten aus ihrer Abneigung gegenüber Vandalen und Alanen keinen Hehl. Sie hielten ganz offensichtlich nicht viel von arianischen Christen. Die ansässigen Juden und Berber hingegen, waren uns freundlich gesinnt.

Geiserich war mit der ersten Marschsäule vom Meer ins Landesinnere vorgestoßen und über einen Gebirgszug von der Provinz Tingitania in die Provinz Caesariensis gelangt. Auf einem Pass in der Nähe der Stadt *Taza* befand sich ein kleines Castel. Dort kam es zum ersten, für uns siegreichen Gefecht in Afrika. Die unterlegenen Auxiliar berichteten übereinstimmend, dass sich die nächsten Truppen des Imperiums in der Stadt *Altava* befänden. Von dort führten gleich mehrere Fernstraßen in die afrikanische Metropole Karthago.

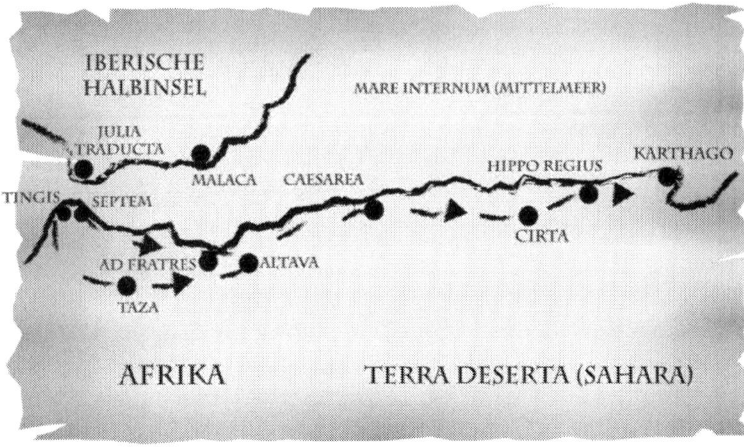

Allmählich kamen wir in fruchtbarere sowie dichter besiedelte Landstriche. Während sich unsere Marschsäule entlang der Küste auf Caesarea zubewegte, erreichte die andere Säule mit dem König die stark befestigte Stadt Altava. Auf den Mauern und Türmen standen zahlreiche Legionäre, Auxiliar und Milizen. Geiserich sah sich alles genau an und wählte sodann eine scheußliche Methode, um die Stadt zu erobern. Provinzialrömer aus der Gegend wurden unweit von einem Stadttor in Reihen aufgestellt und von den unsrigen als lebende Schutzschilder benutzt. Sie flehten die auf den Wehrgängen stehenden Verteidiger vergeblich um Gnade an, während sie Brennholz zum Tor tragen und davor aufstapeln mussten. Im tödlichen Pfeilhagel überschütteten sie das Holz mit Pech und zündeten es an. Danach wurden die Verteidiger mit Pfeilen und Katapultgeschossen eingedeckt, damit sie das Feuer nicht löschen konnten. Das Tor brannte bald schon lichterloh und stürzte nach einer Weile ein, worauf die Stadt erstürmt und geplündert wurde. Wer nicht freiwillig hergab, was die Eroberer forderten, musste um sein Leben fürchten.

Zuträger informierten den König darüber, dass vor allem katholische Priester die kämpfenden Männer auf den Bollwerken zum Widerstand angehalten hatten. Ihnen wurde mit Exkommunizierung und ewiger Verdammnis gedroht, falls sie es wagen sollten, sich dem Feind zu ergeben. Völlig unerwartet ließ Geiserich daraufhin die gefangenen Legionäre, Auxiliar und Milizionäre frei, nachdem sie ihr Ehrenwort gegeben hatten, niemals wieder gegen Vandalen oder Alanen zu kämpfen. Sämtliche Denunzianten und besonders rührige katholische Priester hingegen, wurden vor der Stadtmauer gekreuzigt. Es waren die ersten Märtyrer während der langjährigen Herrschaft König Geiserichs in Afrika.

Die kalte Jahreszeit stand vor der Tür. Unsere Flotte, unter dem Befehl meines Mannes, befand sich ständig im Kontakt mit der ersten Marschsäule, welche mittlerweile von Marc angeführt wurde, da sein Vorgänger gefallen war. Die beiden Brüder waren sich darin einig, in der Hafenstadt Caesarea überwintern zu wollen. Doch zuvor musste sie erst einmal erobert werden. Die Stadt war von hohen Mauern umgeben und zahlreiche Milizionäre standen auf den Wehranlagen. Als ich das sah, dachte ich unwillkürlich daran, wie Farold und ich einst in Caesarea verweilten und dem Israeliten Abraham Isaak unsere Tonkrüge verkauften. Es waren herzensgute sowie freundliche Händler. Ich wollte nicht mehr länger raubend und mordend durch das Land ziehen, sondern die Menschen davon überzeugen, dass sie unter einer gerechten Herrschaft König Geiserichs besser lebten, als unter den korrupten Statthaltern des Imperiums. Davon beseelt und dazu entschlossen, trat ich vor meinen Mann und bat ihn, der Bevölkerung Caesareas kein Leid zuzufügen und von Plünderungen gänzlich abzusehen.

„Das ist ganz in meinem Sinne, liebste Ida!", pflichtete er mir bei. „Wir werden dennoch nicht umhinkommen, die Bewohner in Angst und Schrecken zu versetzen, damit sie sich kampflos ergeben. Sehr wahrscheinlich werden ihnen ihre katholischen Priester alles Mögliche androhen, damit sie Widerstand leisten. Doch sei ohne Sorge, wir werden den Isaaks dieser Stadt keinen Schaden zufügen und sehr bald schon mit ihnen freundschaftlich verkehren."

Farold griff Caesarea vom Meer, und sein Bruder Marc von Land an. Beide setzten gewaltige Katapulte ein. Steinbrocken schlugen in den Dächern der Häuser ein und verursachten unter der Bevölkerung Panik. Doch die katholischen Priester waren zum Äußersten entschlossen und drohten jedem, der sich ergeben wollte, mit ewigen Höllenqualen. Als aber stinkende Tierkadaver über die Mauern geschleudert wurden, brach der Widerstand rasch zusammen. Die Leute hatten offenbar vor dem Ausbruch einer Seuche mehr Furcht, als in der Hölle gebraten zu werden. Alle Stadttore wurden geöffnet, und wir zogen kampflos in Caesarea ein. Die Einwohner hatten sich in ihre Häuser geflüchtet. Eine gespenstische Ruhe erwartete uns in der Hafenstadt. Niemand wurde mit dem Leben bedroht, und Plünderungen fanden nicht statt. Als wir am Hafen ankamen, legten dort gerade unsere Kriegsschiffe an. Mein Mann kam von Bord des Flaggschiffes und wir beschlossen, Abraham und Sara Isaak einen Besuch abzustatten.

Erwartungsvoll klopfte ich gegen die Tür, als wir vor ihrem Anwesen standen. Langsam wurde sie geöffnet, und ein greiser Mann trat zu uns heraus auf die Straße. Es war der Jude Abraham Isaak.

„Wir haben niemanden Schaden zugefügt!", stammelte er. „Meine Familie und ich leben schon seit vielen Jahren hier, treiben redlichen Handel und bezahlen alle Tribute, welche man uns auferlegt!"

An seinem starren Blick erkannte ich sogleich, dass er erblindet war. Am ganzen Körper zitternd stand er wie ein Häufchen Elend da. Ein herzzerreißender Anblick. Ohne ein Wort zu verlieren, nahm ich beschämt seine Hand und hielt sie fest.

„Wer seid ihr?", fragte er bass erstaunt.

„Wir sind uns vor etlichen Jahren schon einmal begegnet!"

„Jetzt erkenne ich eure Stimme!", behauptete er. „Ihr seid die Vandalin aus Malaca, welche mir wunderbare Tonkrüge verkaufte."

Ich war nicht in der Lage zu antworten, so sehr bewegte mich der blinde, gealterte Jude.

„Sie hat ihren Mann wieder mitgebracht!", erklang in diesem Moment die Stimme von Farold.

„Sara komm heraus, wir haben Besuch!", rief Abraham.

Plötzlich waren wir von einer Schar Kinder umringt. Als seine Tochter an der Seite eines Mannes mir gegenüberstand, erkannte auch sie mich wieder. Wir fielen uns wie zwei beste

Freundinnen in die Arme. Der Bann war gebrochen und die Isaaks baten uns, in ihr Haus einzutreten. Dort hatten wir uns gar viel zu erzählen. David, so der Name von Saras Anvertrautem, kam mir bekannt vor.

„Sind wir uns schon einmal begegnet?", fragte ich ihn.

„Ja!", antwortete er. „Ich habe eure Waren im Auftrag meines Onkels in Hippo Regius begutachtet und den Preis bestimmt!"

Die drei Generationen lebten zusammen unter einem Dach.

„Die Geschäfte", gab David preis, „laufen schon lange nicht mehr so gut wie in früheren Jahren. Die Kaperfahrten von euch Vandalen sind gefürchtet und die andauernden Bürgerkriege im Imperium tragen ein Übriges dazu bei."

Aufmerksam lauschten wir den interessanten Ausführungen des gebildeten und weltoffenen jungen Mannes. Schließlich luden die Isaaks uns zum Abendessen ein. Nach der jüdischen Danksagung brach Abraham das Brot und wünschte einen guten Appetit. Sara war eine ausgezeichnete Köchin und die Männer tranken dazu einen roten Wein aus Palaestina. Schließlich waren mein Mann und ich an der Reihe zu erzählen, wie es uns in all den Jahren ergangen war. Als sie aber hörten, dass Farold der Führer der vandalischen Flotte sei, herrschte zunächst betretenes Schweigen.

„Ihr braucht euch nicht zu fürchten", erklärte mein Mann in diesem heiklen Moment. „Ich befinde mich gerade an Land!"

Was ein befreiendes Lachen zur Folge hatte. Es war ein fröhliches Wiedersehen mit den Isaaks.

Marc ließ sämtliche katholischen Priester in Büßerhemden barfuß aus der Stadt treiben. Sie machten sich auf den beschwerlichen Weg ins ferne Hippo Regius zu Bischof Augustinus, um ihm von den barbarischen Arianern in maßlos übertriebener und schändlicher Art und Weise zu berichten.

Mit der Sippe bezog ich ein herrschaftliches Anwesen ganz in der Nähe des Hafens. Nahezu alle Provinzialrömer waren vor Beginn der Belagerung Hals über Kopf aus der Stadt geflohen und ließen viele Sklaven zurück. Farold und Marc überließen es diesen unglücklichen Menschen, ob sie sich davonmachen oder als freie Menschen einer Tausendschaft anschließen wollten. Als ich unser neues zu Hause in Caesarea betrat, erwartete mich eine große Überraschung. Der Besitzer hatte zwei Sklavinnen auf der Flucht zurückgelassen. Sie kamen mir sogleich bekannt vor.

„Erkennst du uns nicht wieder, Ida?", sprach mich eine auf Vandalisch an.

Im gleichen Moment fiel es mir wie Schuppen von den Augen. Vor mir standen Anna und Krimhild, die Töchter von König Tharwold, mit denen ich in Gallien verschleppt wurde.

Nachdem wir uns gegenseitig herzhaft umarmt hatten, fragte ich die Schwestern: „Wie ist es euch in all den Jahren ergangen?",

„Nachdem der Usurpator Konstantin dich dem fettleibigen Centurio, Gaius dem Älteren, überlassen hatte, verlangte er von König Fredbal Lösegeld für dessen Nichten", fing Anna an zu erzählen. „Deshalb sandte er Gaius zu unserem Oheim. Doch der Bruder von Vater wollte uns nicht auslösen, sondern ließ Konstantin ausrichten, dass er uns behalten könne. Wir hätten keinen Wert für ihn."

Als ich das vernahm, war ich keineswegs verwundert.

„Fredbal war schon immer ein hinterhältiger Mensch!", behauptete ich und erinnerte mich daran, als mein Mann mir einmal erzählte, dass ein fettleibiger Centurio ihn unmittelbar nach seiner Wahl zum König der Silingen aufsuchte.

„Konstantin verkaufte uns daraufhin an Gaius den Älteren", fuhr Anna stockend fort. „Wir mussten diesem Widerling seine perversesten Wünsche erfüllen. Zuerst wurde meine Schwester von ihm schwanger und gebar einen Sohn und später brachte ich eine von ihm erzeugte Tochter auf die Welt. Als Gaius aus dem Militärdienst ausschied, erwarb er dieses herrschaftliche Anwesen und seither leben wir in Caesarea."

Anna fing bitterlich an zu weinen.

„Still und heimlich hat er sich vor wenigen Tagen mit den Kindern davongemacht", fuhr Krimhild fort. „Wir glauben, dass er mit unseren Lieblingen hinter die schützenden Mauern von Hippo Regius geflohen ist."

Die Schwestern sahen mich verzweifelt an.

„Ich werde eure Kinder finden", versprach ich den Töchtern

von König Tharwold.

Meine Sippschaft richtete sich über den Winter ein. Abends saßen wir des Öfteren mit Anna und Krimhild zusammen und unterhielten uns miteinander. Die Schwestern schilderten den Heidenburgern, wie wohlhabende Provinzialrömer in den Städten und Großgrundbesitzer auf dem Lande lebten. Sie führten ein verschwenderisches Leben, speisten ohne jedes Maß, tranken exorbitant viel Wein und feierten anrüchige Orgien. Nicht wenige von ihnen vergnügten sich mit halbwüchsigen Liebesdienerinnen oder Lustknaben. Als ich das von den Geschwistern zu hören bekam, dachte ich unwillkürlich: „Eine derart dekadente Gesellschaftsschicht ist dem Untergang geweiht."

Dem Winter folgte das Frühjahr und mit ihm kam der König nach Caesarea. Geiserich freute sich aufrichtig, Krimhild und Anna bei guter Gesundheit wiederzusehen. Er zog sich mit den Töchtern von König Tharwold zurück, um etwas zu besprechen. Was sie sich zu sagen hatten, erfuhr ich erst viele Monde später.

„Wir werden in einigen Tagen wieder nach Osten aufbrechen, und ich möchte euch sagen, wie wir dabei vorgehen", teilte der König meinem Mann, Marc und mir vertraulich mit. „Die Marschsäulen werden aufgelöst und jede Tausendschaft wird auf verschiedenen Wegen nach Hippo Regius ziehen. Dort hält sich der Contes Africae Bonifatius mit seinen Truppen auf."
Geiserich rollte eine Landkarte aus. Darauf waren die Provinzen Afrikas abgebildet.
„Er hat wie immer alles genau geplant und ganz gewiss nichts außer Acht gelassen", stellte ich einmal mehr für mich fest.
„Farold von Hirschberg!", erklang seine unverkennbare Stimme. „Ihr werdet mit der Flotte aufs Meer hinausfahren, Kurs nach Osten nehmen, in der kommenden Vollmondnacht vor Hippo Regius auftauchen und die Stadt von See aus angreifen."
Einen Augenblick dachte er nach.

„Marc löst aus den Tausendschaften die fähigsten Männer heraus. Aus ihnen bilden wir zwei Reiterverbände und bewegen uns, abseits der Straßen, auf Hippo Regius zu. Bonifatius soll annehmen, dass wir uns in schwerfälligen Tausendschaften auf den Weg zu ihm machen. Die Versuchung ist zu groß, als dass er sie nicht nacheinander angreifen und vernichten will. So locken wir den alten Fuchs aus seinem Bau."

Geiserich kraulte sich bedächtig den Bart.

„Wenn das geschieht, greifen wir ihn mit den beiden Reiterverbänden an und verstellen seinen Truppen den Rückweg nach Hippo Regius. Danach schließen wir die Stadt von Land und von See her ein. Spitzel werden uns beim nächsten vollen Mond ein Tor öffnen, so dass wir ungehindert hineingelangen."

Kapitel 37 – Hippo Regius

Der Contes Africae lag mit seinen Truppen in einem Hinterhalt, um eine Tausendschaft Vandalen anzugreifen. Er hatte tatsächlich den ausgelegten Köder von Geiserich geschluckt. Das gelang Bonifatius ein einziges Mal, danach attackierten ihn die Reiterverbände. Die waren dem Gegner sowohl an Anzahl als auch an Kampfkraft überlegen. Dennoch gelang es dem erfahrenen Contes Africae und seinen Truppen, sich hinter die schützenden Mauern von Hippo Regius zu retten.

Als ein voller Mond hoch oben am Himmel stand, galoppierte unsere Reiterei auf ein Stadttor zu. Doch niemand öffnete es, worauf man schleunigst kehrtmachte. Als der Angriff der Flotte zeitgleich von See erfolgte, zündeten die Verteidiger Schiffe mit brennbarem Material an und steuerten die Brander auf unsere Schiffe zu. Eine Vorgehensweise, die erfolgreich war. Auch Farold musste den Angriff abbrechen und Hippo Regius war vorerst gerettet.

Danach begann eine vierzehn Monate anhaltende Belagerung der Provinzhauptstadt von Africa Proconsularis. Die Metropole war überfüllt mit Flüchtlingen, welche versorgt werden mussten. Unter den Eingeschlossenen herrschte pure Angst und Verzweiflung. Schauermärchen über die barbarischen Vandalen und Alanen machten die Runde. Man rechnete damit, dass Ravenna Verstärkung schickte, und harrte unter widrigsten Umständen in drangvoller Enge aus. Ich wusste aus eigener Anschauung, dass in der Stadt Bischof Augustinus lebte, ein katholischer Gelehrter und Verfasser von zahlreichen theologischen Schriften. Er sprach den verzagten Menschen Mut zu, ermunterte Legionäre, Auxiliar und Milizionäre, tapfer zu kämpfen, spendete Trost und Segen. Am 28. August 430 verstarb Augustinus an einem heimtückischen Fieber. Die Nachricht von seinem Tod verbreitete sich wie ein Lauffeuer in der Stadt und wurde als Unheil bringendes Omen gedeutet.

Geiserich war inzwischen mit den beiden Reiterverbänden nach Karthago aufgebrochen. Er wollte die Kapitale der afrikanischen Provinzen Ravennas überfallartig erobern, während mein Mann mit der Flotte vor Hippo Regius ausharrte und Marc mit den Fußtruppen die Stadt vom Land her belagerte.

So vergingen Monate, ohne dass sich etwas Entscheidendes ereignete. Rechtzeitig vor Einbruch der kalten Jahreszeit kam der König wieder zurück. Er war bis in den südlichen Teil der Provinz Byzacena vorgestoßen. Ein Überraschungsangriff auf Karthago jedoch scheiterte kläglich, während man die Bergfeste *Constantina,* nach kurzer Belagerung, einnehmen konnte.

Wir suchten unsere gut vorbereiteten Winterquartiere auf. Niemand musste an Hunger oder unter Kälte leiden. Der König hatte sich auf ein Landgut an der Küste zurückgezogen, um an jenem Ort und in aller Ruhe weitere Feldzüge vorzubereiten. Ab und zu schaute er bei uns vorbei.

In jenen kalten Tagen und Nächten vermisste ich meinen Mann sehr, doch all die Lieben um mich herum ließen keine Langeweile aufkommen. Die Sippschaft der Hirschberger lebte in einem größeren Anwesen, einige Meilen von Hippo Regius entfernt, zusammen.

Um Mitternacht klopfte jemand an die Haustür. Ich stand auf und schaute nach, wer uns zu so später Stunde noch einen Besuch abstattet. Es war mein Liebster. Ich war überglücklich, ihn gesund wieder zu haben. Wir blieben bis zum Anbruch des Tages wach und hatten uns gar viel zu sagen.

Geiserich hatte ihn nach dem erfolglosen Angriff auf Hippo Regius aufgetragen, einige Städte auf der Insel Sicilia zu erobern und zu plündern. Vor wenigen Tagen kehrte er von der einträglichen Kaperfahrt zurück. Die Flotte lag im sicheren Hafen von Caesarea, wo notwendige Reparaturen ausgeführt wurden.

In den folgenden Wochen ritten wir des Öfteren aus. Die

Gegend um Hippo Regius war wunderschön anzusehen. Neben unzähligen Weinbergen gab es herrliche Olivenhaine, ausgedehnte Getreidefelder, dichte Laubwälder, und von den Bergen floss klares Wasser herab.

„Hier könnte man gut leben", vertraute ich Farold an.
Worauf er entgegnete: „Es gibt nicht allzu weit von hier entfernt, eine noch reizvollere Landschaft!"
Von seinen Erzählungen her wusste ich, dass er damit Sorgenlos, das Gut seines Oheims, meinte.

„Glaubst du, dass dort das Paradies auf Erden liegt?"

„Ganz gewiss, liebste Ida!"

Der König berief die Ritter des Reiches in unserem Anwesen zusammen. Alle waren gekommen und warteten darauf, was er ihnen mitzuteilen hat. Geiserich nahm auf einem Armstuhl Platz und sah sich erst einmal nach allen Seiten um.

„Er setzt sich wieder einmal geschickt in Szene", dachte ich. „Anschließend trägt der König wortgewandt vor, was er von der Ritterschaft erwartet. Es gelingt ihm stets, sie für seine Vorhaben zu begeistern."
So war es auch an diesem Tag.

„Wir werden die Belagerung von Hippo Regius abbrechen!", kündigte er ohne lange Vorrede an.
Im gleichen Augenblick war mir klar, dass sich dahinter eine Kriegslist verbirgt. Er ließ die Worte unter den Anwesenden einen Augenblick lang wirken.

„Die Eingeschlossenen sollen annehmen, dass wir nach Karthago aufbrechen. Sobald sie sich in Sicherheit wähnen, werden unsere Reiterverbände auf abgeschiedenen Wegen zurückkehren."
Sämtliche Augenpaare waren erwartungsvoll auf den König gerichtet.

„Dieses Mal aber, werden wir die Stadt erobern!"
Erneut hielt er inne und kraulte sich unermüdlich den Bart.

„Farold greift mit der Flotte von See aus an, wenn der Wind günstig steht", erläuterte er seinen Plan. „Zeitgleich werden unsere Recken durch einen unterirdischen Gang unbemerkt in die Stadt gelangen. Iberische Bergleute aus Las Medulas haben den ganzen Winter daran gearbeitet und ihn vor kurzem fertiggestellt."

Sämtliche Anwesenden waren hellauf begeistert. Als wieder Ruhe unter ihnen eingekehrt war, fuhr Geiserich fort: „Man hat mir glaubhaft berichtet, dass Bonifatius die Stadt bald schon verlässt und nach Ravenna aufbricht. Der Bürgerkrieg im Westlichen Imperium ist in eine entscheidende Phase getreten, und Kaiser Honorius braucht seinen fähigsten Heerführer."

Ein Raunen hallte durch die Reihen.

„Der Widerstand in Hippo Regius wird zusammenbrechen, wenn der erfahrene und beschlagene Contes Africae nicht mehr unter ihnen weilt. Ich beabsichtige alle Einwohner, welche die Stadt verlassen wollen, unbehelligt ziehen zu lassen, wenn sie uns zuvor kampflos übergeben wird. Andernfalls dringen wir durch den Tunnel in Hippo Regius ein. Sobald eines von beiden geschehen ist, werde ich das Königreich der Vandalen und Alanen in Afrika ausrufen!"

Er hatte das letzte Wort noch nicht ganz ausgesprochen, als unbeschreiblicher Jubel unter den Anwesenden ausbrach. Damit endete die Zusammenkunft des Ritterstandes mit König Geiserich.

Farold, Marc und ich wurden im Anschluss daran von ihm aufgefordert zu bleiben.

„Etwas führt er noch im Schilde", dachte ich zugleich.

Nachdem wir alleine waren, sah ich ihn erwartungsvoll an.

„Ida! Was schaut ihr mich so merkwürdig an?"

„Mein König!", entgegnete ich. „Ich bin ganz Ohr, was ihr uns noch zu sagen habt."

Ein Lächeln huschte über sein Angesicht.

„Es gab Streit zwischen den Imperien. In Constantinopolis ist man der Ansicht, dass Bonifatius seiner Aufgabe in Afrika nicht gewachsen sei. Er wird deshalb durch den Obersten Heermeister des Östlichen Imperiums ersetzt. Bis Flavius Ardaburius mit neuen Truppen in Afrika eintrifft, müssen wir unsere Machtstellung auf dem Land und zur See gefestigt haben."

Anschließend erläuterte der König der Vandalen und Alanen uns seine weiteren Pläne.

Tatsächlich täuschten wir den Abbruch der Belagerung von Hippo Regius vor, und Bonifatius reiste nach Ravenna ab. Als unsere Flotte erneut vor der Stadt aufkreuzte und die Truppen die Einschließung zu Land fortsetzten, brach der Widerstand in sich zusammen. Hippo Regius fiel kampflos im Sommer des Jahres 431 in unsere Hände. Diejenigen, welche die Stadt verlassen wollten, wurden namentlich erfasst. Sie standen in Reihen an. Jeder durfte nur so viel mitnehmen, wie er tragen konnte. Meine wachsamen Augen musterten jedes Mannsbild, immer auf der Suche nach einem fettleibigen Scheusal, namens Gaius der Ältere.

Ich hatte die Hoffnung ihn ausfindig zu machen, fast schon aufgegeben, als ich den ehemaligen Centurio am Ende einer Warteschlange entdeckte. Neben dem Widerling standen ein Mädchen und ein Junge. Sie trugen schwer an ihren Habseligkeiten und Gaius liefen Schweißperlen über sein aufgeschwemmtes, rotes Angesicht. Rasch zog ich mir die Kapuze des Umhangs über den Kopf, so dass er mich nicht erkennen konnte. Plötzlich hatte ich die schmachvollen und brutalen Szenen vor Augen, welche sich einst in Gallien abspielten. Unterdessen stand dieser widerwärtige Kerl vor einem Schreiber, der ihn nach seinem Namen und dem Aufenthaltsort in der Stadt befragte.

„Gaius, der Ältere, wohnhaft in der Via Karthago!“, lautete die Antwort.

Als ich seine Stimme hörte, wurde mir schwindlig. Jemand hielt mich von hinten fest. Langsam drehte ich mich um und sah in die dunkelbraunen Augen meines Mannes. Farold hatte Anna und Krimhild mitgebracht. In diesem Moment liefen die Kinder auf ihre Mütter zu, die sie im Laufen auffingen und überschwänglich herzten. Für jene war es ein wunderschöner Augenblick, für mich eine schreckliche Begegnung. Ich bat meinen Liebsten, mich von diesem Ort wegzuführen.

Gaius verbrachte den Rest seines Lebens als Sklave in einem Steinbruch, während Krimhild und Anna mit ihren Kindern fortan im Palast von König Geiserich lebten. Als ich das vernahm, fiel mir wieder ein, wie sich die drei in Caesarea zurückgezogen hatten, um etwas Vertrauliches zu besprechen.

Mein Mann bekam in jenen Tagen für seine Verdienste vom König die prächtige Villa von Gaius, dem Älteren, in Hippo

Regius geschenkt. Von nun an sah ich meinen Mann, und unsere Töchter ihren Vater fast täglich. Die Stadt war Stützpunkt der Flotte, und Geiserich rief an einem herrlichen Sommertag das Königreich der Vandalen und Alanen in Afrika aus. Fortan residierte er in einem herrschaftlichen Palast in Hippo Regius.

Es war Herbst geworden, als Farold mich darum bat seine Mutter und ihn nach Sorgenlos zu begleiten. Aurelia wollte ihren Bruder Marcellus und seine Familie besuchen und er mir etwas Wunderbares, wie er sagte, zeigen. Also machten wir uns mit ein paar Gefährten auf den beschwerlichen Weg. Er führte nach Süden in die Berge. Auf einem Gebirgspass hielten wir an und Farold deutete auf ein liebliches, grünes Tal.

„Das ist Sorgenlos!"

Ich sah es meinem Liebsten an, dass er es nicht erwarten konnte hinabzureiten. Wir kamen an Schafherden, freundlich winkenden Hirten, abgeernteten Getreidefeldern, grünen Olivenhainen und in herbstlichen Farben gekleideten Wäldern vorbei. Dann sah ich zum ersten Mal die Villa von Sorgenlos.

Plötzlich waren wir von bewaffneten Recken umstellt. Die Gefährten zogen bereits ihre Schwerter, als mein Mann ausrief: „Haltet ein! Wir kommen in friedlicher Absicht und wollen meinen Schwager Marcellus Aurelius besuchen!"

Worauf einer der Männer auf ihn zuging und in Augenschein nahm.

„Ich kenne euch", meinte er. „Mein Name ist Julius Silius, ich bin der älteste ..."

„... Sohn von Julius Silius, dem Verwalter!", fiel ihm der meinige ins Wort.

„Farold von Hirschberg!", ließ der junge Mann verlauten. „Seit willkommen auf Sorgenlos!"

Gemeinsam stiegen wir eine ausladende Steintreppe zur Veranda der Villa empor, als eine Tür geöffnet wurde. Marcellus Aurelius trat heraus, gefolgt von einigen Kindern, Frauen und Männern. Im nächsten Augenblick sagte Aurelia zu ihrem Bruder: „Marcellus, bist du es wirklich?"

Der blieb abrupt stehen und betrachtete seine Schwester. Der Gutsbesitzer war ein betagter Mann geworden, der sich auf einen Gehstock stützte. Den ließ er fallen, ging auf Aurelia zu und schloss sie in die ausgebreiteten Arme.

„Das ich das noch erleben darf", sagte er in einem fort.

Die Villa war behaglich eingerichtet. Ein Sklave reichte uns zur Begrüßung Wasser und Brot, bevor mich Farold seinen Versippten vorstellte. Neben der Familie des Oheims meines Mannes wohnte noch eine gute Bekannte mit ihren Söhnen auf Sorgenlos, eine zwar in die Jahre gekommene, aber gutaussehende Afrikanerin.

„Schön dich wiederzusehen, Mercedes!", sagte der meinige zu ihr.

„Das geht mir genauso, Farold!"

Während wir uns stärkten, erzählte mein Mann einer aufmerksam zuhörenden Schar, was sich auf der Wanderung der Hirschberger bis nach Afrika alles zutrug. Vom Aufbruch aus der alten Heimat, über die Ereignisse auf dem Weg in den Breisgau, den Raubzug durch Gallien, die Überschreitung der Pyrenäen und den langjährigen Aufenthalt in Hispania.

„Vergangenes Jahr setzten wir auf unseren Schiffen nach Afrika über, und im Sommer haben wir Hippo Regius erobert", berichtete Farold und fügte hinzu: „Wir werden uns für immer in der Gegend niederlassen."

Worauf Marcellus einen Seufzer ausstieß.

„Von all dem haben wir gehört", meinte ein nachdenklich wirkender Provinzialrömer. „Ich weiß von deinem Vater, dass euch Vandalen prophezeit wurde, dass ihr in ein entferntes Land zieht, wo es sich gut leben lässt. Auf Sorgenlos leben wir tatsächlich wie im Paradies auf Erden. Ich bin davon überzeugt, dass ihr am Ende einer langen Wanderung angelangt seid."

Alle dachten schweigend über seine Worte nach.

„Er hat recht!", stellte ich nichts sagend fest. „Wir sind im gelobten Land angekommen!"

Farold nahm meine Hand, ging mit mir zu Mercedes und stellte sie als gute Bekannte aus Aquileia vor. Die Afrikanerin erzählte uns daraufhin, wie es ihr ergangen war, nachdem sie mit der Familie Aurelius an Bord eines Schiffes nach Afrika gefahren war. Wohlbehalten kamen sie in Karthago an, wo der Verwalter von Sorgenlos sie bereits erwartete. Später lernte sie den Sohn eines vermögenden Großgrundbesitzers kennen. Aus der Ehe gingen zwei Söhne hervor. Ihr Mann wurde im vergangenen Jahr von Räubern erschlagen, als er die Plünderung seines Landgutes verhindern wollte. Auf einmal rang die Witwe merklich um Haltung und sah Farold sonderbar an.

„Von dem Tag an, als ihr Vandalen in Afrika eingefallen seid, ist hier nichts mehr so wie es einmal war", behauptete sie mit durchdringender Stimme. „Einst herrschte Frieden und Ordnung, nunmehr Krieg und Chaos!"

Als wir uns von einer erzürnten Mercedes verabschiedet hatten, sagte mein Mann zu mir: „Sie hat ein Stück weit recht! Wir müssen mit den ansässigen Provinzialrömern und heimischen Berbern friedlich zusammenleben. Wenn uns das nicht gelingt, wird der Aufenthalt im Garten Eden, so fürchte ich, nur von kurzer Dauer sein."

Am nächsten Tag zeigte Marcellus seiner Schwester und mir das wunderschöne Gut. Farold und Julius, der Jüngere, begleiteten uns dabei. Es war ein herrlicher Ausritt in einem paradiesisch anmutenden Tal.

„Hat euch Mercedes erzählt, was ihrem Mann zugestoßen ist?", fragte Marcellus seinen Neffen.

Der nickte betrübt mit dem Kopf.

„Von jenem Tag an, hat sie sich ihr Wesen verändert", fuhr der Oheim fort. „Ständig hadert sie mit sich und den ihrigen."

Schweigend ritten wir weiter.

„Als wir uns gestern begegnet sind, hielten wir euch zunächst für Räuber", sagte schließlich Julius. „Man hatte uns gewarnt, dass eine plündernde und mordende Horde in der Gegend ihr Unwesen trieb. Deshalb sind wir euch bewaffnet entgegengetreten."

Der junge Mann war der Nachfolger seines Vaters als Verwalter von Sorgenlos. Wir wollten bereits umkehren, als Julius vorschlug: „Wir sollten noch hinüber nach Rosenthal reiten. Meine Schwester Silva lebt dort mit dem Verwalter des Gutes zusammen. Sie wird sich ganz gewiss freuen, Farold wiederzusehen."

Kurz darauf ritt ich mit meinem Mann und Julius einen Bergsattel hinauf, während Aurelia und ihr Bruder es vorgezogen hatten, den Rückweg anzutreten. Als wir oben ankamen, lag unter uns ein malerisches Tal.

„Das ist Rosenthal!", verkündete Farold freudestrahlend. „Es ist der zauberhafteste Ort, den ich jemals gesehen habe!" Im gleichen Augenblick war mir klar, dass wir in diesem gesegneten Landstrich einmal leben werden.

„Wem gehört Rosenthal?", fragte ich Julius.

„Einem begüterten Römer", klärte er mich auf. „Amin verwaltet das Gut und meine Schwester ist ihm dabei behilflich. Es ist eines der ertragreichsten in der gesamten Provinz Numidia."

Er hatte das letzte Wort gerade ausgesprochen, als ich eine schwarze Rauchsäule aufsteigen sah.

„Was brennt dort?", wollte ich wissen und zeigte in die Richtung.

„Die Villa!", rief Julius noch, und preschte im nächsten Augenblick auf seinem Pferd davon.

Farold und ich folgten ihm hinterher. Als wir näher kamen konnte ich zusehen, wie Männer Brandpfeile auf die Villa abschossen. Offensichtlich hatten Menschen dort Zuflucht gesucht und verteidigten ihr Leben sowie Hab und Gut. Mit den Schwertern hieben wir auf die Brandschatzer ein, welche ihr Heil in der Flucht suchten. Hustende Kinder, Frauen und ein Mannsbild kamen aus der in Flammen stehenden Villa gelaufen.

„Sie holen Verstärkung und kommen zurück!", rief eine Frau.

„Hab keine Furcht, Silva!", erklang in dem Moment die Stimme meines Mannes. „Wir werden euch im Schwalbennest in Sicherheit bringen."

Die beiden sahen sich an.

„Farold von Hirschberg", sagte sie. „Dich schickt uns der Himmel!"

Kurz darauf standen wir vor einem hohen Felsen. Ich sah daran empor und im gleichen Augenblick forderte mich Farold auf: „Ida! Nimm unsere Waffen mit und folge mir nach!"

Er lief auf den Felsen zu, schob einen Strauch zur Seite und verschwand in einer Felsspalte, worauf ihm alle nachfolgten. Es war ziemlich finster, als ich auf einer schmalen Steintreppe emporstieg. Auf einmal sah ich Tageslicht und kurz danach stand ich auf einem Plateau. Jetzt erst erkannte ich, dass wir in eine Bastei geflüchtet waren. Julius verriegelte hinter sich eine Eisentür im Treppenaufgang. Als das geschehen war, zündete der Mann aus der brennenden Villa ein Feuer an und stellte einen mit Pech gefüllten Kessel darauf. Es war Amin, der Verwalter von Rosenthal, wie sich herausstellen sollte.

Es fing bereits an zu dämmern, als von unten Stimmen zu hören waren. Ich schaute hinab und zählte ein Dutzend Recken, die unsere Pferde entdeckt hatten und heraufsahen. Nun suchten sie den Zugang zur Bastei. Mein Mann und ich schossen einige Pfeile auf sie ab, trafen einen der Kerle, bevor die anderen sich durch den Felsspalt zwängen konnten. Kurz danach machten sie sich an der verriegelten Tür im Treppenaufgang zu schaffen. Julius und Amin nahmen währenddessen den Kessel vom Feuer und schütteten das siedende Pech in einen Schlitz im Felsen. Markerschütternde Schreie waren daraufhin zu hören und kurz darauf taumelten die verbrühten Schurken auf ihre Pferde zu. Doch nicht jedem gelang die Flucht. Mein Mann und ich waren geübte Bogenschützen. Das Schwalbennest auf Gut Rosenthal hatte uns vor Schlimmerem bewahrt.

Danach gingen Silva und Farold aufeinander zu.

„Farold, bist du es wirklich?", fragte sie.

„Ja, ich bin es!"

„Nach so vielen Jahren!"

„Nach so vielen Jahren!"

Worauf sie sich in die Arme fielen.

„Lass meine Schwester los, du erdrückst sie ja!", forderte ein lächelnder Julius meinen Mann auf. Worauf Farold mir Silva vorstellte.

So lernte ich die jüngste Tochter von Julius dem Älteren auf Rosenthal kennen. Wir verbrachten auf den Gütern ein paar unbeschwerte Tage und ich lernte Silva näher kennen. Sie war freundlich, klug und warmherzig, konnte aber auch energisch auftreten. Die gutaussehende Provinzialrömerin zeigte mir Gut Rosenthal und beantwortete geduldig all meine Fragen. Als ein kalter Wind von den Bergen herabwehte, brachen wir wieder auf und machten uns auf den Weg nach Hippo Regius. Unterwegs vertraute Farold mir an, dass Silva und er in jungen Jahren ein verliebtes Paar waren.

Die Herbststürme brachten es mit sich, dass die Schifffahrt auf dem Mare Internum nahezu zum Erliegen kam. Dennoch fuhr Farold immer wieder auf eine stürmische See hinaus, um Ausschau nach Kriegsschiffen aus dem Imperium zu halten. Währenddessen machte sich König Geiserich daran, seine Machtstellung zu sichern. Als der Winter dem Lenz wich, herrschte Frieden im Königreich der Vandalen und Alanen.

Kapitel 38 – Terra Deserta

Hippo Regius war nun Residenzstadt des Reiches. Dort hielt König Geiserich fortan Hof, kamen und gingen Heerführer, Ritter, Gesandte, Stammesfürsten oder Kundschafter, wurde Recht gesprochen, Verträge ausgehandelt sowie Vereinbarungen getroffen.

Es war ein herrlicher, sonniger Tag im Jahre 432, als ein Bote des Königs erschien. Geiserich wollte mich unverzüglich sprechen. Also machte ich mich auf den Weg in den Palast. Der König stand über einen Tisch gebeugt da und studierte wieder einmal eine Landkarte.

„Er brütet etwas aus!", war mir sofort bewusst.

Als er mich bemerkte, bot er mir nach der Begrüßung einen Stuhl an und ich nahm darauf Platz.

„Wir kennen uns jetzt schon seit vielen Jahren, Ida!"

Abwartend nickte ich ihm zu.

„Euer Mann und ihr seid mir immer getreu zur Seite gestanden. Vieles haben wir erlebt und durchgestanden. Es gibt nur wenige Menschen, denen ich vertraue. Ihr gehört gewiss dazu."

„Er schmeichelt mir, damit ich mich in Sicherheit wäge!", waren meine Gedanken hierzu.

„Ich will euch um eine Gefälligkeit bitten", fuhr er fort. „Die Aufgabe, mit der ich euch gerne betrauen möchte, erfordert Mut, ist gefährlich und beschwerlich."

Geiserich zeigte auf die Landkarte. Ein Blick darauf verriet mir, dass es sich um eine Karte der Terra Deserta handelte. Eine weitgehend unbewohnte, sandige, steinige sowie riesige Einöde südlich des Mare Internum. Ich konnte mir zunächst nicht vorstellen, was er im Sinn hatte.

„Wie ihr wisst, wird unser Königreich in absehbarer Zeit von Truppen beider Imperien angegriffen. Um bestehen und überleben zu können, brauchen wir Gold und Edelsteine. Damit möchte ich kampferprobte Söldner anwerben."

In sich gekehrt grübelte er eine Weile nach. So hatte ich den König noch nie zuvor erlebt.

„Berber vom Stamme der *Aures* haben mir versichert", ließ

er mich schließlich wissen, „dass es jenseits der Terra Deserta genügend Edelsteine und Gold gibt, um damit ein Söldnerheer aufstellen zu können. Es gibt aber nur eine Möglichkeit, um an die Schätze heranzukommen. Jemand muss sich auf den Weg durch die Wüste machen, um Handelswaren gegen derartige Kostbarkeiten eintauschen zu können."

„Das also erwartet er von mir!", stellte ich stillschweigend fest.

„Euer Mann hat von seinen Kaperfahrten ganze Schiffsladungen mit herrlichen Glasarbeiten und bunten Tonkrügen mitgebracht, welche für uns keinen allzu großen Wert darstellen, aber jenseits der Terra Deserta reißenden Absatz finden. Der Herrscher der Aures, Ali Baba, führt Handel mit dem König eines dort lebenden Stammes. Der Berber wäre bereit, uns eine Kamelkarawane zur Verfügung zu stellen. So könnte man Waren durch die Wüste transportieren und gegen Gold oder Edelsteine eintauschen."
Geiserich lief ruhelos auf und ab.

„Ali Baba ist des Weiteren bereit, mit seinen Recken für unsere Sache in den Kampf zu ziehen. Dafür fordert er Gold und die Unabhängigkeit seines Stammes. Der Berber ist ein aufrichtiger und kluger Mann, weshalb ich auf sein Angebot sowie Bedingungen eingehen möchte."
Der König war abrupt stehen geblieben.

„Die Mission eilt und ist für unsere Zukunft von großer Tragweite. Wenn es die Umstände zulassen würden, hätte ich Farold, Marc oder einen der Tausendschaftsführer damit beauftragt. Da ich aber nicht weiß, wo und wann wir von den Imperien angegriffen werden, kann ich keinen erfahrenen Recken entbehren. Diese heikle Aufgabe verlangt nach einer Persönlichkeit, welche keine Furcht kennt und weiß, wie man sich in schwierigen Situationen richtig verhält. Deshalb möchte ich euch bitten, dem Königreich diesen wichtigen, existenziellen Dienst zu leisten."

„Er hatte wie immer alles gut bedacht und entschieden, wen er damit betrauen will", stellte ich sogleich fest. „Doch dieses Mal hat mich der König um etwas gebeten."
Meine Gefühle fochten einen Kampf mit dem Verstand aus. Auf der einen Seite wollte ich Geiserich und die meinigen

nicht im Stich lassen, auf der anderen Seite erahnte ich die Gefahren, welche von einer abenteuerlichen Reise in eine mir völlig unbekannte Welt ausgingen.

„Wenn ihr bis morgen Bedenkzeit braucht, um mit den eurigen darüber zu sprechen ..."

„Farold ist auf See!", unterbrach ich den König und fragte mich, wie mein Mann entscheiden würde.

Geiserich sah mich mit strahlend blauen Augen inständig an.

„Wann soll es losgehen?", lautete meine nächste Frage.

Als ich am frühen Abend nach Hause kam, war ich mir keineswegs sicher, die richtige Entscheidung getroffen zu haben. Der meinige war auf Kaperfahrt und Marc weilte bei der Truppe, so dass ich sie darüber weder informieren noch um Rat fragen konnte. Also dachte ich alleine darüber nach, wen ich auf die Reise durch die Wüste mitnehmen wollte. Die Wahl fiel auf Habeeba, den Berber, der mit unserer Tausendschaft bis nach Hippo Regius gezogen war. Er konnte sich mit den Aures in ihrer Muttersprache unterhalten.

Später gesellte sich Rogan zu mir. Mein Sohn war zu einem jungen Mann herangewachsen. Ich berichtete ihm sogleich, um was mich der König gebeten hatte. Kurz darauf machten wir uns auf den Weg zu Habeeba. Der wohnte nicht allzu weit entfernt und freute sich sehr über den unerwarteten Besuch. Der Berber erzählte uns, dass er schon mehrere Male mit einer Karawane durch die Wüste an den großen Strom, den die Einheimischen Niger nennen, gereist war. Sein Stamm tauschte bei den dort lebenden Händlern vor allem Schafswolle und Tierhäute gegen Sklaven sowie seltene Tiere ein. Schlussendlich erklärte er und Rogan sich bereit, mich auf der bevorstehenden Reise zu begleiten.

Noch zur selben Stunde schrieb ich meinem Mann einige Zeilen. Darin teilte ich ihm mit, was ich dem König versprochen hatte.

Stefania und Carolina übergab ich schweren Herzens der Obhut ihrer Großmutter Aurelia.

Tags darauf brach ich mit Habeeba, Rogan, Treibern und zahlreichen Maultieren zu den Aures auf. Die Glasarbeiten und Tonkrüge hatte man in Holzkisten verstaut und den

Tieren aufgebürdet. Unterwegs kamen wir an Gut Sorgenlos vorbei und statteten der Familie Aurelius einen kurzen Besuch ab. Marcellus und Julius, der Jüngere, kannten Ali Baba. Beide waren davon überzeugt, dass man ihm trauen könne und die Aures auf ihren Herrscher hörten. Julius ließ es sich nicht nehmen uns zu ihm zu führen.

Wir erreichten ohne Zwischenfälle einen hochgelegenen Flecken in den Bergen, in dem Ali Baba mit seiner Sippe lebte. Der hochgewachsene Berber hieß uns willkommen und die seinigen bewirteten uns üppig. Die sich anschließende Unterredung mit dem Herrscher der Aures indes, dauerte an. Ali Baba glaubte zunächst, dass ich das Weib von Habeeba sei. Als der ihm aber erklärte, dass König Geiserich mich mit der Mission beauftragt hatte, konnte der Aures es zunächst nicht glauben, geschweige denn verstehen.

„Wieso schickt mir der Vandalenkönig keinen starken Mann, sondern ein schwaches Weib, um die Wüste zu durchqueren und Handel mit dem Stamm der Bini zu treiben?", fragte er meine Begleiter.

„Weil ich mit meinem König schon sehr viel weitergezogen bin!", antwortete ich unerschrocken.

Ali Baba sah zuerst mich, danach Habeeba und sodann Rogan sowie Julius zweifelnd an.

„Ihr seid auf Schiffen von Hispania nach Afrika gesegelt und auf den Straßen des Imperiums, von Kornspeicher zu Kornspeicher, von Brunnen zu Brunnen, gezogen", bekam ich auf einmal zu hören. „Das könnt ihr mit der Durchquerung einer nicht enden wollenden Wüste keinesfalls vergleichen. Außerdem seid ihr ein Weib!"

Davon unbeeindruckt schaute ich dem Berber in die Augen.

„Wir Vandalen sind zwei Jahre lang kämpfend vom Rhein, durch Gallien, über die Pyrenäen nach Hispania gezogen. Gegessen haben wir dann, wenn es etwas gab. Unterwegs habe ich aufgehört die Toten zu zählen. Wenn ihr glaubt, dass mich eine Wüste in die Knie zwingt, dann irrt ihr euch, Ali Baba, Herrscher der Aures!"

Wie Geiserich ließ ich meine Worte wirken, derweil er mich fassungslos anstarrte.

„Abgesehen davon, hat auch die Terra Deserta ein Ende!"

Tags darauf verließ uns Julius und machte sich mit den Treibern und den Mauleseln auf den Rückweg, während Ali Baba annähernd einhundert Kamele mit den Holzkisten und weiteren Handelswaren beladen ließ. Es war beeindruckend zuzusehen, wie die prächtigen Tiere zuerst in die Knie gingen, um sich sodann hinzulegen.

Habeeba riet Rogan und mir, uns wie Berber zu kleiden.

„Tagsüber brennt in der Wüste die Sonne vom Himmel und es herrschen hohe Temperaturen", erklärte er. „Doch nachts wird es empfindlich kalt!"

Er besorgte uns wollene Tunica, welche die Aures Kaftan nannten. Nachdem ich mich umgezogen hatte, wickelte Habeeba mir ein langes, weißes Tuch um den Kopf, so dass auch Nacken und Gesicht vor den Strahlen der Sonne geschützt wurden. Als er damit fertig war, sah er mich an und meinte lächelnd: „Mit dem Turban seht ihr aus wie eine Berberin!"

So angekleidet ging ich auf Ali Baba zu, der neben einem Kamel stand und einem Treiber Anweisungen erteilte. Seit unserer gestrigen Unterhaltung hatte er es tunlichst vermieden, mit mir zu sprechen.

„Würdet ihr mir bitte zeigen, wie man auf ein Kamel steigt?", fragte ich den Aures freundlich.

Verblüfft sah Ali Baba mich an, bevor er es mir vormachte. Als er wieder abgestiegen war, reichte ich einem sprachlosen Aures meine Hand und tat es ihm gleich. Das Kamel erhob sich unüberhörbar, worauf ich dem Tier den Hals tätschelte. Auf der Stelle beruhigte es sich. Ali Baba nahm den Zügel und ging mit dem Kamel im Kreis herum. Es kam mir vor, als ob ich auf einem schwankenden Schiff sitzen würde. Als ich wieder Sand unter den Füßen spürte, lud er mich zu einer Tasse Tee ein.

Noch in derselben Nacht machte sich die Kamelkarawane, einem Dutzend aurischen Treibern, ihrem Herrscher Ali Baba, Habeeba, Rogan und mir auf den Weg in die Terra Deserta. Niemals werde ich das Bild vergessen, als eine glutrote Sonne hinter gelblichen Dünen emporstieg. Währenddessen wurde ich auf einem ständig rülpsenden und furzenden Kamel ordentlich durchgeschaukelt. Mit der Zeit tat mir mein

Hinterteil weh. Schließlich zügelte ich das folgsame Tier. Es ging in die Knie und legte sich hin, so dass ich absteigen und zu Fuß weitergehen konnte.

Während der Mittagshitze ruhten wir uns im Schatten von Zeltbahnen, Felsen oder Sträuchern aus. Danach zog die Karawane weiter, bis es anfing zu dämmern. Die Aures schlugen Zelte auf, zündeten getrockneten Kameldung an, stellten Kochgeschirr darauf und bereiteten eine Mahlzeit zu. Meistens gab es warmes Fladenbrot, Honig, Datteln, Brei und Oliven. Dazu wurde heißer Tee oder Wasser getrunken. Hoch oben am Himmel nahmen nacheinander die Sterne ihre Plätze ein. Es wurde empfindlich kalt und ich wollte mich in mein Zelt zurückziehen, als Ali Baba mich festhielt und es vor mir betrat. In einer Hand hielt er eine brennende Fackel und mit der anderen hob er Felle und Decken hoch. Ein Skorpion kroch unter einem Schafsfell hervor. Der Berber zertrat den ungebetenen, giftigen Gast.

„Ihr solltet vor dem Schlafengehen immer nachsehen, was sich womöglich in eure Schlafstatt geschlichen hat. Auch Schlangen oder Spinnen schätzen es, unter wärmenden Fellen zu nächtigen", mahnte mich der achtsame Aures.

Langsam veränderte sich die Landschaft. Wir kamen in ein Felsengebirge. Manche Steinformationen ähnelten Pilzen oder bildeten riesige Bögen, unter denen die Karawane mühelos hindurchziehen konnte. Schließlich erreichten wir einen Ort, den die Auren *Ghat* nannten. Dort gab es einen Brunnen mit frischem Wasser. Die Kamele wurden von den Treibern getränkt und Ziegenschläuche mit dem kostbaren Nass gefüllt. Nach dem Abendessen nächtigte ich in einer schäbigen Lehmhütte. Gewaschen hatte ich mich seit der Abreise nicht mehr. Kurz vor Tagesanbruch verließen wir den Ort und zogen durch eine steinige Wüstenlandschaft. Immer öfters sah man nun, abseits des Weges, Skelette verendeter Tiere liegen.

Es war schon spät am Nachmittag, als ich glaubte meinen Augen nicht trauen zu können. Vor mir lag ein grünes Palmenmeer.

„Das ist die Oase Bilma!", verkündete Ali Baba gut gelaunt.

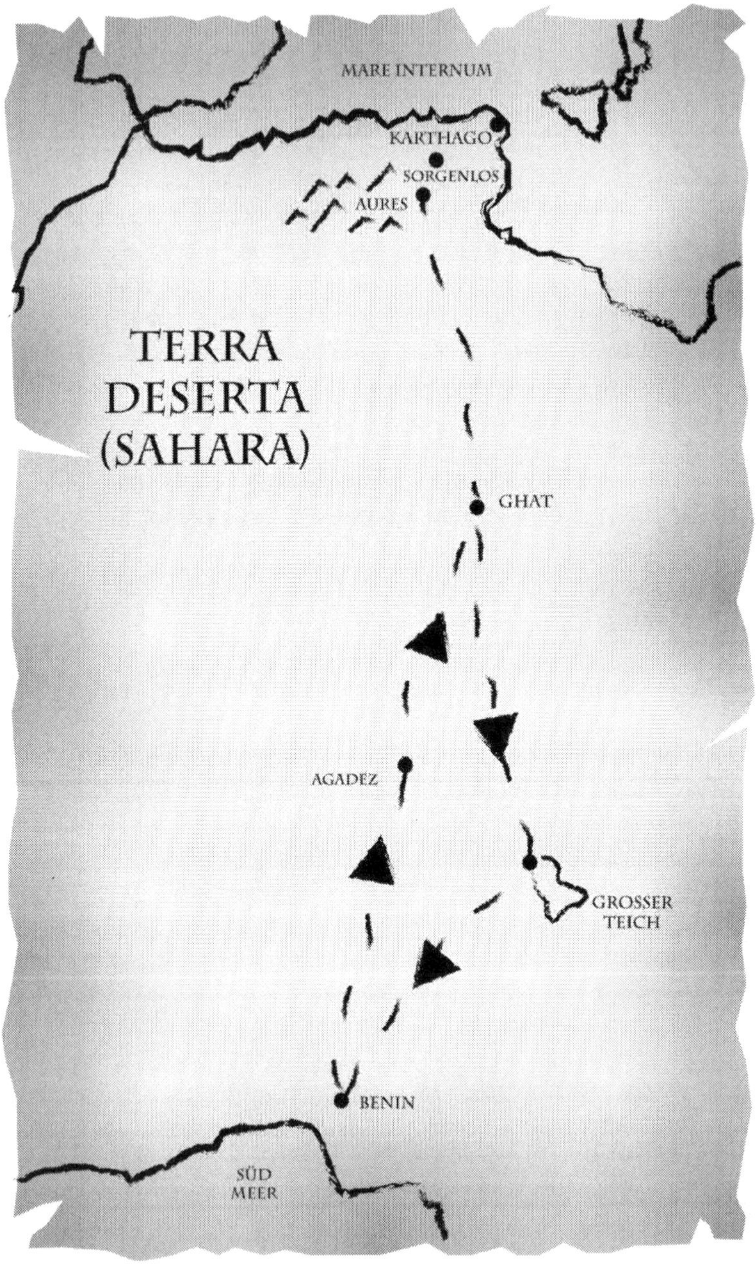
MARE INTERNUM
KARTHAGO
SORGENLOS
AURES
TERRA DESERTA (SAHARA)
GHAT
AGADEZ
GROSSER TEICH
BENIN
SÜD MEER

Man kann es mit Worten eigentlich nicht beschreiben, wie wunderbar und wunderschön es ist, auf eine grüne Insel in einer trostlosen Wüste zu stoßen. Ein Ort der Ruhe, der Erholung. Hier blieben wir zwei Tage und Nächte. Zum ersten Mal seit unserem Aufbruch wusch ich mich in einem einladenden Teich, im kühlen Schatten von Dattelpalmen.

Als es Dunkel wurde saßen wir um ein wärmendes Lagerfeuer beisammen. Zum Essen trank ich verwässerten Wein. Die Kameltreiber fingen auf ihren Handtrommeln an zu musizieren. Alle waren fröhlich gestimmt, als ein voller Mond über den Palmkronen in das Himmelszelt hinaufstieg. Ali Baba kannte viele Gestirne beim Namen und erklärte mir den südlichen Sternenhimmel. Wie einem Steuermann auf dem Meer, diente er ihm als Orientierung in der Wüste. Es war spät, als Habeeba und der Herrscher der Aures mich zu meinem Zelt begleiteten und mir eine gute Nacht wünschten. Danach fand ich lange Zeit keinen Schlaf und dachte an meine Liebsten in Hippo Regius.

„Wie es Farold und den Kindern wohl geht?", fragte ich mich, als sich am Zelt etwas zu schaffen machte.

Ich fasste mir ein Herz, stand auf und ging hinaus. Rogan stand mit dem Schwert in der Hand da und spähte in die vom Mondlicht erhellte Nacht.

„Was ist geschehen?", fragte ich ihn.

„Ein Wüstenfuchs wollte dich besuchen!"

Mittlerweile kam ich mit meinem Kamel gut zurecht. Ich rief es Zdan, was so viel wie Entzückt bedeutet. Das Tätscheln seines Halses zeigte stets Wirkung. Für mich war es erstaunlich, wie lange so ein Tier ohne Wasser und Futter auskommen konnte.

Um die Notdurft zu verrichten, lenkte ich mein schwankendes Wüstenschiff hinter eine Felsformation. Dort legte sich Zdan auf mein Zurufen hin.

Ich wollte gerade wieder aufsteigen, als es auf einmal anfing zu stürmen. Verwundert schaute ich mich um und sah, wie eine gewaltige Wolkenbank rasend schnell auf mich zutrieb.

„Mein Gott!", schoss es mir durch den Kopf. „Was ist das?"

Im nächsten Augenblick war die Sonne verschwunden. Zdan machte keinerlei Anstalten aufzustehen. Die gelbliche, hohe Wand war nur noch wenige Meter von mir entfernt, als ich mich rasch hinter das Tier legte, die Knie an die Brust und den Turban über das Gesicht zog. Kaum war das geschehen, fegte das Unwetter auch schon brüllend und heulend über mich hinweg. Derweil stand ich Todesängste aus und fühlte, wie sich immer mehr Sand über mich auftürmte. Zeitweise glaubte ich, ersticken zu müssen und kauerte mich noch dichter an das brave Tier. Abwechselnd betete ich zum Christengott und Wodan, und bat sie, mein Leben zu verschonen. Manchmal glaubte ich taub zu werden, so laut tobte sich der Sandsturm um mich herum aus. Nach ein paar Stunden kroch ich unter einem Sandhaufen hervor und war froh noch am Leben zu sein, als die Sonne wieder zum Vorschein kam. Dankbar tätschelte ich den Hals von Zdan, der mich vor Schlimmerem bewahrt hatte, bevor wir uns auf den Weg zur Karawane machten. Unterwegs kamen mir Rogan und Habeeba entgegen. Beide waren erleichtert, mich bei guter Gesundheit anzutreffen.

Schließlich ließen wir die Terra Deserta hinter uns. Überall wuchsen nun Bäume, Sträucher sowie Gras, und immer öfters begegneten uns Hirten mit Ziegenherden. Die Einheimischen wohnten in Lehmhäusern und fristeten ein eher kärgliches Dasein. Am Himmel sah ich auf einmal viele Vögel und dann lag er plötzlich vor mir. Ein See von beachtlichem Ausmaß!

„Die Menschen hier nennen ihn den Großen Teich", klärte mich Ali Baba auf.

Es war ein herrlicher Anblick nach Wochen in der Wüste so viel Wasser zu sehen. Die durstigen Kamele wurden getränkt, und ich nahm ganz in der Nähe ein erfrischendes Bad. Danach hatte ich das herrliche Gefühl neu geboren zu sein.

In einem größeren Flecken suchte Ali Baba einen Händler auf, um Wolle gegen Gewürze einzutauschen, bevor wir wieder aufbrachen. Von nun an folgten wir dem Lauf der Sonne. Die Landstriche wurden immer fruchtbarer und die Eingeborenen, denen wir fortan begegneten, hatten allesamt schwarze Hautfarbe. Ihre armseligen Hütten waren aus Holzstangen, Lehm und Tierhäuten erbaut. Dornenhecken schützten sie und ihre Nutztiere vor ungebetenen Besuchern.

An einem sehr heißen Tag erreichte unsere Karawane einen Fluss von gewaltigen Ausmaßen.

„Das ist der Niger!", klärte mich Ali Baba auf und Habeeba ergänzte: „Er fließt von West nach Ost und bildet die Lebensader der hier lebenden Stämme."

Als ich Ali Baba fragte, wie weit es noch sei, antwortete er: „Morgen werden wir *Benin* erreichen. Dort könnt ihr eure Glasarbeiten und Tonkrüge gegen Gold und Edelsteine eintauschen."

Benin war ein lebendiger, großer Marktflecken, in der die schwarze Bevölkerung emsig und lautstark ihren täglichen Geschäften nachging. Kinder liefen vergnügt neben unserer Karawane her und bestaunten kichernd die fremdartigen, weißen Menschen.

Auf einmal blieben die Kamele stehen. Vor uns lag eine Karawanserei. Ein Tor wurde geöffnet, und wir gelangten in einen geräumigen Innenhof, wo die Tiere getränkt und gefüttert wurden. Mit Rogan bezog ich eine zwar schlichte, aber saubere Kammer. Wir richteten uns ein, und als wir damit fertig waren, klopfte jemand an die Tür. Es war Ali Baba in Begleitung von Habeeba.

„Wir sollten *Oba* Buba einen Besuch abstatten, bevor wir Handel treiben", erklärte der Aures. „Der Herrscher der Bini erwartet von uns Geschenke, mit denen er seine zahlreichen Gespielinnen bei Laune hält. Nehmt also ein paar besonders schöne Glasarbeiten oder Tonkrüge mit!"

Danach machten wir uns auf den Weg zum Palast. Der war von einer roten Lehmmauer und zahlreichen Wachtürmen umschlossen. Bewaffnete Recken fragten am Portal nach dem Grund unseres Kommens und nach einem längeren Palaver wurden wir endlich zum Oba geführt. Der Koloss von einem Mann saß in der Mitte einer prunkvollen Halle auf einem erhöhten Elfenbeinthron. Vor ihm lagen zwei junge, reizvolle Afrikanerinnen und daneben standen etliche Männer in bunten Gewändern. Abschätzig musterte man uns.

„Macht mir alles nach, dann geht alles gut!", forderte Ali Baba uns auf und ging lächelnd auf den Oba zu.

Wir folgten ihm nach, und als sich der Aures vor dem Herrscher der Bini auf den Boden warf, taten wir es ihm gleich. Ein Gong ertönte und wir standen wieder auf. Danach trat Ali Baba vor das Podest auf dem Oba Buba thronte. Die Afrikanerinnen stiegen unterdessen graziös die Stufen herab. Der Berber überreichte einer Schönheit einen silbernen Dolch. Sie sah sich das wertvolle Gastgeschenk an, stieg die Stufen wieder hinauf und gab es ihrem Oba. Der reichte es wortlos einem herbeigeeilten Bediensteten weiter.

Jetzt war Habeeba an der Reihe. Er präsentierte eine weiße Perle als Präsent. Mit Billigung von Buba durfte sie eine Afrikanerin behalten.

Rogan überreichte daraufhin der anderen ein Glöckchen aus Glas. Als sie damit klingelte, hallte beifälliges Raunen durch die Audienzhalle.

Freundlich lächelnd händigte ich einen besonders schönen, bunt bemalten Tonkrug einer Afrikanerin aus. Sie betrachtete ihn eingehend und gab das Präsent an den Oba der Bini weiter. Der schaute zunächst den Krug und danach mich eigenartig an. Auf einmal erhob er sich und stieg behäbig die Stufen herab. Ich war mir in diesem Moment keineswegs sicher, ob ihm das Geschenk gefiel. Der Koloss von einem Mann überragte mich um mindestens zwei Köpfe. Auf sein Zeichen hin, trat eine der Afrikanerinnen auf mich zu. Ohne zu fragen, wickelte sie meinen Turban auf, worauf die lockigen, blonden Haare zum Vorschein kamen und über meine Schultern fielen. Der Bini musterte mich und winkte sodann Ali Baba herbei. Die beiden wechselten ein paar Worte miteinander. Als der Gong zweimal ertönte, verließen alle Anwesenden den Raum. Lediglich meine Begleiter, die Afrikanerinnen, Oba Buba und ich blieben zurück.

„Er hat mich gefragt, ob man euch kaufen könne", flüsterte mir der Aures unterdessen zu.

Worauf ich kurz entschlossen ein paar Schritte auf den Bini zuging.

„Ich bin die Gesandte des Königs der Vandalen und Alanen", bekam er zu hören. „Sollte mir jemand Leid antun, wird Geiserich nicht nur denjenigen zur Rechenschaft ziehen, sondern auch den Handel zwischen dem Mare Internum und dem Stamm der Bini gänzlich unterbinden."

Ali Baba übersetzte, worauf der Riese wieder auf dem Elfenbeinthron Platz nahm. Abermals sah er mich recht merkwürdig an. Zu guter Letzt gab er einer Afrikanerin einen Wink, worauf sie uns aus dem Palast führte.

Am nächsten Morgen kam ein Bote in die Karawanserei und teilte Ali Baba mit, dass Oba Buba mich und eine männliche Begleitung zu einem Ausflug ans Süd Meer einlade, während der Handel in Benin abgewickelt werden könne. Ich war mir nicht sicher, ob ich sie annehmen sollte und forderte den Boten auf, am Abend wiederzukommen. Als er fort war, fragte ich Ali Baba und Habeeba, was sie davon hielten.

„Der Herrscher der Bini lebt vom Handel", erklärte der Aures. „Er wird euch kein Leid zufügen, weil er ansonsten damit rechnen muss, dass der Handel zwischen dem Mare Internum und seinem Stamm von eurem König unterbunden wird. Das habt ihr ihm ja unmissverständlich angekündigt. Wenn ihr jedoch seine Einladung ausschlägt, ist er womöglich beleidigt und schickt uns unverrichteter Dinge zurück. Wägt also gut ab, was ihr zu tun gedenkt."

Habeeba hatte alles mitangehört.

„Der Mann an eurer Seite soll euch in Sicherheit wähnen", mutmaßte er. „Buba will euch und wird gewiss einen Weg finden, den Sittenwächter abzulenken."

Ich dachte nach und entschloss mich, nicht zuletzt wegen der Aussicht unter Umständen keinen Handel treiben zu können und mit leeren Händen zurückzukehren, die Einladung des Bini anzunehmen. Als männlichen Begleiter wollte ich meinen Sohn mitnehmen. Ali Baba und Habeeba, bat ich während unserer Abwesenheit die mitgebrachten Krüge und Glasarbeiten gegen möglichst viele Edelsteine oder Gold einzutauschen.

An der Seite Oba Bubas ritt ich durch das Stammesgebiet der Binis. Die beiden Afrikanerinnen, Rogan, ein Hofrat und etliche Leibwächter begleiteten uns. Einer ritt voraus und kündigte den Menschen lautstark das Nahen ihres Herrschers an. Die Untertanen legten sich daraufhin flach auf die Erde. Wer es wagte aufzublicken, machte Bekanntschaft mit einer Peitsche.

Auf einmal hörte ich Möwen kreischen und dann lag das Süd Meer vor mir. Der endlose Strand war schneeweiß. Wie ein immergrüner Damm ragten tausende von Kokospalmen in den Himmel.

„Wahrlich ein paradiesischer Anblick", dachte ich.

Im Galopp ritten wir am Gestade entlang. Der schwerfällige Herrscher der Bini fiel mit den Leibwächtern und dem Hofrat zurück. Es war ein herrliches Gefühl durch das aufspritzende Wasser zu reiten. Plötzlich hielten die Afrikanerinnen auf einen Palmenwald zu. Rogan und ich folgten ihnen nach. Kurz darauf saßen wir unter den Bäumen und schauten zu, wie Oba Buba und dessen Begleiter vorbeiritten.

Mit wenigen Worten und vielen Gesten stellten sich die beiden Afrikanerinnen vor. Eine sagte ständig Suga. Immer wenn sie das Wort aussprach, deutete sie auf die Sonne. Man hatte sie ganz offensichtlich nach dem Gestirn benannt. Ihre Gefährtin war vermutlich ihre Schwester, da sie sich ähnlich sahen. Rogan verschlang die schwarze Venus förmlich mit den Augen. Immerzu sagte sie Jetta, zeigte dabei auf sich und zeichnete mit einem Stock eine Blume in den Sand. Mein Sohn und ich waren uns einig, dass sie Blume gerufen wurde. Anschließend waren Rogan und ich an der Reihe, bevor wir zusammen in die Brandung liefen um im Süd Meer zu baden.

Am späten Nachmittag erreichten wir den Sommerpalast des Oba, wo uns der Hofrat erwartete. Er sprach fließend Latein und begleitete meinen Sohn und mich in unsere Gemächer im Obergeschoss. Sie waren prachtvoll eingerichtet, und die Aussicht auf das türkisblaue Meer atemberaubend.

Später ging ich hinab in einen prunkvollen Raum, wo Oba Buba, der Hofrat, Suga und Jetta sowie Rogan anzutreffen waren. Kaum hatte ich Platz genommen, eilten Bedienstete herbei und servierten ein üppiges sowie köstliches Mahl. Als Vorspeise gab es verschiedene Obstsorten und dazu wurde alkoholisierte Kokosmilch und Wasser gereicht.

Unterdessen wollte der Hofrat von mir erfahren, wie die

Vandalen nach Afrika gekommen waren, warum wir unsere Heimat verlassen hätten und was für ein Mensch König Geiserich sei. Bereitwillig antwortete ich ihm, worauf er seinem Oba übersetzte. Vor allem Geiserich, das fiel mir auf, beschäftigte den schwarzen Riesen. Ich schilderte ihn als klug, mutig, gerecht und mit Blick auf den bulligen Herrscher der Bini, als nachtragend sowie rachsüchtig. Der hörte mir und danach dem Hofrat mit wachen Sinnen und offenem Mund zu.

Als Hauptgang gab es Fisch in allen Variationen, dazu wurde gelbes Mus, warmes Fladenbrot und leckere Zutaten gereicht. Als man mir Wein anbot, winkte ich freundlich aber bestimmt ab und verlangte stattdessen einen Fruchtsaft. Das Essen war delikat und die Unterhaltung aufschlussreich. Ich erfuhr einiges über die Lebensweise der Bini und ihren Oba. Der ließ sich unverwässerten Wein nachschenken. Nach dem Mahl wurde abserviert, und ich wusch meine Hände in einer goldenen Schüssel. Hernach reichte mir eine Dienerin ein Tuch, um damit die Hände abzutrocknen.

Es war mittlerweile Nacht geworden und die Bediensteten zündeten Öllämpchen und Kerzen an. Plötzlich ertönte dreimal ein Gong. Daraufhin betraten einige Afrikanerinnen und Afrikaner den Raum und boten akrobatische Kunststücke dar.

Ohne dass ich danach verlangt hätte, stellte eine Dienerin einen Fruchtsaftbecher vor mir auf den Tisch. Suga nahm das Gefäß, trank daraus, stellte es wieder ab und schob mir das ihrige unauffällig zu. Worauf ich sie verwundert ansah. Sie schüttelte andeutungsweise den Kopf. Sogleich hatte ich verstanden. Offensichtlich wollte man mir ein Rauschmittel verabreichen. Dankbar sah ich Suga an, worauf sie verklärt lächelte. Nachdem die Akrobaten den Raum wieder verlassen hatten, erhob sich Oba Buba und kam auf mich zu. Er war nur noch wenige Schritte entfernt, als sich Jetta ihm in den Weg stellte und anfing den Koloss zu liebkosen.

„Er glaubt, dass ich die Droge getrunken habe, und er mit mir all das machen kann, was er sich ausgedacht hat", reflektierte ich.

Danach winkte ich eine Bedienstete herbei und verlangte unverwässerten Wein, worauf sie mir einen Becher Rebensaft brachte. Buba und Jetta waren miteinander intim beschäftigt und alle schauten ihnen dabei schamlos zu. In diesem unbeobachteten Augenblick zog ich das Fläschchen mit der Baldriantinktur aus meiner Tasche und leerte die Hälfte davon in den vor mir stehenden Becher. Kaum war das geschehen, ließ der Herrscher der Bini von Jetta ab und nahm neben mir Platz. Mir wurde heiß. Gleichwohl setzte ich eine verführerische Miene auf, begann damit sein Kopfhaar zu kraulen und reichte Buba den Weinbecher mit der Tinktur. Er trank ihn mit einem Zug aus.

„Das Schlafgetränk zeigt erst nach einer Weile Wirkung", überlegte ich unterdessen.

Deshalb wandte ich mich Suga zu, um etwas Zeit zu gewinnen. Das hätte ich besser bleiben lassen. Sie war von der Droge stimuliert und wollte mich küssen, als der Riese sie gewaltsam wegzog und auf den Boden schleuderte. Alle Augenpaare waren auf den Herrscher der Bini gerichtet, der bedrohlich vor mir stand. Lautstark rief ich in diesem Moment nach dem Hofrat, der herbeigeeilt kam.

„Ich will mit Oba Buba alleine sein!"

Er übersetzte, worauf der Koloss lauthals anfing zu lachen. Der Bini wollte gar nicht mehr aufhören. Die Tinktur jedoch, zeigte keinerlei Wirkung. Mir wurde angst und bange.

Schließlich erteilte er Anweisungen, worauf alle den Raum verließen, bis auf meinen Sohn. Rogan, das sah ich ihm an, stand kurz davor, über den Bini herzufallen. Auf Vandalisch sagte ich ihm, dass er sich keine Sorgen machen bräuchte, da ich Buba einen Schlaftrunk verabreicht hätte. Danach ging auch er, widerwillig zwar, hinaus. Nachdem das geschehen war, gab ich dem Riesen zu verstehen, dass er seine Augen schließen solle. Was er anstandslos tat. Daraufhin lief ich umher und löschte alle Öllämpchen sowie Kerzen, worauf es im Raum stockdunkel wurde. Hinter einer Steinsäule wartete ich mit klopfenden Herzen ab, was geschehen würde. Es blieb zunächst verdächtig still.

„Vermutlich glaubt der Bini, dass ich das Versteckspiel liebe, und erwartet eine Belohnung, wenn er mich findet", überlegte ich noch, als es rumste.

Danach war nichts mehr zu hören. Es verging eine gewisse Zeit, in der ich mich völlig ruhig verhielt. Eine Tür wurde geöffnet und Jetta kam mit einer brennenden Kerze in der Hand herein. Der Herrscher der Bini lag vor der Steinsäule ausgestreckt auf dem Fußboden. Gemeinsam schleiften wir ihn in die Mitte des Raums und zogen ihn aus, um den Eindruck zu vermitteln, dass wir intim waren. Als der Koloss entblößt vor mir lag, lief mir ein kalter Schauer über den Rücken.

Jetta und ich verließen den Raum und stiegen die Treppe zu unseren Gemächern hinauf. Hinter mir verriegelte ich die Tür und konnte lange Zeit nicht einschlafen, so aufgewühlt war ich.

Suga, Jetta, Rogan und ich verbrachten den ganzen nächsten Tag am Strand. Als wir am späten Nachmittag in den Palast zurückkehrten, empfing uns der Hofrat. Er sagte uns, dass Oba Buba unpässlich sei und sich entschuldigen lasse.

Am Abend hielten wir uns auf der Dachterrasse des Palastes auf und erfreuten uns an einem beeindruckend klaren Sternenhimmel. Zu später Stunde verabschiedeten sich Rogan und Jetta von Suga und mir. Hierauf beschlich mich ein mulmiges Gefühl.

Früh am Morgen brach ich mit meinem Sohn und den Afrikanerinnen auf, um nach Benin zurückzukehren. Oba Buba hatte es vorgezogen zu bleiben. Unterwegs vertraute mir Rogan an, dass er sich in Jetta verliebt hätte, weshalb er sie nach Hippo Regius mitnehmen wolle. Von diesem Moment an, machte ich mir große Sorgen um die beiden. Schließlich war die charmante sowie bildhübsche Afrikanerin ein Weib von Oba Buba, dem gewalttätigen Herrscher der Bini.

Ali Baba und Habeeba hatten die Tauschgeschäfte inzwischen erfolgreich abgeschlossen, weshalb sie den Rückweg antreten wollten.

„Ich würde Suga und Jetta gerne mitnehmen“, teilte ich den Berbern mit. „Ob man sie dem Herrscher der Bini abkaufen kann?“

Die sahen zuerst mich und danach sich fassungslos an.

„Die beiden gehören Oba Buba“, erklärte Ali Baba. „Er bringt jeden grausam um, der nur daran denkt!“

Rogan hatte alles mitangehört. Ich sah es ihm an, dass die Antwort meinem Sohn nicht behagte und fragte mich, wie er darauf reagieren würde.

Als ich am nächsten Tag aufwachte, war dessen Schlafstatt verwaist. Rogan hatte mir eine Nachricht hinterlassen. Er wollte der Karawane vorauseilen, bis zu einem Marktflecken namens *Agadez.*

„Seltsam!", dachte ich.

Ali Baba und Habeeba hatten das eingetauschte Gold und die Edelsteine in sechs Holzkisten verstaut. Jene mit Schlössern gesichert und die dazugehörigen Schlüssel drückte mir der Herrscher der Aures in die Hand.

„Auf dem Rückweg übernachten wir stets in sicheren Karawansereien", erklärte Ali Baba und Habeeba ergänzte: „Wir müssen damit rechnen, dass Wegelagerer uns ausrauben wollen."

Ab sofort bildeten je zwei Treiber die Vor- und Nachhut der Karawane. Ali Baba trieb zur Eile. Ständig ritt er hin und her, ermahnte alle achtsam zu sein. Auf einer Fähre fuhren wir über den Niger. An jenem Ort sah ich zum ersten Mal in meinem Leben Krokodile. Allmählich veränderte sich die Landschaft wieder. Das üppige Grün wich einem kargen Grau. Kurze Zeit später empfing uns die unwirtliche Terra Deserta.

Es war um die Mittagszeit, als wir eine Rast einlegten. Ich döste gerade unter einer schattenspendenden Zeltplane vor mich hin. Auf einmal hörte ich das Trampeln von rasch näherkommenden Kamelen. Unsere Nachhut ritt Hals über Kopf auf das Lager zu.

„Wir werden von Räubern verfolgt", rief ein Treiber außer Atem, als sie uns erreicht hatten.

„Wie viele sind es?", fragte Ali Baba.

„Ich konnte sie nicht zählen. Vielleicht zwanzig oder dreißig!"

Im nächsten Augenblick entdeckte ich die Wegelagerer. Sie beobachteten uns aus sicherer Entfernung.

„Im Schutze der Dunkelheit werden sie angreifen", erklärte der Herrscher der Aures und besprach sich mit seinen Männern.

„Was würde Farold oder Geiserich in solch einer Situation unternehmen?“, fragte ich mich unterdessen.
Mir fiel ein, dass ich einen hunnischen Bogen mitgenommen hatte. Von einer solchen Waffe abgeschossene Pfeile flogen um einiges weiter, als von allen anderen. Das brachte mich auf einen Gedanken. Das Gelände um uns herum bot keinerlei Deckung, war sehr steinig und selbst für Kamele nicht einfach zu durchqueren, sobald man vom Weg abwich. Deshalb schlug ich Ali Baba vor, in Zweierreihen, dicht hintereinander und so schnell wie möglich weiterzuziehen. Mögliche Verfolger wären gezwungen, die Karawane auf dem Weg anzugreifen. Diesen Umstand wollte ich nutzen, um den Bogen wirkungsvoll einzusetzen.

Von nun an ritt ich neben Habeeba ganz am Schluss der aufgereihten Karawane. Der Berber sollte mir bei einem Angriff der Räuber die Pfeile reichen, so dass ich schneller schießen konnte, bevor wir unsererseits in Schussweite gerieten.

Zunächst ließ man uns unbehelligt weiterziehen. Ali Baba und die Treiber sorgten dafür, dass die Kamele schneller als gewöhnlich liefen, damit wir in der Steinwüste keinesfalls seitlich überholt werden konnten. Es dauerte nicht allzu lange, bis eine Staubwolke hinter uns zu sehen war. Ali Baba beschleunigte daraufhin an der Spitze der Karawane noch einmal das Tempo. Einige Treiber waren von ihren Tieren abgestiegen und wuchteten Steine auf den Weg. Die aufgereihten Hindernisse sollten einen geordneten Ansturm der Wegelagerer verhindern.

Weit auseinandergezogen kamen sie allmählich näher. Habeeba und ich stiegen von unseren Kamelen ab und warteten darauf, dass die Ersten in Schussweite gerieten. Als dass der Fall war, reichte der Berber mir einen Pfeil. Ich spannte damit die Sehne des Bogens an, zielte und ließ los. Das Geschoss flog in einer flachen Flugbahn auf einen der Räuber zu und traf ihn in die Brust. Er fiel vom Kamel und blieb auf dem Weg liegen. Anschließend schoss ich in rascher Reihenfolge weitere Pfeile ab. Annähernd die Hälfte traf ihr vorgegebenes Ziel, bevor Habeeba und ich wieder aufstiegen und unserer Karawane folgten. Das wiederholte sich ein zweites sowie drittes Mal. Hierauf brachen die Wegelagerer die Verfolgung ab.

Endlich erreichten wir den Handelsflecken Agadez. Hohe Wachtürme und eine Mauer aus Lehm schützten die Bewohner des Fleckens vor ungebetenen Gästen. In zentraler Lage befand sich ein staubiger Platz, auf dem gleich mehrere Karawanen rasteten. Dort gab es reichlich Wasser und Futter für die Tiere sowie Lebensmittel für Treiber und Händler. Ein Mann lief auf mich zu. Erst als er näherkam, erkannte ich Rogan und war sehr erleichtert, ihn bei guter Gesundheit wiederzusehen.

„Ich muss mit dir alleine reden, Mutter!", flüsterte er.

Wir gingen ein paar Schritte zur Seite.

„Jetta sagte mir im Sommerpalast am Süd Meer, dass sie sich vor Oba Buba fürchtete, flüchten wolle oder den Freitod wähle. Daraufhin versprach ich ihr, dass ich sie nach Hippo Regius mitnehmen würde."

Rogan war merklich aufgeregt und sprach sehr schnell.

„Wir vereinbarten einen Ort, an dem wir uns nach Sonnenaufgang treffen wollten, um gemeinsam nach Norden aufzubrechen", fuhr er fort. „Das geschah in der Nacht, als ich mich davongemacht habe. Als ich mit einem des Weges kundigen Treiber dort ankam, stellte ich fest, dass sie nicht alleine gekommen war. Jetta hatte ihre Zwillingsschwester Suga mitgebracht."

Als er das sagte, hatte ich einen außer sich geratenen Buba vor Augen.

„Die Geschwister hatten nichts zu verlieren, außer ihrem Leben. Von Ali Baba wusste ich, dass unsere Karawane auf dem Rückweg durch Agadez kommt, wo er noch Sklaven und wilde Tiere erwerben wollte."

Ich überlegte derweil, ob ich Rogan tadeln oder loben sollte. Jedenfalls war mir und vermutlich auch ihm klar, dass Oba Buba seine Recken hinter uns herjagte, sobald er das Verschwinden der Frauen bemerkt hatte.

„Sagtest du, dass Ali Baba noch Sklaven kaufen will?"

„Das hat er mir so anvertraut!"

Im gleichen Augenblick hatte ich eine Idee. Kurz darauf

stand ich vor dem Herrscher der Naures und erzählte ihm, was passiert war. Ali Baba schlug die Hände über dem Kopf zusammen und fing an zu wehklagen. Als ich ihm auch noch verriet was ich vorhatte, fürchtete ich ernsthaft, dass er seine Beherrschung gänzlich verlieren würde. Auf jeden Fall war die Angelegenheit vertrackt und gefährlich. Hernach machte sich Rogan mit zwei Kameltreibern davon.

In Begleitung von Ali Baba, Habeeba und Jusuf, dem Führer unserer Treiber, suchte ich den örtlichen Sklavenmarkt auf. Menschen wurden dort wie Vieh zum Kauf angeboten. Dabei ging es nicht zimperlich zu. Ständig hörte man zwischen weinenden Kindern, barbusigen Frauen, muskulösen Männern oder hilflosen Greisen, Peitschen knallen. Die menschliche Handelsware hatte eins gemein: Eine schwarze Hautfarbe.

„Jetzt seht ihr, womit Oba Buba seinen unermesslichen Reichtum angehäuft hat", erklärte Ali Baba. „Ihm ist es egal, woher die Menschen kommen, was sie denken oder fühlen. Hauptsache, seine Sklaven erzielen hohe Gewinne. Wir müssen auf der Hut sein, die Augen des Herrschers der Bini reichen bis hierher."

Rogan war inzwischen wieder zu uns gestoßen und deutete unauffällig auf eine Schar, welche gerade auf den Marktplatz kam. Es waren Suga und Jetta mit den beiden Kameltreibern. Jene führten die Afrikanerinnen zu einem Sklavenhändler. Der sah sich abschätzend die ansehnliche Ware aus der Nähe an und ließ sich ihre strahlend weißen Zähne zeigen. Danach nannte er einen Kaufpreis. Die Treiber willigten ein und der Handel wurde mit Handschlag abgeschlossen. Für Jetta und Suga erhielten sie je vier blaue Smaragde.

Unmittelbar danach ging Jusuf schnellen Schrittes auf den Menschenhändler zu, mit der Absicht ihm die Schwestern wieder abzukaufen. Aus einiger Entfernung sah ich zu, was sich nunmehr ereignen würde. Der Händler versuchte wild gestikulierend den Preis für die Afrikanerinnen in die Höhe zu treiben. Doch Jusuf war ein erfahrener und kluger Mann. Zu guter Letzt schlug der Menschenhändler in die ausgestreckte Hand des Aures ein, worauf ein Beutel voller Rubine ihren Besitzer wechselten.

Unmittelbar danach ritt Jusuf mit den Geschwistern aus der

Stadt hinaus gen Norden. So war es zuvor besprochen und vereinbart worden, damit keinerlei Verdacht auf Ali Baba oder Habeeba fiel. Der Herrscher der Aures erwarb noch ein paar Sklaven, bevor wir zur Karawane zurückkehrten.

„Wenn ihr wollt, zeige ich euch noch den größten Tiermarkt Afrikas", bot mir Ali Baba an und ich machte mich mit ihm auf den Weg.

Was ich auf dem Markt zu sehen bekam, bleibt mir ewig in Erinnerung. An jenem Ort wurden Elefanten, Leoparden, Antilopen, Löwen, Warzenschweine, Schlangen, Papageien, Skorpione und viele andere exotische Tiere zum Kauf angeboten. Der Lärm war beängstigend, und der Gestank verschlug mir schier den Atem. Der Aures erstand einen halbwüchsigen Löwen, einen herrlichen Leoparden und zwei belustigende Affen, welche er in Karthago weiterverkaufen wollte. Außerdem deckte er sich mit Straußeneiern ein, die er auf dem Rückweg genüsslich verzehrte.

Einige Tierhändler boten prachtvolle Papageien zum Kauf an. Die kauzigen Vögel gefielen mir, und ich konnte nicht widerstehen. Als ich ein Paar für eine Hand voll Kupfermünzen erwarb, war ich in Gedanken bereits bei Stefania und Carolina in Hippo Regius.

Wir kamen wieder nach Ghat, wo uns Jusuf mit den afrikanischen Schwestern bereits ungeduldig erwartete. Von diesem Tage an, waren Rogan und Jetta ein unzertrennliches Liebespaar.

Nachdem sich Ali Baba und die Kameltreiber in den Bergen der Aures von uns verabschiedet hatten, suchten wir Marcellus und dessen Sippe auf Sorgenlos auf. Ein paar Tage blieben Rogan, Habeeba, die Afrikanerinnen und ich auf dem Gut, um uns von den Strapazen der beschwerlichen Reise zu erholen. Mein Oheim hatte einen Boten nach Hippo Regius gesandt, um Farold mitzuteilen, dass wir gesund aus der Terra Deserta zurückgekehrt waren. Mein Mann brach noch zur gleichen Stunde nach Sorgenlos auf. Es war ein wunderbares Gefühl als er mich in seine Arme nahm.

Ein paar Tage später herzte ich meine Töchter Stefania und

Carolina. Anschließend berichteten Rogan und ich den Hirschbergern, was wir auf der Reise durch die Wüste erlebt hatten, bevor ich den Käfig mit den beiden Papageien holen ließ. Meine Töchter waren über das nicht gerade alltägliche Geschenk hellauf begeistert. Wir nannten die Vögel Oba und Buba, in Erinnerung an die beschwerliche Reise durch die Terra Deserta.

Schließlich machte ich mich mit meinem Mann, Rogan und Habeeba auf den Weg zum König. Er sollte erfahren, wie es uns ergangen, was wir erlebt und ob die Mission erfolgreich verlaufen war. Als ich die Schlösser der sechs Holzkisten mit dem Gold und den Edelsteinen aufschloss und die Deckel anhob, fingen die blauen Augen Geiserichs wie Smaragde an zu funkeln.

Kapitel 39 – Flavius Aspar

An Ostern Anno Domini 432 fand in der vormaligen katholischen Kirche in Hippo Regius ein arianischer Festgottesdienst statt. Geiserich hatte die meisten Priester der Katholiken außer Landes verwiesen. Der arianische Glaube war zu einer staatstragenden Säule des Königreiches der Vandalen und Alanen geworden.

Jedenfalls setzte er an jenem Osterfest zwei Diener Gottes als arianische Bischöfe in ihre Ämter ein. Im Unterschied zu den Katholiken fand die Zeremonie in einem schlichten Rahmen statt. Ihre Namen lauteten: Dankrad und Ansgar!

Sie bauten eine gut organisierte Kirche auf, welche sich nicht nur der Armen, Kranken, Witwen und Waisen annahm, sondern auch Heiden oder Ketzer zum Arianismus bekehrten.

Des Öfteren habe ich mich mit dem König über religiöse Themen unterhalten. Er war in diesem Zusammenhang erstaunlich tolerant, doch sobald man auf die Katholiken zu sprechen kam, war es damit aus und vorbei.

„Was hat Geiserich nur gegen sie?", fragte ich mich nicht nur einmal.

In jenen Tagen traute Bischof Ansgar in einer Doppelhochzeit Rogan mit Jetta sowie meinen Schwager Stefan mit Sonja, einer Suebin. Die Sippschaft meines Mannes lebte in unserer geräumigen Stadtvilla in Hippo Regius zusammen. Darunter auch meine Schwägerin Marit mit ihrem Mann Jurgo, einem Alanen. Die beiden hatten sich während meiner Reise durch die Terra Deserta ein Eheversprechen gegeben. Er war Hundertschaftsführer der alanischen Reiterei und für seine mutigen Taten bekannt.

Bald darauf stellte sich bei allen Neuvermählten Nachwuchs ein. Ihre Kinder wuchsen, im Gegensatz zu den Eltern, im Wohlstand auf. Ihnen fehlte es an nichts und Mentoren unterrichteten die heranwachsende Herrscherschicht der Vandalen. Niemals werde ich in diesem Zusammenhang vergessen, als König Geiserich einmal zu mir sagte: „Am Reichtum und seinen Auswirkungen geht jede Zivilisation, über kurz oder lang, zu Grunde!"

Alles ging seinen gewohnten Gang, bis ein königlicher Kurier in Hippo Regius erschien, wo sich Farold und ich gerade aufhielten. Geiserich bestellte den Ritterstand zu Beratungen in seinen Palast ein. Als Marc, Farold und ich ein paar Tage später in die Aula eintraten, waren dort alle Ritter des Königreiches anzutreffen. Ein Portal wurde aufgestoßen und der Herrscher der Vandalen sowie Alanen betrat, ein Bein leicht nach sich ziehend, den prachtvollen Raum. Er stieg die Stufen zu einem Marmorpodest hinauf und nahm auf dem Thron Platz.

„Seid gegrüßt, Ritter des Reiches!", rief er aus, worauf die Anwesenden antworteten: „Heil dir, König Geiserich!"
Seit geraumer Zeit war es am Hof üblich, die anstehenden Beratungen des Ritterstandes mit dieser feierlichen Handlung zu beginnen.

„Kommen wir sogleich zur Sache!", erklärte Geiserich ohne Umstände. „Eine gewaltige Streitmacht aus Constantinopolis ist in Afrika eingetroffen. Sie wird vom Obersten Heermeister des Östlichen Imperiums, Flavius Aspar, kommandiert. Die Flotte, welche die Truppen hierher transportiert hat, liegt im Hafen von Karthago oder ankert vor der Stadt."
Er sah sich um, und kraulte derweil seinen Bart.

„Aspar ist mit zwei Legionen aufgebrochen und marschiert zur Stunde auf Hippo Regius zu."
In diesem Moment hätte man eine Feder fallen hören.

„Wir werden zuwarten, um in einem günstigen Augenblick mit aller Macht zuzuschlagen!"
Worauf ich mich fragte: „Was für einen Plan hat er dieses Mal ausgeheckt?"
Der König war aufgestanden, stieg die Stufen des Podestes hinab und schritt auf Farold, Marc und mich zu.
„Marc von Hirschberg wird unsere Reiterei anführen, und sein Bruder Farold mit der Flotte nach Karthago aufbrechen. Während die Reiterei die Legionen Aspars auf dem Weg nach Hippo Regius immer wieder einmal attackiert, werden unsere Seemänner die Schiffe des Östlichen Imperiums entern oder

in Brand setzen. Alle Getreidefelder zwischen Hippo Regius und Karthago werden niedergebrannt, damit die Versorgung Roms mit Korn aus Afrika gänzlich unterbleibt. An einem geeigneten Ort meiner Wahl werden wir sie zur Schlacht stellen!"
Niemand meldete sich daraufhin zu Wort und alle stimmten dem Plan von König Geiserich zu.

Mein Mann fuhr mit der Flotte nach Karthago und setzte etliche Schiffe des Östlichen Imperiums in Brand, welche außerhalb des schützenden Hafens ankerten. Anschließend unterbrach er den Getreidehandel mit der Ewigen Stadt. Die Preise für Mehl und Brot stiegen daraufhin schwindelerregend in die Höhe und die Römer lehnten sich gegen ihre Obrigkeit auf.

Marc griff unterdessen mit der Reiterei die nach Westen marschierenden Truppen Aspars immer wieder an, ging aber einer entscheidenden Feldschlacht aus dem Weg.

Am schlimmsten aber traf es die einheimische Bevölkerung. Die Legionen und Auxiliar des Imperiums nahmen unterwegs alles mit, was man gebrauchen konnte, und unsere Recken entfachten riesige Flächenbrände, um die Getreidefelder zu vernichten.

Als die Truppen Aspars Hippo Regius erschöpft, hungrig und durstig erreichten, hatte sich Geiserich mit dem Heer hinter die mächtigen Stadtmauern zurückgezogen. Unsere Reiterei begann damit, den Nachschub des Feindes zu unterbinden. Die Legionäre und Auxiliar litten sehr bald schon darunter, worauf ihr Oberster Heermeister den Abbruch der Belagerung und den Rückzug nach Karthago anordnete.

Die Legionen des Imperiums hatten mehr als die Hälfte der Strecke zurückgelegt, als sich unsere Streitmacht mit angeworbenen Söldnern ihnen in den Weg stellte. Die von Geiserich ausgewählte Stellung auf einem Hügel, wurde zwar von Aspars Legionären und Auxiliar eingenommen, doch die Schlacht selbst brachte keine Entscheidung. Danach setzten sich die dezimierten Legionen ab und suchten in Eilmärschen hinter den Mauern von Karthago Schutz. Die kalte Jahreszeit beendete alle Kampfhandlungen, und in Rom brach eine noch nie zuvor dagewesene Hungersnot aus.

Mitten im Winter meldete uns ein Bote den Besuch des Königs an.

„Merkwürdig", dachte ich, „warum empfängt er uns nicht in seinem Palast?"

Geiserich kam mit ein paar Leibwächtern und wurde üppig bewirtet. Wie immer, aß und trank er in Maßen. Völlerei oder Trunksucht, waren ihm ein Gräuel. Außerdem liebte der König geistreiche Gespräche. Alles Eigenschaften, an denen ich Gefallen fand. Die Kinder der Sippschaft sprangen vergnügt um ihn herum, und er hatte sichtlich seine Freude daran. So ausgelassen, hatte ich ihn schon lange Zeit nicht mehr erlebt. Es war schon gegen Mitternacht, als er mit Farold, Marc und mir alleine sprechen wollte.

„In meiner Residenz", begann er die Unterredung, „haben Wände Ohren. Deshalb bin ich zu euch gekommen, um im vertraulichen Kreis offen sprechen zu können."

Gebannt hörten wir zu, was er uns zu sagen hatte.

„Beim nächsten vollen Mond werde ich mich mit dem Obersten Heermeister des Östlichen Imperiums, Flavius Aspar, an einem geheimen Ort treffen. Wir wollen darüber beratschlagen, auf welche Art und Weise wir Vandalen und Alanen in Afrika bleiben können. Er ist gebürtiger Alane und spricht seine Muttersprache."

Geiserich sah mich auf einmal an.

„Was haltet ihr davon, Ida?"

Ich musste nicht lange überlegen.

„Ein guter und weiser Gedanke! Wir brauchen Frieden, um unser Königreich zu stabilisieren.

„Das sehe ich genauso!", pflichtete er mir bei. „Spione berichteten mir, dass im Westlichen Imperium nach wie zuvor ein blutiger Bürgerkrieg tobt. Eine Schlacht zwischen den Legionen der Heermeister Aetius und Bonifatius hat Letzterer zwar für sich entschieden, doch wurde er dabei schwer verletzt und ist daran verstorben."

Der König hielt inne um mit sich Rat zu halten.

„Zu den Hunnen ist dieser Aetius geflohen und will mit ihrer Hilfe zurückkehren, um die Politik des Kaisers im Westlichen Imperium zu bestimmen. Wir sollten die Umstände nutzen, um zu einer Übereinkunft mit Ravenna als auch Constantinopolis zu kommen. Ich möchte mich an einem abgelegenen Ort mit Flavius Aspar treffen und ihr sollt mich dabei begleiten."

„Wann und wo, werden wir mit dem Obersten Heermeister zusammenkommen?", wollte mein Mann erfahren.

„Habt ihr einen Vorschlag?"

„Auf Gut Sorgenlos!", empfahl ich dem König.

So kam es, dass wir gemeinsam Hippo Regius verließen. Ein paar Recken der königlichen Leibwache begleiteten uns auf dem Weg nach Süden. Marcellus Aurelius war bass erstaunt, als wir mit dem König der Vandalen und Alanen auf Sorgenlos eintrafen. Als Farold seinem Oheim ankündigte, dass im Laufe des morgigen Tages auch noch der Oberste Heermeister des Östlichen Imperiums eintreffen würde, wollte er es zunächst nicht glauben. Unterdessen war ich nach Rosenthal geritten, um mich mit Silva zu besprechen. Der Oberste Heermeister des Östlichen Imperiums und der König der Vandalen und Alanen sollten im Schwalbennest ungestört miteinander sprechen können.

Respektvoll begrüßten sich Aspar und Geiserich in der Villa auf Sorgenlos. Sie sprachen tatsächlich alanisch miteinander. Am nächsten Tag ritten wir gemeinsam hinüber nach Rosenthal. Unterhalb des Schwalbennestes stiegen wir von den Pferden, zwängten uns durch den Felsspalt und stiegen die Treppenstufen zur Bastei hinauf. Silva hatte alles gut vorbereitet und begrüßte dort oben den König, den Obersten Heermeister, Farold und mich. Danach ließen wir Aspar und Geiserich allein.

Lange Zeit sprachen König und Heermeister miteinander. Schließlich verlangten sie nach Speis und Trank. Worauf Silva und ich ihnen Brot, Käse, Honig, gekochte Eier, Oliven und verwässerten Wein brachten. Mir fiel dabei auf, dass der König an der anmutigen Provinzialrömerin gefallen fand. Sie unterhielten sich lebhaft miteinander, als Aspar mich in ein

Gespräch verwickelte. An den Schlitzaugen konnte man erkennen, dass sein Vater ein Alane war. Er machte auf mich den Eindruck eines freundlichen sowie gebildeten Mannes. Zu meiner Verwunderung wollte er von mir erfahren, woher ich komme und wie ich hierherkam. Bereitwillig erzählte ich ihm, in der gebotenen Kürze, meine Lebensgeschichte. Schließlich fragte er mich, ob es sich in Afrika gut leben ließe. Als ich ihm entgegnete, dass mein Mann und ich, uns mit dem Gedanken trugen ein Landgut in der Gegend zu erwerben, sah er Geiserich an und nickte ihm zu.

„Was haben sie mit mir vor?", fragte ich mich sogleich.

„Ihr werdet euch jetzt sicherlich fragen, liebste Ida, was wir mit euch im Sinn haben?"

Verblüfft schaute ich einen sichtlich gut gelaunten König an.

„Aspar und ich wollen, dass ihr uns als Kurierin zu Diensten seid. "

Ich musste nicht lange überlegen.

„Wenn ich dazu beitragen kann, dass Constantinopolis und Hippo Regius miteinander Frieden schließen, will ich das gerne tun!"

Fortan reiste ich ständig zwischen Hippo Regius und Karthago hin und her, um vertrauliche Botschaften zwischen den beiden auszutauschen. Zu diesem Zweck erhielt ich von Aspar ein Pergament mit seinem Siegel, welches mich als Frumentarius in dessen Diensten auswies.

Der König gab mir aus dem gleichen Grund einen Siegelring. Alle Vandalen sowie Alanen kannten das darauf abgebildete königliche Wappen, eine Speerspitze. Jeder wusste, dass der Name Geiserich auf Vandalisch Speerfürst bedeutet.

Damit ich kein Aufsehen erregte, fuhr ich als Heilerin getarnt mit einem Reisewagen umher. Einmal mehr kamen mir dabei meine erworbenen Kenntnisse aus der Zeit in Massilia sowie Malaca zu Gute.

Es war ein trostloser Regentag, als ich vom König den Auftrag erhielt, einen Centurio namens Markian aus der Kerkerhaft in Hippo Regius nach Karthago zu Aspar zu bringen. Der junge Mann aus Constantinopolis sah blendend aus und wusste sich zu benehmen. Unterwegs hatten wir genügend Gelegenheiten, um uns besser kennenzulernen. Er erzählte zunächst, wie er in der Metropole des Östlichen Imperiums aufwuchs. Danach schilderte er mir eingehend die Sehenswürdigkeiten der Stadt am Bosporus. Ich war davon angetan und nahm mir vor, eines Tages Constantinopolis zu besuchen. Der Centurio sagte mir auch, dass er in der Schlacht zwischen den Truppen Aspars und den unsrigen verletzt und gefangen genommen wurde. Er konnte sich, auf meine Frage hin, nicht erklären, warum der König ihn an den Obersten Heermeister auslieferte, ohne hierfür ein Lösegeld zu verlangen. Mir kam das gleichfalls seltsam vor.

Ein letztes Mal trafen sich Aspar und Geiserich insgeheim in der Kapelle auf Gut Rosenthal. Ich war zugegen, als Bischof Dankrad dort einen Gottesdienst nach arianischem Ritual zelebrierte. Der Oberste Heermeister war zweifelsohne ein arianischer Christ, was ihn in den Augen König Geiserichs zu einem gottgefälligen, vertrauenswürdigen Mann machte.

Am 1. Januar des Jahres 434 wurde Aspar ehrenhalber vom Kaiser des Westlichen Imperiums zum Konsul von Afrika ernannt und kurz danach reiste er nach Constantinopolis ab. Zuvor aber hatte Geiserich ihm zugesichert, dass die vandalische Flotte Getreidelieferungen nach Rom wieder ungehindert passieren ließ. Daraufhin endete die größte Hungersnot in der Geschichte der Ewigen Stadt, und meine Tätigkeit als Kurierin.

Im Westlichen Imperium tobte erneut ein Bürgerkrieg. Die Vandalen und Alanen im fernen Afrika rückten deshalb etwas aus dem Blickfeld Ravennas. Man wollte mit König Geiserich einen akzeptablen Frieden schließen, um so militärische Kräfte frei zu machen und die Versorgung der Ewigen Stadt mit Korn aus Afrika langfristig zu sichern. Kaiser Valentinian schickte einen Gesandten nach Hippo Regius. Nach anhaltenden Verhandlungen kam es im Jahre 435 zum Abschluss eines Friedensvertrages zwischen dem Westlichen Imperium und dem Königreich der Vandalen und Alanen.

König Geiserich herrschte fortan als von beiden Imperien anerkannter Souverän über die nördlichen Gebiete der einstmaligen Provinzen Sitifensis und Numidia, die Gegend um Hippo Regius sowie etliche Eilande im Mare Internum. Dafür garantierte er umfangreiche Getreidelieferungen nach Rom und die Entrichtung eines jährlichen Tributs an das Westliche Imperium. Außerdem musste er schweren Herzens seinen Sohn Hunerich als Geisel an den kaiserlichen Hof nach Ravenna entsenden. Der König der Vandalen und Alanen war aber nicht bereit, als Verbündeter dem Kaiser des Westlichen Imperiums zu Diensten zu sein.

Schwerpunkte seiner Regentschaft bildeten fortan der Ausbau der Flotte, die Aufteilung des Großgrundbesitzes von Provinzialrömern an Vandalen und Alanen sowie Maßnahmen, welche zur Stärkung der arianischen Kirche beitrugen. Er scheute sich keineswegs, katholische Bischöfe und Priester zu verbannen oder zu Märtyrern zu machen. Sein religiöser Übereifer nahm in jenen Tagen Formen von Fanatismus an. Die Bischöfe Dankrad sowie Ansgar bestärkten den König in seinem Tun und häuften für die arianische Kirche und sich Reichtümer an, wovon sie zuvor nicht zu träumen gewagt hätten. Ich stellte in jenen Tagen ernüchternd fest, dass ich den arianischen Hitzköpfen nichts mehr zu sagen hatte. Dankbar und glücklich war ich allerdings, als Farold mir freudestrahlend mitteilte, dass der König uns Gut Rosenthal für treu geleistete Dienste zum Geschenk gemacht hatte.

In jenen Tagen bat mein Mann Geiserich darum, ihn von seinen Verpflichtungen als Flottenführer zu entbinden. Farold wollte sich mehr um seine Sippe kümmern, mit uns nach Rosenthal ziehen und das Gut bewirtschaften. Der König willigte unter der Bedingung ein, dass er ihn jederzeit zu sich rufen könne.

Aurelia und ihre Kinder Marc, Marit und Stefan blieben mit den ihrigen in unserer Villa in Hippo Regius, wo Farold und ich einige Räume für gelegentliche Aufenthalte in der Stadt behielten. Ich war überglücklich, als ich mit der Sippe in unserem neuen Zuhause auf Gut Rosenthal eintraf.

Kapitel 40 – Lasterhaftes Karthago

Die Vögel zwitscherten vergnügt in den Bäumen und die Sonne lachte uns vom Himmel herab an, als Stefania, Carolina und ich auf Rosenthal ankamen. Mein Mann war vorausgeeilt, um unsere Ankunft vorzubereiten.

„Mutter! Werden wir für immer hierbleiben?", wollte die kleine Carolina wissen.

„Für immer eher nicht, aber für lange Zeit, ganz gewiss!"

Vor der Villa hatten sich sämtliche Domestiken und Sklaven eingefunden, um die neuen Grundherren willkommen zu heißen. Marcellus Aurelius war mit seiner Sippe von Sorgenlos herübergekommen. Die Begrüßung fiel sehr herzlich aus. Danach wurde das Gepäck von den Wagen abgeladen und in die Villa getragen. Währenddessen fiel mir auf, dass unser Verwalter nirgendwo zu sehen war. Also fragte ich Silva, wo Amin sei. Worauf sie mir schluchzend erzählte, dass er vom Pferd gefallen war und sich dabei das Genick gebrochen hätte. Die Arme tat mir unendlich leid.

Am Abend saß ich mit Farold auf der Veranda zusammen. Dabei kamen wir auch auf den tödlichen Unfall zu sprechen. Er fragte mich, wer das Gut verwalten solle.

„Die Frage beantwortet sich von selbst," erwiderte ich. „Silva ist eine würdige Nachfolgerin. Sie ist ehrlich, fleißig, klug und loyal."

Er sah mich mit strahlenden Augen an, stand auf und küsste mich.

Ein paar Tage später ritten wir nach Sorgenlos hinüber, um der Sippe von Marcellus einen Besuch abzustatten. Der Oheim meines Mannes war gerade außer Haus. Gisella und ihre Töchter Ina sowie Susana begrüßten uns freundlich, doch an ihrem Verhalten und den traurigen Augen konnte ich erkennen, dass sie etwas bedrückte.

„Was ist geschehen?", wollte ich erfahren.

Gisella fing auf einmal an zu schluchzen, worauf ich sie in die Arme nahm. Sie konnte sich gar nicht mehr beruhigen.

„Susana, Ina! Sagt mir was euch bekümmert!"

„Wir müssen Sorgenlos verlassen!", antwortete Ina.

„Weshalb?"

„Euer König hat es so angeordnet!"

„Warum?"

„Wir sind gläubige Katholiken und wollen nicht Arianer werden!"

Einen Moment lang war ich fassungslos.

„Was gedenkst du, dagegen zu unternehmen?", forderte ich meinen Mann auf.

„Ida, du weißt ganz genau, dass Geiserich die Katholiken verachtet. Ich glaube nicht, dass man ihn umstimmen kann. Es muss eine andere Möglichkeit geben, damit Marcellus mit den seinigen auf Sorgenlos bleiben kann."

Bedrückt schaute er mich abwartend an.

„Der König ist mir noch etwas schuldig", behauptete ich und fügte hinzu: „Ich werde mich morgen auf den Weg zu ihm machen."

Als ich mit Farold nach Rosenthal zurückritt, wollte er natürlich von mir erfahren was ich vorhatte. Um ihn nicht zu beunruhigen, ließ ich ihn im Glauben, dass ich Geiserich bitten würde, von der Anordnung eine Ausnahme zu machen.

„Selbst dir wird er den Gefallen nicht tun!", entgegnete er, ohne zu zögern.

Die Hirschberger waren überrascht, mich so bald schon wiederzusehen. Ich sagte ihnen, dass ich mit dem König noch etwas zu besprechen hätte. Der empfing mich noch zur selben Stunde.

„Ich dachte, ihr seid auf Rosenthal?", fragte er mich, nachdem wir uns begrüßt hatten.

„Von dort komme ich gerade her."

Geiserich stutzte.

„In unserer Nachbarschaft liegt ein Landgut, welches man Sorgenlos nennt. Ich möchte es haben!"

„Weshalb?"

„Es soll einmal eine meiner Töchter bekommen."

Seine blauen Augen fingen verdächtig an zu funkeln.

„Einverstanden!"

Zweifel hegend sah ich ihn an. Wusste ich doch, dass er niemals etwas gibt, ohne dafür etwas einzufordern.

„Was wollt ihr dafür haben?"

„Gut, dass ihr mich danach fragt", meinte er scheinheilig. „Ida, ihr habt mir schon mehrfach gute Dienste geleistet. Sie waren für unser Königreich von existenzieller Bedeutung. Ich möchte euch noch einmal mit einer Mission beauftragen, von deren Erfolg unsere Zukunft abhängt. Seid ihr dazu bereit?"
Ich musste nicht lange überlegen.

„Ja, das bin ich, wenn ich noch heute die Besitzurkunde von Sorgenlos in meinen Händen halte!"
Der König rief umgehend nach einem Schreiber und wies ihn an, das Dokument auszustellen. Der eilte davon, kam zurück und teilte Geiserich mit, dass das Gut der arianischen Kirche gehörte. Daraufhin schickte er den Mann zu Bischof Dankrad, um ihn zu holen.

Derweil erkundete sich der König, wieweit ich mit der Ausarbeitung der Geschichte der Vandalen und den Annalen meiner Sippschaft gekommen war. Worauf ich ihm eingehend berichtete. Danach bat er mich darum, ihm das unvollendete Werk zur Ansicht zu überlassen. Ich versprach Geiserich, die Pergamente beim nächsten Zusammentreffen mitzubringen.

Jetzt wollte ich in Erfahrung bringen, um was für eine Art von Mission es sich handelte, mit der er mich beauftragen wollte. Der König wies seine Leibwächter an, die Türen von außen zu verschließen und niemanden hereinzulassen.

„Was ich euch nunmehr anvertraue, ist einzig und allein für eure Ohren bestimmt", kündigte er an. „Ich werde dafür sorgen, dass wir Vandalen und Alanen nicht nur das Mare Internum beherrschen, sondern das Westliche Imperium beerben!"
Ich hegte nicht den geringsten Zweifel daran, dass es ihm gelingen würde.

„Dazu brauche ich mächtige Verbündete", fuhr er fort. „Die Hunnen verfügen über die Stärke und die Möglichkeiten, um sowohl dem Östlichen, als auch dem Westlichen Imperium das Fürchten zu lehren."
Der König sah mich geradezu beschwörend an.

„Ihr werdet nach Karthago reisen und euch nach Aquileia einschiffen. Dort erwartet euch einer meiner Spione. Hierauf macht ihr euch auf den Weg zu den Herrschern der Hunnen, Blenda und Attila. Als meine Gesandte verhandelt ihr mit

ihnen über ein heimliches Bündnis von Hunnen und Vandalen gegen beide Imperien!"
Während Geiserich weitersprach, kraulte er sich unaufhörlich den Bart.

„Ich brauche euch gewiss nicht zu erläutern, dass es sich um einen sehr gefährlichen Auftrag handelt. Es geht dabei nicht nur um die Zukunft des Königreiches der Vandalen und Alanen, sondern auch um einen Platz an der Sonne in der Geschichte der Menschheit!"
Geiserich schaute mich abwartend an.

„Ihr seid ein von Gott auserwählter Herrscher", erklärte ich ehrlichen Herzens. „Sollte es gelingen, woran ich nicht den geringsten Zweifel hege, wird man euren Namen in einem Atemzug mit Julius Caesar und Alexander dem Großen nennen."
Der König fühlte sich sichtlich geschmeichelt. Wusste ich doch, dass er etwas eitel und auch selbstgefällig war.

Als Bischof Dankrad eintraf, fiel die Wiedersehensfreude verhalten aus. Der Schreiber hatte ihm bereits gesagt, dass Geiserich von der Kirche Sorgenlos zurückhaben wollte. Er verlangte dafür ein anderes, noch größeres Gut. Nachdem das zu dessen Zufriedenheit geregelt war, und ich die Besitzurkunde von Sorgenlos in den Händen hielt, wollte Geiserich sich wieder mit mir alleine unterhalten.

Der König wies mich an, dass ich nach der Getreideernte von Karthago aus in See steche um nach Aquileia zu gelangen, da sich in Hippo Regius zu viele Spitzel aufhalten würden. Anschließend übergab er mir eine versiegelte Pergamentrolle sowie eine Schatulle voller Rubinen mit den Worten: „Botschaft und Geschenk des Königs der Vandalen und Alanen an die Herrscher der Hunnen!"

Auf Gut Rosenthal zurückgekehrt, brachen Farold und ich auf, um die Sippe seines Oheims auf Sorgenlos aufzusuchen. Der meinige wusste über alles Bescheid, was sich in Hippo Regius zutrug. Er war keineswegs darüber begeistert, mit was mich der König betraut hatte. Ich musste ihm versprechen, dass es der letzte Auftrag dieser Art sein würde. Als wir in die Villa eintraten, begrüßte uns Marcellus, seine Sippe und Mercedes. Sie machten allesamt einen niedergeschlagenen Eindruck.

„Ida war bei König Geiserich und hat gute Nachrichten aus Hippo Regius mitgebracht“, kündigte Farold freudestrahlend an. „Der neue Eigentümer von Gut Sorgenlos will, dass ihr hierbleibt!“

Doch niemand freute sich darüber.

„Wir wissen, dass Sorgenlos der arianischen Kirche gehört. Die duldet keine Katholiken auf ihren Gütern“, erklärte ein betrübter Marcellus. „Wir haben bereits damit begonnen, unsere Habseligkeiten zusammenzupacken. Mercedes will nach Aquileia zurückkehren und wir machen uns auf den Weg nach Karthago.“

„Ich glaube nicht, dass das notwendig sein wird!“, erklärte ich.

„Warum?“, wollte Marcellus erfahren.

„Weil Sorgenlos mir gehört!“

„Du hast das Gut eurer Kirche abgekauft?“, fragte er ungläubig.

„Nicht gekauft, sondern eingetauscht.“

„Gegen was?“

„Darüber wurde Stillschweigen vereinbart!“, entgegnete ich ihm und schlug dem Oheim meines Mannes vor: „Marcellus! Ich möchte dich als meinen Verwalter einstellen. Ihr könnt auf Sorgenlos bleiben solange ihr wollt.“

Susana und Ina kamen strahlend auf mich zugelaufen und bedankten sich überschwänglich. Hernach wurde ich von Gisella fast erdrückt, bevor ihr Mann mich gleich mehrfach auf die Wangen küsste. Mercedes indes, stand teilnahmslos daneben und sagte kein Wort.

Farold und ich blieben in dieser Nacht auf Sorgenlos und feierten mit unseren Versippten die gute Neuigkeit. Währenddessen bemerkte ich, dass die Afrikanerin meinen Mann und mich immer wieder verstohlen in Augenschein nahm. Auf einmal war mir alles klar. Mercedes war eifersüchtig auf mich!

Bis zum Sommer blieb ich auf Rosenthal und kümmerte mich vor allem um die Erziehung unserer Kinder, brachte ihnen Latein, Lesen, Schreiben, Mathematik aber auch Kochen und Nähen bei. Unterdessen war Farold mit der Bewirtschaftung des Gutes vollauf beschäftigt. Dabei war ihm Silva eine große Hilfe. Mein Mann hatte mir nach unserem ersten Aufenthalt auf Rosenthal anvertraut, dass sie in jungen Jahren ein Paar waren. Gleichwohl hegte ich keinen Argwohn, da ich beiden vertraute.

In jenen Tagen kamen öfters einmal Provinzialrömer nach Rosenthal, welche man wegen des katholischen Glaubens von ihren Ländereien verbannt hatte, und fragten nach Arbeit. Sie taten mir leid, und ich dachte mit Silva darüber nach, wie man ihnen helfen könnte.

„Verpachtet einen Teil eures Gutes an sie“, schlug sie vor. Farold und ich fanden sogleich Gefallen daran und ließen einige größere Parzellen vermessen. Die verpachteten wir an Kolonaten. Jene führten einen einträglichen Orangenanbau auf Rosenthal ein.

Am späten Nachmittag ritt ich des Öfteren mit Farold, Stefania, Carolina oder Silva aus. Das erfrischende Bad in unserem Bergsee und die fantastischen Sonnenuntergänge blieben gewiss nicht nur mir unvergessen.

Nach der Getreideernte spannten die Sklaven Ochsen vor die Fuhrwerke und beluden sie mit Korn. Farold wollte es nach Karthago bringen, weil man dort bessere Preise als in Hippo Regius erzielte. Außerdem kannte Julius, der Jüngere, einen Getreidehändler in der Metropole Afrikas. Da König Geiserich mir aufgetragen hatte, von Karthago aus in See zu stechen, passten die Umstände in meine Reisepläne.

Vor der Abreise erschien ein Kurier auf Rosenthal. Er gab mir noch einige Anweisungen des Königs mit auf den Weg zu den Herrschern der Hunnen. Nach der Ankunft in Aquileia sollte ich die Herberge „Zum Anker“ im Hafen aufsuchen und nach einem Marius Valerius, dem Älteren, fragen. Sobald ich ihn gefunden hatte, die Losung, „genauso wenig wie Attila ein Alane ist“, preisgeben, damit der Spitzel Geiserichs mich daran erkannte und jedwede Hilfestellung leistete.

Der Abschied von den Kindern und all den lieben Menschen

auf Rosenthal fiel nicht nur mir sehr schwer. Mir war vollkommen bewusst, dass ich eine Reise antrat, welche womöglich in einer Katastrophe endete. Neben Farold nahm ich auf dem Kutscherbock Platz. Mit mehreren Fuhrwerken voll beladen mit Korn, brachen wir in die Metropole Afrikas auf. Mercedes hatte sich uns angeschlossen. Auch sie beabsichtigte in Karthago eine Schiffspassage nach Aquileia lösen, wo sie künftig leben wollte.

An einem sehr heißen Tag lagen die Festungsbauwerke der Metropole Afrikas vor uns. Wir fuhren durch ein prächtiges Steintor nach Karthago hinein. Lärm, Gestank und unzählige Menschen hießen uns willkommen. Julius saß auf dem Bock des vordersten Fuhrwerks und lenkte es geradewegs auf größere Lagerhallen zu. Davor hieß uns der Getreidehändler willkommen und begleitete uns sodann in eine nahe gelegene Herberge.

Während Farold und Julius nach einer auskömmlichen Kost mit dem Händler um den Preis für das Korn feilschten, fragte ich den Wirt, wo man eine Schiffspassage nach Aquileia erstehen könnte. Eigenartig grinsend rief er einen älteren Sklaven herbei. Den wies er an, mich zum Hafen zu geleiten und dort den Nauarchus der Sicilia aufzusuchen. Mercedes hatte alles mitangehört und wollte mich begleiten. Kurz darauf liefen wir durch ein Gewirr von Straßen und Gassen hinab zum Hafen. Was ich unterwegs alles zu sehen bekam und erlebte, hätte ich zuvor nicht für möglich gehalten. Wo man auch hinsah, boten Mädchen, Frauen sowie Knaben und Männer ihre Körper für Liebesdienste an. Die Schänken waren voll zechender Menschen. Gleich mehrfach wurden die gefällige Afrikanerin und ich von betrunkenen Seeleuten dreist begrapscht und übelst angemacht.

„Karthago ist ein einziges Sündenbabel“, stellte ich fest.

Davon angewidert stand Mercedes und ich schließlich vor der Sicilia. Mit dem Nauarchus waren wir uns rasch handelseinig. Als wir den Preis für die Schiffspassagen nach Aquileia entrichtet hatten, sagte er uns, dass die Sicilia morgen um die Mittagszeit ablegen würde und wir uns rechtzeitig einfinden sollten. Danach ging es auf dem gleichen Weg zurück. Entschlossen schritt ich voran und bahnte uns einen Weg durch das Gedränge. Als wir wieder in der Herberge angelangt waren, stieg ich mit einer völlig entnervten Afrikanerin die Treppe zu den Kammern hinauf, um etwas zu schlafen.

Am Abend gingen Mercedes, Farold, Julius und ich in das Zentrum der ungemein betriebsamen Stadt. Überall wurden Handelswaren aller Art sowie Güte angeboten. Ein Gebäude war prachtvoller als das Nächste. Soviel verschwenderische Pracht hatte ich noch nie zuvor an einem Ort gesehen.

„Kein Wunder, dass König Geiserich die Stadt erobern will", dachte ich. „Er wird sie plündern und die Gottlosen hinausjagen!"

Kapitel 41 – Von Aquileia nach Steinhain

Schweren Herzens verabschiedete ich mich zuerst von meinem Mann und danach von Julius. Die beiden wollten noch eine Werft aufsuchen, um ein Frachtschiff zu erwerben. Farold hatte sich vorgenommen, das Korn von Rosenthal und Sorgenlos künftig selbst nach Rom zu befördern, um die nicht unbeträchtlichen Transportkosten einzusparen.

Kaum waren Mercedes und ich an Bord der Sicilia, legte der Frachtensegler auch schon ab und nahm Kurs auf die offene See. Der Wind stand günstig, und wir kamen rasch voran. In den nächsten Tagen sowie Nächten hatten Mercedes und ich genügend Gelegenheiten, um uns besser kennenzulernen. Die Afrikanerin vertraute mir an, dass ihr verstorbener Mann sie nicht immer gut behandelt hätte. Dabei kam sie auch auf ihre glückliche Kindheit in Aquileia zu sprechen, bis zu jenem Tag, als ihr Vater in einer Schlacht mit den Goten fiel.

„Marcellus Aurelius nahm die Witwe seines Freundes und mich in seiner Familie auf", erzählte sie. „Mit Ina und Susana bin ich aufgewachsen. Es war eine schöne, aufregende Zeit und wir hatten viel Spaß miteinander. Als ich siebzehn Jahre alt war, besuchte Farold seine Verwandten in Aquileia. Wir verbrachten herrliche, unbeschwerte Tage miteinander. Zu meinem Leidwesen blieb er nur wenige Monate."

Mercedes sah mich auf einmal betrübt an, worauf ich sie wortlos in die Arme nahm.

Während der Seereise ließ sie mich wissen, dass ihr verstorbener Mann sehr wohlhabend war und ihr ein Landgut hinterließ. Das hatte sie verkauft und vom Erlös eine prächtige Villa in Aquileia erworben. In der Stadt ihrer Kindheit und Jugendzeit wollte Mercedes künftig leben, während ihre erwachsenen Söhne in Hippo Regius blieben. Natürlich fragte sie mich, warum ich alleine reiste. Ich ließ sie im Glauben, dass ich mich mit meiner alamannischen Sippe in einer Erbangelegenheit in Mediolanum treffen würde, und mein Mann dem König jederzeit zur Verfügung stehen müsse.

An einem stürmischen Tag im Herbst tauchte Aquileia am Horizont auf. Ich stand mit Mercedes auf der Brücke.

„Ich würde mich sehr freuen, wenn du während deines Aufenthaltes in der Stadt mein Gast bist", schlug sie vor, und ich willigte gerne ein.

Die luxuriöse Villa der Afrikanerin lag im Zentrum der umtriebigen sowie bewundernswert schönen Metropole am Mare Adriaticum.

Am nächsten Morgen ging ich in den Hafen und suchte dort die Schänke „Zum Anker" auf. Ein in die Jahre gekommener, kahlköpfiger Mann rollte gerade mühsam ein Fass hinter den Ausschank. Ansonsten war niemand zu sehen. Bei ihm erkundigte ich mich freundlich, ob er einen gewissen Marius Valerius, den Älteren, kenne.

„Wer will das wissen?", fuhr er mich an.

„Kennt ihr ihn oder kennt ihr ihn nicht?"

„Kommt darauf an!", erwiderte er und streckte mir eine offene Hand entgegen.

Worauf ich in meine Börse langte und dem unverschämten Kerl eine Kupfermünze gab.

„Das reicht nicht!"

Ich verzog keine Miene, als ich es ein zweites Mal tat.

„Kommt heute Abend zur neunten Hora wieder, dann ist Marius da."

Tagsüber zeigte mir Mercedes die Stadt. Aquileia erinnerte mich an Malaca. Alles schien wohlgeordnet und die Menschen waren überaus zuvorkommend. Während wir durch die Straßen und Gassen schlenderten, erzählte sie mir wie das damals war, als die Goten die Stadt belagerten und beschossen.

„Ich hatte Todesängste", erklärte sie. „Marcellus musste Gisella damals versprechen, dass sie Aquileia nach der Belagerung verließen, um an einem anderen Ort in Frieden zu leben."

Auf einmal blieb die Afrikanerin stehen, sah mich an und sagte: „Wie du weißt, ist ihr Wunsch nicht in Erfüllung gegangen!"

Als es dämmerte machte ich mich wieder auf den Weg zum Hafen. Mercedes wollte mich begleiten. Mit dem Vorwand ihr ein Geschenk erwerben zu wollen, lehnte ich höflich ab. Worauf sie mich zweifelnd musterte. Unterwegs kaufte ich deshalb eine ansehnliche Glaskaraffe.

Als ich in die Schänke eintrat, war sie voller Menschen. An diesem Ort wurde krakeelt, geraucht, gesoffen, gefressen und gehurt. Übel aussehende Mannsbilder starrten mich schamlos an. Geradewegs ging ich auf den kahlköpfigen, in die Jahre gekommenen Mann hinter der Theke zu, dem ich am Vormittag zwei Kupfermünzen in die Hand gedrückt hatte.

„Ist Marius jetzt hier?", rief ich ihm in dem Radau zu.

Er gab mir wortlos ein Zeichen, ihm zu folgen. An einem Tisch in der Kaschemme blieb er stehen und forderte drei Freudenmädchen barsch auf, sich fortzustehlen. Wetternd standen sie auf und machten sich davon. Wir setzten uns hin, worauf der Kahlkopf abermals eine Hand fordernd aufhielt. Ich tat daraufhin so, als ob ich in die Börse langen wollte. Blitzschnell zog ich meinen kleinen Dolch aus der Tasche und rammte die Klinke neben seiner Hand in die Tischplatte. Der Kerl verzog keine Miene.

„Ist Marius hier?", wiederholte ich unwirsch meine Frage.

„Ja, er ist hier!", erwiderte der Klatzkopf. „Aber sag mir zuerst, was du von ihm willst."

Derweil steckte ich den Dolch wieder weg.

„Das sag ich ihm lieber selber!"

„Wer bist du und woher kommst du?"

Schweigend sahen wir uns in die Augen.

„Mein Name lautet Ida", bekam er schließlich von mir zu hören. „Ich bin mit einem Vandalen verheiratet und komme aus Hippo Regius."

„Wie heißt dein Mann?"

„Der Schankwirt", schoss es mir in diesem Moment durch den Kopf, „ist womöglich gar kein Wirt!"

„Wenn ich dir darauf antworte, zeigst du mir dann, wer Marius Valerius, der Ältere, ist?"

„Das kommt auf die Antwort an!"

„Farold von Hirschberg!"

Mit zusammengekniffenen Augen musterte er mich.

„Der Flottenführer der Vandalen?"

„Wie kommst du denn darauf", entgegnete ich lächelnd und fügte beiläufig hinzu: „Genauso wenig wie Attila ein Alane ist!"

Mein Gegenüber riss die Augen weit auf.

„Ich bin Marius Valerius, der Ältere."

Nachdem der letzte Gast die Schänke verlassen hatte, schloss Marius die Tür ab, füllte zwei Becher mit Wein und setzte sich neben mich. Dann begann er zu erzählen, wie und wo er einst als Tribun unter dem Obersten Heermeister und Reichsverweser Flavius Stilicho gedient hatte. Seine Miene verfinsterte sich dabei auffallend.

„Was bekümmert dich?", fragte ich ihn schließlich.

„Ich war zugegen, als man Stilicho meuchlings ermordete", platzte es aus ihm heraus. „Keiner seiner Mörder hat die Schandtat überlebt. Das war ich dem Obersten Heermeister schuldig."

Bewegt erzählte er mir, dass nach der Ermordung Stilichos viele germanische Auxiliar und ihre Sippen mit Billigung des Kaisers gemeuchelt wurden.

„Seither verabscheue ich das verschlagene Gesindel am kaiserlichen Hof in Ravenna!", ließ er mich wissen. „Stilichos Vater war ein Vandale. Deshalb habe ich mich in jenen Tagen an euren König gewandt und Guntherich meine diskreten Dienste angeboten."

Marius hielt kurz inne und dachte nach.

„Bevor die westgotischen Verbündeten von Kaiser Honorius über euch Vandalen auf der iberischen Halbinsel hergefallen sind, stand ich im Sold eures Königs. Ich habe ihn eindringlich und mehrfach davor gewarnt, dass die Sueben zu den Goten überlaufen würden. Doch Guntherich wollte es nicht wahrhaben und wurde eines Besseren belehrt."

Mit jedem Wort wurde mir einiges klar.

„Ich reiste unter anderem Namen als Spion für ihn und seinen Halbbruder Geiserich nach Afrika, um dort die Stimmung in der Bevölkerung und militärische Stärke des Westlichen Imperiums auszukundschaften. Nach meiner Rückkehr und Berichterstattung begann euer heutiger König damit, die Überfahrt der Vandalen und Alanen von Hispania

nach Afrika vorzubereiten."
Danach wollte Marius mehr über mich erfahren, bevor wir auf den Auftrag des Königs zu sprechen kamen. Also erzählte ich dem ehemaligen Tribun, dass ich im Breisgau aufgewachsen war, wo ich Farold kennengelernt hatte, wie wir raubend durch Gallien zogen, die Pyrenäenpässe überquerten, uns in Hispania aufhielten und nach Afrika gelangt waren. Ab und zu unterbrach er mich und stellte einige Fragen. Nachdem ich alles gesagt und vieles beantwortet hatte, bemerkte ich, dass ihn etwas beschäftigte.

„Stammt dein Mann tatsächlich aus einem Flecken namens Hirschberg und hießen seine Eltern womöglich Adalhard und Aurelia?", fragte er mich auf einmal.

„So ist es!"

„Dann habe ich Farold vor sehr vielen Jahren in Aquileia unterrichtet und bin mit ihm nach Afrika gereist, um das Landgut seines Oheims, Marcellus Aurelius, aufzusuchen. Es hieß Sorgenlos, wenn ich mich recht erinnere."
Ich konnte zunächst nicht glauben, was ich soeben vernommen hatte. Dann fiel mir ein, dass Marcellus und Farold gelegentlich über gemeinsame Bekannte aus Aquileia sprachen. Der eine wurde Stathis, und der andere Marius gerufen. Als ich ihn fragte, ob er dieser Marius sei, antwortete der Spion des Königs: „Ja der bin ich! Stathis der Grieche ist bald nach dem Wegzug der Familie Aurelius nach Afrika verstorben."

„Dann habt ihr sicherlich auch Mercedes und ihre Mutter gekannt?"

„Ja, das habe ich!"
Als ich ihm anvertraute, dass die Afrikanerin wieder in der Stadt weilt und ich bei ihr wohnte, freute er sich ungemein. Schlussendlich dachten wir gemeinsam darüber nach, wie ich im kommenden Jahr zu den Hunnen gelangen würde. Er selbst war aufgrund seines Alters den Strapazen einer solch mühseligen Reise nicht mehr gewachsen. Der Spion des Königs wollte mich aber auf gar keinen Fall alleine reisen lassen. Er bestand darauf, dass ich einen seiner kräftigen Sklaven als Begleitperson auf meine gefährliche Mission mitnehme.

Es tagte bereits, als ich in die Villa zurückkam, wo Mercedes auf mich gewartet hatte.

„Hast du deine Einkäufe getätigt", fragte sie argwöhnisch.

„Ich habe dir eine kleine Aufmerksamkeit mitgebracht", antwortete ich und schenkte der Afrikanerin die Karaffe.
Über das Treffen mit Marius Valerius, den Älteren, jedoch, verlor ich kein Wort.

In den kommenden Tagen genoss ich die Annehmlichkeiten einer Handelsstadt und war mit den Vorbereitungen der vorgeblichen Reise nach Mediolanum zu meinen Versippten beschäftigt.

Zu Beginn des Jahres 436 war es dann soweit. Ich hatte zwei Pferde und einen römischen Reisewagen erworben. Marius gab mir seinen afrikanischen Sklaven Achmed, ein Bär von einem Mannsbild, mit auf den Weg. Als ich ihn Mercedes vorstellte, musterte sie ihn eingehend vom Kopf bis zu den Füßen.

„Sie denkt vermutlich darüber nach, zu was er alles zu gebrauchen ist", dachte ich in diesem Augenblick und konnte mir ein Lächeln nicht verkneifen.

Es kam der Tag, an dem ich mich von ihr verabschiedete. Sie bestand darauf, dass ich auf dem Rückweg von Mediolanum wieder bei ihr vorbeischaute. Achmed und ich fuhren auf dem Bock des Reisewagens aus der Stadt hinaus, wo Marius bereits wartete. Wir hatten miteinander vereinbart, dass er uns einige Tage begleitete. Unterwegs berichtete mir der einstmalige Tribun, dass die Hunnen auf dem Weg ins Rheintal sind. Dort sollen die Verbündeten des Westlichen Imperiums den Stamm der Burgunder bekämpfen und vertreiben. Als ich das hörte, war ich mit meinen Gedanken bei den meinigen in Steinhain im Tal der Wiese und beschloss sogleich, ihnen einen überraschenden Besuch abzustatten.

Wir reisten auf einer gut ausgebauten und frequentierten Fernstraße nach Mediolanum. An jenem Ort wurde uns gleich mehrfach versichert, dass die Hunnen tatsächlich auf dem Weg zum Rhein waren. Marius war nicht mehr der Jüngste und man merkte es ihm an, dass die beschwerliche Reise dem einstigen Tribun zusetzte. Es kam die Stunde, in der wir voneinander Abschied nahmen. Während er sich auf den Rückweg nach Aquileia machte, traten Achmed und ich den mühseligen sowie gefährlichen Weg über die Pässe der Alpi nach Basilea an. Ohne größere Zwischenfälle kamen wir in der Stadt am Rheinknie an.

Dort suchte ich die Weinhandlung von Marcellus Filippo auf, in der ich in jungen Jahren mit meiner Schwester Monia ein paar Monate gearbeitet hatte und wollte Wein für meine Versippten in Steinhain erwerben. Hinter der Ladentheke stand ein ergrauter Marcellus Filippo und bediente gerade einen Kunden. Währenddessen sah ich mir die Weinhandlung genauer an. Holzfässer standen ungeordnet umher, und der Fußboden wurde schon längere Zeit nicht mehr nass aufgewischt. Eine nachlässig gekleidete Frau kam auf mich zu und fragte auf Latein: „Was soll`s sein?"

„Guten Tag!", bekam sie von mir zu hören.

Missmutig erwiderte sie den Gruß. Derweil verließ der andere Kunde das Geschäft.

„Ich würde gerne einen bekömmlichen Gutedel und fruchtigen Spätburgunder erstehen. Könnt ihr mir welche empfehlen und dürfte ich sie zuvor kosten?", fragte ich gefällig auf Latein mit allamannischen Akzent.

Die Weinhändlerin musterte mich eingehend. Da ich schlicht angekleidet war, lag es nahe, dass sie mich für eine ärmliche Alamannin hielt. Jedenfalls reichte sie mir ein gebrauchtes Glas und schenkte mir einen weißen Wein ein.

„Sehr bekömmlich und preiswert!", bekam ich unterdessen zu hören.

Valentin stand etwas abseits und schaute dabei zu. Ich hob das Glas gegen das hereinfallende Licht und sah mir den Rebensaft an. Er hatte eine trübe Farbe. Danach schwenkte ich den Inhalt des Glases ein wenig und schaute dabei zu, wie der Wein nach unten lief, bevor ich daran schnupperte. Nachdem das geschehen war, trank ich einen Schluck. Den Rest spuckte ich in einen Napf.

Die Händlerin verzog keine Miene.

„Was verlangt ihr dafür?"

„Für eine Amphore, zwölf Denarius!"
Ich tat so, als würde ich darüber nachdenken. Dann sagte ich: „Der Wein ist trüb, hat keine Dichte, einen muffigen Geschmack und kaum Aroma, aber einen ansehnlichen Preis!"
Worauf ich einen Seufzer ausstieß. Die Gesichtszüge der Händlerin verfinsterten sich schlagartig.

„Das brauche ich mir von einer dahergelaufenen Alamannin nicht gefallen lassen!", bekam ich, Gift und Galle speiend, in schrillen Tönen zu hören. Daraufhin wandte ich mich Valentin zu.

„Habt ihr denn keinen leichten, süffigen, anregenden Gutedel anzubieten oder einen rubinroten, vollmundigen, fruchtigen Spätburgunder, wie ich es verlangt habe?"
Abwartend sah ich beide wechselweise an. Dem Weib stieg die Zornesröte in den Kopf und er wurde kreidebleich, bevor ich noch hinzufügte: „Als Marcellus Filippo an diesem Ort das Sagen hatte, wurde keinem ehrbaren Kunden minderwertiger Wein angeboten!"
Damit ließ ich es bewenden, drehte mich auf der Stelle um und verließ die Weinhandlung sowie zwei konsternierte Händler. Auf der Straße fiel mir wieder ein, wie Valentin mir einst offenbart hatte, dass sich seine Eltern eine ansehnliche und freundliche Schwiegertochter wünschten.

„Nicht alle Wünsche gehen in Erfüllung!", stellte ich vergnügt fest.

Achmed lenkte den Reisewagen ins Tal der Wiese. Unterwegs fragte ich mich unablässig, wie es den meinigen wohl in all den Jahren ergangen war. Ich freute mich ungemein, als ich Steinhain friedlich vor mir liegen sah und mein Herz schlug heftig, als ich vor dem Haus meiner Eltern stand.

„Ob sie wohlauf sind?", dachte ich noch und klopfte an die Tür.
Die wurde von einer in die Jahre gekommenen Frau geöffnet. Vor mir stand meine ältere Schwester Monia. Ihre Augen blieben an dem grünen, kreisrunden Emailamulett hängen, welches ich stets um den Hals trug. Farold hatte das Schmuckstück seiner Großmutter mir vor vielen Jahren zum Geschenk gemacht. Auf einmal sah sie mich mit großen

Augen an.

„Ida! Bist du es wirklich?“

„Ja Monia, ich bin es!“

Wir fielen uns überglücklich in die ausgebreiteten Arme. Freudentränen kullerten meiner Schwester und mir die Wangen hinab, während ihre Sippe neugierig aus dem Haus gelaufen kam. An diesem denkwürdigen Tag hatten wir uns vieles, sehr vieles zu erzählen. Nicht alles jedoch, was ich zu hören bekam, waren erfreuliche Neuigkeiten.

„Vater ist schon lange tot“, berichtete sie stockend. „Er fiel an der Seite König Meinrads im Kampf gegen Truppen des Imperiums. Wir haben ihn in der Nähe des Heiligen Rains bestattet.“

Als sie den Rain erwähnte, erinnerte ich mich daran, wie ich vor langer Zeit mit Vater und Farold auf die Jagd ging und wir an der Kultstätte vorbeikamen.

„Vater hatte immer großen Respekt vor den Geistern des Waldes“, sinnierte ich, und sah ihn vor mir stehen.

Mir wurde schwer ums Herz.

„Und Mutter?“

Monia stieß einen Seufzer aus.

„Sie ist nach seinem Tod nie wieder so fröhlich gewesen wie zuvor“, ließ sie mich wissen. „Des Öfteren ist sie zu einer Hellseherin gegangen und ließ sich von ihr weissagen, wo du dich gerade aufhältst und wie es dir in der Fremde ergeht.“

In dem Moment kam mir in den Sinn, als ich unsere Seherin Gerlinde in jungen Jahren mit Mutter aufsuchte. Keinesfalls hatte ich vergessen, wie sie mir einst prophezeite, dass ein Recke kommt und mein Herz erobert. Wir zusammen eine entbehrungsreiche Reise unternehmen, ich noch einmal in das Tal der Wiese zurückkehre und an einem Ort leben und sterben würde, welcher von Wellen umspült wird.

„Nahezu alles hat sich zugetragen“, stellte ich ehrfürchtig fest.

Auch ihre Ankündigungen, dass ich einem mächtigen und weisen König dienen, viele Abenteuer erleben und gesunde Kinder auf die Welt bringen würde. In Gedanken versunken hörte ich zu, als Monia bewegt schilderte, wie unsere Mutter im Jahre 428 friedlich im Kreise ihrer Liebsten eingeschlafen war.

„Das Jahr als Geiserich König wurde!", ging es mir durch den Kopf.
Meine Schwester hatte derweil aufgehört zu sprechen und sah mich nachdenklich an.

„Fahr bitte fort, Monia!", forderte ich sie auf.

„Auch Merlinde, Frieda und ihr Mann Robert weilen nicht mehr unter uns. Zuerst verschied die Großmutter deines Mannes, danach ihre Schwester und kurz darauf folgte ihnen ein erblindeter Robert nach."
Auf einmal hellten sich ihre Gesichtszüge merklich auf.

„Aber unsere jüngere Schwester Ansgard erfreut sich bester Gesundheit und lebt mit ihrem Mann im Hegau. Du kennst ihn. Es ist Gisbert, der Recke, welcher einst Farold und seinen Vater zu uns führte."
Als sie alles gesagt und all meine Fragen geduldig beantwortet hatte, war ich an der Reihe. Aufmerksam hörten die Steinhainer zu, als ich ihnen schilderte, wie es mir all die Jahre ergangen war. Zum Schluss meiner Ausführungen sagte ich: „Fast alles, was Gerlinde mir einstmals orakelte, ist eingetreten!"

Aus Basilea hatte ich einige nützliche sowie schöne Geschenke mitgebracht. Die Freude war groß, als ich sie mit ein paar netten Worten unter den Versippten verteilte. Meine Schwester hatte mit ihrem Mann Albert vier Kinder und zwölf Kindeskinder. Sie waren ein glückliches Paar, wovon ich mich in den kommenden Tagen überzeugen konnte.

Es kam der Tag und mit ihm die Stunde, in der mein Besuch in Steinhain, wo ich geboren wurde und meine Kindheit verbrachte, sich dem Ende näherte. Es sollte das letzte Mal gewesen sein, dass ich meine alamannische Sippe im Tal der Wiese besuchte. Der Abschied von Monia, ihrer liebenswerten Sippe und allen Steinhainern fiel mir sehr schwer und war tränenreich. Als ich auf dem Bock des Reisewagens saß und wehmütig zurückschaute, stand Monia da und winkte mir mit einem weißen Tuch nach. Achmed und ich verließen den Breisgau auf der Brücke über den Rhein bei Mons Brisiacus.

Kapitel 42 – Attila der Hunne

In Argentorate angekommen, suchten Achmed und ich eine Herberge auf. An jenem Ort kamen wir mit Reisenden ins Gespräch. Man berichtete uns glaubhaft, dass der Stamm der Burgunder von den Hunnen in einer Schlacht geschlagen wurde. Diskret erkundigte ich mich, wo sich die Verbündeten des Imperiums derzeit aufhielten und mehrfach wurde mir die Stadt *Borbetomagus* genannt. Also machten wir uns auf den Weg dorthin und begegneten unterwegs immer mehr Hunnen. Sie sahen allesamt furchteinflößend aus. Ihre Gesichter waren mit hässlichen Narben entstellt und die Schlitzaugen verliehen ihnen ein verschlagenes Aussehen. Vom vielen reiten hatten sie O-Beine und kamen zu Fuß daher, wie volltrunkene Männer.

Vor dem Stadttor von Borbetomagus standen hunnische Wachen. Sie wollten von Achmed und mir auf Latein erfahren, wer wir seien und wohin wir wollten.

„Wir kommen von weit her, um mit euren Herrschern zu sprechen", antwortete ich, worauf sie sich in einer mir unverständlichen Sprache unterhielten.

Nach einigem hin und her forderte uns einer von ihnen auf, ihm nachzufolgen. Auf einem zotteligen Pferd ritt er durch das Tor voran und wir fuhren auf dem Reisewagen hinterher. Kurz darauf erreichten wir eine prächtige Villa. Ich stieg vom Kutscherbock und wies Achmed an, hier auf mich zu warten. Der Hunne ging mit mir auf ein Portal zu. Davor standen hunnische Recken.

„Wer seid ihr und was wollt ihr hier?", fuhr mich einer barsch an, worauf ich mit fester Stimme entgegnete: „Der König der Breisgauer hat mich gesandt, um mit Bleda und Attila über Angelegenheiten zu sprechen, welche allein für ihre Ohren bestimmt sind. Führt mich zu ihnen!"

Offenbar hatte ich die richtige Tonlage getroffen. Jedenfalls sah mich die Schar abschätzend an. Plötzlich kam einer der Kerle auf mich zu und tastete mich nach Waffen ab, während die anderen grinsend dabei zusahen. Als er mir zwischen die

Beine fassen wollte, versetzte ich ihm eine schallende Ohrfeige. Wie vom Blitz getroffen stand der kleinwüchsige Hunne da und starrte mich fassungslos an. Dessen Gefährten fingen derweil an zu lachen und zu johlen. Nachdem sie sich wieder gefasst hatten, forderte mich der Geohrfeigte unwirsch auf, mit ihm zu kommen. Wir betraten einen Saal, in dem sich viele Menschen aufhielten. Der Hunne wies mich an, hier auf ihn zu warten. Kurz danach kam er zurück, führte mich in einen noch glanzvolleren Raum und machte sich davon. Dort saßen und aßen an einem Marmortisch zwei Männer. Sie schenkten mir keinerlei Beachtung. Schmatzend und rülpsend warfen sie hin und wieder abgenagte Knochen auf den Fußboden.

„Könnt ihr mir sagen, wo ich Attila und Bleda, die Herrscher der Hunnen finde?", fragte ich nach einer Weile.
Worauf mich einer abschätzend musterte.

„Mein Name lautet Attila!"
Daraufhin tat ich so, als dachte ich nach.

„Ich fragte nach den Herrschern!"
Jetzt sah mich auch der andere an.

„Das sind wir!", behauptete er.
Worauf ich die beiden mit einer aufgesetzten Unschuldsmiene anlächelte.

„Das kann nicht sein!"
Sie schauten sich unschlüssig an.

„Warum nicht?", fragte Attila.

„Weil ein Herrscher speist und nicht wie ein Tier frisst!"
Zugleich sprangen sie auf und liefen verdächtig schnell auf mich zu.

„Haltet ein!"
Verdutzt blieben sie stehen.

„Eure Herrscher werden euch vierteilen, wenn ihr mir Gewalt antut!"
Daraufhin brachen beide Hunnen in schallendes Gelächter aus.

„Ich bin wirklich Attila und das ist mein Bruder Bleda", bekam ich zu hören, nachdem sie sich wieder beruhigt hatten. „Spricht! Wer hat uns ein so tolldreistes Weib gesandt?"
Meine Antwort ließ nicht auf sich warten.

„Nicht der König der Breisgauer, wie ihr vermutlich annimmt, sondern Geiserich, der König der Vandalen und Alanen!"
Die Brüder standen wie versteinert da. Bleda fasste sich als Erster.
„Wagt es ja nicht uns etwas vorzugaukeln", drohte er unverhohlen. „Wie heißt ihr und was führt euch hierher?"
Während ich meinen Namen nannte, reichte ich Atilla die Pergamentrolle, welche mir Geiserich mitgab. Der sah sich das unversehrte Siegel mit der Speerspitze an, brach es und las die Botschaft des Königs. Als er damit fertig war, gab er sie seinem Bruder.
„Wo ist das Geschenk?", fragte Attila.
„In meinem Reisewagen!"
Kurz darauf hielten die Herrscher der Hunnen die Schatulle mit den Rubinen in den Händen. Erst jetzt waren sie davon überzeugt, dass vor ihnen eine Gesandte des Königs der Vandalen und Alanen stand.

„Geiserich will also ein Bündnis mit uns eingehen", stellte Attila fest, nachdem ich alles gesagt hatte, was mir der König auftrug. „Er schlägt allen Ernstes vor, dass wir uns bei Streitigkeiten mit Constaninopolis oder Ravenna insgeheim und gegenseitig beistehen. Damit nicht genug, will euer König das Westliche Imperium beerben und fordert uns auf, das Gleiche mit dem Östlichen zu tun."
Beide dachten nach.
„Imponierend und gleichermaßen grandios", bemerkte Attila. „Mein Bruder und ich werden darüber beratschlagen. Kommt morgen zur selben Stunde wieder."
Danach führte man mich aus dem Palast und brachte uns in einer noblen Herberge unter. Nach der Abendkost ging ich müde von der Anreise und Unterredung auf meine Kammer.
„Wie werden die Herrscher der Hunnen auf das Ansinnen von Geiserich reagieren?", fragte ich mich, bevor mich der Schlaf übermannte.

Am frühen Morgen machte ich mich mit Achmed wieder auf den Weg zu Attila und Bleda. Dieses Mal wurde ich nicht nach Waffen abgetastet, sondern man führte mich sofort zu den

Herrschern. Zuvorkommend wurde ich von den Brüdern empfangen.
Bleda, der ältere der beiden, ergriff das Wort: „Attila und ich haben uns über den Vorschlag von König Geiserich eingehend beraten. Er ist von so großer Tragweite, dass wir einige Fragen haben, welche uns nur euer König beantworten kann. Deshalb schlagen wir vor, dass sich mein Bruder mit ihm an einem geheimen Ort trifft. Glaubt ihr, dass er dazu bereit wäre?"
„Mein König wird gewiss darauf eingehen", entgegnete ich spontan. „Doch wir bestimmen Zeit sowie Ort und teilen es euch durch einen Boten mit."
Die Brüder erklärten sich einverstanden und ließen einen Schreiber kommen. Als er erschien, forderten sie mich auf, den Raum zu verlassen. Nachdem das geschehen war, diktierten sie dem Mann eine Botschaft an den König der Vandalen und Alanen, bevor ich wieder hereingerufen wurde.
„Übergebt unsere Antwort an König Geiserich. Kein Wort darüber zu niemandem!", forderte mich Attila auf und reichte mir eine gesiegelte Pergamentrolle.
Als ich die Villa verlassen wollte, hielt mich ein Hunne auf. Er zeigte wortlos auf den Schreiber, der vor ihm auf dem Boden kniete. Im nächsten Augenblick schlug er dem Mann mit dem Schwert den Kopf vom Rumpf. Danach führte man mich hinaus. Achmed und ich gingen zurück zur Herberge, wo ich die in Anspruch genommenen Gefälligkeiten entlohnen wollte. Der Wirt behauptete indes, dass ich ihm nichts schuldig sei. Hinter ihm stand ein Hunne. Hierauf machten wir uns auf den Weg zurück nach Aquileia.

Die kalte Jahreszeit stand vor der Tür. Es schien mir ratsam, alsbald über das Mare Internum nach Hippo Regius zu fahren, bevor die Herbststürme das Unterfangen zu einem gefährlichen Wagnis machten. In Aquileia angelangt, wohnte ich wieder bei Mercedes, welche neugierig wissen wollte, wie es mir in Mediolanum ergangen war, worauf ich ihr etwas vorschwindelte.

Im Hafen erkundigte ich mich am nächsten Tag nach einer Schiffspassage nach Afrika. Ein Frachtensegler aus Caesarea wollte übermorgen, um die Mittagszeit in See stechen und Kurs auf Hippo Regius nehmen. Schnell war ich mit dem Nauarchus über den Preis für die Passage einig. Danach suchte ich Marius in der Schänke „Zum Anker" auf, erzählte ihm wie es mir ergangen war und wollte ihm Achmed zurückschicken, was er höflich aber bestimmt mit den Worten ablehnte: „Der Afrikaner gehört dir und wird fortan auf dich Acht geben!"

Also ging ich noch einmal zum Nauarchus und erwarb eine zweite Schiffspassage.

Spät am Abend suchte ich mit Mercedes eines der vielen Theater in der Stadt auf. Aufgeführt wurde eine Komödie. Während sie ganz offensichtlich daran Gefallen fand und sich prächtig amüsierte, konnte ich mit dem Possenspiel nicht allzu viel anfangen.

Vor der Abreise wollte ich für meine Liebsten zu Hause noch ein paar Geschenke einkaufen. Achmed und Mercedes begleiteten mich. Wir schlenderten durch die Straßen und Gassen der Stadt und sahen uns die Auslagen in den zahllosen Geschäften an. Plötzlich standen wir auf einem Platz voller Menschen. Es war der Sklavenmarkt von Aquileia. Auf einem Podium bot ein Händler gerade eine Frau und ein Kind zum Kauf an. Schlagartig hatte ich das Bild vor Augen, als es mir vor vielen Jahren genauso ergangen war. Ich wollte mich schon abwenden und fortgehen, als ich wahrnahm, wie sich die Sklavin schützend vor das blonde Mädchen stellte. Ohne weiter nachzudenken, schritt ich durch die Menge auf das Podium zu. Die Kleine klammerte sich an einem Bein der Frau fest und weinte herzzerreißend. Der Menschenhändler mühte sich vergebens, das Mädchen von ihr loszureißen. Worauf ein Gehilfe mit einem Knüppel auf die beiden einschlug. Ich war am Podium angelangt und rief dem Kerl aufgebracht zu: „Haltet ein! Sonst sind sie nichts mehr wert!"
Worauf er von ihnen abließ.

„Das Mädchen erzielt einen ungleich höheren Preis, wenn ihre verrückte Großmutter nicht ständig meint, sie beschützen zu müssen", behauptete der Menschenhändler.

Ich hatte genug gehört und gesehen.

„Ein Solidus für die gebrechliche Alte und ihre Enkelin mit den hässlichen Sommersprossen!"

„Zwei!", forderte der Kerl.

„Einverstanden!"

Flugs streckte ich meine Hand aus, und er schlug ein.

„Der gleiche Preis, den Quintus Vespian einmal für mich bezahlt hatte", kam es mir in den Sinn, als ich meine Börse öffnete.

Nachdem der Handel abgewickelt war, gingen wir mit meinen neuen Sklaven zurück in die Villa von Mercedes. Die konnte es immer noch nicht fassen, was sich gerade auf dem Sklavenmarkt von Aquileia ereignet hatte. Während ich mir die üblen Verletzungen der Sklavinnen ansah, lief Achmed in eine Apotheke um einige Besorgungen zu tätigen. Mit Wein wusch ich unterdessen die Wunden aus. Nachdem er zurück war, bereitete ich aus Olivenöl, Bienenwachs und Kräutern eine Heilsalbe zu. Damit rieb ich die Blessuren ein und verband sie sorgfältig mit Leinenstreifen.

„Wo hast du das alles gelernt?", wollte Mercedes wissen.

„Von meinem ehemaligen Besitzer!"

Danach erzählte ich einer sprachlosen Afrikanerin, was mir einst widerfahren war. Sie kam aus dem Staunen nicht mehr heraus. Nun wollte ich erfahren, wie meine neuen Sklavinnen hießen, woher sie kamen und welches Schicksal sie nach Aquileia verschlug.

„Wir sind Pruzzinnen", erklärte die Frau auf Latein, „und kommen von der Baltischen See. Dort lebten wir friedlich im Kreise unserer Sippschaft, bis die Hunnen über uns herfielen. Wer nicht flüchten konnte, wurde getötet oder versklavt. Man ruft mich Gunna und meine Enkelin hört gleichermaßen auf den Namen ihrer Großmutter."

Ich beschloss, die beiden mit nach Rosenthal zu nehmen. Deshalb ging ich noch einmal hinab zum Hafen. Nachdem ich zwei weitere Passagen beim Nauarchus erworben hatte, wollte ich noch Marius Valerius aufsuchen, um mich von ihm zu verabschieden. Vor der Schänke stand ein eigenartiges Fuhrwerk mit einem Käfig darauf. Daneben unterhielten sich

ein paar Legionäre. Als ich eintrat, legte man Marius gerade in Ketten. Einen kurzen Augenblick sahen wir uns in die Augen. Er schüttelte andeutungsweise den Kopf. In dem Moment erklärte ein Centurio: „Spione werden bei uns gefoltert und gekreuzigt!"
Zu Tode erschrocken wusste ich in dem Moment nicht, wie ich mich verhalten sollte. Man zerrte den Unglücklichen nach draußen und stieß ihn in den Käfig. Ein letztes Mal trafen sich unsere Blicke, danach habe ich Marius Valerius, den Älteren, niemals wieder gesehen. So schnell ich nur konnte, rannte ich zurück in die Villa. Meine Gedanken überschlugen sich geradezu.

„Wird er sprechen?", fragte ich mich besorgt.

In dieser Nacht tat ich kein Auge zu. Ich hatte Achmed angewiesen, vor dem Anwesen Acht zu geben und mich zu warnen, falls Legionäre auftauchen sollten. Doch nichts dergleichen geschah.

Gegen Mittag machten wir uns auf den Weg zum Hafen, um die Schiffsreise nach Hippo Regius anzutreten. Gunna wollte noch einige Lebensmittel einpacken und uns nachfolgen. Ihre Enkelin, Achmed, Mercedes und ich fuhren in einem Wagen an die Anlegestelle, wo der Frachtensegler lag. Das Gepäck wurde an Bord gebracht, bevor ich mich von der Afrikanerin verabschiedete. Als ich über eine Planke an Bord ging, war ich mit den Gedanken bei Marius Valerius, der, davon war ich überzeugt, in einem Kerker gefoltert würde, um mehr über seine Spitzeldienste sowie Auftraggeber in Erfahrung zu bringen. Der Nauarchus wollte gerade ablegen, als Gunna angerannt kam. Völlig außer Atem stellte sie sich auf Deck neben mich und wir winkten Mercedes zum Abschied zu.

„Wo warst du so lange?", fragte ich die Pruzzin vorwurfsvoll, während das Schiff aus dem Hafen lief. „Wir wären beinahe ohne dich losgefahren."

Verängstigt schaute sie mich an.

„Was ist geschehen?"

„Kaum seid ihr aufgebrochen, erschienen Legionäre und fragten nach euch!"

Entsetzt hielt ich sie am Oberarm fest.

„Ich habe ihnen gesagt, dass ihr auf dem Weg nach

Mediolanum seid. Worauf sie auf ihre Pferde sprangen und sich davonmachten."

„Danke, Gunna!", murmelte ich, während mir ein kalter Schauer über den Rücken lief.

Danach ging ich unter Deck und suchte meine Kabine auf. Ich fühlte mich unwohl, weshalb ich etwas von meiner Baldriantinktur zu mir nahm und in einen langen sowie tiefen Schlaf fiel.

Kapitel 43 – Die Aures und Ali Baba

Nach der Ankunft in Hippo Regius brachte ich die Sklaven zu meiner Sippschaft und begab mich sogleich in den Palast. Dort wurde ich unverzüglich zum König geführt. Nach der Begrüßung übergab ich ihm die Botschaft von Blenda und Attila. Als Geiserich sie gelesen hatte, wollte er von mir wissen, was sich während der Reise alles zugetragen hatte. Eingehend berichtete ich ihm und ließ dabei kein Detail aus. Gelegentlich stellte der König eine Frage. Zu guter Letzt forderte er mich auf, ihn vor meiner Abreise nach Rosenthal, noch einmal aufzusuchen.

Es war schon spät in der Nacht, als ich in die Villa der Sippschaft zurückkehrte. Marc hatte auf mich gewartet und eine Stärkung zubereiten lassen. Natürlich wollte er von mir erfahren, was ich in Aquileia erlebt hatte und wie es mir unterwegs ergangen ist. Je länger ich ihm erzählte, desto mehr gewann ich den Eindruck, dass er ahnte, dass ich nicht nur Mercedes begleitet hatte, sondern einen vertraulichen Auftrag Geiserichs ausführte. Darüber und über den Besuch meiner Sippe im Breisgau jedoch, verlor ich keine einzige Silbe. Zu guter Letzt fragte mich mein Schwager, warum ich gleich drei Sklaven mitgebracht hatte.

„Achmed beschützt mich und die beiden Pruzzinnen taten mir leid", entgegnete ich wahrheitsgemäß, worauf er mich recht eigenartig ansah und bemerkte: „Den König hat das alles sicherlich sehr interessiert."

Am frühen Morgen machte ich mich noch einmal auf den Weg zum Palast. Geiserich erwartete mich schon ungeduldig. Er kam, wie immer, sofort zur Sache.

„Noch heute werde ich einen Kurier zu den Herrschern der Hunnen schicken. Er wird ihnen Ort und Tag vorschlagen, wo und wann ich mich mit Attila treffen möchte. Außerdem den Brüdern mitteilen, warum ich nicht euch damit beauftragt habe. Nachdem was Marius Valerius widerfahren ist, wäre das viel zu gefährlich."

Er kraulte sich, wie gewöhnlich, den Bart.

„Warum nur", überlegte ich, „wollte er, dass ich ihn noch einmal aufsuche?"

„Ihr werdet zu eurer Sippe nach Rosenthal zurückkehren. Kein Wort zu niemandem über das bevorstehende Treffen mit Attila."

Worauf ich ihm zunickte.

„Nach dem Winter brecht ihr zu den Aures auf. Ich möchte, dass ihr Ali Baba in seinen Bergen aufsucht. Um gegen das Westliche Imperium bestehen zu können, brauchen wir verlässliche Verbündete. Die Berber sind uns schon des Öfteren beigestanden. Sie sind keine Freunde Ravennas oder Constantinopolis und weigerten sich stets ihnen Tribute zu entrichten. Entbietet Ali Baba meine Grüße und übergebt ihm dieses Kästchen voller Bernsteine. Sagt dem Aures, dass Vandalen und Alanen nicht über die Aures herrschen wollen. Schlagt ihm vor, dass wir junge Männer seines Stammes zu Seemänner ausbilden und für geleistete Dienste großzügig entlohnen. Vereinbart mit ihm und mir eine Zusammenkunft in seinen Bergen."

Hierauf übergab er mir das Kästchen, gefüllt mit dem Gold des Nordens, und lud mich am Abend zu einem Gastmahl in seinen Palast ein.

Die königliche Gesellschaft hatte an einem langen Tisch Platz genommen, als schmackhafte Köstlichkeiten von Domestiken aufgetragen wurden. Es gab zartes Fleisch und frischen Fisch, Gemüse, Fladenbrot, Obst sowie mit Wasser verdünnten Rotwein. Allein Geiserich bekam Miesmuscheln aufgetischt, sein Leibgericht. Man ließ es sich munden, während die Töne einer Harfe erklangen. Neben dem König hatte dessen Gemahlin Kunigunde Platz genommen, welche sich selten in der Öffentlichkeit blicken ließ. Daneben saß die einzige Tochter Heilrun, die gemeinsamen Söhne Gento, Theuderich sowie der Älteste Hunerich mit dessen Ehefrau Hildegund. Sie war eine Tochter des Westgotenkönigs Theoderich. Hinter vorgehaltener Hand erzählte man sich, dass Hunerich auf Geheiß seines Vaters hin mit ihr einen Bund fürs Leben schließen musste, um die bestehende Feindschaft zwischen Westgoten und Vandalen zu beenden. Ein geselliger Kreis der Oberschicht des Königreiches der

Vandalen und Alanen hatte sich eingefunden, und man unterhielt sich angeregt miteinander, bis Geiserich aufstand und sich wegen Unpässlichkeit entschuldigen ließ. Ich dachte nicht weiter darüber nach.

Am nächsten Morgen kam eine Sklavin vom Markt zurück und berichtete aufgelöst, dass man den König vergiftet hätte. Als ich das hörte, kam mir sofort das gestrige Abendessen in den Sinn.

„Es müssen die Miesmuscheln gewesen sein!", mutmaßte ich.

Besorgt ging ich zum königlichen Palast, um mich über den Gesundheitszustand Geiserichs zu erkundigen. Der König kämpfte drei Tage und Nächte um sein Leben. Wir waren alle in großer Sorge um ihn.

Kurz bevor ich nach Rosenthal abreiste, suchte mich Marc auf. Er berichtete das der König den Anschlag überlebt und seine Schwiegertochter gestanden hatte, ihn vergiftet zu haben. Worauf ihr Nase und Ohren verstümmelt wurden. Hernach wurde die entstellte Hildegund zu ihrem Vater, dem König der Westgoten, zurückgeschickt.

„Zweifelsohne", schlussfolgerte mein Schwager, „wird uns die Todfeindschaft mit den Westgoten noch sehr viele Jahre erhalten bleiben!"

Als ich mit den drei Sklaven auf Rosenthal eintraf, war die Freude groß. Stefania und Carolina fielen mir um den Hals, und wir überhäuften uns mit Liebkosungen. Schließlich forderte mein Mann seine Töchter auf, von mir abzulassen und nahm mich in die Arme.

„Wen habt ihr da mitgebracht?", wollte Farold anschließend wissen und sah sich die Sklaven aus der Nähe an.

Plötzlich blieb er wie angewurzelt stehen.

„Das ist doch nicht möglich!", rief der meinige aus, als er vor der älteren Pruzzin stand. „Wo habt ihr die Emailscheibe her, welche ihr um den Hals trägt?"

„Erkennst du mich nicht wieder?", fragte Gunna.

Er zögerte einen Augenblick.

„Farold?", vergewisserte sie sich.

Mit einem Mal fing er an zu lächeln.

„Ja Gunna, ich bin es!"

Er nahm die Pruzzin und ihre Enkelin an der Hand und stieg mit ihnen die Treppe zur Veranda hinauf. Stefania, Carolina und ich schauten uns verwundert an und folgten ihnen nach. Nachdem alle um einen Tisch Platz genommen hatten, begann der Gutsbesitzer von Rosenthal zu erzählen, wie er als junger Recke mit seinem Oheim Marcellus an die See der Balten gereist war. Sie wollten wertvolle Bernsteine bei den dort lebenden Pruzzen gegen Handelswaren eintauschen. Seinerzeit lernte er Gunna im Kreise ihrer Sippe kennen und verbrachte ein paar wunderbare Tage mit ihr. Zum Abschied schenkte er der jungen Pruzzin die blaue Emailscheibe, welche sie um den Hals trug und sie dem Vandalen einen wallnussgroßen Bernstein.

Farold wollte nunmehr erfahren, wie es ihr all die Jahre ergangen war. Man merkte es der Pruzzin an, dass sie Mühe hatte, über ihr Schicksal zu sprechen. Wir waren alle bestürzt, als sie mit feuchten Augen berichtete, wie hunnische Reiterhorden ihre Siedlung am Meer überfielen und brandschatzten.

„Wer nicht fliehen konnte", berichtete Gunna, „wurde getötet oder versklavt, ganze Sippen auf Sklavenmärkten auseinandergerissen. Meiner Enkelin und mir gelang es, all die Jahre zusammenzubleiben."

Zum Schluss ihrer tragischen Schilderungen, schaute sie meinen Mann und mich abwechselnd an.

„Farold!", erklärte sie. „Deine Frau erschien, einem Wunder gleich, auf dem Sklavenmarkt in Aquileia und hat durch ihr Einschreiten dafür gesorgt, dass meine Enkelin bei mir bleiben durfte. Das werde ich niemals vergessen."

Als alle schlafen gegangen waren, saß ich mit meinem Liebsten in einer sternenklaren Nacht auf der Veranda. Dort erzählte ich ihm alles, was ich auf der Reise in den Breisgau und zu den Hunnen erlebt hatte. Geiserichs Aufforderung, dass ich Stillschweigen über die Zusammenkunft mit Attila und Bleda bewahren sollte, galt für alle, nicht aber für Farold.

Er berichtete mir anschließend, dass Angehörige des Ritterstandes ihn aufgesucht hatten, weil sie die einsamen

Entscheidungen des Königs missbilligten. Eine Abordnung, unter der Führung meines Mannes, wollte Geiserich alsbald aufsuchen, um mehr Mitspracherechte einzufordern.

„König Geiserich ist ein unumschränkter Herrscher. Er wird sich vom Ritterstand bestimmt nichts vorschreiben lassen", behauptete ich und fügte hinzu: „Farold! Gib gut Acht, auf was du dich da einlässt!"

Zu Beginn des Jahres 437 machte ich mich mit Achmed auf den Weg zu den Aures, während Farold mit Vertretern des Ritterstandes den König beehren wollte. Wir kamen in den unwirtlichen Bergen nur mühsam voran. Hirten wiesen uns den Weg zu Ali Baba. Als wir den Flecken erreichten, in dem der Herrscher der Aures mit seiner Sippe lebte, wurde es gerade dunkel. Er freute sich aufrichtig, mich nach unserer gemeinsamen Reise durch die Terra Deserta wiederzusehen. Während ich in ein großes Steinhaus gebeten wurde, richtete Achmed sein Nachtlager in einem Stall her. Nachdem ich dem Herrscher der Aures die Botschaften Geiserichs übermittelt und dessen Geschenke überreicht hatte, stimmte der Berber einem Treffen mit dem König zu. Des Weiteren erklärte er sich bereit, zunächst einhundert junge Recken seines Stammes zu Seemännern ausbilden zu lassen.

Man hatte mir eine behagliche Kammer hergerichtet. Lange Zeit konnte ich keinen Schlaf finden und dachte ständig an Farold und sein Vorhaben.

„Wie wird der König darauf reagieren?", fragte ich mich, nicht ohne Sorge.

Achmed, einhundert Aures und ich ritten aus dem Gebirge der Küste entgegen. Als wir in Hippo Regius ankamen, suchte ich unverzüglich die Villa meiner Sippschaft auf. Farold berichtete aufgewühlt, dass Geiserich auf die Wünsche des Ritterstandes nicht eingegangen war, sondern sich eine siebentägige Bedenkzeit ausbedungen hatte, welche morgen auslaufen würde. Danach machte ich mich mit den Berbern auf den Weg zum Palast, um den König zu sprechen. Sogleich wurde ich zu ihm geführt, während die Aures vor dem Audienzsaal sich in Geduld üben mussten.

„Schön, dass ihr wieder da seid, Ida!", empfing er mich

freundlich lächelnd.
Bevor wir auf meinen Besuch bei Ali Baba zu sprechen kamen, überreichte ich ihm die unvollendete Historie über die Vandalen. Er freute sich sehr und wir sprachen eingehend darüber. Währenddessen gewann ich den Eindruck, dass es ihm wichtig war, dass seine Taten darin gebührend gewürdigt werden. Ich hatte mir vorgenommen, mich beim Schreiben von niemandem beeinflussen oder gar benutzen zu lassen, sondern die Ereignisse so zu schildern, wie sie sich tatsächlich zugetragen hatten. Das teilte ich ihm mit, und er nickte dazu bedächtig mit dem Kopf. Ob der König meine Ansichten über eine wahrheitsgetreue Geschichtsschreibung teilte, konnte ich an diesem Tag nicht in Erfahrung bringen.

Danach berichtete ich ausführlich, was sich in den Bergen bei den Aures zugetragen hatte. Er war hocherfreut über all das, was er von mir zu hören bekam, bevor wir gemeinsam zu den jungen Berbern gingen. Der König der Vandalen und Alanen bedankte sich in ihrer Muttersprache für ihr Kommen und versprach den Aures während ihrer Ausbildung zu Seemännern, freie Kost und Logis sowie einen ansehnlichen Sold. Die waren begeistert und jubelten einem strahlenden Geiserich zu. Später setzten wir unsere Unterredung unter vier Augen fort.

„Meine Ausbilder werden aus den Söhnen der Berge vorzügliche Seeleute und gefürchtete Seeräuber machen!", kündigte er gut gelaunt an.

„Das also hat er mit ihnen vor!", stellte ich, ohne etwas zu sagen, fest. „Der König will mit den Aures Kaperfahrten an ferne Küsten unternehmen."
Er strich sich derweil in Gedanken versunken über den Bart und schaute mich unversehens an.

„Ich werde bald schon nach Sicilia segeln", erklärte er, „um auf der Insel wichtige Angelegenheiten zu regeln."
Um was für Angelegenheiten es sich dabei handelte, teilte er mir allerdings nicht mit.

„Farold wird unser Nauarchus sein", fuhr er fort, „und ihr begleitet uns auf der Seereise. Richtet eurem Mann aus, dass er mich morgen am späten Nachmittag mit der Abordnung des Ritterstandes aufsuchen soll. Ich bin ihnen noch eine Antwort schuldig."

Während er das verlauten ließ, verfinsterte sich seine Miene zusehends.

Nachdem ich meinem Mann ausgerichtet hatte, was mir aufgetragen wurde, warnte ich ihn mit den Worten: „Der König hat sich ganz bestimmt einen Winkelzug ausgedacht. Sei wachsam, Farold!"

Als es dämmerte, kam er froh gestimmt von der Unterredung mit Geiserich zurück und berichtete überschwänglich, dass der König beabsichtigt allen Rittern des Reiches ein Landgut zu schenken und in den erblichen Stand zu erheben. Des Weiteren sei er gewillt, mehr Mitspracherechte bei wichtigen Staatsangelegenheiten dem Ritterstand einzuräumen.
Zweifel hegend sah ich Farold an.

„Wenn du das glaubst", war meine Sichtweise der Dinge, „hat er eure Gier nach Besitz und Titel benutzt, um von seinen wahren Absichten abzulenken."

Mit Farold, Stefania und Carolina ging ich an Bord einer Trireme. Unsere Töchter waren zu hübschen, jungen Frauen herangewachsen. Mein Liebster und ich freuten uns sehr, dass die beiden mit nach Sicilia fahren wollten. Stefania und Carolina wiederum waren neugierig auf all das, was sie auf dem schönen Eiland erwartete. Später traf der König mit einigen Leibwächtern ein und danach legte das Schiff auch schon ab. Der Wind stand günstig und die elegante Trireme glitt rasch über eine flache See dahin. Mein Mann war überglücklich, wieder einmal auf einer Kommandobrücke zu stehen.

Als wir im Hafen von *Panormus* anlegten, erwartete uns dort eine Abordnung von Honoratioren, um den König der Vandalen und Alanen standesgemäß willkommen zu heißen. Ravenna war weit weg und Hippo Regius nah. Wir bezogen ein pompöses Gästehaus der Stadt und wurden königlich bewirtet. Mitten in der Nacht weckte mich Farold auf.

„Geiserich und ich werden nach Sardinia hinüberfahren. Dort treffen wir uns mit Attila. Kein Wort zu niemandem darüber. Offiziell reisen wir nach Rom, um mit dem Rat der Ewigen Stadt über Kornlieferungen zu verhandeln. In drei

Tagen sind wir wieder zurück."

Vergnügt spazierte ich mit meinen bezaubernden Töchtern durch das Geschäftsviertel von Panormus. Wir sahen uns die Auslagen der Händler an und tätigten einige Einkäufe. Am frühen Abend besuchten wir gemeinsam ein Amphitheater. Auf dem Spielplan standen Vorführungen mit gezähmten Löwen. Danach suchten wir ein empfohlenes Speisehaus auf und ließen uns verwöhnen. Am Tisch nebenan tafelten zwei junge, gutaussehende Centurionen. Immer wieder einmal schauten sie zu uns herüber. Es war um Mitternacht, als wir den Heimweg antraten. Plötzlich tauchten verwegene Gestalten aus der Dunkelheit auf und versperrten uns den Weg. Einer hielt einen Dolch in der Hand und ging damit auf Stefania zu.

„Komm mit!", forderte er sie barsch auf und hielt ihr die Klinge an den Hals.

Starr vor Schreck musste ich mitansehen, wie sie von dem Kerl weggezerrt wurde. Ich wollte hinterherlaufen, doch man hielt mich rüde fest.

„Wenn euch euer Leben lieb ist", drohte ein Schurke, „dann haltet euer Maul!"

Danach forderte er Carolina und mich auf, Münzbeutel und Schmuck herauszurücken. Auf einmal vernahm man Lärm aus der Richtung, wo Stefania gerade in der Dunkelheit verschwunden war. Der Verzweiflung nahe, sah ich zu wie der Schurke, welcher sie mitgenommen hatte, auf seine Gefährten zuwankte. In dessen Brust steckte ein Dolch. In dem Moment sprangen die Centurionen aus dem Speisehaus hinter ihm hervor und schlugen mit Kurzschwertern auf die überraschten Räuber ein. Jene hatten nicht den Hauch einer Chance und ergriffen, soweit sie noch konnten, Hals über Kopf die Flucht. Ich rannte so schnell mich meine Füße tragen konnten in die Nacht hinein, um Stefania zu suchen. Sie stand an eine Hauswand angelehnt da, und fiel mir schluchzend um den Hals. Ich dankte Gott und Wodan zugleich, dass ich sie wohlbehalten wieder hatte. Danach brachten uns die Offiziere zum Gästehaus. Dort angelangt, mussten sie mir versprechen, uns am nächsten Tag aufzusuchen.

Farold hielt auf einer wendigen kleinen Liburne Kurs auf die Insel Sardinia. Keine einzige Wolke war an einem strahlend blauen Himmel zu sehen. Eine Flaute hatte sich über das Mare Internum gelegt. Die Mannschaft setzte sich auf die harten Ruderbänke und verrichtete ihre eintönige Arbeit. Gegen Abend kam Land in Sicht und in der hereinbrechenden Nacht wies ihnen ein Feuer den Weg in eine einsame Bucht. Dort lag eine Trireme vor Anker. Mein Mann gab sich durch Zurufen zu erkennen und kurz darauf ging Geiserich über eine Planke auf das Schiff, wo ihn Attila willkommen hieß. Die beiden zogen sich zu einer anhaltenden Unterredung unter Deck zurück. Als die Sonne glühend rot am Horizont aufging, segelten die beiden Schiffe in entgegengesetzter Richtung davon.

Am späten Nachmittag erschienen die beiden Centurionen im Gästehaus von Panormus. Stefania, Carolina und ich hießen sie willkommen und bedankten uns noch einmal für ihr selbstloses sowie mutiges Einschreiten. Es entwickelte sich eine angenehme sowie aufschlussreiche Unterhaltung. Sie waren Offiziere einer Kohorte, welche auf der Insel stationiert war. Der eine stammte aus Rom und der andere von Sicilia. Letzterer, das fiel mir auf, hatte nur Augen für Stefania. Jedes Mal, wenn sie den gutaussehenden Offizier anlächelte, senkte er betreten den Kopf. Schließlich übernahm meine Tochter die Initiative.

„Ich würde liebend gern einmal eine Komödie in einem Theater ansehen", teilte sie dem schwarzhaarigen Sizilianer mit und sah ihn dabei auffordernd an.

An diesem Abend gingen Michele Nicolosi und Stefania von Hirschberg zum ersten Mal miteinander aus, während Carolina und ich mit seinem Kameraden einen guten Wein kosteten. Von ihm erfuhren wir, dass Michele aus einer alteingesessenen, sizilianischen Familie stammte, welche im Westen der Insel ein Weingut besaß.

Während der Überfahrt von Sardinia nach Sicilia verlor der König gegenüber Farold kein Wort, was er mit Attila besprochen oder womöglich vereinbart hatte. Als das Schiff am Morgen in den Hafen von Panormus fuhr, stand ich an der Anlegestelle. Der letzte Tag auf der schönen Insel Sicilia war angebrochen. Stefania brachte am Nachmittag Michelle mit, und stellte den Centurio ihrem Vater vor. Der bedankte sich bei dem jungen Mann für sein entschlossenes Eingreifen und lud ihn sowie seinen Kameraden nach Rosenthal ein. Nicht nur Michelle Nicolosi freute sich darüber und versprach zu kommen.

Kaum waren wir wieder in Hippo Regius angelangt, ritt ich mit dem König hinauf in die Berge der Aures. Ali Baba und Geiserich verstanden und ergänzten sich ausgezeichnet. Gemeinsam gingen sie auf die Jagd oder schmiedeten Pläne. Bei keinem der vertraulichen Gespräche war ich zugegen.

„Wahrscheinlich", mutmaßte ich, „will der König nicht, dass ich zu viel über seine Absichten erfahre."

Obwohl Geiserich mit dem Herrscher der Hunnen und Aures Gespräche geführt hatte, rief er den Ritterstand nicht zusammen, um ihn hierüber zu informieren. Farold war vom Verhalten des Königs zutiefst enttäuscht und zog sich noch mehr nach Rosenthal zurück.

In jenen Tagen kam ein Kurier und brachte eine Botschaft von Mercedes. Darin teilte sie uns mit, dass Marius Valerius, der Ältere, nicht mehr lebt. Man hatte ihn in den Kerkern der Stadt zu Tode gemartert. Ich weinte mir schier die Augen aus, und Farold war lange Zeit für niemanden zu sprechen, so sehr schmerzte ihn der schreckliche Tod seines Vertrauten und Mentors.

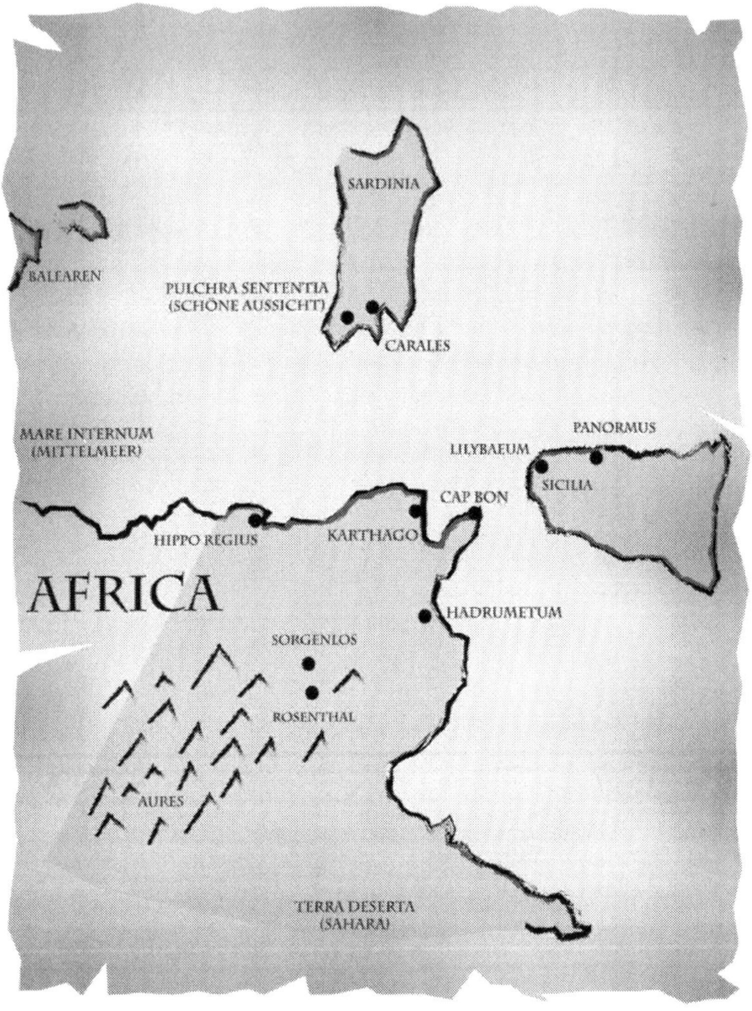
SARDINIA
BALEAREN
PULCHRA SENTENTIA
(SCHÖNE AUSSICHT)
CARALES
MARE INTERNUM
(MITTELMEER)
PANORMUS
LILYBAEUM
SICILIA
CAP BON
HIPPO REGIUS
KARTHAGO
AFRICA
HADRUMETUM
SORGENLOS
ROSENTHAL
AURES
TERRA DESERTA
(SAHARA)

Kapitel 44 – Das Zerwürfnis

Das neue Jahr brach an und mit ihm kam Besuch nach Rosenthal. Michele Nicolosi hielt um die Hand von Stefania an. Farold willigte erfreut ein, und ich war überglücklich. Fortan waren die jungen Leute ein Herz und eine Seele. Der Sizilianer kannte sich mit der Bewirtschaftung eines Gutes aus und half seinem künftigen Schwiegervater bei der täglichen Arbeit. Die beiden verstanden sich ausgezeichnet.

Doch jede schöne Zeit geht einmal vorüber. Der Centurio musste zurück zu seiner Kohorte auf Sicilia. Wir vereinbarten mit dem Bräutigam, dass die Hirschberger im Spätsommer ihn besuchen kommen würden, um dessen Familie und Heimat kennenzulernen.

Die Ernte wurde eingebracht und ein Großteil unseres Korns von Hippo Regius nach Ostia, dem Hafen Roms, verschifft. Immer öfter kam es vor, dass Seeräuber Schiffe auflauerten, sie enterten und die Ladung raubten. Ravenna war schon seit geraumer Zeit nicht mehr Herr über das westliche Mare Internum.

In jenen Tagen rief der König den Ritterstand zusammen. Farold, und ich waren nach Hippo Regius gekommen, um an der Versammlung teilzunehmen. Auf die Agenda hatte er die Bekämpfung der ausufernden Seeräuberei gesetzt. Nach eingehenden Beratungen empfahlen die Anwesenden, unsere Flotte aufzurüsten, um die Sicherheit der Handelswege im westlichen Mare Internum zu gewährleisten. Geiserich nahm den Vorschlag an und wollte bereits die Sitzung schließen, als sich ein Ritter aus der Sippe des verstorbenen Königs Guntherich zu Wort meldete. Er beschuldigte Geiserich ohne Umschweife, sein gegebenes Versprechen gegenüber dem Stand auf Einbindung in wichtige Staatsangelegenheiten gebrochen zu haben.

„Das wird er sich nicht gefallen lassen", waren meine Gedanken hierzu.

Doch dieses Mal sollte ich nicht recht behalten. Geiserich

räumte, zu meiner großen Verwunderung ein, einen Fehler begangen zu haben, und versprach dem Beschwerdeführer, künftig den Ritterstand in regelmäßigen Abständen einzuberufen und umfassend zu informieren. Doch damit waren keineswegs alle anwesenden Ritter zufrieden. Eine Gruppe bestand hartnäckig darauf, dass in Zukunft über sämtliche bedeutenden Staatsangelegenheiten nach dem Mehrheitsprinzip abgestimmt und entschieden werden sollte. Keinen Moment ließ ich den König aus den Augen. Er kraulte sich unterdessen gelassen den Bart. Nachdem auch der letzte Kritiker gesprochen hatte, erhob sich Geiserich bedächtig und schaute sich gemächlich um. Sein Blick blieb an mir haften.

„Ida von Hirschberg!", sprach er mich an. „Ihr wart im Jahre 428 zugegen, als der Ritterstand zum ersten Mal in Hispalis zusammentrat. Berichtet uns, was dort einmütig beschlossen und auf Pergament für die Nachwelt festgehalten wurde."

In allen Einzelheiten schilderte ich den Anwesenden sodann, wie aus achtunddreißig Männern und einer Frau der Ritterstand auf Vorschlag von König Geiserich gebildet wurde. Alles Persönlichkeiten, welche sich um das Königreich der Vandalen und Alanen verdient gemacht hatten.

„Durch Handzeichen wurde einstimmig beschlossen", erklärte ich wahrheitsgemäß, „dass der Stand den König bei wichtigen Staatsangelegenheiten beratend zur Seite steht, die alleinige Entscheidungsgewalt jedoch bei ihm liegt und seine von Gott gewollte Stellung an dessen erstgeborenen Sohn vererbt wird."

Niemand hatte an diesem Tag dem noch etwas hinzuzufügen.

Auf dem Weg in die Villa der Sippschaft, sagte ein nachdenklich wirkender Farold zu mir: „Damit werden sich die Beschwerdeführer auf Dauer nicht zufriedengeben. Die Stämme der Vandalen und Alanen befinden sich schon lange nicht mehr auf Wanderschaft, wo es nahezu unmöglich war, sämtliche Ältesten zum Thing zusammenzurufen. Ich hege schon seit geraumer Zeit die Vermutung, dass die Sippe des verstorbenen Königs Guntherich dahinterstecken könnte, um die Erbfolge des Königreiches an sich zu reißen!"

Schweigend hatte ich dem meinigen aufmerksam zugehört und teilte dessen Einschätzung uneingeschränkt.

Ein königlicher Kurier forderte mich auf, Geiserich umgehend aufzusuchen. Noch am gleichen Tag machte ich mich auf den Weg zu ihm, wo er mir die umfangreichen Ausarbeitungen zur Historie der Vandalen und beigefügten Annalen der Hirschberger zurückgab.

„Ihr habt euch wahrlich viel Mühe gegeben, um all das nachfolgenden Generationen weiterzureichen", stellte der König anerkennend fest. „Was mir besonders gut gefällt ist die Gegebenheit, dass ihr nichts beschönigt, sondern so schildert, wie es sich zugetragen hatte."

Zunächst konnte ich nicht so recht glauben, was ich da von ihm zu hören bekam.

„Ich habe lediglich eine Anmerkung zu machen", fuhr er fort. „Unsere historischen Taten haben nicht nur Könige, Älteste oder Ritter vollbracht, sondern viele Vandalen sowie Alanen. Wir sollten das nicht vergessen und angemessen würdigen!"

Auf dem Weg nach Hause ließ ich mir das Gespräch noch einmal durch den Kopf gehen. Eigentlich hatte ich damit gerechnet, dass der König sich selbst mehr im Mittelpunkt der Ereignisse gesehen hätte. Dem war aber nicht so!

„Geiserich achtet die Wahrheit und stellt dieses wertvolle Gut über Gefallsucht und Schönfärberei", stellte ich voller Hochachtung fest.

Noch vor den Herbststürmen machte sich die Sippe auf den Weg nach Sicilia, um die Familie unseres künftigen Schwiegersohns zu besuchen. Wohlbehalten kamen wir auf der Insel an. Unser Schiff hatte in einer geschützten Bucht Anker geworfen und wir wurden auf einem Boot an Land gerudert. In einem Reisewagen fuhren wir auf das Weingut der Eltern des Bräutigams, welches man Villa Nicolosi nannte. Das eindrucksvolle Anwesen lag auf einer Anhöhe. Die Aussicht über tausende Rebstöcke war beeindruckend. An jenem Ort lernten die angereisten Hirschberger die Eltern, Geschwister sowie Großeltern von Michele kennen. Allesamt ehrliche und fleißige Menschen. Mir wurde leicht ums Herz, als ich gewahr nahm, wie liebevoll meine Stefania von der Großfamilie aufgenommen und behandelt wurde. Auf ihrem Weingut verbrachten wir eine wunderbare, unbeschwerte Woche, bevor es wieder zurück nach Hippo Regius ging.

Kaum waren wir in unserer Stadtvilla angelangt, kam ein Bote des Königs und teilte meinem Mann und mir mit, dass er uns zu sprechen wünsche. Als wir die große Halle im Palast betraten, lief er dort in Gedanken versunken auf und ab. Zunächst bemerkte er uns nicht. Erst als mein Mann sich räusperte, blieb Geiserich stehen und schaute uns an.

„Schön, dass ihr endlich hier seid", sagte er eher beiläufig. „Die Hunnen haben das Östliche Imperium angegriffen und in Gallien setzen die Goten dem Westlichen zu. Attila und Bleda haben Wort gehalten."

Seine blauen Augen funkelten bedrohlich.

„Ich will die missliche Situation Ravennas nutzen, um Gebiete entlang der Küste Afrikas und auf Sicilia zu erobern."

Er schritt auf meinen Mann zu und blieb vor ihm stehen.

„Ihr werdet umgehend mit der Flotte in See stechen und Kurs auf Sicilia nehmen, während ich östlich von Hippo Regius gelegene Landstriche in Besitz nehme."

Nun wandte er sich einer Landkarte zu, welche an einer Wand hing.

„Seht!", sagte er und deutete auf Sicilia. „Den Westen des Eilandes wird Farold im bevorstehenden Winter erobern. Niemand in Ravenna rechnet damit, dass wir in der kalten, stürmischen Jahreszeit übersetzen und angreifen."

Er hatte das letzte Wort nicht ganz ausgesprochen, als mir schlagartig klar wurde, was das für die Familie des Centurio Nicolosi und ihn selbst bedeutete. Ich sann nach einem Ausweg, konnte aber keinen finden.

„Ich werde nicht nach Sicilia fahren, mein König!", erklang in diesem Moment die Stimme von Farold. „Dort leben friedliche Menschen und wir befinden uns nicht im Krieg mit dem Westlichen Imperium!"

Solange Geiserich König der Vandalen und Alanen war, hatte es noch nie zuvor jemand gewagt seinen Anweisungen zu widersprechen.

„Bevor eure Pläne nicht mit dem Ritterstand beraten wurden, werde ich an meiner Entscheidung festhalten!"
Farold nahm meine Hand, verbeugte sich andeutungsweise vor dem König und ging mit mir aus dem Palast. Niemand folgte uns nach oder rief uns zurück. Ich war unglaublich stolz auf meinen Liebsten.

Wir reisten noch am gleichen Tag nach Rosenthal ab. Zuvor aber unterrichtete der meinige seine Brüder Marc und Stefan über den Verlauf der Unterredung. Danach bat er sie, Ritter des Reiches aufzusuchen. Sie sollten den König auffordern, eine Zusammenkunft des Standes einzuberufen, um hierüber zu beratschlagen.

Auf Gut Rosenthal begrüßte ich im Kreise der Sippe das ereignisreiche Jahr 439.

Geiserich hatte zur Versammlung der Ritter des Reiches geladen, dem mittlerweile fünfzig Vandalen sowie Alanen von hohem Ansehen angehörten. Im Audienzsaal des Palastes in Hippo Regius saß der König auf dem Thron und daneben standen die arianischen Bischöfe Dankrad sowie Ansgar. Farold und ich waren aus Rosenthal angereist. Nach der Begrüßung ließ er sich nicht anmerken, welche Umstände zu dieser außergewöhnlichen Zusammenkunft geführt hatten. Geiserich erklärte schlüssig, warum Gebiete auf Sicilia und östlich von Hippo Regius erobert werden sollten und beantwortete alle diesbezüglichen Fragen. Mein Mann meldete sich sodann zu Wort und regte an, auf der Insel und an den Küsten Nordafrikas nur strategisch wichtige und stark befestigte Hafenstädte einzunehmen. Er empfahl, entgegen den Vorstellungen des Königs, auf Landnahme gänzlich zu verzichten. Als Begründung führte Farold an, dass es hierfür zu wenig Vandalen und Alanen gäbe. Sein Antrag wurde von den Rittern einstimmig gutgeheißen, worauf der König die Vorgehensweise, ohne etwas zu sagen, akzeptierte.

Danach gab er bekannt, dass in den gallischen Provinzen die Westgoten gegen das Westliche Imperium aufbegehrten und beantwortete hierauf Nachfragen aus dem Ritterstand.

Abschließend schlug er vor, ein sechsköpfiges Kuratorium

zu bilden, welches in besonders eiligen oder geheimen Staatsangelegenheiten, anstelle des gesamten Ritterstandes, den König beraten sollte. Das Ansinnen wurde mit großer Mehrheit akzeptiert. Bei der Wahl in das Kuratorium wurde Dankrad, Ansgar, zwei Alanen, Farold und ich gewählt. In offener Abstimmung, mit vier zu zwei Stimmen, mein Mann zum Sprecher des Kuratoriums bestimmt. Die Bischöfe hatten gegen ihn votiert. Man sah es Geiserich wirklich nicht an, ob er daran Gefallen fand oder auch nicht. Während der gesamten Sitzung würdigte er mich keines Blickes. Meinen Mann schaute er nur an, wenn es sich nicht vermeiden ließ. Das Aufbegehren von Farold gegen seine Anweisungen und die daraus resultierende Zusammenkunft des Ritterstandes hatte er ganz offensichtlich weder vergessen, noch dem Urheber verziehen. Nach diesem Treffen bedrückte mich lange Zeit ein unbehagliches Gefühl, was das künftige Auskommen mit dem König angeht.

In Hippo Regius versammelte sich die Sippschaft der Hirschberger. Der König hatte Marc damit betraut, drei befestigte Hafenstädte im Westen der Insel Sicilia zu erobern. Wir sorgten uns vor allem um den Bräutigam von Stefania, welcher als Centurio gegen versippte seiner künftigen Ehefrau in den Kampf ziehen müsste. Jurgo schlug vor, Michele unter einem Vorwand nach Hippo Regius zu locken und vor Beginn der Kampfhandlungen in Gewahrsam zu nehmen. Stefania diente als Lockvogel. Seine Braut schwärmte ihm in einer Botschaft vor, dass ein Landgut zum Verkauf anstehen würde, in dem sie künftig mit ihm leben wollte. Michele traf rechtzeitig vor den Waffengängen auf Sicilia ein. Kaum war er von Bord des Schiffes gegangen, wurde der Ahnungslose ergriffen und gegen sein Ehrenwort, nicht zu fliehen, in der Villa der Hirschberger festgesetzt. Stefania half ihm in den nächsten Wochen darüber hinweg, nicht allzu traurig über diese Fügung des Schicksals zu sein.

Kapitel 45 – Das Jahr Null

Als im königlichen Palast in Hippo Regius die neuesten Nachrichten eintrafen, dass Goten die Legionen des Westlichen Imperiums in einer Schlacht vernichtend geschlagen und Sueben auf der iberischen Halbinsel Provinzen Ravennas gewaltsam in Besitz genommen hatten, sah Geiserich die Stunde der Vandalen und Alanen gekommen. Er wollte die fruchtbaren Gebiete zwischen Hippo Regius und der wohlhabenden Metropole Karthago sowie den westlichen Teil der Insel Sicilia in sein Königreich einverleiben. Aus diesem Grund rief er das sechsköpfige Kuratorium zusammen.

„Das Westliche Imperium ist so schwach wie nie zuvor!", erklärte er zu Beginn der Aussprache. „Wir können unser Königreich nicht nur erweitern, sondern auch die volle Souveränität von Ravenna erlangen. In und um Karthago halten sich derzeit nur wenige Truppen auf. Außerdem sind die Karthager mit Völlerei und Unzucht so beschäftigt, dass sie uns erst bemerken werden, wenn wir mitten unter ihnen weilen."

„Damit hat Geiserich vermutlich recht", pflichtete ich ihm in Gedanken bei und sann darüber nach, was für eine Kriegslist er sich dieses Mal ausgedacht hatte."

„Die mit uns verbündeten Aures werden als vermeintliche Händler in Karthago einsickern und nachts ein Stadttor öffnen. Es dürfte sodann ein Leichtes sein, die wenigen dort stationierten Legionäre oder Auxiliar zu überwältigen und die im Hafen liegenden Kriegsschiffe zu entern. Wenn Letzteres gelingt, ist unsere Flotte die größte und stärkste auf dem gesamten Mare Internum."

„Er hat an vieles gedacht", stellte ich einmal mehr fest. „Der Zeitpunkt ist gut gewählt, und die Beute wird unermesslich sein. Die Männer werden den König verehren." Doch fragte ich mich: „Wie sollen einhunderttausend arianische Vandalen und Alanen über eine halbe Millionen Karthager und zwei Millionen Katholiken in den eroberten Gebieten herrschen?"

Also stellte ich dem König genau diese Frage. Eine Antwort blieb er mir nicht schuldig.

„Mit unseren Schwertern und dem Beistand Gottes haben und werden wir sie allesamt unterwerfen. Danach leisten uns Korruption, Denunziation und Assimilation wertvolle Dienste. Meine Kinder, Enkel sowie Urenkel werden über annähernd drei Millionen Menschen herrschen, weil wir unsere Traditionen sowie Sprachen pflegen und rechtgläubige, arianische Christen sind!"

Karthago, die Metropole Afrikas, fiel am 19. Oktober des Jahres 439 nahezu kampflos in unsere Hände. Ravenna hatte nicht damit gerechnet, dass Geiserich mittels einer simplen List die befestigte Stadt erobert und zusammen mit den umliegenden, fruchtbaren sowie wohlhabenden Landstrichen dem Königreich der Vandalen und Alanen einverleibte.

„Er wollte schon immer die Prophezeiung Wodans erfüllen und in das Paradies auf Erden gelangen", stellte ich in jenen Tagen anerkennend fest. „Jetzt ist es dem König gelungen!"

Die Stadt wurde geplündert, und wer sich den neuen Herrschern nicht unterwerfen wollte, floh in die Fragmente eines einstigen Weltreichs. Der katholische Bischof der Stadt Quodvultdeus trat unseren Recken in seinem Gotteshaus mutig entgegen, als sie die Kirchenschätze beschlagnahmen wollten. Geiserich ließ ihn und den gesamten Klerus daraufhin einkerkern. Das Kirchenvermögen der Katholiken wurde eingezogen und ihre Gotteshäuser arianischen Priestern übergeben.

An der Siegesparade in Karthago nahm ich mit meinem Mann teil. Der König hatte keine Kosten und Mühen gescheut. Hundertausende standen an den Straßen und sahen zu, wie lediglich dreißigtausend vandalische, alanische und aurische Recken triumphierend durch die eroberte Stadt marschierten. Die katholische Geistlichkeit folgte ihnen in klirrenden Ketten nach.

König Geiserich hatte seine Sippe, den Ritterstand, die Tausendschaftsführer und Honoratioren aus dem gesamten

Reich zum Festschmaus in seinen neuen Palast eingeladen. Hunderte waren gekommen und feierten ausgelassen, als der katholische Klerus vor den König geführt wurde. Man befahl ihnen, sich vor ihm niederzuknien. Nicht alle kamen freiwillig der Aufforderung nach.

„Wer sich vom katholischen Irrglauben lossagt und der arianischen Kirche beitritt, möge sich erheben!", donnerte die Stimme des Herrschers der Vandalen und Alanen durch den Saal.

Wenige nur, standen zögerlich auf.

„Alle anderen", erklärte er laut und deutlich, „werden bis zu ihrem Lebensende in den Kerkern Karthagos schmachten und danach vor den einzigen, wahren Gott treten!"

In dem Moment fasste ich mir ein Herz und trat vor ihn hin.

„Mein König", sprach ich Geiserich an. „Erlaubt mir zu sprechen!"

Worauf er mir zunickte.

„Kein sterblicher Mensch", sagte ich mit fester Stimme, so dass es alle hören konnten, „sondern Gott allein, soll über die katholische Priesterschaft richten!"

Worauf man ein Blatt hätte fallen hören.

„Ihr habt recht, Ida von Hirschberg!", antwortete Geiserich bedächtig. „Gott allein soll über die Ketzer richten. Man wird Quodvultdeus und seine Eiferer auf ein Schiff bringen, auf das Mare Internum hinausfahren und dort der Gnade Gottes überlassen!"

Farold tat am nächsten Tag schweren Herzens, was ihm vom König aufgetragen wurde. Als er zurückkehrte, wartete ich im Kriegshafen von Karthago auf ihn. Noch zur selben Stunde ritten wir aus der Stadt hinaus. Unterwegs nach Rosenthal fragte ich ihn: „Werden der Bischof und die katholischen Priester eine rettende Küste erreichen?"

Er schüttelte den Kopf.

„Geiserich hat sie auf einen lecken Frachtensegler bringen lassen. Auf hoher See habe ich es bemerkt und das Schiff, so gut es ging, abdichten lassen. Ich befürchte dennoch, dass die Katholiken jämmerlich ertrinken werden."

Der Winter hatte bereits Einzug gehalten, als der König den Ritterstand einberief. Mein Mann und ich machten uns auf den Weg nach Karthago, der neuen Residenzstadt des Königreiches der Vandalen und Alanen. Auf der Agenda stand eine ganze Reihe von wichtigen Punkten. Bevor Geiserich sie aufrufen konnte, ergriff ein Ritter unaufgefordert das Wort und verlangte, dass jedes Ratsmitglied ein Landgut sowie eine Villa in Karthago erhalten sollte. Damit nicht genug pochte er darauf, dass der König endlich das gegebene Versprechen einlöst, alle Ritter in den erblichen Stand zu erheben. Was dann geschah, damit hatte wohl niemand gerechnet. Geiserich akzeptierte ohne Aussprache all seine Forderungen, was mich aufhorchen ließ.

„Er heckt etwas aus!", schloss ich daraus.

Danach trug er die Punkte vor, welche infolge beraten wurden. Einführung einer neuen Zeitrechnung im Königreich, wonach das Jahr Null die Eroberung Karthagos markierte. Enteignung von wohlhabenden Provinzialrömern zu Gunsten der Reichskasse. Einzug des Vermögens der katholischen zum Nutzen der arianischen Kirche und die verstärkte Durchführung von Kaperfahrten, um Friedensverhandlungen mit Ravenna zu erzwingen. All seine Vorschläge wurden mit großen Mehrheiten gutgeheißen.

„Der alte Fuchs hat den gesamten Ritterstand mit dem großzügigen Entgegenkommen zu Beginn der Beratungen für seine Vorhaben geschickt vereinnahmt", stellte ich für mich fest. „Es würde mich keineswegs verwundern, wenn seine Spitzel ihn von den Absichten des Ritters zuvor informiert hätten."

Das neue Jahr war ins Land gezogen und mit ihm kam der Tod. Marcellus Aurelius ging für immer von uns. Ein paar Wochen später schlief auch meine Schwiegermutter Aurelia friedlich ein. Wir waren sehr traurig und trösteten uns mit der Gewissheit, dass beide ein erfülltes Leben und ein biblisches Alter von fast achtzig Jahren erreicht hatten.

Mitten im Sommer des Jahres 440 nach Christi Geburt oder eins nach vandalischer Zeitrechnung, segelten die Hirschberger nach Sicilia und legten im Hafen von *Lilybaeum* an. Die Stadt war von unserer Flotte erst vor kurzem erobert worden. Stefania und Michele gaben sich in der Villa Nicolosi das Jawort und gingen miteinander einen Bund fürs Leben ein. Einheimische Provinzialrömer und Vandalen sowie Alanen kamen auf dem fruchtbaren Eiland leidig miteinander aus. Farold unterhielt sich lange Zeit mit dem Vater des Bräutigams. Der machte sich große Sorgen, dass seine Villa von den unsrigen ausgeraubt werden könnte. Bevor wir in Lilybaeum wieder ein Schiff bestiegen, um nach Hippo Regius zurückzukehren, suchte Farold mit seinem Schwiegersohn und dessen Vater den alanischen Stadtkommandanten auf. Von jenem Tage an, stand das Gut der Nicolosis und seine Besitzer unter dem Schutz des Königreiches der Vandalen und Alanen.

Michele reichte seinen Abschied beim Militär ein und widmete sich von nun an der gedeihlichen Entwicklung des väterlichen Weingutes auf der schönen Insel im Mare Internum.

Im Herbst fand in der Residenzstadt Karthago eine weitere Versammlung des Ritterstandes statt. Geiserich hatte einen aktuellen Lagebericht auf die Tagesordnung setzen lassen. Er berichtete den Anwesenden, dass Constantinopolis derzeit eine Flotte zusammenstellt, um im kommenden Jahr das Königreich der Vandalen und Alanen anzugreifen und zu unterwerfen.

„Der König hat einen gut funktionierenden Spitzeldienst aufgebaut!", stellte ich zum wiederholten Male fest.
Geiserich schlug vor, mit den Herrschern der Hunnen eine Vereinbarung zu treffen. Sie sollten im Falle eines Angriffs durch die Flotte von Constantinopolis auf dem Balkan einfallen, um dort Truppen des Östlichen Imperiums zu binden. Dafür wollte er Gold aus der Reichskasse den Herrschern der Hunnen überlassen. Daraufhin entwickelte sich eine hitzige Debatte. Einige Ritter vertraten die Ansicht, sich auf gar keinen Fall auf einen solchen Handel einzulassen, und schlugen stattdessen vor, das Gold unter sich aufzuteilen. Man sah es dem König an, wie dieses eigennützige Ansinnen ihn erzürnte, als Farold energisch das Wort ergriff.

„Ganz offensichtlich haben ein paar unter uns vergessen, wem wir unsere herausgehobene Stellung im Reich und den Wohlstand zu verdanken haben."
Er zeigte auf den König.

„Ihm!", verkündete er. „Es ist seine Bestimmung, alle Vandalen und Alanen vor Feinden zu schützen."
Mein Mann schaute sich nach allen Seiten um, ließ die Worte wirken.

„Genau das hat König Geiserich vor", fuhr er fort. „Wer glaubt, es verhindern zu müssen und sich auch noch auf Kosten des Königreiches bereichern will, den fordere ich auf, den Ritterstand unverzüglich zu verlassen."
Tumultartige Szenen spielten sich hierauf ab. Farold blieb, wie ein Fels in der Brandung stehen. Als allmählich wieder Ruhe einkehrte, sprach er weiter.

„Sollte mein Antrag auf Zustimmung des Vorschlags von König Geiserich keine Mehrheit finden, werde ich die Einberufung eines Things einfordern. Alle Ältesten sollen darüber befinden, ob Gold aus der Reichskasse unter den Rittern aufgeteilt wird."
Dieses Mal blieb der Tumult aus. Bei wenigen Enthaltungen wurde dem Ansinnen des Königs beigepflichtet.

Anschließend schlug Geiserich vor, Reformen in der Verwaltung des Königreiches durchzuführen und hierzu befähigte Administratoren einzustellen. Neben der Eignung, war die Zugehörigkeit zur arianischen Kirche für ihn unabdingbar. Mit überwältigender Mehrheit wurde der Vorschlag gebilligt.

„Der König ist ein weiser, vorausschauender Herrscher", stellte ich einmal mehr fest. „Er baut eine gut funktionierende Verwaltung auf, welche es ihm ermöglichen wird, das Reich straff und effizient zu lenken."

Letzter Punkt der Beratungen betraf die Ansiedlung von vandalischen und alanischen Wehrbauern entlang der Grenzen des Königreiches. Damit wollte Geiserich einen menschlichen Schutzwall schaffen. Ohne Aussprache wurde auch dieser Vorschlag für gutgeheißen.

Als Farold und ich den Versammlungssaal in der Residenz verließen, hielten sich dort zahlreiche Bittsteller auf, welche den König sprechen wollten. Geiserich kam in Begleitung einiger Ritter auf uns zu. Es entwickelte sich eine kurzweilige Unterhaltung. Zu guter Letzt lud er uns ein, am Abend mit ihm im zu speisen. Wir sagten zu, verabschiedeten uns und wollten den Palast gerade verlassen, als ein Mann an mir vorbeieilte. In diesem kurzen Augenblick nahm ich wahr, wie etwas aufblitzte. Zu Farold gewandt sagte ich: „Der Kerl hält einen Dolch in der Hand!"

Sogleich rannte er dem Fremden hinterher und stürzte sich auf ihn, als er nur noch wenige Schritte vom König entfernt war. Es kam zu einem Handgemenge, wobei der gedungene Attentäter meinen Mann am Oberarm verletzte. Schließlich wurde er von herbeigeeilten Leibwächtern des Königs übermannt. Zu Tode erschrocken band ich Farold mit meinem Gürtel den stark blutenden Arm ab, bevor ein anwesender Mediziner die Wunde versorgte. Geiserich war sichtlich geschockt und bedankte sich gleich mehrfach bei Farold für sein entschlossenes Einschreiten.

Am Abend ließen wir es uns dennoch nicht nehmen, den König aufzusuchen. Er erkundigte sich zunächst nach dem Befinden meines Mannes und bedankte sich nochmals für sein selbstloses Eingreifen. Nachdem wir zusammen gespeist hatten, schickte der König die anwesenden Domestiken und Leibwächter aus dem Raum.

„Ich habe bereits fünf Attentate überlebt", vertraute er uns an. „Das war gewiss nicht der Letzte!"

Völlig entspannt saß er da und schaute Farold und mich abwechselnd an.

„Gott hat mich abermals beschützt."

Auf dem Tisch vor ihm stand eine Schatulle. Der König hob den Deckel an und holte einen goldenen Armreif heraus. Danach langte er noch einmal hinein und hielt einen silbernen Dolch in der Hand.

„Mit diesen Aufmerksamkeiten möchte ich euch meine Dankbarkeit ausdrücken", lauteten seine Worte, als er sie uns überreichte.

An diesem Abend erlebten wir einen ausgelassenen sowie unterhaltsamen Gastgeber. Es war schon spät, als Geiserich auf Reichsangelegenheiten zu sprechen kam.

„Die Flotte des Östlichen Imperiums wird in absehbarer Zeit Truppen auf Sicilia anlanden und die von uns besetzten Städte erobern", teilte er mit einer Selbstverständlichkeit mit, welche mich aufhorchen ließ. „Mehr aber, wird nicht geschehen!"

„Wieso?", fragte Farold nach.

„Man versprach es mir!"

Verwundert schaute ich den König an.

„Karthago ist jetzt Residenzstadt meines Königreiches und das wird so bleiben. Außerdem herrsche ich über die einstige Kornkammer des Westlichen Imperiums. Ravenna wird sich mit mir arrangieren müssen, damit Rom keinen Hunger leidet."

Bedächtig kraulte er sich den Bart. Auf einmal sah er uns mit aufblitzenden Augen an.

„Ich bitte euch als meine Gesandte nach Ravenna zu reisen, um mit Kaiser Valentinian über die volle Souveränität des Königreiches der Vandalen und Alanen zu verhandeln. Wie gesagt, es ist eine Bitte und kein Auftrag."

Der meinige stellte noch einige Fragen, welche Geiserich beantwortete. Danach baten wir um Bedenkzeit.

In dieser Nacht fanden mein Mann und ich wenig Schlaf. Gemeinsam wägten wir das für und wider ab. Zunächst war ich dagegen, der Bitte des Königs zu entsprechen, weil wir uns längere Zeit in Ravenna aufhalten würden. Andererseits warf Farold ein, sei es eine ehrenvolle, ja historische Aufgabe dem Königreich der Vandalen und Alanen als Gesandte zu dienen. Unsere Kinder waren mittlerweile erwachsen, und die Aufsicht über Rosenthal konnte man getrost Silva überlassen. Doch all das war letztlich nicht entscheidend.

„Ich bin es leid, dem Kuratorium vorzustehen", vertraute er mir an. „Wie du weißt, beschäftigen wir uns dort immer öfters mit religiösen Belangen. Die Bischöfe denken nur noch daran, die arianische Kirche und sich selbst zu bereichern. Ständig liegen sie mit den Katholiken im Zwist. Außerdem stehen neue Steuergesetze zur Beratung an. Das bedeutet für Kuratorium und Ritterstand gleichermaßen, viele aufreibende Sitzungen. Ich würde es daher vorziehen, liebste Ida, der Bitte Geiserichs zu entsprechen."

Wir sprachen gemeinsam beim König vor und teilten ihm unsere Entscheidung mit. Er war hocherfreut und wies uns sogleich in vertrauliche Reichsangelegenheiten ein. So hatte er vor die Hafenstadt Tingis an den Säulen der Herakles zu erobern, um eine mögliche Invasion des Königreiches durch Westgoten, Sueben und den Imperien von Westen her zu erschweren oder als Basis für einen Angriff in die Provinzen Hispanias zu nutzen. Keineswegs überrascht waren Farold und ich allerdings, als er uns ankündigte, die Lasterhöhle Karthago ausräuchern zu wollen. Wussten wir doch, dass er ein sittenstrenger Herrscher und strenggläubiger Arianer war. Gemeinsam entwarfen wir einen Friedensplan, den mein Mann und ich als seine Gesandten bei den bevorstehenden Verhandlungen am kaiserlichen Hof verwirklichen sollten. Geiserich deutete zu guter Letzt an, dass uns einflussreiche Personen in Ravenna diskret zuarbeiten würden.

So neigte sich das ereignisreiche Jahr dem Ende zu. Farold und ich waren nach Rosenthal zurückgekehrt, um uns in der Abgeschiedenheit des Landgutes auf den bevorstehenden Auftrag vorzubereiten. Niemand erfuhr auch nur ein Wort darüber, dass wir im kommenden Jahr als Gesandte des Königs an den Hof nach Ravenna reisen würden.

Mit dem Einzug des Lenzes war es soweit. Ich nahm Silva zur Seite und Farold unsere Jüngste, um sie einzuweihen. Danach machten wir uns auf den Weg nach Hippo Regius. Dort wollten wir Carolina in der Geborgenheit der Sippschaft und der Obhut von Achmed zurücklassen. In der Villa angekommen, klärten wir die Hirschberger darüber auf, was uns vom König aufgetragen wurde.

„Das wird ganz gewiss nicht einfach werden!", mutmaßte Marc. „Kaiser Valentinian ist eitel und verschlagen. Außerdem gibt es Gerüchte, dass das Östliche Imperium unsere Stützpunkte auf Sicilia erobern will, um danach nach Afrika überzusetzen."

„Außer der Besetzung der Insel wird nichts geschehen!", widersprach Farold.

„Woher willst du das Wissen, Bruder?"

„Weil der König es mir gesagt hat!"

Kapitel 46 – Kaiser Valentinian

Mein Mann und ich standen auf der Brücke einer Trireme. Man sah es Farold an, dass er die Seefahrt liebte. Als wir um die Südostspitze der Insel Sicilia fuhren, tauchten zahlreiche Schiffe vor uns am Horizont auf.

„Die Kriegsflotte von Constantinopolis", behauptete er. „Sie halten Kurs auf Syracusae. Wir sollten ihnen besser nicht vor den Bug geraten."

Lautstark erteilte er einige Befehle, worauf die Trireme sich in den Wind legte und rasch Fahrt aufnahm. Nach und nach verschwanden die Segel wieder.

„Warum ist der König sich so sicher, dass das Östliche Imperium uns lediglich aus Sicilia vertreiben will und nicht aus Afrika?", fragte ich ihn.

„Ich glaube, dass Geiserich am kaiserlichen Hof in Constantinopolis einflussreiche Leute kennt und Spitzel ihm wertvolle Dienste leisten."

Neptun meinte es gut mit uns. Bald tauchten in der Ferne die mächtigen Stadtmauern von Ravenna auf. Die Mannschaft ruderte die Trireme in den befestigten Hafen, als Hornsignale ertönten. Die Stadt lag an einer Lagune, nahezu vollkommen umgeben vom Meer und unwegsamen Sümpfen. Lediglich im Süden konnte ich eine schmale Landverbindung ausmachen. Farold und ich sahen uns die mächtigen Befestigungswerke, auf denen wachsame Legionäre ihren Dienst verrichteten, an.

„Flavius Stilicho hat eine gute Wahl getroffen", behauptete er auf einmal.

„Welche Wahl?"

„Er hat Kaiser Honorius vor Jahren geraten, seine Residenz von Mediolanum in das besser zu verteidigende Ravenna zu verlegen. Man sagt, die Stadt sei uneinnehmbar."

Plötzlich kam ein Trupp Legionäre im Laufschritt daher und blieb vor einem der Landungsstege in einer Reihe stehen. Befehle ertönten, worauf sie ihre Schwerter aus den Scheiden zogen und die Schilder hochhielten. Ein Centurio trat vor die Formation und schwenkte eine grüne Flagge.

„Dort werden wir anlegen!", rief Farold und zeigte auf den

Offizier.
Kaum hatten wir festgemacht, kam er mit einigen Legionären an Bord.

„Salve!"

Dabei hob er den rechten Arm zum römischen Gruß hoch.

„Salve!", erwiderte mein Mann und tat es ihm gleich.

„Ihr seid Vandalen?"

„Ja, das sind wir!"

„Wir befinden uns im Krieg mit euch", erklärte der Centurio. „Festnehmen!"

Die Legionäre gingen auf meinen Mann und mich zu.

„Haltet ein!", erklang die Stimme Farolds.

Er reichte dem Offizier eine Pergamentrolle. Der nahm sie entgegen, rollte sie auf und begann zu lesen. Als er damit fertig war, befahl er den Legionären an Bord zu bleiben. Es dauerte eine geraume Zeit, bis er in Begleitung eines Tribuns zurückkam. Jener fragte Farold unwirsch: „Ihr seid Gesandte des Königs der Vandalen und Alanen?"

„Wie ihr dem Akkreditierungsschreiben König Geiserichs entnehmen könnt, sind wir das", erwiderte er. „Wir wünschen zu Kaiser Valentinian geführt zu werden!"

Der hohe Offizier grinste höhnisch, machte kehrt und ging mit den Legionären von Bord. Der meinige wies die Mannschaft der Trireme an, hier auf uns zu warten. Kein Wagen, kein Pferd, keine Sänfte brachte die Gesandten des Königs der Vandalen und Alanen in die Stadt. Wir liefen, wie Gefangene, hinter dem Tribun und zwischen den Legionären zu Fuß hinein. Die Menschen standen dicht an dicht am Straßenrand und betrachteten uns argwöhnisch. An der Kleidung erkannten sie, dass wir Barbaren sind. Man beschimpfte meinen Mann und mich auf übelste Art und Weise, bewarf uns gar mit faulen Tomaten. Farold hatte mich schützend in die Arme genommen, während der Tribun und die Legionäre keinerlei Anstalten unternahmen etwas dagegen zu tun. Immer mehr Schaulustige liefen zusammen. Abrupt blieb der meinige mit mir stehen, worauf der Offizier sich breitbeinig vor uns hinstellte.

„Was steht ihr hier herum", herrschte er uns an. „Den Kaiser des Imperiums lässt man nicht warten!"

„Wir sind in friedlicher Absicht und als Gesandte unseres

Königs hierhergekommen", erklärte Farold laut und deutlich, so dass es jeder in der Nähe hören konnte. „Falls ihr uns vor den Gehässigkeiten des Pöbels nicht schützen könnt, fahren wir wieder nach Karthago zurück und schicken euch unsere Kriegsflotte!"

Mein Mann drehte sich mit mir um und bahnte uns einen Weg durch die aufgebrachte Menschenmenge. Zunächst passierte nichts. Als das Gesindel aber die Situation erfasst hatte, wurden wir fürchterlich traktiert. Auf einmal griffen die Legionäre ein und verscheuchten den Pöbel. Ich war unfähig weiterzugehen, weshalb mein Mann vom Tribun Pferde verlangte. Schließlich ritten wir auf zwei Mauleseln zum kaiserlichen Palast. Dort angekommen wurden wir in einen prunkvollen Saal geführt, wo wir uns in einem Spiegel betrachten konnten. Die Gesandten des Königs der Vandalen und Alanen hatte man erbärmlich zugerichtet.

„Sollen wir so vor den Kaiser treten?", fragte ich meinen Mann unschlüssig.

„Das werden wir wohl müssen!"

Auf einmal ertönten Blasinstrumente. Gleichzeitig wurde ein mächtiges Portal aufgestoßen. Der Tribun schritt voran, und wir folgten ihm in einen glanzvollen Audienzsaal nach. An jenem Ort befanden sich zahlreiche Würdenträger des Imperiums und nahmen uns in Augenschein. Wir gingen geradewegs auf Kaiser Valentinian zu. Der saß am Ende der beeindruckenden Säulenhalle auf einem goldenen, mit Edelsteinen verzierten Thron. Vor dem Imperator blieb der Offizier stehen und grüßte mit erhobenem Arm, während Farold und ich uns vor ihm respektvoll verbeugten.

„Erhabener!", ertönte die Stimme des Tribuns. „Ich bringe euch die Gesandten des Königs der Vandalen und Alanen. Farold von Hirschberg und dessen Gemahlin!"

Daraufhin trat er auf Kaiser Valentinian zu, kniete vor ihm nieder und streckte ihm das Akkreditierungsschreiben von König Geiserich entgegen. Ein ergrauter Domestik nahm es dem Offizier ab und las es laut vor.

„Euch also hat dieser kulturlose Vandale ausgesandt, um den Kaiser des Westlichen Imperiums zu huldigen", lauteten hiernach die blasierten Worte des Imperators. „Ihr seht wahrhaftig wie Barbaren aus!"

Gelächter war zu hören. Valentinian hob gemächlich einen Arm, worauf es verstummte.

„Was führt euch hierher?"

„König Geiserich", erklärte Farold, „entbietet euch seine Grüße und wünscht dem Kaiser des Westlichen Imperiums ein langes Leben."

Der gähnte gelangweilt.

„Mein König hat meine Gemahlin und mich nach Ravenna gesandt, um einen Friedensvertrag zwischen dem Westlichen Imperium und dem Königreich der Vandalen und Alanen auszuhandeln."

Erneut war im Hintergrund Gelächter zu hören.

„Es wird zwischen uns keinen Frieden geben", entgegnete Valentinian brüsk. „Ihr habt die weite Reise nach Ravenna umsonst angetreten. Die Flotte unserer Verbündeten ist auf dem Weg zum Barbarenkönig, um ihn und die eurigen ins Mare Internum zu werfen. Karthago und alle afrikanischen Provinzen werden bald schon wieder zu meinem Imperium gehören."

Ovationen waren zu hören.

„Wir werden euch und euer Weib so behandeln, wie es sich für Seeräuber geziemt", kündigte ein erzürnter Imperator an. „Ihr haust fortan in einem meiner Kerker. Die dazu passende Kleidung tragt ihr ja bereits!"

Die Honoratioren im Audienzsaal fingen lauthals an zu lachen. Nachdem sie sich wieder beruhigt hatten, kam es zum finalen Schluss dieses denkwürdigen Empfangs am kaiserlichen Hof in Ravenna.

„Habt ihr mir noch etwas zu sagen, bevor ich euch abführen lasse?", fragte Valentinian hämisch grinsend.

Mein Mann blieb ihm eine Antwort nicht schuldig.

„Wir danken dem Kaiser eines dem Untergang geweihten Imperiums für die Akkreditierung als Gesandte und gewährte Gastfreundschaft in einem eurer berüchtigten Paläste!"

Dem Kaiser stieg die Zornesröte ins Angesicht und ein entrüstetes Raunen hallte durch den Audienzaal, als man uns abführte.

Farold und ich wurden getrennt eingekerkert. In einem schmutzigen Verlies schmachtete ich bei völliger Dunkelheit dahin. Das Gefühl für die Zeit, ging mir sehr bald schon abhanden. Mit meinen wärmenden Gedanken war ich des Öfteren bei den Kindern, der Sippschaft und meinem Liebsten. Ob König Geiserich von unserem Schicksal jemals erfahren würde, wusste ich nicht. In dieser ausweglosen Situation trug sich etwas zu, was ich mir lange Zeit nicht erklären konnte.

Geschwächt und niedergeschlagen lag ich in einer Zelle auf feuchtem Stroh, als die Tür aufgestoßen wurde. Der helle Schein einer Fackel blendete mich so sehr, dass ich nicht erkennen konnte, wer mich da aufsuchte. Eine empörte Stimme war zu hören, und kurz darauf trug man mich aus dem Verlies. Später untersuchte mich ein Mediziner. Als er damit fertig war, reichte er mir Orangen. Gleichermaßen hungrig und durstig, aß ich sie auf. Währenddessen konnte ich zusehen, wie er sich mit einem Tribun unterhielt. Der Offizier kam mir sogleich bekannt vor.

„Euer Mann wird demnächst hier eintreffen!", kündigte er an, nachdem der Mediziner fort war. „Ihr werdet von heute an so behandelt, wie es sich für Gesandte eines Königreiches gebührt."

Fieberhaft überlegte ich derweil, woher ich ihn kannte.

„Sollte dieser Valentinian oder einer seiner Speichellecker euch noch einmal Unrecht antun, so teilt es mir sogleich mit. Ich bin ein Vertrauter von Kaiser Theodosius, dem Herrscher des Östlichen Imperiums. Mein Name lautet...

In dem Moment fiel es mir ein.

„Markian!"

„Schön, dass ihr euch an mich erinnert", bemerkte er lächelnd. „Vor einigen Jahren habt ihr mich in Hippo Regius aus einem Kerker geholt. Heute war es mir vergönnt, euch dabei behilflich zu sein!"

Fortan lebten mein Mann und ich in Ravenna völlig unbehelligt. Des Öfteren trafen wir uns mit Markian, welcher seine Weisungen direkt vom Obersten Heermeister des Östlichen Imperiums, Flavius Aspar, erhielt. Jener Flavius Aspar, der einst gegen die Vandalen und Alanen in Afrika ins Feld gezogen und in dessen Diensten ich als Geheimkurierin tätig war.

Im Herbst des Jahres 442 oder zwei suchte uns ein Spion von König Geiserich auf. Er behauptete, dass die Streitmacht des Östlichen Imperiums die Insel Sicilia verlassen hätte und nach Constantinopolis zurückgekehrt sei. Noch am selben Abend suchten mein Mann und ich Markian auf, der die Neuigkeiten bestätigte. Auf meine Frage hin, warum das geschehen war, antwortete er: „Der Oberste Heermeister hat es so angeordnet. Flavius Aspar benötigt die Truppen im Kampf gegen die Hunnen Attilas!"

Es verging hernach keine Woche, als ein Kurier von Kaiser Valentinian erschien. Der Imperator wollte die Gesandten des Königs der Vandalen und Alanen sprechen. Nachdem wir uns vor der Audienzhalle in Geduld üben mussten, wurden wir endlich zu ihm vorgelassen. Der Kaiser saß auf einem goldenen Thron, umgeben von zahlreichen Hofschranzen.

„Ganz Sicilia gehört wieder zum Westlichen Imperium," behauptete er. „Die Flotte Constantinopolis kreuzt vor der Küste Afrikas und wartet auf meine Befehle. Bevor ich sie erteile, will ich euch Barbaren die Möglichkeit einräumen, in meine Dienste zu treten."

Der Kaiser winkte einen Administrator herbei. Der forderte uns ultimativ auf, dafür zu sorgen, dass sich die Vandalen und Alanen auf ihr ursprüngliches Gebiet zurückzogen und die Metropole Karthago sowie die zuletzt eroberten Territorien räumten. Außerdem verlangte er von König Geiserich, dass dieser seinen ältesten Sohn Hunerich erneut als Geisel an den Hof nach Ravenna auslieferte. Ich sah es meinem Mann an, wie sehr er sich beherrschen musste. Schlussendlich verlangte der Administrator von Farold, ihm und nicht dem Imperator zu antworten.

Mein Mann ging hierauf einige Schritte auf Valentinian zu. In angemessenem Abstand blieb er vor ihm stehen und schaute sich erst einmal nach allen Seiten um.

„Das hat er Geiserich abgeschaut", dachte ich und konnte mir ein Schmunzeln nicht verkneifen.

„Der König der Vandalen und Alanen hat meine Gemahlin und mich nach Ravenna gesandt, um Friedensverhandlungen und keine Kapitulationsverhandlungen zu führen", erklärte Farold. „Was ein Niemand dazu zu sagen hat, interessiert

niemanden."
Ich war in diesem Moment unglaublich stolz auf ihn. Nun wartete nicht nur ich erwartungsvoll darauf, wie der Kaiser auf eine derartige Brüskierung reagieren würde. Der saß mit hochrotem Kopf auf seinem Thron und brachte kein Wort über die Lippen. Mit einer albernen Handbewegung beendete der Imperator die kaiserliche Audienz.

Am gleichen Abend suchte Markian uns auf. Wir mussten ihm genau berichten, was sich im Palast zutrug. Danach wollte er es noch einmal hören.

„Ihr glaubt ja gar nicht", frohlockte er, „wie glücklich es mich stimmt, dass man diesem blasierten Valentinian nicht nur die Stirn bot, sondern auch noch der Lächerlichkeit preisgab. Ich kenne jemanden in Constantinopolis, der sich darüber ungemein freuen wird, wenn er hiervon erfährt."
Meinem Mann und mir war sogleich klar, dass er damit den Obersten Heermeister des Östlichen Imperiums, Flavius Aspar, meinte.

In den kommenden Monaten waren ständig Kuriere zwischen Ravenna und Karthago unterwegs. Kaiser Valentinian hatte sich inzwischen herabgelassen, mit Farold und mir zu sprechen. Man kam schließlich überein, dass das Königreich der Vandalen und Alanen nach Osten verschoben wurde. Die Gebietserweiterungen waren von beträchtlichem Ausmaß. Der östliche Teil der Provinz Numidia, die Provinzen Proconsularis sowie Byzacena und der westliche Zipfel von Tripolitana bildeten fortan das Reich mit der Residenzstadt Karthago. Dafür garantierte König Geiserich auskömmliche Getreidelieferungen nach Rom. Des Weiteren durften alle verbannten katholischen Priester zurückkehren und bekamen einen Teil der beschlagnahmten Kirchenschätze sowie Gotteshäuser zurück. Bischof Quodvultdeus und der Klerus hatten, einem Wunder gleich, die Überfahrt auf dem lecken Schiff über das Mare Internum überlebt. Der König musste schweren Herzens seinen ältesten Sohn Hunerich erneut als Geisel nach Ravenna entsenden. Dafür stimmte der Kaiser der Verlobung seiner minderjährigen Tochter Eudocia mit dem künftigen König der Vandalen und Alanen zu.

Im Jahre 442 nach Christi Geburt oder zwei nach vandalischer Zeitrechnung wurde ein Friedensvertrag zwischen dem Westlichen Imperium und dem Königreich der Vandalen und Alanen abgeschlossen. Was außer Geiserich, Farold und mir niemand wusste, war das Faktum, dass es einen weiteren Kontrakt gab, den mein Mann und ich vorbereitet hatten. Eine Vereinbarung mit dem Östlichen Imperium. Darin verpflichteten sich Karthago als auch Constantinopolis, sich nicht anzugreifen und insgeheim zu unterstützen.

Unmittelbar nach den Vertragsabschlüssen kehrten Farold und ich nach Rosenthal zurück.

Kapitel 47 – Die Verschwörung

Im Herbst rief Geiserich den Ritterstand in Karthago zusammen. Auf der Tagesordnung standen eine ganze Reihe von wichtigen Reichsangelegenheiten, wie die Rückgabe von Kirchen an die Katholiken, Anwerbung von Söldnern, das Prägen von Münzen, die Einführung einer geordneten Gerichtsbarkeit sowie die Besteuerung von Großgrundbesitz. Der zuletzt genannte Besprechungspunkt ließ meinen Mann nicht zur Ruhe kommen.

„Warum nur, hat der König diese heikle und äußerst umstrittene Angelegenheit auf die Tagesordnung gesetzt?", fragt er mich.

„Möglicherweise will er den Ritterstand gefällig stimmen", gab ich zu bedenken.

Farold dachte kurz nach.

„Dann hätte er das Thema als Erstes behandeln lassen!"

Vor dem Westtor Karthagos standen Stadtwachen und kontrollierten ausnahmslos jüngere Männer. Mein Mann fragte ihren Hundertschaftsführer nach dem Grund.

„Wir haben königliche Order, dass kein Vandale oder Alane zwischen dem sechzehnten und dreißigsten Lebensjahr ohne Passierschein in die Stadt darf."

„Warum nicht?"

„Der König ist der Ansicht, dass Genusssucht und Sittenlosigkeit junge Männer korrumpieren!"

In unserer Stadtvilla angekommen, suchten wir die Therme auf und verbrachten dort den ganzen Tag. Frisch gewaschen sowie angekleidet, bummelten Farold und ich am Abend durch die Straßen Karthagos. Wir sahen uns die üppigen Auslagen in den zahlreichen Geschäften an. Überall boten Marktschreier ihre Waren feil. Schließlich kamen wir in den Handelshafen, wo mein Mann und ich vor einer einladenden Schänke Platz nahmen. Beim Wirt bestellten wir einen bekömmlichen Wein und schauten dem regen Treiben um uns herum interessiert zu. Die Metropole Afrikas war ein rastloser Tummelplatz von Menschen aller Hautfarben sowie

Sprachen. Ein Frachtensegler fuhr gerade in den Hafen und legte, nicht weit von uns entfernt, an. In dem Moment kamen Stadtwachen daher und blieben vor dem Schiff stehen. Eine in die Jahre gekommene Frau, begleitet von drei jungen Männern, gingen von Bord. Sie kam mir bekannt vor. Mir fiel auf, dass keine Wache von ihren Begleitern einen Passierschein sehen wollte.

„Das ist Runa!", behauptete auf einmal Farold. „Die Witwe von König Guntherich und ihre Söhne!"

Zum letzten Mal hatte ich sie nach der Überfahrt von Hispania nach Afrika gesehen. Das war vor dreizehn Jahren.

„Ich dachte, Geiserich hat Runa und ihre Söhne verbannt," entgegnete ich, etwas irritiert sie hier anzutreffen.

„Jedenfalls sind sie jetzt in Karthago!", stellte der meinige fest.

Am Vormittag tagte der Ritterstand, weshalb wir zu Fuß zum nahegelegenen kaiserlichen Palast gingen. Farold und ich hatten gerade im Plenum Platz genommen, als der König mit den Bischöfen Dankrad und Asgar erschien. Nach der gegenseitigen Begrüßung wollte Geiserich den ersten Punkt auf der Tagesordnung aufrufen, als Ritter Folkward um das Wort bat. Er war der jüngere Bruder von Runa, der Witwe König Guntherichs. Sein Verhalten war zwar ungewöhnlich, dennoch ließ ihn Geiserich sprechen.

„Etliche der hier Anwesenden wünschen, dass zuerst die Besteuerung von Großgrundbesitz behandelt wird!"

Worauf der König einwilligte.

„Sehr wahrscheinlich haben wir darüber unterschiedliche Auffassungen", mutmaßte er. „Bis zum heutigen Tag haben wir vor allem durch Plünderungen die Reichskasse aufgefüllt. Nach dem Abschluss des Friedensvertrages mit dem Westlichen Imperium wird das nicht mehr möglich sein. Um künftig Ausgaben begleichen und eine geordnete Finanzwirtschaft gewährleisten zu können, haben auch Großgrundbesitzer einen noch festzulegenden Tribut zu entrichten."

Folkward sprach Geiserich hierauf das Recht ab, darüber alleine entscheiden zu können. Worauf einige Ritter aufsprangen und dessen Ansinnen lautstark unterstützten.

Tumultartige Szenen spielten sich daraufhin im Plenum ab. Es war nicht mehr möglich, die Beratungen fortzusetzen. Der König vertagte deshalb die Versammlung auf den morgigen Tag.

Mein Mann und ich waren entrüstet über dieses unwürdige Gezänk und wollten gerade den Palast verlassen, als uns ein Leibwächter ansprach.

„Der König wünscht euch zu sprechen!"

Wir folgten ihm nach und standen bald darauf vor einem sichtlich erzürnten Geiserich. Wie immer, machte er keine langen Umstände.

„Der Aufruhr im Plenum war von langer Hand eingefädelt!", behauptete er. „Ritter Folkward ist nicht fähig, so etwas auszuhecken. Seit geraumer Zeit berichten mir Spitzel, dass sich etwas Unheilvolles im Königreich zusammenbraut."

Ständig kraulte er sich den Bart.

„Er hat aber ganz gewiss etwas damit zu tun. Deshalb habe ich Folkward aufgefordert mich nachher aufzusuchen, um ihn zu befragen. Er wird alles abstreiten, dieser Hasenfuß."

Geiserichs Augen fingen verdächtig an zu funkeln als er Farold und mich ansah.

„Folgt ihm nach der Unterredung mit mir unauffällig nach. Dieser Maulheld wird über seinen Auftritt gewiss jemandem Bericht erstatten müssen. Ich will herausfinden, um wen es sich dabei handelt."

Farold und ich warteten vor dem Palast, bis Folkward herauskam, und hefteten uns im gebotenen Abstand an seine Fersen. Schließlich klopfte er an das prächtige Portal einer ansehnlichen Villa und sah sich nach allen Seiten um, bevor er hereingelassen wurde.

„Wir müssen herausfinden, wem das Anwesen gehört", flüsterte mir mein Mann zu. „Setzen wir uns vor die Schänke dort drüben und fragen den Wirt."

Vor der Herberge standen ein paar Tische und Bänke. Wir nahmen Platz und behielten das Portal der Villa in den Augen. Der Schankwirt kam heraus und wollte die Bestellung aufnehmen. Dabei verwickelte ich ihn in ein Gespräch. Der Mann war redselig und wir bekamen von ihm die gewünschte

Auskunft. Das Anwesen gehörte Runa, der Witwe König Guntherichs. Es dauerte nicht allzu lange, bis ein Mann in Begleitung von mehreren Recken an das Portal der Villa klopfte. Das wurde geöffnet, und sie traten ein. Später begehrten auch noch die drei Söhne von Runa Einlass.

„Ich habe genug gesehen!", erklärte Farold. „Hier braut sich etwas Übles zusammen. Ida, eile nach Hause und schicke Achmed her. Er soll mich ablösen und die Villa weiter beobachten. Danach werden wir den König aufsuchen, um ihm zu berichten was wir gesehen haben."

Hiernach stand ich auf und machte mich auf dem schnellsten Weg zu unserer Villa. Es war inzwischen dunkel geworden. Ein unbehagliches Gefühl beschlich mich unterwegs. Immer wieder sah ich mich um, doch konnte ich nichts Auffälliges bemerken. Plötzlich spürte ich eine Hand auf meiner Schulter. Als ich mich umdrehte, standen zwei zwielichtige Gestalten vor mir.

„Wohin des Weges, Täubchen?", fragte einer anzüglich.

„Was geht euch das an?"

„Warum hast du den Schankwirt gefragt, wer in seiner Nachbarschaft wohnt?", wollte dessen Gefährte erfahren.

Seit dem nächtlichen Überfall in Panormus hatte ich es mir angewöhnt, einen kleinen Dolch bei mir zu tragen. Die Kerle drängten mich in eine dunkle Gasse. Derweil überlegte ich fieberhaft, wie ich mich aus dieser misslichen Lage befreien könnte. Einer drohte unverhohlen damit, mir Gewalt anzutun, wenn ich nicht antwortete. Blitzschnell zog ich den Dolch aus der Tasche und stieß ihn in seine Brust. Fassungslos schaute er an sich herab, während ich die Klinke herauszog und an die Kehle des anderen hielt.

„Rede, wenn dir dein Leben lieb ist", bekam er zu hören. „Wer hat euch aufgetragen mir zu folgen?"

Er flehte mich inständig an, ihn am Leben zu lassen, während sein Gefährte das seinige aushauchte.

Um meiner Forderung Nachdruck zu verleihen, schnitt ich dem Kerl kurzerhand ein Ohrläppchen ab.

„Sie werden mich umbringen!", fing er an zu wimmern.

„Zuvor tu ich es!"

Das war offenbar zu viel für ihn. Jetzt gab er preis, dass Runa ihnen auftrug mir zu folgen, nachdem sie Farold und mich vor der Herberge erkannt hatte.

„Was hat sie vor?", hakte ich unerbittlich nach.

„Sie wird mich an die Hunde verfüttern, wenn ich ..."

In dem Moment schnitt ich ihm auch das andere Ohrläppchen ab. Daraufhin fiel der Kerl auf die Knie und flehte mich mit weinerlicher Stimme an, ihn zu verschonen. Eine innere Stimme sagte mir, dass dahinter noch mehr steckte.

„Wenn ihr mir auf der Stelle sagt, was Runa vor hat, werde ich euer Leben verschonen!"

Was ich sodann zu hören bekam, machte mich sprachlos. Er behauptete, am ganzen Körper zitternd, dass man heute Nacht den königlichen Palast erstürmen und König Geiserich ermorden wolle. Es blieb mir keine andere Wahl. Ich stieß noch einmal zu.

So schnell mich meine Füße tragen konnten, lief ich zum Palast und berichtete dem König von der bevorstehenden Verschwörung.

„Nur wenige Leibwächter sind hier, um mich beschützen zu können", erklärte er. „Doch im Kriegshafen ist eine aurische Tausendschaft kaserniert."

Eine herbeigerufene Wache rannte sofort los um sie zu holen, während der König den verbliebenen Leibwächtern befahl die Portale des Palastes zu verschließen. Ich holte mir derweil einen Bogen, Köcher, Schwert sowie Schild aus dem Arsenal.

Es dauerte hernach nicht allzu lange, als Waffenlärm zu hören war. Die Verschwörer hatten ein Portal aufgebrochen und stürmten in den Palast. Neben dem König stand ich auf einer Treppe und schoss Pfeile treffsicher auf sie ab. Von dort oben konnte ich zusehen, wie Folkward die Aufrührer in ihrem mörderischen Tun bestärkte und selbst mit Hand anlegte. Im Kampfgetümmel entdeckte ich auch die Söhne Guntherichs. Die königlichen Leibwächter stellten sich der Übermacht entschlossen in den Weg, wurden aber niedergemetzelt. Schließlich stürmten die Verschwörer die Treppe hinauf. Geiserich stand mit einem Schwert in der Hand neben mir. Ich war bereit im Kampf zu fallen. In dem Moment ertönte ein Horn. Ali Baba fiel mit der aurischen Tausendschaft über die überraschten Eindringlinge her. Der

König und ich hieben derweil mit unseren Schwertern auf die Aufrührer ein. Nur wenigen gelang die Flucht, viele wurden getötet, einige gefangengenommen. Unter ihnen befanden sich die Söhne Guntherichs, Folkward und Ritter des Reiches.

Geiserich ließ sämtliche Überlebenden foltern, um von ihnen zu erfahren, wer sich alles gegen ihn verschworen hatte. Es stellte sich heraus, dass Runa die Rädelsführerin der Verschwörung war. Die Witwe König Guntherichs floh nach dem missglückten Attentat Hals über Kopf aus Karthago. Die Häscher Geiserichs holten sie am Fluss Ampsaga ein und ertränkten sie in den Fluten.

Etwa ein Viertel des Ritterstandes überlebte in den kommenden Tagen und Wochen das Strafgericht des Königs nicht. Am schlimmsten aber erging es Folkward und den Söhnen Guntherichs. Sie wurden geblendet und hernach gefesselt ins Meer geworfen. Das Vermögen aller an der Verschwörung Beteiligten wurde eingezogen und ihre Sippen lebenslang aus dem Königreich der Vandalen und Alanen verbannt.

Nach diesen Ereignissen hatte sich das Wesen des Königs merklich verändert. Lange Zeit hörte man ihn nicht mehr lachen und nur selten noch, zeigte er sich in der Öffentlichkeit. Geiserich schaffte den erblichen Ritterstand zwar nicht ab, ersetzte ihn aber in seiner Beratertätigkeit durch von ihm abhängige Administratoren mit weitgehenden Privilegien. Damit endete das ereignisreiche Jahr 442 nach Christi Geburt oder 2 nach vandalischer Zeitrechnung.

Kapitel 48 – Wiedersehen an der Oder

König Geiserich legte nach dem Abschluss des Friedensvertrages mit dem Westlichen Imperium großen Wert darauf, dass die Vandalen und Alanen ihren Verpflichtungen nachkamen. Alle Kaperfahrten wurden auf sein Geheiß hin, eingestellt. Er förderte den Handel und festigte seine Herrschaft, in dem er eine intakte Verwaltung aufbaute, das Tributwesen reformierte und sich in religiösen Angelegenheiten in Toleranz übte. Die Steuerlast der Bevölkerung verringerte sich deutlich, so dass es sich im Königreich besser leben ließ als unter der vormaligen Herrschaft Ravennas. Viele Menschen dankten es Geiserich, in dem sie seine Regentschaft anerkannten. Es folgten friedliche Jahre, in denen ich mich vor allem auf Rosenthal aufhielt. Nur noch selten rief der König meinen Mann und mich zu sich. Wir waren keinesfalls unglücklich darüber, zumal wir an Jahren nicht mehr die Jüngsten waren. Mein Liebster und ich hatten viel Zeit füreinander und wussten sie zu Nutzen.

Immer wieder einmal begab ich mich mit Carolina, Gunna, ihrer Enkelin, Achmed und gelegentlich auch Farold an Bord eines Schiffes, um in Aquileia Mercedes zu besuchen. Auf der Hin- und Rückreise hielten wir uns längere Zeit auf Sicilia bei Stefania und ihrer Familie sowie der Sippschaft in Hippo Regius auf. Dieses Mal wollte uns mein Mann begleiten. Ein paar Tage zuvor war ein königlicher Bote auf Rosenthal erschienen und überreichte ihm eine Botschaft Geiserichs. Der beauftragte Farold damit, in die alte Heimat der Silingen an die Oder zu reisen, um mit den dort verbliebenen Vandalen offene Eigentumsfragen zu klären. Er freute sich ungemein darauf, noch einmal an den Ort seiner Kindheit zurückzukehren.

Wir kamen wohlbehalten auf Sicilia an und waren froh darüber, Stefania und Michele bei guter Gesundheit anzutreffen. Man sah es den jungen Leuten an, dass sie glücklich waren. Die Nicolosis besaßen ein kleines Anwesen am Meer. Dort verbrachten wir ein paar erholsame Tage und hatten unsere Freude daran in der azurblauen See zu baden. Ich bemerkte bald schon, dass mein Mann immer rastloser wurde. Er wollte in die Heimat seiner Vorfahren aufbrechen. Farold und ich machten uns schließlich mit den Pruzzinnen sowie Achmed auf den Weg nach Aquileia, während Carolina bei ihrer Schwester blieb, um von dort aus auf der Bernsteinstraße an die Oder zu gelangen.

Am längsten Tag des Jahres fuhr unser Schiff in den Hafen von Aquileia. Farold war spürbar aufgeregt, als er mit uns durch die anschauliche Stadt zur Villa von Mercedes ging. Unterwegs sah er sich alles ganz genau an.

„Es hat sich nicht viel verändert, seit ich vor vielen Jahren hier eine schöne sowie lehrreiche Zeit verbracht habe“, ließ er mich wissen.

Unversehens befanden wir uns auf dem Sklavenmarkt. Menschliche Ware wurde dort, wie eh und je, zum Erwerb angeboten. Mich beschlich ein unbehagliches Gefühl und ich sah zu, wie Gunna ihre Enkelin festhielt. Niemals werde ich das Bild vergessen, als die Pruzzinnen an diesem Ort auf einem Podest standen und getrennt verschachert werden sollten. Im gleichen Augenblick wurde mir bewusst, was ich schon längst hätte tun müssen.

Mercedes freute sich sehr, als die kleine Reisegesellschaft in ihrer Villa ankam. Sie lebte jetzt mit einem wohlhabenden Bernsteinhändler zusammen und ließ keine sich bietende Gelegenheit aus, um sich zu amüsieren.

Farold und ich spazierten an einem herrlichen Sommerabend in den Hafen und kehrten in der Schänke „Zum Anker“ ein. Als wir davorstanden, hatte ich schlagartig die Szene vor Augen, als man Marius Valerius an jenem Ort verhaftete. Wir betraten die belebte Schänke und nahmen an einem freien Tisch Platz. Ich beschloss dem meinigen nicht zu sagen, was sich hier zutrug. War mir doch in schlechter Erinnerung geblieben, wie Farold lange Zeit nicht anzusprechen war, als er vom schrecklichen Tod seines Vertrauten und Mentors erfahren hatte.

„An was denkst du gerade, liebste Ida?", fragte er mich.
„Darüber werde ich gleich mit dir sprechen!"
Wir bestellten beim Wirt etwas zum Essen und zu Trinken.
„Farold, ich denke es ist an der Zeit, dass wir uns über die Zukunft von Gunna und ihrer Enkelin unterhalten sollten."
„Merkwürdig", bemerkte er, „darüber wollte ich mit dir auch reden."
„Ich glaube", mutmaßte ich, „dass Gunna in jungen Jahren sehr liebreizend war."
Worauf er lächelte.
„Das war sie!"
Liebevoll nahm er meine Hände und hielt sie fest.
„Es war eine Fügung des Schicksals", fuhr ich fort, „als ich sie und ihre Enkelin auf dem hiesigen Sklavenmarkt sah und erwarb."
„Gunna wird es dir ewig danken!"
„Das braucht sie nicht. Ich habe seinerzeit daran denken müssen, wie es mir auf einem dieser scheußlichen Märkte ergangen war."
„Was hast du mit ihnen vor?"
Ich sah meinem Liebsten in die Augen.

Als wir am Abend zurückkamen, trafen wir Mercedes und die beiden Pruzzinnen beim Würfelspiel an. Farold und ich gesellten uns dazu. Später brachte die Großmutter ihre Enkelin zum Schlafen in die gemeinsame Kammer und kehrte bald darauf zurück.
„Gunna!", sprach sie mein Mann an. „Es sind schon vierzig Jahre her, als wir uns an der See der Balten kennengelernt haben. Der Abschied von dir fiel mir damals sehr schwer. Niemals hätte ich es für möglich gehalten, dich noch einmal im Leben wiederzusehen."
Er langte in seine Tasche und holte einen wallnussgroßen Bernstein heraus.
„Erkennst du ihn wieder?"
„Es ist der Glücksbringer, den ich dir zum Abschied an der See geschenkt habe", antwortete die Pruzzin.
„Der Talisman hat mir in meinem Leben Glück gebracht. Die Vorsehung meinte es gut mit mir und den meinigen."
Farold rang mit sich und seinen Gefühlen.

„Du hast Schreckliches erleben müssen und wurdest vom Schicksal arg gebeutelt. Es ist an der Zeit, dass sich das ändert!"
Er nahm den Bernstein und legte ihn behutsam in die Hand von Gunna. Danach reichte ich ihm einen Stock. Damit klopfte er dreimal hintereinander auf ihre Schulter. Der Pruzzin war gleichermaßen bekannt, dass man mit diesem Ritual Sklaven in die Freiheit entlässt.
„Von nun an bist du und deine Enkelin frei!", sagte er. „Ihr könnt tun und lassen was ihr wollt!"
Farold nahm eine merklich bewegte Gunna in die Arme und strich ihr sanft über das ergraute Haar. Nachdem sie sich wieder gefasst hatte, schlug er vor, dass wir sie und ihre Enkelin an die Oder nach Hirschberg mitnehmen, wo er noch etwas im Auftrag des Königs zu erledigen hätte. Die Pruzzin war sogleich einverstanden, worauf er Gunna versprach: „In meiner alten Heimat werde ich dafür sorgen, dass man euch sicher an die Baltische See bringt."

Ein Reisewagen stand zur Abfahrt vor dem Anwesen von Mercedes in Aquileia bereit. Auf dem Bock saß Achmed und im Wagen die Pruzzinnen und ich, während Farold ein Pferd bestieg. Auf der Bernsteinstraße machten wir uns auf den Weg nach Norden. Bald kamen die schneebedeckten Berge der Alpi in Sicht. Das Wetter zeigte sich von seiner freundlichen Seite und wir kamen rasch voran. Bei Carnuntum fuhren wir auf einer in die Jahre gekommenen Fähre über die gemächlich dahinfließende Danuvius. In Gedanken verloren schaute mein Mann den Rudersklaven bei ihrer schweißtreibenden Arbeit zu.
„An was denkst du gerade?", fragte ich ihn.
„An längst vergangene Zeiten!"
„Ist es noch weit bis zur Oder?"
„Wir kommen zuerst in die ehemaligen Gaue der Sueben", erklärte er. „Heute leben dort Markomannen. Anschließend führt die Bernsteinstraße durch die vandalischen Berge an die Oder, wo ich in Hirschberg aufgewachsen bin. Man hatte den Flecken beim Aufbruch an den Rhein nicht abgefackelt, weil ein Teil meiner Sippschaft in der alten Heimat blieb. Wie es ihnen ergangen ist, weiß ich nicht."

Farold stieß einen Seufzer aus.

„Im letzten Jahr hat eine Abordnung der zurückgebliebenen Silingen den König in Karthago aufgesucht und ihn gebeten, das Eigentum der Abgewanderten durch königlichen Erlass an sie zu übertragen. Geiserich hat ihnen hierauf angekündigt, dass er alsbald einen Bevollmächtigten in die alte Heimat der Silingen schicken würde, welcher darüber befindet. Als der König davon hörte, dass ich nach Aquileia reisen werde, hat er mich damit betraut."

Auf der Straße begegneten uns ständig Reisende. Meistens waren es Einheimische auf dem Weg zu Versippten oder einem Markt. Aber auch Bernsteinhändler benutzten sie, um an die See der Balten zu gelangen. Jeden Tag wurde mein Mann ruheloser. Als wir die Oder erreichten, konnte er es nicht mehr abwarten und ritt voraus. Aus der Ferne sah ich zu, wie er einen Hügel hinaufgaloppierte. Dort oben standen einige Häuser, ein paar Schuppen sowie Vorratsspeicher. Rauchsäulen waren zu sehen, als ein Horn ertönte. Achmed trieb die Pferde zur Eile an und fuhr in schneller Fahrt mit dem Wagen den Weg hinauf. Mir fiel ein Stein vom Herzen, als ich den meinigen gesund und munter mitten unter den Hirschbergern ausmachte. Gastfreundlich wurden wir von der Sippschaft seines Großvetters Walafried aufgenommen. Er war der Einzige, den der meinige von Kindesbeinen her noch kannte.

Es war Nacht geworden, als sich die Hirschberger mit uns um ein Herdfeuer versammelten. Walafried war ihr Ältester und berichtete ausführlich, was sich nach dem Wegzug nahezu aller Silingen an den Rhein ereignet hatte.

„Die Hunnen brachen die Suche nach zurückgebliebenen Vandalen sofort ab", berichtete er, „nachdem der Großkhan und die Geiseln freigelassen wurden."
Worauf Farold anmerkte: „Geiserich hat es seinem Vater König Godegisel angeraten. Er war schon immer ein kluger, vorausschauender Kopf!"

„Im Lauf der folgenden Jahre", fuhr der Älteste fort, „nahm der Stamm der Lugier die verlassenen Flecken der Silingen in Besitz. Ihr König residiert seither in Otterburg. Wir kommen

gut miteinander aus und haben lediglich einen jährlichen Tribut in Naturalien zu entrichten."
Ich sah es meinem Mann an, dass es ihn frohstimmte, was er von seinem Großvetter zu hören bekam. Als der alles gesagt hatte, berichtete Farold, wie es seiner Sippschaft auf dem Weg nach Afrika ergangen war. Es war ein kurzweiliger und aufschlussreicher Abend in der alten Heimat meines Mannes.

„Bist du glücklich, dass es den Hirschbergern an nichts mangelt?", fragte ich ihn, als wir auf der Schlafstatt lagen.

„Ja, das bin ich, liebste Ida!"

Der neue Tag erwachte mit strahlendem Sonnenschein. Keine einzige Wolke war an einem blauen Himmel zu sehen. Als ich aus dem Haus trat, schaute ich auf die beschaulich dahinfließende Oder hinab.

„Ein schöner, friedlicher Landstrich", stellte ich fest.
Es war um die Mittagszeit, als Walafried erschien. Er lud den meinigen zur Jagd ein. Als sie fort waren, gesellte ich mich zu Gunna. Die Pruzzin war damit beschäftigt, ein Beinkleid ihrer Enkelin zu flicken.

„Freust du dich auf zu Hause?", fragte ich sie.

„Gewiss!", lautete die Antwort. „Aber ich weiß nicht, was mich dort erwartet!"

Farold bat seinen Großvetter darum die Pruzzinnen an die See der Balten zu bringen und bot ihm hierfür einen Beutel Münzen an.

„Ich war schon seit Jahren nicht mehr am Meer", erklärte Walafried. „Händler berichten, dass die Bernsteinstraße wieder gefahrlos benutzt werden kann. Es ist an der Zeit, dass ich mich mit ein paar jungen Recken aufmache und ihnen die See der Pruzzen zeige. Wir nehmen warme Felle und bunte Stoffballen mit, um sie gegen das Gold des Nordens einzutauschen. Bestimmt wird uns Gunna dabei behilflich sein. Eure Münzen könnt ihr behalten oder den Pruzzinnen mitgeben. Sie können sie sicherlich gebrauchen."

Mein Mann hatte seinem Großvetter inzwischen anvertraut, dass er von König Geiserich damit beauftragt wurde die offenen Eigentumsfragen einer Lösung zuzuführen. Deshalb rief Walafried sämtliche Ältesten der in der alten Heimat verbliebenen Silingen in Hirschberg zusammen. Es waren derer dreißig an der Zahl. Ihnen übergab der Gesandte des Königs, nach erfolgter Beratung, ein mit einer Speerspitze gesiegeltes Pergament. Darauf hatte Geiserich verfügt, dass den Zurückgebliebenen das Eigentum der Weggezogenen rechtmäßig gehört. Man dankte es Farold mit einem ausgiebigen Trinkgelage, welches mit dem Anbruch des nächsten Tages zu Neige ging.

Schließlich kam die Stunde, in der wir Lebewohl sagten. Mein Mann nahm Gunna in die Arme und drückte sie fest an seine Brust, bevor er ihrer Enkelin ein Abschiedsgeschenk machte. Ein verziertes Kästchen, gefüllt mit blauen Smaragden, roten Rubinen und ein paar goldenen Solidus. Ihre Großmutter wollte das kostbare Präsent nicht annehmen, doch Farold bestand darauf.

„Ich wünsche, liebe Gunna, dass du mit den deinigen fortan ein sorgenloses Leben führst", waren seine Worte, bevor die beiden sich zum Abschied auf die Wangen küssten.

Walafried versprach seinem Großvetter, dass er die Pruzzinnen zu den ihrigen an die See bringen und danach eine Botschaft nach Rosenthal senden würde. Er bekam von Farold einen goldenen Armring als Erinnerung geschenkt. Die beiden haben sich in ihrem Leben niemals wieder gesehen.

Kapitel 49 – Gudrune und Randolf

Auf dem Rückweg besuchten wir noch einmal Stefania und Michele auf Sicilia. Der Sommer war vorüber und die Weinernte wurde eingebracht. Danach hieß es Abschied nehmen.

In Hippo Regius statteten wir den versippten Hirschbergern einen Besuch ab, und als wir mit dem Herbst nach Rosenthal zurückkehrten, erwartete uns Silva mit einer traurigen Nachricht. Gisella Aurelius war im hohen Alter eingeschlafen. Von diesem Tage an, verwalteten die Töchter Ina und Susana, zusammen mit ihren angetrauten Männern, Gut Sorgenlos.

Ein neues Jahr war angebrochen und mit ihm kam ein Kurier. Er teilte Farold und mir mit, dass der König uns zu sprechen wünsche. Also machten wir uns wieder einmal auf den Weg nach Karthago. Carolina und Achmed begleiteten uns.

Am Westtor standen Stadtwachen und sahen sich vor allem nach jüngeren Männern um, welche ohne Passierschein in die Metropole wollten. Wir fuhren im Reisewagen zu unserer Stadtvilla, und ich stellte verwundert fest, dass sich niemand mehr in der Öffentlichkeit prostituierte. Wo man auch hinsah, herrschte geschäftiges Treiben.

Anna und Krimhild, die Töchter des verstorbenen Königs der Silingen, wohnten seit geraumer Zeit in unserer Villa und sahen dort nach dem Rechten. Beide waren versprochen und wollten bald schon heiraten. Anna den Kommandanten einer Liburne und Krimhild einen römischen Getreidehändler. Ich freute mich ungemein, sie wohlbehalten wiederzusehen und dachte einen Augenblick an die entsetzliche Zeit, als man uns entführte und missbrauchte.

Farold und ich machten uns am nächsten Tag auf den Weg zum königlichen Palast. Wir staunten nicht schlecht, als wir am Portal auf Habeeba trafen. Er war nach dem Aufstand gegen den König Kommandant der Leibwache geworden und begleitete uns zu ihm. Geiserich freute sich aufrichtig über unser Kommen. Es war schon eine Zeit lang her, dass ich ihn so gut gelaunt angetroffen hatte. Zunächst wollte er von meinem Mann erfahren, ob und wie die offene Eigentumsfrage in der alten Heimat gelöst wurde. Danach erkundigte er sich über unsere Gesundheit und fragte nach, wie es der Sippschaft in Hippo Regius und auf Sicilia ging. Sein liebenswürdiges Verhalten war mir keineswegs geheuer.

„Er hat etwas mit uns vor!", schloss ich unwillkürlich daraus.

Schließlich fragten wir den König nach dessen Wohlergehen und dem seiner Sippe.

„Mir geht es gut", antwortete er.

In diesem Moment betraten dessen Söhne Theuderich und Gento den Audienzsaal. Der Jüngere glich seinem Vater auffallend, während der Ältere nach der Mutter kam.

„Wie euch bekannt sein dürfte, weilt mein Erstgeborener als Geisel am kaiserlichen Hof in Ravenna", ließ der König verlauten. „Hunerich wird sich bald schon mit Eudocia, der Tochter des Kaisers, verloben und mit seiner Braut nach Karthago zurückkehren."

Seine Augen fingen auf einmal bedenklich an zu funkeln.

„Bis zum heutigen Tag habe ich den vereinbarten Frieden mit dem Westlichen und Östlichen Imperium eingehalten. Doch diese Übereinkünfte gelten nicht für die verräterischen Sueben."

Wie gewöhnlich fing er damit an seinen Bart zu kraulen.

„Spitzel berichten mir aus dem Königreich der Sueben, das meine Schwester Gudrune am Leben ist und mit ihren Kindern Christina und Dominicus am königlichen Hof in Bracara unter unwürdigen Bedingungen leben würde. Wie ihr wisst, hat ein alamannischer Söldner des Königs der Sueben ihren Mann Friedrich vor unserer Überfahrt von Hispania nach Afrika ermordet und die Sippe meines Schwagers entführt. Mehrfach habe ich versucht die Geiseln auszulösen. Vergebens!"

Geiserich sah meinen Mann an.

„Es ist an der Zeit meine Schwester und ihre Kinder nach

Hause zu holen."

„Das also hat er vor!", stellte ich für mich fest. „Doch, wie will er das zu Stande bringen?"

„Ich kenne keinen besseren und erfahreneren Schiffsführer als euch, Farold von Hirschberg. Wir haben zusammen unsere Kriegsflotte aufgebaut und von Erfolg zu Erfolg geführt. Segelt mit meinen Söhnen in das Reich der Sueben und bringt mir meine Liebsten zurück!"

Der meinige wusste zunächst nicht, was er dem König im sechzigsten Lebensjahr antworten sollte. Er kämpfte merklich mit sich und einer Entscheidung. Ratsuchend sah er mich an.

„Auf gar keinen Fall werde ich dich alleine zu den Sueben fahren lassen!", sagte ich kurz entschlossen.

„Großartig!", erklärte Geiserich daraufhin. „Ich habe von euch nichts Anderes erwartet."

Noch zur selben Stunde weihte er uns in einen bereits ausgearbeiteten Plan zur Befreiung seiner Schwester und ihrer Kinder ein. Der sah vor, dass eine Flottille von fünf leichten Liburnen aus dem Mare Internum in das Mare Atlanticum fuhr, um danach Kurs auf die Mündung des *Rio Cavado* im Königreich der Sueben zu nehmen. Im Schutze der Nacht den Fluss hinaufzufahren, in der Residenzstadt Bracara einzufallen, die Geiseln im Palast zu befreien und mit ihnen auf dem schnellsten Weg zurückzukehren.

„Wir können den Rio Cavado in der Dunkelheit nicht ohne einen kundigen Lotsen befahren", gab Farold zu bedenken, worauf der König antwortete: „Daran habe ich gedacht. An der Mündung des Flusses in das Mare Atlanticum wartet um die Mitte einer jeden Nacht ein ortskundiger Spitzel. Eine brennende Fackel weist euch den Weg zu ihm."

Mein Mann ließ sich alles noch einmal durch den Kopf gehen.

„Auf jeder Liburne befinden sich zweiundfünfzig Ruderer, ein Dutzend Seeleute und zehn Recken. Auf fünf Schiffen stehen uns also dreihundertsiebzig Männer zur Verfügung, um in das stark befestigte Bracara einzudringen. Zieht man davon ein paar Wachen ab, welche bei den Schiffen bleiben, ist das Unterfangen eine mehr als gewagte Angelegenheit", fasste der meinige zusammen.

„Auch darüber habe ich lange Zeit nachgedacht und eine Lösung gefunden", teilte Geiserich mit. „Einer unserer

Recken schleicht um die Mitte der Nacht an das Nordtor der Stadt und ahmt drei Mal hintereinander den Ruf einer Eule nach. Ein Namenloser wird es öffnen und euch in den Palast zu meiner Schwester führen."

„Ihr habt wie immer alles gut bedacht und gründlich vorbereitet, mein König!", ließ Farold verlauten. „Es ist wie in guten, alten Zeiten!"

Am Abend ging ich mit meinem Mann zurück in unsere Villa. Niemand, außer Carolina und Achmed, sollten erfahren, dass wir noch in derselben Nacht an Bord einer kleinen, wendigen Liburne gehen und nach Westen segeln würden. Heimlich schlichen wir nach Mitternacht davon und eilten hinab zum Kriegshafen, wo Gento, sein Bruder Theuderich und die Besatzungen der Schiffe bereits auf uns warteten. Kaum waren wir an Bord, legten die Schiffe ab und die Ruderer in die Riemen. Fünf leichte Liburnen nahmen Kurs auf die offene See.

Nach zwei Tagen sowie Nächten fuhren wir zwischen den Säulen des Herakles auf das Mare Atlanticum hinaus. Von nun an folgten wir dem Nordstern, welcher uns den Weg wies. Als es Nacht wurde, gelangten wir an die Mündung des Rio Cavado und hielten Ausschau. Eine brennende Fackel wies uns, wie vom König angekündigt, den Weg zu einem Lotsen. Nachdem er an Bord war, fuhren wir flussaufwärts. Als es dämmerte, suchten wir im Uferdickicht Schutz vor allzu neugierigen Augen. In der darauffolgenden Nacht legten wir die restliche Strecke zurück und erreichten eine einsame Stelle am Fluss. Von dort wollten wir uns in der Dunkelheit zu Fuß nach Bracara aufmachen.

„Ida, du bleibst bei den Schiffen", forderte mich mein Mann auf, worauf ich ihm entgegnete: „Nein! Ich werde mit dir kommen!"

Eine Stunde später gelangten wir in einer stockdunklen Nacht vor die Mauern der Stadt. Dort erklang drei Mal, kurz hintereinander, der vereinbarte Ruf einer Eule. Daraufhin öffnete sich ein Spalt breit das nördliche Stadttor und wir schlichen, einer nach dem anderen, hindurch. Auf einem Wachturm unterhielten sich arglos ein paar Sueben, während der Namenlose uns zum königlichen Palast führte. Drei bewaffnete Männer standen dort vor einem Portal und sprachen miteinander. Einen Augenblick dachte ich nach und ging hernach auf sie zu. Als die Mannsbilder mich kommen sahen, riefen sie mir ein paar anzügliche Worte zu. Ich wurde hellhörig, weil mir ihre Sprechweise merkwürdig vorkam. Als ich näherkam, unterhielten sie sich auf Alamannisch. In dem Moment erkannte ich einen von ihnen wieder. Es war Randolf, der Breisgauer!

An umkehren war jetzt nicht mehr zu denken. Gemessenen Schrittes ging ich an ihnen vorbei, zog unauffällig meinen Dolch aus der Tasche und blieb vor dem Portal des Palastes abwartend stehen. Sie ließen sich nicht lange bitten, und kamen auf mich zu.

„Wer hat uns denn dieses Täubchen geschickt?", fragte Randolf hämisch grinsend, als er vor mir stand.

Mir lief es eiskalt den Rücken hinab. Zugleich bemerkte ich, dass die meinigen sich von hinten an die drei Mannsbilder heranpirschten.

„Schön euch wiederzusehen!", sagte ich auf Alamannisch zu Randolf.

Verblüfft sah er mich an und wollte sein Schwert ziehen, als ich blitzschnell zustieß. Die Klinke drang tief in dessen Unterleib ein, während meine Gefährten die zwei anderen niederstreckten. Derweil hielt ich dem Breisgauer den Mund zu und zog mit der anderen Hand den Dolch aus der blutenden Wunde. Hernach sagte ich zu Randolf in unserer Muttersprache: „Für all das, was du der Sippe Friedrichs und meiner angetan hast!"

Hernach stieß ich ihm die Klinge ins Herz.

Der Namenlose wusste genau, in welchen Räumen im Palast sich die Schwester, der Neffe und die Nichte von Geiserich aufhielten. Mit ihm, und den beiden Söhnen des Königs schlich sich Farold hinein, während ich mit den Gefährten am Portal ausharrte. Es dauerte nicht allzu lange, bis sie mit Gudrune, Christina und Dominicus herauskamen. In diesem Moment erklang ein Horn. Man hatte uns entdeckt. Am Stadttor kam es zu einem ersten, kurzen Waffengang. Gento deckte mit seiner Mannschaft unseren Rückzug. Es fing bereits an zu dämmern, als wir zu den Liburnen gelangten.

„Wir können nicht länger auf Gento und seine Recken warten", rief Theuderich meinem Mann zu.

Der stand da und hielt Ausschau nach dem jüngsten Sohn des Königs. In nächsten Augenblick vernahm ich ein mir wohlbekanntes Surren in der Luft. Man hatte uns aufgespürt und mit einem Pfeilhagel bedacht. Alsdann sah ich die Verfolger auf Pferden heranpreschen. Von Gento und seiner Mannschaft indes, war nichts zu sehen. Farold befahl, dessen Liburne in Brand zu setzen und mit den verbliebenen vier Schiffen abzulegen. Die Ruderer legten sich in die Riemen und wir nahmen Fahrt auf.

„Wie es Gento wohl ergangen ist?", fragte ich mich besorgt und suchte vergeblich das Ufer nach ihm und seinen Recken ab.

Schließlich erreichten wir die Mündung des Rio Cavado. Sechs schwere Liburnen versperrten uns den Weg hinaus auf das offene Meer. Farold wies die Männer an, sich zum Kampf zu rüsten. Am Südufer des Flusses erwarteten uns suebische Bogenschützen. Sie hatten sich in einer Reihe aufgestellt. Hinter ihnen saß ein Mann auf einem Pferd.

„Das ist der König der Sueben, Rechila!", klärte mich mein Mann auf. „Ich bin ihm früher des Öfteren begegnet. Niemals hätte ich es für möglich gehalten, dass er und sein Vater uns an das Westliche Imperium verraten."

Jetzt erteilte mein Mann den Befehl, näher an das nördliche Ufer zu fahren, nachdem er sich davon überzeugt hatte, dass sich dort keine Sueben aufhielten. Gleichwohl kamen wir für kurze Zeit in die Reichweite ihrer Pfeile. Surrend kamen sie dahergeflogen und verletzten einige Ruderer. Nun lagen die Schiffe der Sueben noch etwa dreihundert Meter vor uns. Farold befahl der Mannschaft ein waghalsiges Wendemanöver auszuführen, nachdem wir uns wieder außer Schussweite ihrer Pfeile befanden. Wir flogen geradezu auf dem wendigen Schiff auf das südliche Flussufer zu, dicht gefolgt von den drei anderen. Der Rio Cavado war dort zwar breiter, aber auch seichter.

„Wir fahren zwischen der Sandbank und der schweren Liburne der Sueben hindurch", wies Farold den Steuermann an.

Worauf ein Signal ertönte. Eine unserer leichten Liburnen fuhr am Flaggschiff vorbei und bildete nun die Spitze der Flottille. Die Ruderer gaben ihr Bestes. Mit voller Fahrt hielten wir auf die schmale Fluchtmöglichkeit zwischen der schweren Liburne der Sueben und der Sandbank zu. Jetzt gelangten wir in Reichweite der Bogenschützen auf den vor uns liegenden Schiffen. Farold gab Anweisung mit Schildern einen lebenden Wall am Bug und an Steuerbord zu bilden, um die Ruderer zu schützen. Kaum war das geschehen, setzte der Beschuss auch schon ein. Die umsichtige sowie rechtzeitige Anordnung des Schiffsführers war erfolgreich. Kein Pfeil erreichte sein vorgebliches Ziel. Im nächsten Moment krachte es. Unsere leichte Liburne an der Spitze der Flottille hatte die schwere Liburne der Sueben gerammt. Todesmutig enterten die unsrigen das Schiff, während mein Mann dem Steuermann zurief: „Volle Fahrt voraus! Zwischen der Sandbank und den verkeilten Schiffen hindurch."
Während dem Vorbeifahren konnte ich zusehen, wie sich unsere Männer mit den Sueben einen Nahkampf auf Leben und Tod lieferten, um ihren Gefährten die Flucht auf das offene Meer zu ermöglichen. Plötzlich ging ein sanfter Ruck durch die Liburne.

„Legt euch in die Riemen", rief mein Mann den Ruderern zu, „wir haben genügend Wasser unterm Kiel!"
In diesem Augenblick sah ich sie. Gento und seine Männer liefen über die Sandbank auf uns zu. Dicht gefolgt von einer Horde Sueben.

„Es ist Gento!", rief Farold und erteilte weitere Befehle, worauf ein Pfeilhagel die Verfolger eindeckte. Der Sohn des Königs und dessen Gefährten schwammen auf unsere Schiffe zu. Seile wurden über Bord geworfen, an denen sich die Männer festhielten und daran hochgezogen wurden. Als das vollbracht war, nahmen wir Kurs auf die offene See. Ich schaute zurück, wo der Kampf auf den verkeilten Schiffen sich dem Ende zuneigte.

„Werden sie uns verfolgen?", fragte ich den meinigen.

„Davon kannst du ausgehen!", lautete die Antwort. „Aber sie werden uns nicht einholen!"

Zusammen mit Gudrune und ihrer Tochter Christina kümmerte ich mich um die Verletzten an Bord. Wir hatten hinlänglich Gelegenheit, uns währenddessen zu unterhalten und besser kennenzulernen. Sie trug mir nichts nach und trauerte immer noch um ihren verstorbenen Mann. Nach der Verschleppung brachte Randolf sie und ihre Kinder zum König der Sueben. Trotz der verloren Schlacht gegen die unsrigen am Guariana, wollte Hermerich die Geiseln nicht gegen suebische Recken austauschen. Gudrune erzählte mir, dass ihr Bruder sie gleich mehrfach auslösen wollte, was Hermerich stets verweigerte. In all den Jahren musste sie im königlichen Palast in Bracara die niedrigsten Arbeiten verrichten. Allein die Liebe zu ihren Kindern hielt die Schwester König Geiserichs am Leben.

Später beschrieb sie mir, wie die Sueben auf der iberischen Halbinsel ihr Königreich ständig vergrößerten. Während im Westlichen Imperium ein Bürgerkrieg tobte, eroberten sie die Provinzen Gallacia und Lusitania. Als König Hermerich geistig umnachtet regierungsunfähig wurde, übernahm sein ältester Sohn Rechila die Regentschaft. Am Schicksal von Gudrune, Christina und Dominicus indes, änderte sich nichts.

Mir fiel wohltuend auf, wie sanft die Schwester des Königs mit ihren erwachsenen Kindern umging. Christina war zu einer jungen, gutaussehenden Frau herangewachsen und ihr Bruder Dominicus überragte an Körpergröße alle an Bord.

Die dezimierte Flottille nahm Kurs auf die Hafenstadt Tingis, den westlichsten Flottenstützpunkt des Königreiches der Vandalen und Alanen an der Küste Afrikas. Wohlbehalten kamen wir dort an und füllten unsere Vorräte auf, bevor wir erneut in See stachen.

Im Kriegshafen von Karthago erwarteten der König, seine Gemahlin und der gesamte Hofstaat die Ankunft der Flottille. Außerdem hatten sich Carolina und Achmed sowie eine große Anzahl von Schaulustigen eingefunden. Ich war heilfroh mit meinem Mann von einer tollkühnen Kaperfahrt wohlbehalten zurückzukehren. Kaum von Bord, fiel mir meine jüngste Tochter um den Hals und wir herzten uns immer noch, als Dominicus sich zu uns gesellte. Der junge Mann lud uns im Namen seines Oheims ein, morgen Abend in den königlichen

Palast zu kommen, wo man die Heimkehr der Schwester des Königs und ihrer Kinder feiern wollte. Danach hatte der Neffe von Geiserich nur noch Augen für Carolina.

Das Festmahl schmeckte vorzüglich und die Unterhaltung mit den zahlreichen Gästen des Königs war kurzweilig. Als Musikanten aufspielten, forderte Dominicus unsere Jüngste zum Tanzen auf.

„Ein schönes Paar", dachte ich, als ich ihnen dabei zusah.

Zu später Stunde gesellte sich Geiserich zu uns.

„Gento hat mir gesagt, dass ihr ihm das Leben gerettet habt, treuer Freund", sagte er zu meinem Mann. „Wie kann ich es euch danken, dass ihr meine Schwester und ihre Kinder aus der Gewalt der Sueben befreit habt?"

„Nun", meinte der meinige, „ich war es nicht alleine. Eure Söhne hatten daran großen Anteil."

Derweil setzten sich Gento, Dominicus und Carolina zu uns an die Tafel.

„Vater", erklärte der jüngste Spross des Königs, „ich habe noch nie ein solch kühnes Gefecht auf See erlebt, wie an der Mündung des Rio Cavado. Farold von Hirschberg ist ein überragender Flottenführer."

Stolz sah ich meinen Mann an und bemerkte sogleich, dass er mit so viel Lob nicht allzu viel anzufangen wusste. Er versuchte die Unterhaltung in eine andere Richtung zu lenken. Worauf der König ihm ins Wort fiel.

„Mein Jüngster hat vollkommen Recht. Ihr seid ein Mann von außerordentlichen Fähigkeiten. Das habt ihr nicht nur als Ritter, Ratgeber, Gesandter oder Sprecher des Kuratoriums bewiesen, sondern auch als Heerführer zu Land und zu Wasser."

Geiserich wandte sich mir zu.

„Wir wissen alle, dass Ida von Hirschberg die Geschichte der Vandalen niederschreibt, um sie der Nachwelt zu erhalten. Es liegt an uns, Wissen und Fähigkeiten an jene weiterzugeben, die Willens und in der Lage sind, es uns gleich zu tun."

Seine blauen Augen fingen an zu strahlen.

„Deshalb möchte ich euch um eine letzte Gefälligkeit bitten, Farold von Hirschberg!"

Gespannt wartete nicht nur ich darauf, was der gealterte Fuchs dieses Mal im Sinn hatte.

„Gento denkt und handelt wie wir beide. Er ist intelligent, mutig, verfügt über eine schnelle Auffassungsgabe, hat einen edlen Charakter und steht zu dem, was er sagt und tut."

Vater und Sohn sahen sich an.

„Ich werde ihn eines Tages zum Flottenführer ernennen. Die Zukunft unseres Königreiches hängt ganz entscheidend davon ab, ob wir in der Lage sind, das Mare Internum zu beherrschen. Deshalb ist es mein innigster Wunsch, dass ihr meinen Jüngsten darin unterweist. Niemand ist mehr dazu befähigt, als ihr, Farold von Hirschberg!"

Kapitel 50 – Flottenführer Gento

Nachdem Farold sich bereit erklärt hatte, Gento zum Flottenführer auszubilden, zog ich es vor mit Carolina nach Rosenthal zurückzukehren, um das Landleben zu genießen. Ich fand alles wohlgeordnet vor und verbrachte mit meiner jüngsten Tochter sowie Silva eine schöne, gemeinsame Zeit.

Im Frühsommer brach ich mit Carolina zu ihrer Schwester Stefania nach Sicilia auf. Meine Älteste war hochschwanger und brachte im Sommer einen gesunden Sohn auf die Welt. Er wurde auf den Namen Leandro getauft und war von nun an, der Liebling der gesamten Sippschaft. Ich habe es immer sehr genossen, meinen ersten Enkel auf den Armen zu halten und zu liebkosen.

Im Hafen von Panormus löste ich drei Schiffspassagen nach Ostia, der Hafenstadt von Rom. Von dort wollten wir auf dem Landweg über die Ewige Stadt nach Aquileia zu Mercedes weiterreisen. Die Metropole empfing uns mit Lärm und Gestank. Wir verbrachten einige Tage in diesem Moloch und besichtigten die Sehenswürdigkeiten, von denen mein Mann mir vorgeschwärmt hatte.

„Ganz offensichtlich", stellte ich dabei fest, „muss die Stadt Einst prächtiger gewesen sein."

Nach der Eroberung und Plünderung durch die Goten Alarichs vor sechsunddreißig Jahren, lag dort einiges im Argen. Die Römer fürchteten weitere Einfälle von Barbaren und konservierten ihre klassischen Bauwerke nicht mehr mit dem hierfür notwendigen Aufwand. Außerdem residierte der Kaiser des Westlichen Imperiums seit geraumer Zeit im fernen Ravenna, was sich finanziell als auch wirtschaftlich auswirkte.

Wir gelangten schließlich nach Aquileia, wo wir bei Mercedes zu Gast waren. Sie lebte mittlerweile mit einem ehemaligen Tribun zusammen und genoss ihr ausschweifendes Leben nach wie zuvor in vollen Zügen.

Bevor die Herbststürme eine Fahrt über das Mare Internum

zu einem Wagnis machten, fuhren wir auf einem Handelsschiff nach Karthago. Dort verbrachten unsere jüngste Tochter, mein Mann und ich den Winter. Carolina und Dominicus hatten sich ineinander verliebt und der junge Mann hielt um ihre Hand an. Farold willigte liebend gern ein und ich freute mich ungemein für die beiden.

Mein Mann unterwies Gento nahezu jeden Tag in Seemannskunde, brachte ihm militärische Strategien bei, zeigte dem Königssohn wie man waghalsige Manöver auf See ausführt und schärfte ihm immer wieder ein, was er einst von seinem Mentor Marius Valerius, der Ältere, zu hören bekam: „Lerne, um zu gewinnen!"

Gelegentlich rief der König seine engsten Berater zu einer Sitzung zusammen. Wenn mein Liebster spät am Abend von einer solchen zurückkam, war er zunehmend ungehaltener.

„Geiserich entwickelt sich zu einem Despoten", behauptete er einmal erbost. „Ansgar und Dankrad reden ihm nach dem Mund und die Administratoren wagen es nicht dem König zu widersprechen, aus Furcht er könnte ihnen das Salär kürzen oder Privilegien entziehen. Nur sein ältester Sohn Hunerich, der aus Ravenna zurückgekommen ist, sowie dessen Bruder Gento bieten ihrem Vater gelegentlich die Stirn, während Theuderich von der Muse geküsst wurde!"

Es war mitten im Lenz, als ein Seemann in unserer Stadtvilla in Karthago erschien und zu Farold wollte. Er kam aus Aquileia und überreichte ihm ein versiegeltes Pergament mit den besten Grüßen von Mercedes. Mein Mann öffnete es und begann zu lesen. Sein Großvetter Walafried teilte ihm darin mit, dass Gunna und ihre Enkelin wohlbehalten bei den ihrigen an der Baltischen See angekommen waren. Den gebrandschatzten Flecken hatte man inzwischen wieder aufgebaut. Ich sah es meinem Liebsten an, dass er sich über die gute Nachricht sehr freute. Es sollte das letzte Mal gewesen sein, dass wir etwas von den Pruzzen und den Heidenburgern hörten.

Während einer Beratung mit dem König kam es erneut zu

einem handfesten Zwist. Geiserich und die Bischöfe Ansgar sowie Dankrad wollten die verbliebenen Freudenmädchen in Karthago zwangsweise mit altgedienten Recken vermählen, damit sie ein gesittetes Leben führten. Mein Mann nannte ein solches Unterfangen in der Hitze der Debatte Blasphemie. Dankrad und Ansgar waren empört und Geiserich außer sich. Einzig Gento stand Farold bei. Am nächsten Tag bat der meinige den König darum, ihn aus den Verpflichtungen eines königlichen Beraters zu entbinden. Was Geiserich ohne weitere Aussprache gewährte.

Später berief er seinen Neffen Dominicus in den Kreis der Berater. Als Farold davon erfuhr, sagte er schweren Herzens zu mir: „Das hätte ich ihm und Carolina gerne erspart!"

Im Sommer gaben sich die beiden in der Kathedrale von Karthago vor Bischof Ansgar das Jawort. Gento und Stefania waren ihre Trauzeugen. Als die frisch Vermählten aus dem Gotteshaus kamen, stand Habeeba mit der königlichen Leibwache Spalier. Das Brautpaar ging hindurch und bestieg eine offene Karosse, gezogen von vier prächtigen Schimmeln. Mein Schwager Jurgo und eine Hundertschaft eskortierten sie auf Pferden durch die festlich geschmückte Stadt zum königlichen Palast. Abertausende säumten die Straßen und jubelten den Neuvermählten begeistert zu. Zur Hochzeitsfeier waren hunderte Gäste geladen. Farold und ich freuten uns gleichermaßen mit Carolina und Dominicus.

Mein Mann und ich hatten vom aufreibenden Leben in Karthago genug. Es zog uns zurück nach Gut Rosenthal. Gento bat Farold noch bis zum Herbst zu bleiben, um ihm den letzten Schliff als künftigen Flottenführer zu verpassen. Der meinige schätzte den begabten, jungen Mann, weshalb er ein letztes Mal einwilligte.

Am Ende der warmen Jahreszeit verstarb Kunigunde, die Gemahlin des Königs nach langanhaltender Krankheit. An den Trauerfeierlichkeiten in Karthago nahmen sämtliche Hirschberger teil. Geiserich viel es sichtlich schwer, die Mutter seiner vier Kinder zu Grabe zu tragen. Die königliche Sippe tat mir an diesem brütend heißen Tag unendlich leid.

Mit dem Beginn des Winters trafen Farold und ich auf Rosenthal ein, nachdem der König seinen jüngsten Sohn Gento zum Flottenführer ernannt hatte. Silva hatte das Gut während unserer Abwesenheit vortrefflich verwaltet und wir freuten uns sehr, sie bei bester Gesundheit anzutreffen. Wir verbrachten zusammen eine länger anhaltende, friedliche sowie erfüllte Zeit. Gelegentlich unterbrochen von Reisen nach Hippo Regius, Sicilia, Aquileia oder Karthago, wo Carolina und Dominicus in unserer Stadtvilla lebten. Immer wenn wir dort verweilten, besuchte uns Gudrune, Christina und Gento. Den Rest der königlichen Familie bekamen wir drei wunderbare Jahre nicht vor unser Angesicht.

Kapitel 51 – Constantinopolis

Unsere Chronisten schrieben das Jahr zehn, als ein Kurier auf Rosenthal erschien und uns völlig überraschend den Besuch des Königs ankündigte.

„Es muss etwas Außergewöhnliches vorgefallen sein, dass sich Geiserich auf den Weg zu uns macht", mutmaßte mein Mann und ich stimmte ihm vorbehaltlos zu.

Danach bereitete ich die Ankunft des Königs vor. Er brachte zu unserer großen Freude Carolina und Dominicus mit. Die gegenseitige Begrüßung fiel herzlich aus und wir hatten uns gar vieles zu erzählen. Dabei gewann ich den Eindruck, dass Geiserich froh war, einmal weit weg von Karthago und den Regierungsgeschäften zu sein.

„Was nur, hat der alte Fuchs dieses Mal mit uns vor?", fragte ich mich fortwährend und beließ es vorerst dabei.

Am nächsten Tag wollte der König ausreiten und das Schwalbennest aufsuchen, wo er sich vor einigen Jahren mit Flavius Aspar traf. Er bat mich darum Silva mitzunehmen. Wir machten uns gemeinsam auf den Weg zur Bastei. Dort angekommen, zwängten wir uns durch den Felsspalt und stiegen die Treppe hinauf. Die herrliche Aussicht von dort oben, war allemal die Mühe wert. Silva erzählte einem aufmerksam zuhörenden König, was man auf Rosenthal alles anbaut. Die beiden verstanden sich vortrefflich und fanden ganz offensichtlich Gefallen aneinander. Meinem Mann und mir blieb das keineswegs verborgen und wir freuten uns mit ihnen.

Am Abend wollte der König mit Farold und mir alleine sprechen.

„Ihr fragt euch sicherlich, warum ich nach Rosenthal gekommen bin", ließ er verlauten. „Ich habe wunderbare Neuigkeiten mitgebracht und es gibt nur wenige Menschen, mit denen ich darüber sprechen kann und will."

Der meinige und ich warteten erst einmal ab, um was für Neuigkeiten es sich dabei handelte, kannten wir doch zur Genüge seine Winkelzüge.

„Der Kaiser des Östlichen Imperiums Theodosius ist verstorben und man hat in Constantinopolis einen Nachfolger gekrönt", fuhr er fort. „Ihr werdet es nicht für möglich halten, um wen es sich dabei handelt."
Geiserich hatte es mit wenigen Worten geschafft, unsere Neugierde zu wecken. Erwartungsvoll sahen wir ihn an.

„Markian", verkündete er lächelnd.

„Markian", wiederholte ich grübelnd. „War das nicht der gefangene Centurio den ich einmal zu Flavius Aspar, nach Karthago brachte und der uns aus den Kerkern Ravennas befreite?"

„Genau der!", entgegnete der König und strahlte förmlich vor Glück.
Farold und ich hatten keineswegs vergessen, was Markian von Valentinian, dem Kaiser des Westlichen Imperiums, hielt und wie er über ihn urteilte.

„Kaiser Markian ist ganz bestimmt kein Freund von Valentinian", war mein erster Gedanke. „Möglicherweise ein künftiger Verbündeter Geiserichs."

„Was habt ihr mit uns vor?", wollte in diesem Moment mein Mann vom König erfahren. „Deshalb seid ihr doch nach Rosenthal gekommen!"

„Ich will offen mit euch sprechen", kündigte ein lächelnder Geiserich an.
Seine blauen Augen fingen an zu glänzen und mit einer Hand tätschelte er den ergrauten Bart.

„Als ich mich mit Attila auf Sardinia traf, haben wir vereinbart, dass er gegen das Östliche und ich gegen das Westliche Imperium in den Kampf ziehen werde. Dahinter steckte die Absicht, das Erbe der im Niedergang befindlichen Kaiserreiche anzutreten. Constantinopolis hat sich den Frieden mit den Hunnen durch Tribute teuer erkaufen müssen. Jene belasten seit Jahren die Staatskasse des Östlichen Imperiums. Es muss uns gelingen, Markian dazu zu bewegen, die Zahlungen gänzlich einzustellen."

„Warum?", fragte Farold.

„Das will ich euch gerne anvertrauen. Attila benötigt das Gold, um seine Recken bei Laune zu halten. Die Landstriche zwischen den Gebieten der Hunnen und dem Östlichen Imperium sind verwüstet, und ein hunnischer Angriff auf

Constantinopolis war nicht vom Erfolg gekrönt. Deshalb will ich Attila und seine Hunnen nötigen, in das Westliche Imperium einzufallen. Die wohlhabenden und fruchtbaren italienischen Provinzen stellen eine große Verlockung dar, wenn er keine Tribute aus Constantinopolis mehr erhält. Markian wird sich den westwärts ziehenden Hunnen gewiss nicht in den Weg stellen, weil Kaiser Valentinian ihn als neuen Imperator nicht anerkannt hat. Dieser blasierte Mensch erhebt selbst Ansprüche auf den Thron des Östlichen Imperiums."

Farold und ich dachten kurz nach.

„Sein Heermeister, Flavius Aetius, wird nicht tatenlos zusehen, wenn die Hunnen den Limes überschreiten", merkte mein Mann an, „und der weiß sich bekanntermaßen zu wehren. Wahrscheinlich mit den verbündeten Westgoten."

Geiserich nickte anerkennend.

„Ihr habt in allen Belangen recht", erklärte er. „Die Westgoten sind seit jeher unsere größten Feinde. In Hispania haben sie die Silingen und Alanen fast vernichtet und mich wollten sie vergiften. All diese Schandtaten will ich ihnen vergelten, ohne dass dabei ein Tropfen vandalisches oder alanisches Blut fließt."

„Das also, hat er vor", wurde mir in diesem Moment bewusst. „Der König will die Westgoten zu Grunde richten!"

Farold sah Geiserich bewundernd an. Auch er hatte die wahren Absichten des alten Fuchses durchschaut.

„Eine Frage noch!"

„Nur zu, Farold!"

„Besteht mit dem Östlichen Imperium das geheime Abkommen noch, dass wir uns gegenseitig nicht angreifen und insgeheim beistehen?"

„Ich will es mit Kaiser Markian erneuern. Niemand außer euch beiden, meinen Söhnen Hunerich sowie Gento und mir weiß davon, und das soll auch so bleiben!"

Schweigend saß ich da und ließ mir alles noch einmal durch den Kopf gehen.

„Welche Aufgabe habt ihr für uns vorgesehen?", wollte ich schließlich vom König erfahren.

„Ich befürchtete schon, dass ihr mich nicht danach fragt", antwortete er schmunzelnd. „Ihr begebt euch in meinem

Auftrag und in geheimer Mission in die Metropole des Östlichen Imperiums nach Constantinopolis zu Kaiser Markian, um den Pakt zu erneuen."
Geiserich hielt kurz inne und fuhr sodann fort: „Sorgt dafür, dass das Östliche Imperium die Tributzahlungen an die Hunnen einstellt, damit Attila sich auf den Weg ins Westliche Imperium macht."
Der meinige sah mich fragend an und ich nickte ihm sogleich zu. War es doch ein langgehegter Wunsch von mir, eines Tages die Metropole des Östlichen Imperiums zu besuchen, um all die Sehenswürdigkeiten anzusehen, welche mir Markian einst so eindrucksvoll schilderte. Ich freute mich ungemein auf ein weiteres Abenteuer an der Seite meines Mannes.

Der König blieb noch ein paar Tage auf Rosenthal, um sich von den strapaziösen Staatsgeschäften, so ließ er verlauten, zu erholen. Dabei war ihm Silva auffallend oft behilflich. Es verging kein Tag, an dem die beiden nicht miteinander ausritten oder anzutreffen waren. Bevor ein gut aufgelegter Geiserich nach Karthago zurückkehrte, vertraute er Farold und mir an, dass sie eine Liebschaft miteinander hätten. Er bat uns darüber kein Aufheben zu machen, dem wir selbstredend nachkamen.

Er bestand darauf, dass wir von Hippo Regius aus die Seereise nach Constantinopolis antreten sollten, da sich in Karthago viele Spione aufhielten.
„Damit Kaiser Markian sein Heer mit angeworbenen Söldnern verstärken kann," erklärte der König, „werdet ihr nicht mit leeren Händen vor ihn treten."
Vor seiner Abreise übergab er uns deshalb eine mit Silber beschlagene Truhe, gefüllt mit Rubinen, Smaragden und dem Gold des Nordens.

An Bord einer schweren Liburne erwartete uns eine stürmische Überfahrt ins ferne Constantinopolis. Marc war der Schiffsführer und sein Bruder Stefan der Steuermann. Erfahren und geschickt lenkten sie die Liburne durch hohe Wellenberge. Der Winter stand vor der Tür, als wir in den

Hafen der Kapitale des Östlichen Imperiums einliefen. Farold und ich hatten uns vorgenommen, möglichst unauffällig zu agieren. Die Brüder meines Mannes ließen den Hafenmeister deshalb im Glauben, dass sie im Auftrag des Königs der Vandalen und Alanen gekommen waren, um den neuen Imperator zu huldigen und zu beschenken.

Es dauerte hernach nicht lange, und die beiden wurden in den kaiserlichen Palast geleitet. Dort nahm Kaiser Markian die Segenswünsche und die silberne Truhe mit den kostbaren Präsenten vor dem versammelten Hofstaat entgegen. Danach bat er die Gesandten, dem König der Vandalen und Alanen zu danken. Anschließend hatten die Brüder Gelegenheit, mit dem Obersten Heermeister des Imperiums, Flavius Aspar, alleine zu sprechen. Sie vertrauten ihm an, dass Farold und ich mitgekommen waren und den Kaiser im Auftrag Geiserichs in geheimer Mission zu einer Aussprache treffen wollten. Aspar hatte sogleich verstanden und kündigte an: „Morgen um die Mittagszeit werde ich die Emissäre eures Königs im Hafen abholen lassen!"

Als die Brüder von der Audienz zurückkamen, berichteten sie in allen Einzelheiten, was sich zugetragen hatte.

„Schade!", dachte ich währenddessen, dass ich keine Möglichkeit haben werde, den kaiserlichen Palast in Augenschein zu nehmen."

Anschließend schlug ich meinem Mann vor, gemeinsam die Stadt zu erkunden. Er willigte ein und am nächsten Tag zeigte uns ein Fremdenführer Constantinopolis.

Überall herrschte geschäftiges Treiben und alle möglichen Sprachen waren zu hören. Die Stadt am Bosporus war seit der Reichsteilung im Jahre 395 die Kapitale des Östlichen Imperiums. Wir sahen uns zuerst den Getreide- und danach den Gewürzhafen an. Dort hatten vor allem Frachtensegler aus den ägyptischen Provinzen an den Anlegestellen festgemacht. Bei einem Händler erwarb ich einige seltene Gewürze, welche ich mit nach Hause nehmen wollte.

Hernach führte uns der kundige Begleiter zu einem *Hippodrom* von gewaltigen Ausmaßen. Farold meinte, dass es sich mit dem Circus Maximus in Rom vergleichen ließ. Der

Führer behauptete stolz, dass es das gewaltigste Bauwerk im gesamten Östlichen Imperium sei, sah man von den Pyramiden am Nil einmal ab.

Ich war sehr beeindruckt, als wir die Kathedrale des Patriarchen von Constantinopolis betraten. So ein gewaltiges und prachtvolles Gotteshaus hatte ich noch nie zuvor in meinem Leben gesehen. Die imposanten Kuppeln, getragen von mächtigen Steinsäulen, waren mit kostbaren Ornamenten verziert. Sämtliche Portale aus Silber angefertigt.

Als wir am Palast des Kaisers am Marmarameer vorbeikamen, konnte ich wenigstens seine äußere Pracht bewundern. Danach spazierten wir durch eine herrliche Parkanlage, in der wundervoll gestaltete Springbrunnen bunt eingefärbtes Wasser ausspeiten. Wir kamen an Obelisken und Amphitheatern vorbei, flanierten auf prächtigen Foren und schritten auf weißen Marmorplatten umher.

Auf einmal standen wir vor einer mannshohen Mauer. Irritiert fragte ich den Stadtführer, was sich dahinter befindet.

„Dort leben und arbeiten Juden", erklärte er. „Der Patriarch von Constantinopolis hat mit Billigung des Kaisers vorzeiten angeordnet, dass die Israeliten in einem abgetrennten Stadtteil ihren ertragreichen Tätigkeiten nachzugehen haben."

Wir schritten durch einen Torbogen und sahen uns die Auslagen der jüdischen Händler an. Alle möglichen Waren wurden an jenem Ort zu erschwinglichen Preisen angeboten.

Als der Fremdenführer, Farold und ich kurz darauf aus dem Stadtteil der Thraker traten, standen wir vor einer gewaltigen Befestigungsmauer, die so hoch war wie die Wachtürme Karthagos. Auf den Wehrgängen verrichteten wachsame Legionäre und Auxiliar ihren Dienst. Unser kundiger Begleiter behauptete, dass die Theodosianische Mauer vier Meilen lang sei, sich vom Goldenen Horn bis zum Marmarameer erstreckte und fünfhunderttausend Menschen schützte.

Als es dunkel wurde, fuhren wir auf einem gemieteten Gefährt in den Hafen zurück. Entlang der Straßen brannten überall Öllampen. Farold und ich suchten eine einladende Herberge auf, von wo man bis zum Stadtteil Galata auf der anderen Seite des Goldenen Horns blicken konnte. Wir bestellten beim phönizischen Wirt ein landestypisches Gericht, Wasser und einen bekömmlichen Rotwein. Ich war von Constantinopolis begeistert. Die Metropole mit all ihren Sehenswürdigkeiten und der einmaligen Lage zwischen Marmarameer und Goldenen Horn, gefiel mir jedenfalls besser als Rom. Diese Einschätzung teilte mein Mann allerdings nicht. Alles, was mir Markian vor einigen Jahren über die Stadt am Bosporus geschildert hatte, war keineswegs übertrieben. Spät am Abend gingen Farold und ich wieder an Bord unseres Schiffes und schliefen erschöpft von einem unvergesslichen Rundgang durch die phantastische Kapitale des Östlichen Imperiums ein.

Markian und Aspar freuten sich aufrichtig, als wir uns in einem Anwesen außerhalb der Stadt trafen.

„König Geiserich hat mich reichlich beschenkt", stellte der Kaiser fest. „Man könnte dem Gedanken anheimfallen, dass er damit etwas bezweckt."

Farold und ich mussten schmunzeln.

„Unser König ist Willens und in der Lage", kündigte mein Mann an, „euch noch mehr Schätze zukommen zu lassen.

„Warum sollte er das tun?"

„Ihr könntet damit euer Heer mit angeworbenen Söldnern verstärken und müsstet den Hunnen keinen Tribut mehr entrichten."

„Was will Geiserich dafür haben?"

„Die Zusicherung, dass Attila davon niemals etwas erfährt, sowie die Erneuerung des Nichtangriffs- und Beistandspaktes zwischen dem Östlichen Imperium und dem Königreich der Vandalen und Alanen."

„Was verspricht er sich davon?"

„Der König ist davon überzeugt, dass die Hunnen beim Ausbleiben eurer Tributzahlungen über das Westliche Imperium herfallen. Wenn das geschieht, wird unsere Flotte in See stechen und wir werden die Inseln Sicilia, Sardinia sowie Corsica in unser Königreich einverleiben."

Noch zur selben Stunde wurde der geheime Pakt erneuert. Kaiser Markian ließ zahlreiche Söldner anwerben und stellte die Tributzahlungen an die Hunnen alsbald ein.

Kapitel 52 – Königlicher Statthalter

Als wir im Kriegshafen von Karthago einliefen, erwarteten uns an der Anlegestelle der König und seine Söhne Hunerich sowie Gento. Mein Mann und ich berichteten ihnen ausführlich, was sich in Constantinopolis zugetragen hatte. Nachdem alles gesagt und sämtliche Fragen beantwortet waren, huschte ein vieldeutiges Lächeln über die Gesichtszüge Geiserichs.

„Ihr habt euren Auftrag getreu erfüllt", erklärte er. „Nun liegt es an mir, den zweiten Teil meines Vorhabens in die Tat umzusetzen."

Er wandte sich seinem Ältesten zu.

„Hunerich!", wies er ihn an. „Du reist unverzüglich nach Ravenna ab. Niemand von uns kennt sich am Hof von Kaiser Valentinian so gut aus wie du. Schließlich hast du dort Jahre als Geisel zugebracht."

Der König hielt ihn mit beiden Händen an den Oberarmen fest. Vater und Sohn sahen sich in die Augen.

„Spione am Hof in Ravenna haben mir zugetragen", fuhr Geiserich fort, „dass die Schwester von Kaiser Valentinian einen Administrator heiraten musste, weil ihr anrüchiger Lebenswandel es offenbar gebot und ihr Bruder so bestimmte. Seitdem denkt die schöne Honoria über Rache nach, und wir sollten ihr dabei behilflich sein. Einer ihrer Eunuchen am Hofe steht in meinen Diensten. Er wird sie überreden, Attila die Ehe zu versprechen, wenn der Hunne sie aus dem kaiserlichen Palast befreit."

Geiserich reichte Hunerich eine kleine Schatulle, gefüllt mit Edelsteinen.

„Übergebt dem Eunuchen Hyacintus diese Aufmerksamkeit, wenn er damit erfolgreich war."

Nun wandte sich der König seinem jüngsten Sohn zu.

„Gento! Mach dich auf in die Provinz *Dalmatia.* Dort hält sich Attila derzeit auf. Entbiete ihm meine Grüße und biete dem Hunnen Gold an, wenn er mit seinen Horden in das Westliche Imperium einfällt. Lass ihn glauben, dass ich ihm Söldner zur Verstärkung schicke, sobald er gegen die mit Ravenna verbündeten Westgoten ins Feld zieht."

Ich hatte alles mitangehört und stellte sogleich fest, dass König Geiserich noch viel verschlagener war, als ich es eh schon vermutet hatte.

Im Jahre 451 fiel Attila tatsächlich in das Westliche Imperium ein und verwüstete die gallischen Provinzen, nachdem Valentinian einer Scheidung und neuerlichen Vermählung Honorias mit dem Herrscher der Hunnen nicht zugestimmt hatte. Im Sommer kam es zur entscheidenden Schlacht auf den Katalaunischen Feldern. Aetius, der Oberste Heerführer des Westlichen Imperiums, schlug, zusammen mit den verbündeten Westgoten, unter hohen Verlusten, die Hunnen in die Flucht. Attila fiel hernach mit seinen Horden in die oberitalienischen Provinzen ein, zog nach Süden und wollte Rom erobern. Allein dem Einschreiten und diplomatischen Geschick von Papst Leo war es zu verdanken, dass die Geißel Gottes, so wurde der Hunne inzwischen gerufen, gegen viel Gold davon absah. Für die verängstigten Menschen kam das einem göttlichen Wunder gleich.

Die Hunnen Attilas belagerten, eroberten und plünderten stattdessen Aquileia. Dabei wurde Mercedes vermutlich versklavt oder getötet. Wir haben jedenfalls nie wieder etwas von ihr gehört. Farold und ich waren gleichermaßen schockiert. Hatten wir doch die lebenslustige Witwe in all den Jahren in unsere Herzen geschlossen.

Danach machte sich Attila erneut auf den Weg nach Rom. Unterwegs brach im Lager der Hunnen eine Seuche aus, worauf sie sich ins Tiefland an der Theiß zurückzogen. Dort heiratete er abermals ein junges, heißblütiges Weib. Nach der Hochzeitsnacht lag die Geißel Gottes leblos auf der gemeinsamen Schlafstatt. Man hat nie erfahren, ob Attila vergiftet wurde oder sein Herz aufhörte zu schlagen. Zu keiner Zeit erlangten die Herrscher der Hunnen die Macht und Größe früherer Jahre zurück.

König Geiserich war unterdessen nicht untätig geblieben. Unter dem Kommando von Gento fuhr unsere Flotte zuerst nach Sicilia, danach nach Sardinia sowie Corsica. Die alanische Reiterei, unter dem Befehl von Jurgo, und die vandalischen Fußtruppen, unter dem Kommando von Marc, wurden ausgeladen und eroberten nacheinander die Inseln im Mare Internum. Sie wurden in das Königreich der Vandalen und Alanen eingegliedert.

Nachdem das geschehen war, ernannte der König meinen Schwiegersohn Michele Nicolosi zum Stadtkommandanten von Lilybaeum auf Sicilia. Fortan lebte er mit Stefania, ihrem Sohn Leandro und dessen Schwester Viviana in der reizvollen Hafenstadt. Es war mir immer eine Freude erleben zu dürfen, wie glücklich die vier miteinander waren. Farold und ich verbrachten jedes Jahr ein paar erholsame Wochen auf Sicilia und lernten das reizvolle Eiland sowie dessen Bewohner noch besser kennen.

In jenen Tagen erschien überraschend Gento im Palast des Kommandanten von Lilybaeum. Der Flottenführer glich seinem Vater augenscheinlich. Nicht nur vom Äußeren, sondern auch in dessen Art zu denken und zu handeln. Farold und er verstanden und ergänzten sich ausgezeichnet. Mein Mann war überzeugt davon, dass der jüngste Spross des Königs über die größte Befähigung unter seinen Brüdern verfügte, eines Tages König der Vandalen und Alanen zu werden. Gento kam wie Geiserich gleich zur Sache.

„Vater wünscht, dass Farold von Hirschberg Statthalter von Sardinia wird!", teilte er kurz und bündig mit. „Die Insel ist Teil unseres Königreiches, und wir brauchen dort einen erfahrenen sowie zuverlässigen Administrator."
Ich sah es meinem Liebsten an, dass er sich geehrt fühlte, aber auch der Verantwortung bewusst war, welche er als Statthalter einer Provinz und damit als Vertreter des Königs übernehmen würde. Farold bat sich einige Tage Bedenkzeit aus. Wir besprachen das Ansinnen von Geiserich und wägten gemeinsam ab. Schlussendlich willigte mein Mann ein, weil ihm die Herausforderung reizte und wir auf Sardinia weit weg vom königlichen Hof in Karthago waren.

Der meinige war schon mehrfach auf der wunderbaren Insel und hatte mir vom Liebreiz der Landschaft und der Freundlichkeit ihrer Bewohner vorgeschwärmt. Zusammen mit Gento segelten wir von Sicilia nach Sardinia hinüber. Das tiefblaue Mare Internum zeigte sich während der Überfahrt von seiner schönsten Seite. Als wir in den Hafen von *Carales* einliefen, stand ich zwischen Farold und Gento auf der Brücke.

„Vater möchte euch beiden ein Geschenk machen“, kündete der jüngste Spross des Königs überraschend an!“
Um was es sich dabei handelte, war von ihm noch nicht zu erfahren. In der Stadt bezogen wir einen kleinen Palast, den ich behaglich einrichtete, während mein Mann sich den Amtsgeschäften als Statthalter der neuen Provinz Sardinia widmete.

Bevor Gento die Insel wieder verließ, wollte er mit uns in die nahe gelegenen Berge reiten, um Farold und mir etwas zu zeigen. Es war ein sehr heißer Sommertag und je höher wir kamen, desto angenehmer wurde die Atemluft. Der jüngste Sohn des Königs war des Weges kundig, das stellte ich sogleich fest. Wir ritten einen steilen Bergpfad hinauf. Oben angekommen, sahen wir uns erst einmal um. Die Aussicht war phantastisch und die Landschaft erinnerte mich an die Höhenzüge über Malaca. Im Süden, Westen und Osten lag im Sonnenlicht das glitzernde Mare Internum und unter uns breitete sich ein anmutiges Tal aus, welches von Wäldern umgeben war. Auf einer Lichtung stand eine ansehnliche Villa und dahinter konnte ich einen kleinen See ausmachen.

„Das Gut dort unten heißt auf Latein Pulchra Sententia, was übersetzt Schöne Aussicht bedeutet!“, erklärte Gento. „Gut und Palast in Carales sind Geschenke meines Vaters an den neuen Statthalter von Sardinia und seine Gemahlin!“
Ich hätte ihm in diesem Moment vor Freude um den Hals fallen können.

„Eine schöne Überraschung und eine überaus großzügige Geste“, frohlockte mein Mann. „Richtet eurem Vater unseren herzlichen Dank aus.“
Farold und ich blieben einige Tage auf Schöne Aussicht und lernten unser neues Landgut kennen. Alles war wohlgeordnet und die herrliche Landschaft hatte einen ganz besonderen Liebreiz. Man baute auf dem Gut vor allem Oliven an und betrieb Weidewirtschaft.

Als wir wieder in Carales verweilten, bemerkte ich, dass

meinen Mann etwas beschäftigte. Deshalb fragte ich ihn nach dem Grund.

„Hunerich hat als Erstgeborener den Vorrang vor Gento, wenn es eines Tages um die Nachfolge von König Geiserich geht. So hatte es der Ritterstand einst in Hispania festgelegt. Ich wünschte mir, dass dem nicht so wäre, sondern Gento unser König wird."

Lange musste ich nicht überlegen.

„Wenn Geiserich will, dass sein jüngster Sohn ihm auf dem Thron nachfolgt, wird er einen Weg finden!"

Farold sah mich an und fing an zu lächeln.

„Du hast wie immer Recht, liebste Ida!"

Kapitel 53 – Papst Leo

Den Winter verbrachten Farold und ich in Carales und auf Schöne Aussicht. Als Statthalter der Insel und Vertreter des Königs, beschäftigte sich mein Mann mit Vorgängen, wie dem Aufbau einer effektiven Verwaltung, dem Tributwesen, der Aufteilung des Landes an ansiedlungswillige Vandalen oder Alanen, dem Bau von Befestigungsanlagen und Straßen. Das ereignisreiche Jahr 455 oder nach vandalischer Zeitrechnung 15 war angebrochen und mit ihm sollte sich Vieles, sehr Vieles ändern.

Eine leichte Liburne lief im Hafen von Carales ein und wenig später stand Gento vor dem Statthalter und seiner Frau. Ich sah es ihm an, dass er keine guten Nachrichten aus Karthago mitgebracht hatte. Nach der Begrüßung kam er unverzüglich auf den Grund seines überraschenden Besuchs zu sprechen.

„Kaiser Valentinian hat seinen Obersten Heerführer, Flavius Aetius, eigenhändig im Palast ermordet", behauptete er.

Ich konnte nicht glauben, was ich da zu hören bekam.

„Damit nicht genug", fuhr Gento erregt fort. „Valentinian wurde von Anhängern des Aetius bei einer Feldübung gemeuchelt. Der Senat des Westlichen Imperiums hat daraufhin einen gewissen Petronius Maximus zum neuen Imperator auserkoren. Es wird gemunkelt, dass er den Auftrag gab, seinen Vorgänger zu beseitigen."

Gento lief derweil auf und ab. Währenddessen kraulte er sich, wie sein Vater, den Bart.

„Der neue Imperator wusste nichts Besseres zu tun, als die Witwe Valentinians gegen ihren ausdrücklichen Willen zur Gemahlin zu nehmen. Damit nicht genug, löste er die Verlobung der ältesten Kaisertochter Eudocia mit meinem Bruder Hunerich auf, um sie mit seinem Sohn verheiraten zu können."

Der junge Vandale ließ seinen Gefühlen nunmehr freien Lauf.

„Damit hat er nicht nur meinen Bruder, sondern das gesamte Königreich der Vandalen und Alanen beleidigt. Die vereinbarte Eheschließung Hunerichs mit Eudocia war Teil des Friedensvertrages mit Ravenna und bot meiner Sippe die

Option, eines Tages den Kaiser des Westlichen Imperiums zu stellen. Vater ist außer sich und sinnt nach Rache. Er fühlt sich an keine Verpflichtungen gegenüber Ravenna mehr gebunden. Umgehend hat er die Getreidelieferungen an die Ewige Stadt einstellen lassen. Die Römer werden bald schon an Hunger leiden!"
Die blauen Augen Gentos funkelten gerade so bedrohlich, wie die des Königs.

„Vater will Rom erobern, dem Erdboden gleichmachen, diesen Maximus ergreifen und ..."
Plötzlich blieb er stehen.

„Der König hat mich hierher gesandt, damit ihr alle verfügbaren Schiffe und waffenfähigen Männer nach Ostia schickt, wo sich unsere Flotte mit dem Heer in zwei Tagen einfindet. Von dort will er nach Rom marschieren, die Stadt erobern und holen, was uns gefällt."

Als der jüngste Sohn des Königs wieder fort war, sagte ein nachdenklicher und besorgter Farold zu mir: „Das Ganze ist ein einziger Scherbenhaufen! Geiserich wird in der Ewigen Stadt schrecklich wüten, und an eine Aussöhnung ist danach nicht mehr zu denken. Das wird Auswirkungen auf unsere Kinder und Kindeskinder haben, welche wir uns gegenwärtig nicht vorstellen können. Ich frage mich ernsthaft, ob Kaiser Markian danach noch den bestehenden Nichtangriffs- und Beistandspakt mit uns einhält."
Gemeinsam dachten wir über einen Ausweg nach.

„Es muss uns gelingen", erklärte ich schließlich, „Geiserich zu besänftigen. Die Ewige Stadt darf auf gar keinen Fall zerstört, und die Römer für das Unvermögen ihres Kaisers nicht übermäßig bestraft werden."

„Wie willst du das bewerkstelligen, liebste Ida?"

„Das ist schon einmal jemandem gelungen!"

„Wem?"

„Papst Leo! Als Atilla Rom erobern und plündern wollte!"

„Du willst doch nicht etwa ..."

„Doch das will ich!"

„Er ist der oberste Hirte der Katholiken und der König ..."

„Ich weiß Farold, ich weiß!"

Es war ein prächtiger Anblick, als wir von Sardinia kommend die gesamte vandalisch-alanische Kriegsflotte vor und im Hafen von Ostia liegen sahen. Über dreihundert Schiffe hatten sich dort eingefunden. Gento steuerte unsere leichte Liburne geschickt hindurch, geradewegs auf das Flaggschiff zu. Am Mast flatterte das Banner des Königs im Wind. Eine rote Speerspitze auf weißem Grund. Wir legten an der stattlichen Trireme an, gingen über eine Laufplanke an Bord und standen kurz darauf vor König Geiserich.

„Schön, dass ihr es rechtzeitig geschafft habt", erklärte er. „Wie viele Recken habt ihr mitgebracht?"

„Vierhundert, mein König!", antwortete sein Statthalter.

Außer Geiserich waren dessen Söhne Hunerich, Theuderich und Gento sowie die an Jahre gealterten Bischöfe Dankrad und Ansgar zugegen.

„Gewiss sind die geistlichen Würdenträger mitgekommen, um sich an den katholischen Kirchenschätzen Roms zu bereichern", dachte ich unwillkürlich, als ich die beiden sah.

„Wir werden die Ewige Stadt belagern und erstürmen", verkündete der König. „Farold von Hirschberg, ihr schützt mit euren Männern unsere Flotte und den Hafen von Ostia. Spitzel berichteten mir, dass sich Kaiser Maximus in Rom aufhält. Noch irgendwelche Fragen?"

Worauf ich einen Schritt nach vorne trat.

„Mein König! Farold und ich wünschen, euch alleine zu sprechen."

Worauf er uns ein Zeichen gab, ihm zu folgen. Gemeinsam suchten wir eine Kajüte auf.

„Was liegt an?"

„Ich frage mich, wie nachfolgende Generationen über euch urteilen, wenn ihr die Ewige Stadt zerstören lasst", bekam er von mir zu hören.

„Ihr sorgt euch, wenn ich ..."

„Ja, das tue ich", fiel ich dem König ins Wort. „Viele Jahre schreibe ich nun schon an der *Historia de Vandalorum* und über die Annalen meiner Sippschaft. Unsere Nachfahren werden erfahren, welche großartigen Taten die Könige der Vandalen und Alanen vollbracht haben. Davon gibt es gar eine Menge und es werden noch viele folgen. Dazu gehört aber ganz gewiss nicht die Zerstörung von Rom und ein damit verbundenes Blutbad an der Bevölkerung, nur um die Schmähungen eines törichten Kaisers zu vergelten. Selbst die Goten Alarichs haben die Ewige Stadt nach der Eroberung nicht in Schutt und Asche gelegt, sondern sich an ihren Schätzen bereichert!"

Nie zuvor und niemals wieder bemerkte ich in diesem Augenblick, wie ein gealterter Geiserich förmlich in sich zusammenviel.

In dem Moment ergriff Farold das Wort: „Mein König! Ich bitte euch inständig, das alles noch einmal zu überdenken. Es gibt gewiss eine bessere Lösung, die eurem hohen Ansehen gerecht wird!"

Kaum hatte er das letzte Wort ausgesprochen, nahm Geiserich augenfällig wieder Haltung an.

„Fahrt fort!", forderte er uns auf.

„Die Erstürmung der Stadt und die damit verbundenen Kämpfe werden viele unserer Männer nicht überleben, darüber hinaus wertvolle Kunstwerke und unermessliche Schätze für immer verloren gehen", behauptete mein Mann. „Wir sollten kühlen Kopf bewahren und die Ewige Stadt methodisch ausplündern, Geiseln nach Karthago mitnehmen, Lösegeld einfordern, aber niemanden töten, wenn uns Rom aus freien Stücken übergeben wird."

„Ein frommer Wunsch!", warf der König ein. „Und mit wem wollt ihr eine solch himmlische Übereinkunft treffen?"

„Die Antwort habt ihr euch soeben selbst gegeben!", ließ ich verlauten.

Einen Augenblick lang dachte er nach.

„Ihr meint, ich solle den Papst ..."

„davon überzeugen", fuhr ich fort. Er hat die Autorität dafür zu sorgen, dass Rom uns kampflos in die Hände fällt. Auch Attila, der Herrscher der Hunnen, hat vor nicht allzu langer Zeit mit ihm hierüber verhandelt. Worauf die Geisel Gottes die Ewige Stadt nicht erstürmen ließ und hierfür viel, sehr viel Gold erhielt."

Als Geiserich den Namen Attila hörte, fing er an seinen Bart zu kraulen.

„Spitzel in der Stadt werden euch zu Papst Leo bringen", verkündete er auf einmal, ganz der Alte. „Solltet ihr in den nächsten drei Tagen mit dem Oberhaupt der Katholiken keine

Übereinkunft zur kampflosen Übergabe Roms erzielen, wird der König der Vandalen und Alanen in die Geschichte als Brandschatzer der Ewigen Stadt eingehen!"

Papst Leo hörte sich unser Ansinnen an, und wollte darüber mit Kaiser Maximus sprechen. Der war bereits aus der Stadt geflüchtet. Er wurde erkannt, von aufgebrachten Römern erschlagen und sein Leichnam geschändet. Das alles geschah am 31. Mai 455. Nachdem der Kaiser nicht mehr lebte, gab der oberste Hirte der Katholiken meinem Mann sein Ehrenwort, dass kein Widerstand geleistet werde, wenn König Geiserich ihm verspricht, keinen Römer zu töten und die Stadt nicht niederbrennt.

Am 2. Juni 455 ritt der König der Vandalen und Alanen hoch zu Ross durch die Porta Portuensis in die Ewige Stadt. Begleitet von seinen Söhnen, den arianischen Bischöfen, den Statthaltern des Königreiches sowie der Streitmacht der Vandalen, Alanen und Aures. Niemand wurde getötet oder geschändet. Vierzehn Tage lang Paläste und Häuser systematisch geplündert. Aber nicht nur materielles Beutegut wurde mitgenommen, sondern auch zahlreiche Menschen. Zur Enttäuschung der arianischen Bischöfe durfte das Eigentum der katholischen Kirche, auf Anweisung des Königs, nicht angetastet werden.

Gold und Silber, Edelsteine, Kunstwerke, der Tempelschatz Jerusalems, die Insignien der römischen Kaiserwürde und eine große Anzahl Geiseln wurden zum Hafen nach Ostia gebracht und auf unsere Schiffe verladen. Sämtliche Anweisungen des Königs diszipliniert befolgt. Als die Flotte in See stach und Kurs auf Karthago nahm, waren hunderte römische Handwerker mitsamt ihren Familien an Bord. Außerdem eine große Anzahl von Honoratioren. Die zuletzt Genannten erlangten später, gegen Lösegeld, ihre Freiheit wieder. Die römische Kriegswirtschaft wurde komplett nach Afrika verfrachtet, wo man fortan hochwertige Waffen aller Art produzierte. Geiserich nahm auf seinem Flaggschiff die Kaiserinwitwe Eudoxia sowie ihre Töchter Eudocia und Placidia mit in sein Königreich.

Die gut organisierte, weitestgehend gewaltlose Plünderung der Ewigen Stadt war der prestigeträchtigste Erfolg des Königs der Vandalen und Alanen während seiner langjährigen Regentschaft. Politisch, militärisch und wirtschaftlich konnte die Machtstellung des Königreiches, im Verhältnis zu Constantinopolis als auch Ravenna, erheblich aufgewertet werden. König Geiserich nahm fortan bei anstehenden Wahlen des Kaisers in Ravenna direkten Einfluss und behauptete stets, die Kaiserinwitwe und ihre Töchter nicht entführt, sondern aus den Händen eines schändlichen Usurpators befreit zu haben. Den vandalischen und alanischen Recken sowie den aurischen Söldnern eilte fortan der Ruf voraus, diszipliniert und effizient Befehle ausführen zu können.

In Karthago angekommen, zog König Geiserich auf einem Streitwagen im Triumphzug vom Hafen zum Palast hinauf. Gefolgt von seinen Söhnen, den Seeleuten der Flotte, der Reiterei und den Fußtruppen. In sämtlichen arianischen Kirchen des Königreiches fanden Dankgottesdienste statt und danach wurde die Eroberung und Plünderung Roms drei Tage und Nächte lang ausgelassen gefeiert.

Mein Mann und ich waren zum Festbankett in den königlichen Palast eingeladen. Er hatte sich eine Tunica mit blauen Ärmelstreifen angelegt, die ihn als Statthalter des Reiches auswies, während ich in einer weißen, eleganten Toga erschien. Es bereitete uns stets große Freude, an Empfängen und anderen Festlichkeiten teilzunehmen. So war es auch dieses Mal.

Doch an diesem denkwürdigen Abend erwartete uns eine große Überraschung. An der Seite des Königs saß Silva, die Tochter von Julius, dem Älteren, unsere Gutsverwalterin. Freundlich nickte sie uns zu. Farold und ich freuten uns gleichermaßen sie zu sehen und erwiderten lächelnd ihren Gruß.

Zu später Stunde gesellte sich der König und Silva zu uns. Beide sahen um Jahre jünger aus und strahlten förmlich vor Glück.

„Ich bin euch zu großem Dank verpflichtet", behauptete ein

freudig gestimmter Geiserich. „Hättet ihr mir nicht die Augen geöffnet und an mein Ehrgefühl appelliert, wäre die Ewige Stadt heute ein Trümmerhaufen, und ich ginge als Barbar in die Geschichte der Menschheit ein."
Mit funkelnden Augen sah er seine bezaubernde Begleiterin liebevoll an.

„Ich verdanke euch nicht nur diesen Triumph," fuhr er fort, „sondern auch mein neues Lebensglück."
Der König nahm mich und hernach Farold vor allen Gästen in die ausgebreiteten Arme. Mir kullerten Freudentränen über die Wangen, so ergriffen war ich über diese großartige Geste.

An diesem Abend riet ich ihm, seine Erfolge in Stein zu verewigen. Ich schlug Geiserich die Errichtung einer Siegessäule vor, auf der in einem spiralförmig aufsteigenden Reliefband herausragende Ereignisse aus seinem Leben dargestellt und so anschaulich festgehalten werden könnten. Er war hellauf begeistert, und ein Jahr später stand die Triumphsäule von König Geiserich vor dem Palast in Karthago, rechtzeitig zur Hochzeit seines ältesten Sohnes Hunerich mit der Kaisertochter Eudocia.

Farold und ich verbrachten noch ein paar beglückende und geruhsame Tage bei Carolina und ihrem Mann Dominicus. Danach machten wir uns mit Silva auf den Weg nach Rosenthal. Unterwegs hatte sie uns einiges zu erzählen. Mein Mann und ich hörten ihr aufmerksam zu und stellten erfreut fest, dass sie in Geiserich verliebt war. Dennoch wollte Silva als Verwalterin bei uns bleiben und sich nur gelegentlich mit dem König treffen. Als ich mit ihr alleine war, vertraute sie mir an: „Ich hätte Geiserich viele Jahre früher kennenlernen sollen!"

Während Farold in den kommenden Wochen mit ihr das Gut bewirtschaftete, beschäftigte ich mich mit der Geschichte über die Vandalen und meiner Sippschaft. Es bereitete mir Freude und Genugtuung, all das niederzuschreiben, was sich im vergangenen Jahr ereignet hatte. Währenddessen stellte ich fest, dass mein Augenlicht nicht mehr das Beste war. Ein untrügliches Zeichen des alt werdens.

Schließlich statteten wir unseren Versippten in Hippo Regius noch einen Besuch ab, bevor mein Mann und ich uns nach Sardinia einschifften.

In Carales suchten wir einen Notar auf und verfügten in einem Testament, dass nach unserem Ableben die Villa in Hippo Regius und Gut Sorgenlos unser angenommener Sohn Rogan erhält. Die Stadtvilla in Karthago sowie Rosenthal Carolina bekommt, während Schöne Aussicht einschließlich dem Palast in Carales ihre Schwester Stefania erbt. Am selben Tag entließen wir Achmed aus der Sklaverei. Fortan war er uns als Vertrauter gefällig.

Kapitel 54 – Das Orakel

Ständig kamen aus Karthago Kuriere und brachten dem Statthalter der Insel Sardinia neue Dekrete und ausführliche Rapporte. Mein Mann war immer auf dem Laufenden, was sich im Königreich, auf und um das Mare Internum zutrug.

Hunerich hatte Eudocia geheiratet, und in Ravenna regierte ein neuer Kaiser, den Constantinopolis nicht anerkannte. Er hieß Avitus, ein Freund der Westgoten.

In Karthago beschäftigte man sich mit einem marodierenden Berberstamm, und der König ging einmal mehr gegen die katholische Kirche und ihre Priesterschaft vor. Die Anzahl glaubensstarker Märtyrer stieg wieder sprunghaft an. Mittlerweile beschäftigte Geiserich in der königlichen Administration nicht nur Provinzialrömer, sondern auch gebildete Berber, wenn sie arianische Christen waren. Sein Sohn Gento befehligte die Flotte und unternahm kühne Kaperfahrten an ferne Küsten. Er war sehr erfolgreich und bei seinen Männern überaus beliebt. König Geiserich hatte das Reich um Sicilia, Sardinia sowie Corsica vergrößert, sein jüngster Sohn fügte nunmehr die Balearen hinzu.

Mit dem Sueben Rikimir verfügte das Westliche Imperium wieder über einen befähigten Obersten Heerführer, welcher in der Lage war, unseren Recken Einhalt zu gebieten. Er stieß Avitus vom Kaiserthron und sorgte dafür, dass ein gewisser Maiorianus nachfolgte. Worauf Constantinopolis dessen Anerkennung einmal mehr verweigerte. Völlig unerwartet verstarb Kaiser Markian, was meinen Mann und mich sehr traurig stimmte. Sein Nachfolger hieß Leo. Auch er bot dem Westlichen Imperium keinerlei Unterstützung an. Als ich Farold nach dem Grund fragte, bekam ich zu hören: „Solange Flavius Aspar in Constantinopolis das Sagen hat, wird das Östliche Imperium den bestehenden Nichtangriffs- und Beistandspakt mit uns einhalten!"

In jenen Tagen erreichte uns die Kunde, dass die Bischöfe Ansgar und Dankrad kurz hintereinander verstorben waren. Sie wurden mit viel Pomp in den Kathedralen von Karthago und Hippo Regius beigesetzt. Was die beiden anging, hatten wir uns in den letzten Jahren nicht mehr viel zu sagen. Sie waren religiöse Eiferer geworden, welche über die arianische Kirche, ihre folgsamen Schäfchen und unermesslichen Reichtümern patriarchalisch wachten.

Chronisten schrieben das Jahr 460 oder 20, als Kundschafter dem König zutrugen, dass Kaiser Maiorianus eine gewaltige Flotte und Landstreitkräfte bei Carthago Nova zusammenzog, um nach Afrika überzusetzen. Vorsorglich ließ Geiserich die Straßen zwischen Tingis und Hippo Regius zerstören sowie einige Brunnen vergiften. Zugleich bot er dem Kaiser Verhandlungen an. Wie sich herausstellen sollte, eine Finte, um Zeit zu gewinnen. Mit den in Rom erbeuteten Gold und Silber bestach der König Schiffsführer der kaiserlichen Flotte. Worauf sie zu ihm überliefen. Einen Teil der verbliebenen Schiffe steckte Gento mit seinen Fahrensmännern in einem tollkühnen Handstreich in Brand. Maiorianus musste daraufhin seinen ehrgeizigen Plan aufgeben, das Königreich der Vandalen und Alanen anzugreifen. Lediglich das Östliche Imperium verfügte jetzt noch über die Stärke, den König der Vandalen und Alanen Einhalt zu gebieten.

Mein Mann war als Statthalter und damit als Vertreter des Königs auf Sardinia mit der Verwaltung der Provinz voll und ganz beschäftigt. Während ich mich um die Bewirtschaftung von Schöne Aussicht kümmerte und niederschrieb, was sich im und um das Königreich sowie meiner Sippschaft zutrug.

„Geiserich ist nun siebzig Jahre alt und bereitet sich und das Reich auf die Zeit danach vor", erklärte mir der meinige, als wir uns über die Zukunft unterhielten.
Bis zu jener Stunde hatte ich mir so gut wie keine Gedanken darüber gemacht, wo Farold und ich die letzten Lebensjahre zubringen würden.
„Unser gemeinsames Leben war eine lange Reise voller Abenteuer", stellte er zutreffend fest. „Das Schicksal meinte

es gut mit uns, Ida. Wir haben zwei wohlgeratene Töchter, einen zupackenden Sohn, eine liebevolle Schwiegertochter sowie prächtige Schwiegersöhne. Sieben Enkel wachsen heran und womöglich kommen noch welche hinzu. Wir sind gesund und können guter Dinge sein, dass uns noch einige Jahre zusammen beschieden sind."
Mein Liebster nahm mich in die Arme und küsste mich zärtlich.

„Ida!", fragte er. „Wollen wir unseren Lebensabend auf Sardinia verbringen?"
„Liebend gern!", lautete meine Antwort.
Lange Zeit saßen wir an diesem Abend noch beisammen und unterhielten uns über längst vergangene Zeiten. Schwelgten in schönen Erinnerungen, sprachen über Menschen, welche uns ans Herz gewachsen waren. Am Himmelszelt strahlten die Sterne und ein voller Mond sah Farold und mich freundlich lächelnd an. Als wir nebeneinander auf der Schlafstatt lagen, dachte ich noch eine geraume Zeit über unser Leben nach. Mit dem beglückenden Gefühl, etwas daraus gemacht zu haben, schlief ich an der Seite meiner großen Liebe ein.

Früh am Morgen standen wir auf und ritten hinauf nach Schöne Aussicht in die sardischen Berge. Die Sonne stieg über dem Mare Internum auf und der Duft von feuchtem Gras lag in der Luft. Es sollte ein ereignisreicher Tag werden.

Farold und ich hatten uns vorgenommen die Umgebung unseres Landgutes zu erkunden, weshalb wir ausreichend Wegzehrung mitgenommen hatten. Der eingeschlagene Weg führte steil nach oben. Wir kamen in eine ärmliche Siedlung, als die Sonne hoch oben am Firmament stand. Erschöpft stiegen wir von den Pferden und suchten den kühlenden Schatten einer uralten Eiche auf. Dort saß eine betagte Frau und hieß uns in der schwer verständlichen Mundart der heimischen Sarden willkommen. Wir erwiderten den Gruß und nahmen neben ihr auf Steinblöcken Platz. Ansonsten war niemand in der Mittagshitze zu sehen.

„Sie sind alle in ihren Häusern und halten ein Schläfchen!", erklärte die Sardin, nunmehr in einem makellosen Latein.
Darüber verwundert sah ich sie mir genauer an. Sie trug

zwar einfache Kleidung, machte aber einen gepflegten Eindruck.

„Wo habt ihr ein so gutes Latein gelernt?", wollte Farold erfahren.

„In Rom!", antwortete sie. „Meine Familie und ich wurden nach Sardinia deportiert."

Es war uns bekannt, dass das Eiland der Ewigen Stadt als Verbannungsort diente. Missetäter wurden verurteilt, eingekerkert oder auf die Insel verbannt. Dort fristeten sie ein ärmliches Dasein als Hirten, Tagelöhner oder boten ihre Körper für Liebesdienste an.

„Für welche Verfehlung hat man euch abgestraft?", fragte ich, neugierig geworden.

„Gotteslästerung!"

In diesem Moment kam ein kleiner Junge aus einem Haus gelaufen und setzte sich zu uns.

„Mein Enkel Gensericus!"

„Ihr habt euren Enkel auf den lateinischen Namen des Königs der Vandalen und Alanen taufen lassen?"

„Wir rufen ihn so!" antwortete sie. „Getauft ist er nicht!"

Eine junge Frau, offensichtlich die Mutter des kleinen Sarden, kam hinterher.

„Da bist du ja, Gensericus", rief sie erleichtert aus, als sie neben ihm stand. „Habe ich dir nicht schon tausendmal gesagt, dass du während der Mittagsruhe nicht das Haus verlassen darfst?"

„Lass ihn", warf die Deportierte ein, „er wollte doch nur zu seiner Großmutter."

Immer mehr Einwohner des Fleckens in den sardischen Bergen gesellten sich nun zu uns. Als ich die Wegzehrung auspackte, lief die Mutter des Jungen davon. Kurz darauf kam sie mit einem Krug Wasser und etlichen Holzbechern zurück. Aus meinem Trinkbeutel goss ich Wein und sie Wasser in die Trinkgefäße. Danach forderte ich die Leute auf, sich zu bedienen. Freudestrahlende Gesichter sahen mich dankbar an. Allesamt Verbannte aus Rom, wie sich herausstellen sollte. Sie erzählten meinem Mann und mir, dass sie Hirten oder Tagelöhner sind. Nach deren Vergehen befragt, kam heraus, dass es sich in nahezu allen Fällen um Diebstahl in Verbindung mit Mundraub handelte. Mir fiel auf,

dass die Leute ein einfaches Latein mit römischem Akzent sprachen, bis auf die Großmutter von Gensericus. Die Wahl ihrer Worte glich der Sprechweise einer gebildeten, städtischen Bürgerin. Deshalb fragte ich sie: „Wie lautet euer Name und wie habt ihr Gott gelästert?"
Die Römerin sah mich mit durchdringenden Augen an.

„Man ruft mich Liliana. Ich bin eine Seherin und Priesterin der alten Götter!", antwortete sie. „Mit dem Katholizismus hat in der Ewigen Stadt eine Religion Einzug gehalten, welche keine andere neben sich duldet. Was gut oder böse ist, darüber entscheidet der katholische Klerus. Wer es wagt, die Zukunft zu deuten, vergeht sich an ihrem Glauben. Der Bischof von Rom hat mich aus diesem Grund der Gotteslästerung bezichtigt, und ein Gericht die Verbannung nach Sardinia verfügt."
Selten nur, hatte ich einen derart redegewandten Menschen kennengelernt.

„Wir sind Vandalen und arianische Christen!", erklärte daraufhin mein Mann. „Wir glauben an den einzigen, wahrhaften Gott. Dennoch hat eine Seherin vor vielen Jahren meinem Stamm prophezeit, dass wir uns auf den Weg ins Paradies auf Erden aufmachen werden!"
Die Verbannten lauschten andächtig seinen Worten.

„Es gibt gewiss Menschen, welche über die erstaunliche Befähigung verfügen, in die Zukunft sehen zu können. Gott muss es gutheißen, sonst hätte er diese außergewöhnliche Gabe ihnen nicht zum Geschenk gemacht und wir Vandalen wären niemals aufgebrochen, um nach Afrika zu gelangen."
Nun wandte er sich der Seherin zu.

„Übt ihr eure göttliche Gabe noch aus?"
Worauf sie zaghaft mit dem Kopf nickte. Eine Weile herrschte betretenes Schweigen.

„Wieso ruft ihr euren Enkel Gensericus?", wollte ich von der Mutter des Jungen schließlich erfahren.

„Weil wir Katholiken nicht mögen und davon gehört haben, dass euer König ihre Priester verfolgt und aus seinem Reich verbannt."
Worauf die Leute ihr lebhaft zustimmten.

„Seid ihr Vandalen Sardinia erobert habt, hat sich der Besitzer von Schöne Aussicht nicht mehr hier blicken lassen

und wir leiden keinen Hunger mehr."
„Mein Name lautet Farold von Hirschberg und das ist meine Ehefrau Ida", erklärte der meinige. „Ich bin der vandalische Statthalter von Sardinia und neuer Besitzer von Schöne Aussicht. Ich werde dafür sorgen, dass es hier immer genug für alle zum Essen gibt. Ihr seid jetzt Untertanen des Königs der Vandalen und Alanen und könnt tun oder lassen was ihr wollt, solange ihr seine Dekrete achtet."
Verunsichert schauten uns die Menschen an. Danach verhielten sie sich nicht mehr so ungezwungen, wie zuvor. Liliana bot uns an, in die Zukunft zu sehen, worauf wir einwilligten. Kurz darauf gingen Farold und ich mit ihr einen Bergpfad hinauf. Wir erreichten eine Wiese, wo zahlreiche Ziegen und Schafe grasten.
„Unsere Sommerweide!", erklärte sie, bevor wir in einen Wald kamen.
Vor einer Hecke blieb Liliana stehen, drückte ein paar Äste zur Seite und verschwand dahinter. Wir taten es ihr gleich und befanden uns mit einem Mal in einer kleinen Höhle. Mit Feuersteinen zündete sie eine Fackel an. Dort befand sich ein Tisch, einige Holzkisten und Schemel. Sie forderte uns auf darauf Platz zu nehmen, während sie aus einer Kiste einen faustdicken, gläsernen Bernstein und eine Hand voll Kräuter herausholte. Den Stein stellte Liliana vor sich auf den Tisch und fing damit an die Kräuter zu zerkauen. Währenddessen starrte die Seherin den Bernstein an. Entrückt begann sie nach einer Weile an zu orakeln. Gebannt hörten wir ihr zu.
„Legionäre werden Sardinia wieder zu einer Provinz des Imperiums machen. Vandalen in den sardischen Bergen Zuflucht suchen und finden!"
Ihre weit geöffneten Pupillen verrieten mir, dass sie sich in Trance versetzt hatte.
„Eine Macht will das Königreich der Vandalen und Alanen vernichten und schickt eine Flotte nach Afrika!"
Farold hing mit den Augen geradezu an ihren Lippen.
„Ich sehe viele Tote im Meer treiben, einen Kaiser, der seinen Heermeister ermordet, eine Königin die ihren Mann verlässt, einen vom Vandalenkönig bestimmten Herrscher und," sie stockte einen Moment, „ein Imperium, das dem Untergang entgegentaumelt!"

Kapitel 55 – Die Höhle

Chronisten schrieben das Jahr 461 oder Anno Domini 21, als das Westliche Imperium mit dem Königreich der Vandalen und Alanen einen neuerlichen Friedensvertrag abschloss. Kaiser Maiorianus bestätigte darin im Wesentlichen die territorialen Zugewinne Geiserichs. Das nahm der Heerführer Ravennas, Flavius Rikimer, zum Anlass, ihn in ein Verlies zu werfen und hinzurichten. Damit war die weströmisch-vandalische Annäherung auch schon wieder beendet. Mit Rikimer, davon war nicht nur ich überzeugt, würde es auf absehbare Zeit keine Verständigung und Frieden geben.

Der König bestellte in jenen Tagen alle acht Statthalter seines Reiches nach Karthago ein, um, wie es in der Einladung hieß, Angelegenheiten von großer Tragweite zu besprechen. Er legte Wert darauf, dass ich daran teilnahm, um die Zusammenhänge verstehen und niederschreiben zu können. Anwesend waren auch seine Söhne Hunerich, Theuderich sowie Gento.

Geiserich berichtete, dass Aspar, der Oberste Heerführer des Östlichen Imperiums, die Freilassung der Kaiserinwitwe Eudoxia und ihrer Tochter Placidia verlangte. Außerdem die Einstellung sämtlicher Kaperfahrten im östlichen Mare Internum. Der König war dazu bereit, wenn Constantinopolis bei der anstehenden Wahl des Kaisers des Westlichen Imperiums seinen Favoriten unterstützen würde. Im Verlauf der Beratungen stellte sich heraus, dass Geiserich den Mann von Placidia, den Schwager seines ältesten Sohnes Hunerich, hierfür vorgesehen hatte. Dessen Name lautete Olybrius.

„So weit ist es also gekommen!", ging es mir durch den Kopf. „Der König will, dass ein Angehöriger seiner Sippschaft Kaiser in Ravenna wird."

Am Abend saß ich mit meinem Mann zusammen und wir unterhielten uns darüber, was wir heute gehört und erfahren hatten.

„Der König wird bestimmt auf seiner Forderung bestehen!", sagte ich zu Farold. „Hoffentlich verfügt Flavius Aspar am Hof in Constantinopolis über genügend Einfluss, damit man sich darauf einlässt. Kaiser Leo will womöglich selbst Herrscher des Westlichen Imperiums werden oder den Thron mit einem Mann seiner Wahl besetzen."

„Das sehe ich genauso, liebste Ida!", pflichtete er mir bei. „Es könnte für das Königreich sehr gefährlich werden, wenn unser gemeinsamer Freund in Constantinopolis nicht mehr das Sagen hat."

Als wir wieder auf Sardinia angelangt waren, rief mein Mann die Hundertschaftsführer zusammen und beauftragte jene damit, Pläne auszuarbeiten, wie man eine feindliche Invasion vereiteln oder zumindest erschweren könnte. Eine kluge Vorsichtsmaßnahme, welche sich bald schon bewähren sollte.

In den folgenden Wochen wurden immer wieder Botschaften zwischen den Residenzen in Ravenna, Constantinopolis und Karthago ausgetauscht. Außer der Freilassung von Eudoxia und Placidia gab es keine weitere Annäherung zwischen den beiden Imperien und dem Königreich.

Im Jahre 26 entsandte das Westliche Imperium Truppen, unter dem Befehl eines gewissen Marcellinus, nach Sardinia. Die folgenden zwei Jahre auf der Insel waren geprägt von Leid, Not und Tod.

Früh am Morgen wurde ich von meinem Mann unsanft geweckt. Stefania und ihre Kinder weilten gerade zu Besuch bei uns.

„Ida, steh auf, wir müssen in die Berge flüchten", forderte er mich auf. „Die Truppen Ravennas belagern die Stadt!"

Zunächst glaubte ich nicht richtig gehört zu haben und schaute aus dem Fenster hinaus. Vor den Stadtmauern von Carales waren Legionäre und Auxiliar aufmarschiert. Rasch lief ich zu Stefania und weckte sie und die Enkelkinder Leandro sowie Viviana auf. Wir nahmen nur das Notwendigste auf der Flucht in die sardischen Berge mit.

Da der Statthalter lediglich über fünf Hundertschaften auf Sardinia verfügte, war es sinnlos, der Übermacht in einer offenen Feldschlacht entgegenzutreten. Farold hatte das kommen sehen und vorgesorgt. Sein Plan sah vor, dass sämtliche militärischen Stützpunkte entlang der Küste aufgegeben wurden und wir uns ins Landesinnere zurückziehen sollen, um dort auf Verstärkung aus Karthago zu warten. Er blieb in Carales, was mir große Sorgen bereitete. Schließlich war er nicht mehr der Jüngste. Der meinige wollte mit einer Hundertschaft den Truppen von Marcellinus möglichst hohe Verluste bei der Erstürmung der Stadt beifügen, um sich sodann in die schützenden Berge abzusetzen.

Auf Mauleseln erreichten Stefania, Leandro, Viviana, Achmed und ich Schöne Aussicht. Bereits am nächsten Tag bat ich den kräftigen Afrikaner darum, nach Carales zurückzukehren, um meinen Mann zu beschützen. Danach suchte ich Liliana auf. Sie freute sich ungemein, mich bei guter Gesundheit wiederzusehen. Die Kunde, dass Truppen Ravennas auf der Insel angelandet waren, hatte sich noch nicht bis zu ihr herumgesprochen. Während ich berichtete, veränderten sich ihre Gesichtszüge zusehends.

„Wir werden uns zu wehren wissen!", erklärte eine entschlossene Römerin, als ich damit fertig war. „In den unwegsamen Bergen haben die Truppen Ravennas so gut wie keine Chance, uns zu finden."

Von meinem Mann wusste ich, dass genau das seine Absicht war. Im Falle einer feindlichen Invasion wollte er sich in die Bergwelt von Sardinia zurückziehen, um von dort aus die Invasoren zu bekämpfen. Er setzte dabei nicht nur auf die eigenen Leute, sondern auch auf die Unterstützung der aus Rom verbannten Frauen und Männern.

„Wenn die Legionäre und Auxiliar des Marcellinus auf den Gedanken kommen sollten, zu uns heraufzusteigen, werden sie eine böse Überraschung erleben", kündigte die Seherin an. „Wir werden sie in Hinterhalte locken und so zusetzen, dass sie bald schon wieder an die Küste hinabeilen."

Ein paar Tage später stieß mein Mann mit dem kläglichen Rest einer Hundertschaft zu uns. Die Truppen von Marcellinus hatten Carales nach hinhaltendem Widerstand erobert und besetzt. Allen anderen Hafenstädten auf Sardinia war es genauso ergangen. An Flucht über das Meer war nicht mehr zu denken, da die Schiffe, über die wir verfügten, entweder beschlagnahmt oder zerstört wurden. Zuvor jedoch, hatte der Statthalter der Insel zwei Liburnen mit Kurieren nach Karthago und Lylibaleum ausgesandt, um die unsrigen über die Lage zu unterrichten.

„Wir werden so lange in den Bergen bleiben, bis uns Geiserich Verstärkung schickt!", erklärte Farold, als ich ihn danach fragte. „Das aber, kann dauern!"

Nun machte er sich daran, ein Frühwarnsystem einzurichten, falls Marcellinus mit seinen Truppen nach uns suchen sollte. Außerdem sah er sich nach einem geeigneten Rückzugsort für seine Sippe um. Als ich davon erfuhr, war mir sofort klar, wo dieser Zufluchtsort sein würde. Die Höhle, in der uns Liliana weissagte. Tags darauf richtete ich sie behaglich her und lagerte dort Nahrungsmittel ein. Dabei waren mir Stefania und meine Enkel behilflich. Für Leandro und Viviana war das ein großartiges Abenteuer, während ihre Mutter und Großmutter sich große Sorgen um deren Zukunft machten.

Den Winter über ließen sich keine Legionäre oder Auxiliar in den Bergen um Schöne Aussicht blicken. Wir lebten auf dem Gut fast so wie in Friedenszeiten. Nur unterbrochen von gelegentlichen Streifzügen unserer Recken hinab zur Küste, wobei mein Mann es sich nicht nehmen ließ, mit dabei zu sein. Als er von einem solch waghalsigen Unternehmen verletzt zurückkam, bestand ich darauf, mit Rücksicht auf sein fortgeschrittenes Alter, dass er das künftig unterlässt. Schweren Herzens willigte der meinige ein.

Die folgenden Monate verbrachte ich mit meiner Sippe, der Bewirtschaftung unseres Gutes sowie der Abfassung der Historie über die Vandalen und Annalen der Hirschberger.

Mitten im Sommer kam ein königlicher Kurier aus Karthago nach Schöne Aussicht. Er berichtete dem Statthalter, dass sich die politische Großwetterlage nicht zu unserem Vorteil verändert hatte. Das Westliche Imperium krönte vor kurzem einen gewissen Anthemius zum neuen Kaiser. Diese Neuigkeit beunruhigte mich nicht sonderlich. Als aber der Kurier sagte, dass dessen Inthronisierung zwischen dem Westlichen und Östlichen Imperium einvernehmlich erfolgte, war es damit schlagartig vorbei.

„Damit haben beide Imperien das Ansinnen des Königs, dass der Schwager seines ältesten Sohnes zum Kaiser gekrönt werden soll, abschlägig beschieden, was sich Geiserich sicherlich nicht gefallen lässt", behauptete mein Mann und sah mich dabei mit sorgenvoller Miene an.

„Offenbar verfügt Aspar in Constantinopolis nicht mehr über genügend Einfluss, um eine Annäherung der Imperien zu verhindern", ergänzte ich seine Sichtweise.

Ratlos wandten wir uns dem Kurier des Königs zu.

„König Geiserich ist der Ansicht, dass die Aussöhnung des Westlichen und Östlichen Imperiums auf eine militärische Auseinandersetzung hinausläuft, mit der Absicht, das Königreich der Vandalen und Alanen zu vernichten. Das soll ich euch so ausrichten", erklärte er. „Es ist dem König auf Grund der akuten Kriegsgefahr nicht möglich, Truppen nach Sardinia zu entsenden. Er geht davon aus, dass spätestens im kommenden Jahr eine Flotte beider Imperien nach Afrika aufbricht, um eine gemeinsame Streitmacht anzulanden. Deshalb fordert er euch auf, die Legionäre und Auxiliar des Marcellinus immer wieder anzugreifen, um möglichst viele Truppen auf der Insel zu binden."

Damit endete die weitestgehend friedlich erfolgte Besetzung des Küstenstreifens der Insel durch Truppen des Imperiums. Farold setzte sich mit den Hundertschaftsführern zusammen und heckte Pläne aus, wie man die Invasionstruppen überfallartig angreifen könnte, um sich danach in die Berge zurückzuziehen. Ihm war bewusst, dass Marcellinus sich das nicht gefallen lassen würde. Wir rechneten damit, dass Vergeltungsmaßnahmen auch an Schöne Aussicht nicht spurlos vorbeigingen. Wusste man doch in Carales genau, wo sich das Landgut des Statthalters des Königs der Vandalen und Alanen befand.

Als erste Vorsichtsmaßnahme wollte ich die umfangreichen

Aufzeichnungen über die Geschichte der Vandalen und Annalen sowie meiner Sippschaft in Sicherheit bringen. Nicht auszudenken, wenn die Arbeit von so vielen Jahren in die Hände des Feindes fallen oder womöglich in Flammen aufgehen würde. Deshalb bat ich Liliana, mir dabei behilflich zu sein die Niederschriften auf Pergament in Wachstücher zu wickeln und in Tonkrügen zu verstauen. Die stellten wir in Holzkisten und brachten sie in die Höhle in den Bergen über Schöne Aussicht.

Es kam der Herbst und mit ihm die Truppen des Marcellinus. Die unsrigen hatten immer wieder einmal militärische Einheiten Ravennas an der Küste überfallen, Kriegsschiffe des Imperiums in Brand gesetzt und sich mit erbeuteten Lebensmitteln davongemacht. Nun durchstreiften Legionäre und Auxiliar auf der Suche nach den Feinden des Imperiums das Eiland.

Gensericus kam aufgeregt auf mich zugelaufen und rief schon von weitem: „Legionäre, Legionäre!"
Seine Großmutter war dem Jungen gefolgt und stand außer Atem vor mir.
„Es sind mindestens einhundert Mann", behauptete sie mit sorgenvollem Gesichtsausdruck. „Sie sind auf dem Weg nach Schöne Aussicht. Ihr müsst sofort von hier verschwinden und euch in der Höhle verbergen!"
Farold war an diesem verhängnisvollen Tag im Norden der Insel auf Inspektion. Stefania und die Kinder machten sich mit Achmed und mir umgehend auf den Weg in die Berge, während Liliana und die Verbannten sich in den umliegenden Wäldern verborgen hielten. Als wir vor der Höhle standen und nach Schöne Aussicht hinabschauten, stieg dort eine schwarze Rauchsäule in den Himmel.
„Sie haben die Villa in Brand gesetzt!", stellte ich betrübt fest, drehte mich um und schob die Äste einer Hecke zur Seite. Durch den dahinterliegenden Zugang, gelangten wir in unseren Zufluchtsort.

Am Nachmittag hörten wir Stimmen. Achmed beobachtete durch das Strauchwerk, was sich draußen tat. Stefania, die

Kinder und ich standen derweil Todesängste aus. Allmählich wurde es wieder still. Man hatte unser Versteck nicht entdeckt.

Nach ein paar Tagen kam mein Mann von der Inspektion zurück. Gemeinsam gingen wir hinab zur Villa, welche man gebrandschatzt hatte. Als ich die Verwüstungen sah, wurde mir schwer ums Herz. Von jenem Tag an lebten wir in der Höhle, immer auf der Hut vor Legionären und Auxiliar, welche das gebirgige Gelände auf der Suche nach Vandalen und Alanen durchstreiften.

Es war ein heißer Sommertag, als ich die Ziegen auf der Weide unterhalb unserer Bleibe hütete. Wehmütig schaute ich nach Schöne Aussicht hinab und entdeckte auf einmal Männer, die zu uns hinaufstiegen. Immer wieder einmal blieben sie stehen und sahen sich um. Als die Schar näherkam, erkannte ich einen von ihnen. Es war mein Schwiegersohn Michele. So schnell mich meine Füße tragen konnte, rannte ich auf ihn zu und kurz darauf lagen wir uns in den Armen.

„Wo sind Stefania und die Kinder?", fragte er besorgt.

„In Sicherheit und wohlauf!"

„Gott sei es gedankt!"

Gemeinsam gingen wir zu unserem Zufluchtsort. Schon von weitem sah ich wie Viviana, Leandro und ihre Mutter angelaufen kamen, nachdem sie uns entdeckt und erkannt hatten. War das eine Freude, als die drei Michele in die Arme fielen und sich gegenseitig herzten.

Kurz darauf kam Farold mit ein paar Recken aus dem Gebirge. Sie trugen einen Schwerverletzten auf einer Bahre daher. Ich sah mir dessen blutenden Wunden an und ließ ihn in die Höhle tragen, wo ich sie behandelte. Währenddessen unterhielten sich mein Mann und sein Schwiegersohn, der mit einigen Schiffen von Liliybaeum herübergekommen war.

„Die Truppen der Imperien haben Sicilia im vergangenen Jahr erobert und besetzt, bis auf Lilybaeum", berichtete der Kommandant der Stadt. „Die Bollwerke der stark befestigten Stadt waren nicht zu bezwingen und meine Männer fest entschlossen, der Belagerung standzuhalten. Vor wenigen

Tagen sind die Truppen des Imperiums völlig überraschend abgezogen, um sich in Syracusae einzuschiffen. Dort zieht Ravenna und Constantinopolis ein gewaltiges Heer zusammen. Man will nach Afrika übersetzen, um unser Königreich zu erobern!"

Ganz Ohr hörten wir Michele zu.

„Vom König erhielt ich Befehl, den Statthalter von Sardinia aufzusuchen", fuhr er an Farold gewandt fort. „Ihr sollt unverzüglich mit all euren Recken an Bord meiner Schiffe gehen. Danach segeln wir nach Afrika. Geiserich benötigt jeden wehrhaften Mann!"

Noch am gleichen Tag ging ich mit den meinigen und vierhundert Recken an Bord der Schiffe. Die Flottille nahm Kurs auf Karthago.

Kapitel 56 – Triumph

Wir liefen in eine Bucht westlich von Karthago ein, gingen von Bord und machten uns auf den schnellsten Weg zum königlichen Palast. Dort erfuhren wir von Dominicus, dass die Flotte der Imperien mit einhunderttausend Mann an Bord vor der Küste gesichtet wurde. Geiserich machte auf mich einen gefassten Eindruck.

Ein Tribun der Invasionstruppen erschien mit Legionären vor den Toren von Karthago und wollte König Geiserich sprechen. Er wurde zum Kommandanten der Leibwache Habeeba geführt. Ihm übergab er ein Beglaubigungsschreiben eines gewissen Basiliscus. Als der Berber es gelesen hatte, brachte man den Gesandten zu König Geiserich.

„Der Oberste Heerführer des Östlichen Imperiums, Flavius Basiliscus, entbietet dem König der Vandalen und Alanen seine Grüße", richtete er aus. „Unsere Flotte ankert vor der Küste und einhunderttausend Legionäre sowie Auxiliar warten darauf, euer Königreich zu erobern."

Im Audienzsaal herrschte Grabesstille.

„Mein Heerführer bietet euch gegen Gold an, die Truppen einstweilen an Bord zu lassen, damit ihr eure Verbannung vorbereiten könnt und erwartet eure Demission innerhalb von vierundzwanzig Stunden."

Geiserich wirkte auf mich gelassen, ja geradezu demutsvoll, doch an seinen glänzenden Augen und der Art wie er sich den Bart kraulte, erkannte ich, dass er etwas im Schilde führte.

„Angesichts der augenfälligen Überlegenheit eurer Truppen erscheint mir in der Tat Widerstand zwecklos", antwortete er für jedermann gut hörbar. „Deshalb werde ich mich mit meiner Sippe besprechen, auf welche Art und Weise eine ehrenvolle Abdankung erfolgt und wohin wir emigrieren wollen."

Mir war vollkommen klar, dass damit noch lange nicht das letzte Wort gesprochen war. Dafür war Geiserich viel zu gerissen. Was er seinen Worten noch hinzufügte, traf mich allerdings vollkommen unvorbereitet.

„Ich werde morgen Ida von Hirschberg mit Gold zu eurem Heerführer entsenden, welche ihm unsere Vorstellungen zu einer kampflosen Übergabe der Stadt Karthago und des gesamten Königreiches unterbreiten wird. Als Zeichen meiner redlichen Absichten, übergebt Basiliscus diese Schatulle voller Edelsteine!"

Nachdem der Gesandte wieder fort war, schickte der König alle Anwesenden bis auf seine Söhne, Dominicus, Michele, Farold und mich aus dem Audienzsaal. Als das geschehen war, wies er die Leibwachen an, vor den geschlossenen Portalen Posten zu beziehen und niemanden hereinzulassen.

„Was hat der alte Fuchs vor?", fragte ich mich unterdessen.

„Wir müssen vor allem Zeit gewinnen, um die feindliche Flotte vernichten zu können", ließ Geiserich, ganz der Alte, verlauten. „Spitzel am Hof in Constantinopolis haben mir zugetragen, dass der Schwager des Kaisers ein habsüchtiger und überheblicher Mensch sei. Deshalb habe ich diesem Basiliscus Edelsteine zum Geschenk gemacht und Gold versprochen. Davon will er gewiss noch mehr haben, bevor wir möglicherweise auf den Gedanken kommen könnten, unsere Schätze im Meer zu versenken."

Auf einmal schaute er mich an.

„Ida! Ihr habt dem Königreich schon viele gute Dienste geleistet. Dieses Mal geht es um alles, was wir gemeinsam über Jahrzehnte aufgebaut haben. Es muss euch gelingen, den Schwager des Kaisers dazu zu bringen, die Invasion um einige Tage zu verschieben."

„Was hat er vor?", fragte ich mich immerzu.

„Wir brauchen auflandige Winde, damit die Invasionsflotte unseren Brandern nicht ausweichen kann!"

Jetzt war es heraus. Eine Kriegslist sollte die kaiserlichen Schiffe vernichten und die feindliche Streitmacht im Meer versenken.

„Genial!", dachte ich. „Doch wann dreht der Wind so, dass die Manövrierfähigkeit der imperialen Flotte eingeschränkt ist?"

„Begebt euch morgen als meine Gesandte auf das Flaggschiff des Basiliscus. Erklärt dem obersten Heerführer der Imperien überzeugend, dass eine Kapitulation gut vorbereitet sein muss, damit der Pöbel Karthago nicht plündert, bevor auch nur einer seiner Legionäre oder Auxiliar die Stadt betritt. Übergebt diesem raffgierigen Menschen als Zeichen meiner Ergebenheit ein Fass gefüllt mit Gold und eine weitere Schatulle voller Smaragden. Deutet ihm an, dass es davon noch sehr viel mehr gibt!"

Danach gingen mein Mann und ich in unsere Villa zu Carolina und ihren halbwüchsigen Kindern Helena und Aries. Sie hatten schon erfahren, dass wir in der Stadt sind und freuten sich ungemein, uns bei guter Gesundheit wiederzusehen. Ausführlich berichteten wir ihnen, was sich auf Sardinia und Sicilia zutrug. Über die Ereignisse im Palast und die sich anschließende vertrauliche Beratung jedoch, bewahrten wir Stillschweigen. Zu groß war die Gefahr, dass man uns belauschen könnte. In dieser unvergesslichen Nacht fand ich wenig Schlaf. So sehr beschäftigte mich all das, was ich erlebt und mir vom König aufgetragen wurde. Ständig fragte ich mich: „Wird es mir gelingen, diesen Basiliscus so lange hinzuhalten, bis der Wind dreht?"

Man fuhr mich auf einer kleinen Liburne aus dem Kriegshafen von Karthago hinaus auf die offene See, wo die feindliche Flotte am Kap Bon vor Anker lag. Noch nie zuvor hatte ich eine Ansammlung von so vielen Schiffen gesehen. Dicht an dicht lagen sie dort aneinander vertäut. Als ich das Flaggschiff erreicht hatte und an Bord ging, ertönte ein Signal. Kurz darauf stand ich vor Flavius Basiliscus. Nach einer frostigen Begrüßung wollte er von mir erfahren, mit wem er es zu tun hatte. Nachdem ich ihm gesagt hatte, dass mein Mann einst der Flottenführer der Vandalen und Alanen war, änderte sich sein unterkühltes Verhalten. Schließlich kamen wir auf den Grund meines Besuchs zu sprechen.

„Mein König ordnet derzeit alle Angelegenheiten, welche notwendig sind, um mit den seinigen in die Verbannung zu gehen", begann ich ihm vorzugaukeln. „Der Pöbel in Karthago darf auf gar keinen Fall erfahren, dass die Stadt kampflos an euch übergeben wird. Zu groß wäre ansonsten die Gefahr, dass es zu Unruhen und Plünderungen kommt. Geiserich will euch die Metropole Afrikas geordnet und unbeschädigt überlassen. Um all das, in der gebotenen

Sorgfalt vorbereiten zu können, benötigt er noch einige Tage."
Ich hatte den Eindruck, dass er meinen Worten Glauben schenkte. Als ich dem Schwager des Kaisers des Östlichen Imperiums die Schatulle mit den Smaragden überreichte und ihm sagte, dass ich ein Fass voller Gold mitgebracht hatte, erkannte ich an seinen gierigen Augen, dass er ein korrupter Mann war.

„Mein König besitzt noch mehr Schätze, welche er euch übergeben will, bevor er abdankt und in die Verbannung geht", fügte ich scheinheilig hinzu.
Die Ankündigungen verfehlten ihre Wirkung augenscheinlich nicht. Basiliscus rieb sich zufrieden die Hände und lehnte sich auf dem Armstuhl genüsslich zurück. Hierauf kündigte ich schamlos an, dass unsere fähigsten Heerführer in den Dienst des Östlichen Imperiums treten wollten, und bat ihn anbiedernd, deren Ansinnen wohlwollend zu prüfen. Zu guter Letzt fragte ich diesen blasierten Menschen, wie er die Übergabe der Stadt wünschte und schlug vor in einer Woche wiederzukommen, um alles weitere zu besprechen."
Man sah es mir nicht an, wie gespannt ich auf seine Antwort wartete.

„Drei Tage müssen genügen!", entgegnete der Heerführer und fügte hochnäsig hinzu: „Ich werde dem derzeit amtierenden König der Vandalen und Alanen meine Vorstellungen über die Übergabe Karthagos und des Reiches durch einen Gesandten alsbald mitteilen."
Mit diesen Worten endete die denkwürdige Zusammenkunft mit Flavius Basiliscus, dem Schwager von Kaiser Leo, im Jahre 468 nach Christi Geburt oder 28 nach vandalischer Zeitrechnung.

Als ich im Palast ankam, erwarteten mich dort der König, seine Söhne, Dominicus, Michele und mein Mann. Während ich Bericht erstattete, kraulte sich Geiserich unentwegt den Bart. Nachdem alles gesagt war, fingen seine blauen Augen an zu glänzen.

„Ida!", erklärte er. „Einmal mehr habt ihr dem Königreich einen großartigen Dienst erwiesen!"
Danach setzte er sich mit seinen Söhnen und Befehlshabern

zusammen, um das weitere Vorgehen zu besprechen, während Farold und ich in unsere Stadtvilla zu Carolina und den Enkelkindern zurückkehrten.

Zwei Tage später drehte der Wind. In der darauffolgenden, stockdunklen Nacht fuhr Gento mit unserer Kriegsflotte auf die vor Kap Bon ankernden feindlichen Schiffe zu. Bevor man sie entdeckte, ließ der Sohn des Königs zahlreiche Brander anzünden, die vom stark auflandigen Wind angetrieben und todesmutigen Seeleuten gesteuert, in die miteinander vertäuten imperialen Schiffe hineinfuhren. Die Auswirkungen waren verheerend. Annähernd die Hälfte der kaiserlichen Flotte ging in Flammen auf. Damit nicht genug, griffen die unsrigen auf wendigen, leichten Liburnen die in Auflösung befindliche feindliche Flotte an. Wer nicht rechtzeitig fliehen konnte, wurde im Kampf getötet oder ertrank im Meer.

Der Triumph König Geiserichs war überwältigend. Als die Kunde vom Sieg vor Kap Bon Karthago erreichte, läuteten die Kirchenglocken bis tief in die Nacht hinein.

Tage später kamen die Befehlshaber und Mannschaften im Kriegshafen von Karthago zusammen, wo König Geiserich zahlreiche Ehrungen vornahm und großzügig Geschenke verteilte. Niemals werde ich den Anblick vergessen, als Rogan, Michele, Dominicus, Marc, Stefan und Jurgo vor ihn traten. Er dankte den Männern für Tapferkeit vor dem Feind in der Seeschlacht vor Kap Bon mit anerkennenden Worten und einer silbernen Erinnerungsmedaille.

Danach waren mein Mann und ich an der Reihe. Hörner erklangen, als wir auf den König zugingen.

„Die Auszeichnung, welche ich nunmehr vornehmen werde, habe ich noch nie vergeben", verkündete er feierlich. „Damit würdige ich herausragende Leistungen für das Königreich der Vandalen und Alanen!"

Tausende Augenpaare waren auf uns gerichtet.

„Farold und Ida von Hirschberg haben sich gleich mehrfach um das Reich verdient gemacht. Nicht immer waren wir gleicher Ansicht. Gleichwohl hielten sie getreu zu ihrem König."

Er hielt inne und forderte meinen Mann und mich auf, vor ihm hinzuknien. Als das geschehen war, zog er sein Schwert aus der Scheide und legte es uns abwechselnd auf die Schultern.

„In Würdigung eurer Verdienste, verleihe ich euch beiden den Ehrentitel Konsul des Königreiches der Vandalen und Alanen auf Lebenszeit. Möge Gott der Herr euch ein solches schenken!"

Das Reich der Vandalen und Alanen war gerettet und ging aus der größten Krise seit seinem Bestehen als strahlender Sieger hervor. König Geiserich hatte den Zenit seiner Macht erreicht.

Der besiegte Heerführer Basiliscus war nach Constantinopolis zurückgekehrt, um dort mit Hohn und Spott empfangen zu werden. Einzig und allein der Fürsprache seines kaiserlichen Schwagers hatte er es zu verdanken, dass man ihn lediglich aus der Stadt am Bosporus verbannte und nicht in einen Kerker warf, während das Westliche Imperium unaufhaltsam seinem Untergang entgegentaumelte.

Als ich mit Farold alleine in unserer Villa in Karthago zusammensaß, ließen wir die letzten Tage noch einmal an uns vorüberziehen.

„In Constantinopolis wird ein Mann Genugtuung über die Niederlage des Basiliscus empfunden haben", mutmaßte Farold. „Flavius Aspar hat seinen Kaiser mehrfach und eindringlich davor gewarnt, die Kriegsflotte nach Karthago zu entsenden!"

An diesem herrlichen Spätsommerabend dachten wir auch über den Herbst unseres Lebens nach. Mein Liebster war dreiundachtzig Jahre alt und ich stand kurz vor der Vollendung meines achtzigsten Lebensjahres. Wir erfreuten uns guter Gesundheit, doch die Beschwerden des alt seins, machten sich immer öfter bemerkbar. Farold und ich kamen überein, den König zu bitten, ihn von der Verantwortung als Statthalter der Provinz Sardinia zu entbinden. Wir wollten die verbliebenen Jahre geruhsam auf Schöne Aussicht und in Carales verbringen.

Der König empfing Farold und mich, zusammen mit Dominicus, Carolina, Michele sowie Stefania ausgesprochen freundlich. Als mein Mann Geiserich darum bat, ihn von seinem Amt als Statthalter der Provinz Sardinia zu entbinden, sagte der Achtzigjährige: „Konsul! Ihr habt mir euer Leben lang treu zur Seite gestanden. Welchen Wunsch könnte ich euch jemals abschlagen!"
Daraufhin fragte er seinen langjährigen Weggefährten, ob er einen solchen hätte. Worauf Farold mich liebevoll ansah und erwiderte: „Ich habe alles, was mein Herz begehrt!"
Nicht nur der König war von seinen Worten gerührt.
„Vom heutigen Tage an", verkündete Geiserich feierlich, „ernenne ich meinen Neffen Dominicus zum Statthalter der Provinz Sardinia und dessen Schwager Michele Nicolosi zum Statthalter von Sicilia!"

So kam es, dass wir uns zunächst auf den Weg in die Kapitale Syracusae auf Sicilia und anschließend nach Carales auf Sardinia machten, wo unsere Schwiegersöhne ihre neuen Ämter antraten. Mein Mann und ich widmeten uns dem Wiederaufbau der Villa auf Schöne Aussicht. Als Verwalter stellten wir Gensericus, den Enkel von Liliana der Seherin ein.

Die folgenden Sommermonate verbrachten Farold und ich im Kreise der angereisten Sippschaft, Freunden und Bekannten auf Schöne Aussicht. Zahlreiche Enkel bereiteten mir große Freude und hin und wieder schrieb ich in der Höhle in den Bergen an der Historia de Vandalorum und den Annalen der Hirschberger. Während der kalten Jahreszeit lebten Farold und ich in der behaglichen Villa in Carales glücklich und zufrieden zusammen.

Auf dem Mare Internum herrschte weitestgehend Frieden, sieht man von den gelegentlichen Kaperfahrten Gentos einmal ab, und in Karthago hatte Geiserich die erbliche Thronfolge neu geregelt. Künftig sollte der älteste männliche Angehörige der Königssippe, beim Ableben eines Regenten, dessen Nachfolger werden. Als ich davon erfuhr fiel mir wieder ein, wie Farold einst bedauerte, dass Gento wohl niemals König werden würde.

„Was nur", fragte ich mich einmal mehr, „hat sich Geiserich dabei gedacht?"

Aus dem fernen Constantinopolis erreichte uns im Jahre 31 die schreckliche Nachricht, dass Kaiser Leo seinen Obersten Befehlshaber, Flavius Aspar, im Palast ermorden ließ und im Jahr darauf flüchtete Eudocia, die Frau von Hunerich, nach Jerusalem. Kurz darauf wurde der Günstling des Königs der Vandalen und Alanen, Olybrius, doch noch Kaiser des Westlichen Imperiums. Unwillkürlich kam mir bei diesen Neuigkeiten in den Sinn, was uns einstmals Liliana in der Höhle in den Bergen von Sardinia prophezeit hatte. Alles war mittlerweile eingetreten.

Nach dem Tod von Kaiser Leo folgte ihm ein gewisser Zeno auf dem Thron nach. Jener wurde von Basiliscus, dem Verlierer der Seeschlacht vor Kap Bon, für kurze Zeit vertrieben, bevor er zurückkam und den Usurpator stürzte. Kaiser Zeno schickte einen Gesandten nach Karthago um mit König Geiserich Frieden zu schließen. Das Östliche Imperium und das Königreich der Vandalen und Alanen beendeten im Jahre 476 oder 36 alle Feindseligkeiten und schlossen einen langanhaltenden Friedensvertrag.

Im gleichen Jahr trat Geiserich dem neuen Machthaber der italienischen Halbinsel, Odoaker, den östlichen Teil der Insel Sicilia, gegen einen jährlich zu entrichtenden Tribut ab. Romulus Augustulus, der letzte Kaiser des Westlichen Imperiums, wurde von Odoaker ein Jahr später abgesetzt und aus Ravenna verbannt. Die kaiserlichen Insignien sandte der neue König von Italien nach Constantinopolis. Damit hatte das Westliche Imperium aufgehört zu existieren.

Als ich an einem wunderbaren Sommerabend mit Liliana auf der Veranda vor unserer Villa saß, kamen wir auch auf ihre Weissagungen von einst zu sprechen.

„Es ist besser, wenn ich euch nicht mehr orakle", riet sie mir. „Ihr habt ein erfülltes Leben geführt und solltet euch nicht mit der Zukunft und all dem, was sie mit sich bringt

belasten!"
Schweigend stimmte ich der verbannten Seherin aus Rom zu.

Kapitel 57 – Sardinia

Sehr oft besuchten uns Stefania, Carolina und Rogan mit ihren Sippen auf Sardinia. Sieben Enkel sorgten dafür, dass es während dieser schönen und erfüllten Zeit nie langweilig wurde. Wir hatten uns gar viel zu erzählen und es gab überall etwas zu tun. Mein Liebster saß häufig in seinem Schaukelstuhl auf der Veranda und hatte seine Freude daran, wenn die Kindeskinder um ihn herumtobten. Am Nachmittag ging er stets an den kleinen Bergsee hinter unserer Villa, um darin zu schwimmen. Die Enkel begleiteten ihren Großvater mitunter und planschten vergnügt im Wasser umher. Danach legte sich Farold für gewöhnlich unter eine Eiche, um ein wenig zu schlafen.

So war es auch an diesem Tag.

Als ich ihn nicht auf der Veranda im Schaukelstuhl sitzen sah, fragte ich Leandro, ob er seinen Großvater gesehen hatte. Der junge Mann antwortete, dass er unter der Eiche lag und immer noch schlief. Daraufhin machte ich mich auf den Weg zu meinem Mann um ihn aufzuwecken. Als ich mich neben den Schlafenden ins Gras setzte, fiel mir auf einmal ein, als ich unter einer uralten Eiche die Schafe und Ziegen meiner Sippe im Tal der Wiese gehütet hatte.

„Seltsam!", dachte ich noch.

Dann sah ich meinen geliebten Mann an. Farold ist niemals wieder aufgewacht!

Glossar

Sardinia	Sardinien (Italien)
Rex	König
Mons Brisiacus	Breisach am Rhein (Deutschland)
Aquileia	ehemalige Hafenstadt an der Adria (Italien)
Mare Adriaticum	Adria
Danuvius	Donau
Carnuntum	ehemalige Stadt westlich von Wien (Österreich)
Mare Balticum	Ostsee
Pruzzen	Baltischer Stamm
Glesum	Bernstein
Thing	Versammlung der Germanen
Denarius, (Denarii, Ez.)	versilberte Kupfermünzen
Limes	Grenze
Augusta Vindelicorum	Augsburg (Deutschland)
Tribut	Steuer
Mansiones (Mansio, Ez.)	Herbergen
Poetovio	Ptuj (Slowenien)
Solidus	Goldmünze
Alpi	Alpen
Ad pirum	Birnbaumpass
Centurio	Offizier (Hundertschaftsführer)
Tunica	Kleidungsstück
Hora	Stunde
Rhyton	Trinkhorn
Tribun	Offizier (Kommandeur einer Legion)
Auxiliareinheiten	Hilfstruppen
Sacramentum	Fahneneid
Trireme	großes Kriegsschiff
Liburne	kleines Kriegsschiff
Basilea	Basel (Schweiz)
Forum Romanum	Zentrum des politischen und kulturellen Lebens in Rom

Mediolanum	Mailand (Italien)
Constantinopolis	Konstantinopel (Türkei)
Flavische Amphitheater	Koloseum
Ave Marcus, morituri te salutant	Heil dir Marcus, die Todgeweihten grüßen dich
iugulo	abstechen
Circus Maximus	Pferderennbahn in Rom
Tiberis	Tiber (Fluss in Italien)
Lauriacum	ehemalige Stadt an der Donau (Österreich)
Lacus Larius	Comer See (Italien)
Lacus Venetus	Bodensee
Hadrianopolis	Edirne (Türkei)
Vemania	Isny (Deutschland)
Pollentia	Bra (Italien)
Frumentarius	Geheimagent
Larum	Möwe (Schiff)
Nauarchus	Kapitän
Syracusae	Syrakus (Sizilien/Italien)
Sicilia	Sizilien (Italien)
Mare Internum	Mittelmeer
Hadrumetum	Sousse (Tunesien)
Terra Deserta	Sahara
Villa Rustica	Landhaus
Hippo Regius	ehemalige Römerstadt (Algerien)
Argentorate	Straßburg (Frankreich)
Mogontiacum	Mainz (Deutschland)
Colonia Agrippinensium	Köln (Deutschland)
Tolosa	Toulouse (Frankreich)
Usurpator	Gegenkaiser
Helvetier	Keltischer Stamm
Massilia	Marseille (Frankreich)
Via Domitia	Römerstraße über die Pyrenäen
Barcino	Barcelona (Spanien)
Empuries	ehemalige Römerstadt am Mittelmeer (Spanien)
Pompaelo	Pamplona (Spanien)
Caesar-augusta	Saragossa (Spanien)
Malaca	Malaga (Spanien)

Hispalis	Sevilla (Spanien)
Caesarea	Cherchell (Algerien)
Mare Atlanticum	Atlantik
Olisipo	Lissabon (Portugal)
Las Medulas	Goldminen (Spanien)
Comes Hispaniarum	Höchster Offizier des Westlichen Imperiums auf der iberischen Halbinsel (Hispania)
Bracara	Braga (Portugal)
Carthago Nova	Cartagena (Spanien)
Comes Africae	Höchster Offizier des Westlichen Imperiums in Afrika
Julia Traducta	Algeciras (Spanien)
Corduba	Cordoba (Spanien)
Nobiscum deus	Gott mit uns
Septem	Ceuta (Exklave Spaniens in Afrika)
Tingis	Tanger (Marokko)
Guadiana	Fluss (Spanien)
Ad Fratres	Ghazaouet (Algerien)
Taza	Taza (Marokko)
Altava	Altava (Algerien)
Constantina	Constantine (Algerien)
Aures	Berberstamm
Ghat	Ghat (Libyen)
Benin	Benin (Nigeria)
Oba	König
Agadez	Agadez (Niger)
Borbetomagus	Worms (Deutschland)
Panormus	Palermo (Sizilien/Italien)
Lilybaeum	Marsala (Sizilien/Italien)
Rio Cavado	Fluss (Portugal)
Hippodrom	Pferderennbahn in Constantinopolis (Türkei)
Dalmatia	Dalmatien (Kroatien)
Carales	Cagliari (Sizilien/Italien)
Historia de Vandalorum	Geschichte der Vandalen

Danksagung

Ich danke meiner Doris und unseren Kindern Stefanie sowie Caroline, welche mir beim Verfassen dieses Historischen Romans geduldig, inspirierend sowie aufmunternd zur Seite standen.

Carsten Nielsen für die technische Unterstützung sowie den Lektoren Claudia Stahlsmeier und den Eheleuten Christina und Bernd Smie.

Printed in Poland
by Amazon Fulfillment
Poland Sp. z o.o., Wrocław

22683800R00217